HEYNE BÜCHER

Das Buch

»Ein wunderbar fesselnder Spannungsroman. Wenn es etwas zu bedauern gibt, dann nur, daß man das Buch plötzlich zu Ende gelesen hat«, schrieb Associated Press über Mary Higgins Clarks alptraumhaften Psychothriller. Meisterhaft versteht es diese Virtuosin des sanften Schreckens, die Atmosphäre untergründig aufzuladen und in weiten Spannungsbögen den Leser in ihren Bann zu schlagen.

›Daß du ewig denkst an mich‹ ist die Geschichte von Laurie Kenyon, die wegen Mordes aus Eifersucht vor Gericht steht und von ihrer Schwester Sarah, einer geschickten Anwältin, verteidigt wird. Alles an Laurie ist mysteriös. Als Kind wird sie entführt und taucht nach zwei Jahren wie aus dem Nichts wieder auf. Ihre Erinnerungen an das furchtbare Geschehen sind jedoch gelöscht. Unter dem Druck der Ereignisse spaltet sich Lauries Persönlichkeit – und eine dieser vier verschiedenen Persönlichkeiten begeht den Mord. Mit allen Mitteln kämpft Sarah um ihre Schwester und deren kranke Seele, gegen den Widerstand und das böse Intrigenspiel obskurer Figuren, die sich Lauries Zustand zunutze machen wollen.

Die Autorin

Mary Higgins Clark, Jahrgang 1928, fing erst spät, mit 46 Jahren, zu schreiben an. Gleich mit ihrem ersten Roman (›Wintersturm‹) gelang ihr 1975 der Durchbruch, den die Erfolge der weiteren Romane bestätigten. ›Ganz nebenbei‹ studierte Mary Higgins Clark Philosophie an der New Yorker Fordham University und wurde Präsidentin der Mystery Writers of America. Mit ihren letzten Romanen eroberte sie die ersten Plätze der US-Bestsellerlisten, und heute ist Mary Higgins Clark eine der meistgelesensten Autorinnen Amerikas.

Im Wilhelm Heyne Verlag sind bereits erschienen:

Schrei in der Nacht (01/6826), *Das Haus am Potomac* (01/7602), *Wintersturm* (01/7649), *Die Gnadenfrist* (01/7734), *Schlangen im Paradies* (01/7969), *Doppelschatten* (01/8053), *Das Anastasia-Syndrom* (01/8141), *Wo waren Sie, Dr. Highley?* (01/8391), *Schlaf wohl, mein süßes Kind* (01/8434), *Tödliche Fesseln* (01/8622), *Träum süß, kleine Schwester* (01/8738), *Schwesterlein, komm tanz mit mir* (01/8869)

MARY HIGGINS CLARK

DASS DU EWIG DENKST AN MICH

Roman

Aus dem Englischen
von Heinz Nagel

WILHELM HEYNE VERLAG
MÜNCHEN

HEYNE ALLGEMEINE REIHE
Nr. 01/12009

Titel der Originalausgabe
ALL AROUND THE TOWN
erschienen bei Simon & Schuster, New York

Umwelthinweis:
Dieses Buch wurde auf
chlor- und säurefreiem Papier gedruckt.

Die Hardcover-Ausgabe ist im Scherz Verlag erschienen
Printed in Germany 1999
Umschlagillustration und -gestaltung: Martina Eisele, München
Gesamtherstellung: Elsnerdruck, Berlin

ISBN: 3-453-15336-7

http://www.heyne.de

ERSTER TEIL

1

Juni 1974
Ridgewood, New Jersey

Zehn Minuten bevor es passierte, saß die vierjährige Laurie Kenyon im Schneidersitz auf dem Boden des Kinderzimmers und verstellte die Möbel in ihrem Puppenhaus. Sie hatte keine Lust mehr, allein zu spielen, und wollte in den Swimmingpool. Aus dem Eßzimmer hörte sie die Stimmen von Mama und ihren ehemaligen Schulfreundinnen aus New York. Sie redeten und lachten, während sie zu Mittag aßen.

Mama hatte gesagt, Beth, die manchmal abends auf sie aufpaßte, würde herüberkommen, um mit ihr zu schwimmen, weil Sarah, ihre große Schwester, auf einer Geburtstagsparty war. Aber kaum war Beth eingetroffen, hatte sie auch schon angefangen zu telefonieren.

Laurie strich sich das lange blonde Haar aus dem Gesicht; ihr war warm. Sie war schon vor längerer Zeit ins Obergeschoß gegangen und hatte ihren neuen rosa Badeanzug angezogen. Sollte sie Beth vielleicht noch einmal erinnern?

Beth hatte sich auf der Couch eingerollt und sich das Telefon zwischen Schulter und Ohr geklemmt. Laurie zupfte sie am Arm. »Ich habe schon meinen Badeanzug an.«

Beth fertigte sie ärgerlich ab. »Gleich«, sagte sie. »Ich führe ein sehr wichtiges Gespräch.« Laurie hörte, wie sie ins Telefon seufzte. »Babysitten ist einfach widerlich.«

Laurie ging ans Fenster. Eine lange Limousine fuhr

langsam am Haus vorbei. Dahinter kam ein offener, mit Blumen beladener Wagen und dann eine ganze Menge weiterer Autos, die alle die Lichter eingeschaltet hatten. Immer wenn sie solche Autos sah, pflegte Laurie zu sagen, daß eine Parade anrücke, aber Mama sagte, nein, das seien Leichenzüge auf dem Weg zu Beerdigungen auf dem Friedhof. Trotzdem dachte Laurie immer an eine Parade, und es machte ihr Freude, die Einfahrt hinunterzulaufen und den Leuten in den Autos zuzuwinken. Manchmal winkten sie zurück.

Beth legte den Hörer auf. Laurie wollte sie gerade fragen, ob sie miteinander hinausgehen und sich die restlichen Autos ansehen könnten, aber da hatte Beth schon eine neue Nummer gewählt.

Beth war wirklich gemein. Laurie ging auf Zehenspitzen hinaus und spähte ins Eßzimmer. Mama und ihre Freundinnen redeten und lachten immer noch. Mama sagte gerade: »Kannst du dir vorstellen, daß es schon zweiunddreißig Jahre her ist, seit wir unsere Abschlußprüfung gemacht haben?«

Die Frau, die neben ihr saß, sagte: »Nun, Marie, bei dir könnte man das schon vergessen. Du hast eine vierjährige Tochter. Ich habe eine vierjährige Enkeltochter!«

»Ach was, wir sehen immer noch verdammt gut aus«, sagte eine andere, und dann lachten sie alle wieder schallend.

Sie bemerkten sie nicht einmal, als Laurie ins Zimmer kam. Sie waren auch gemein. Die hübsche Spieldose, die Mamas Freundin ihr gebracht hatte, stand auf dem Tisch. Laurie nahm sie. Bis zur Gittertür waren es nur ein paar Schritte. Sie öffnete sie lautlos, rannte über die Veranda und die Einfahrt hinunter zur Straße. Dort fuhren immer noch Autos vorbei. Sie winkte.

Sie sah zu, bis die Kolonne verschwunden war, und seufzte. Hoffentlich ging der Besuch endlich. Sie zog die Spieldose auf und hörte Klavierklimpern und Singstimmen: »Osten, Westen …«

»Hallo, Kleine.«

Laurie hatte gar nicht gemerkt, daß jemand an den Randstein gefahren war und angehalten hatte. Eine Frau saß am Steuer. Der Mann neben ihr stieg aus, hob Laurie hoch, und ehe sie wußte, wie ihr geschah, saß sie eingezwängt zwischen den beiden auf dem Vordersitz. Laurie war zu überrascht, um etwas zu sagen. Der Mann lächelte sie an, aber es war kein nettes Lächeln. Der Frau hing das Haar ins Gesicht, und sie trug keinen Lippenstift. Der Mann hatte einen Bart und eine Menge gekräuselter Haare auf den Armen.

Der Wagen begann sich in Bewegung zu setzen. Laurie preßte die Spieldose an sich. Jetzt sangen die Stimmen: »In der ganzen Stadt herum... Jungs und Mädels zusammen...«

»Wo fahren wir hin?« fragte sie. Ihr war eingefallen, daß sie nicht allein auf die Straße hinausdurfte. Mama würde böse sein. Tränen stiegen ihr in die Augen.

Die Frau blickte finster. Der Mann sagte: »In der ganzen Stadt herum, meine Kleine. In der ganzen Stadt herum.«

2

Vorsichtig ein Stück Geburtstagskuchen auf einem Pappteller balancierend, eilte Sarah die Straße entlang. Laurie liebte Schokoladenfüllung, und Sarah wollte bei ihr gutmachen, daß sie nicht mit ihr gespielt hatte, als Mama Besuch hatte.

Sie war ein knochiges, langbeiniges zwölfjähriges Mädchen mit großen grauen Augen, karottenrotem Haar, das sich bei feuchtem Wetter kräuselte, Haut so weiß wie Milch und einem Spritzer Sommersprossen quer über die Nase. Sie sah weder ihrer Mutter noch ihrem Vater ähnlich – ihre Mutter war zierlich, blond und blauäugig, das graue Haar ihres Vaters war ursprünglich dunkelbraun gewesen.

Sarah beunruhigte es, daß John und Marie Kenyon so viel älter waren als die Eltern anderer Kinder. Sie hatte immer Angst, sie könnten sterben, ehe sie herangewachsen war. Ihre Mutter hatte ihr einmal erklärt: »Wir waren schon fünfzehn Jahre verheiratet, und ich hatte die Hoffnung aufgegeben, je ein Baby zu bekommen. Als ich siebenunddreißig war, wußte ich, daß du unterwegs warst. Wie ein Geschenk. Und als dann acht Jahre später Laurie auf die Welt kam – oh, Sarah, das war ein Wunder!«

Sarah erinnerte sich, wie sie in der zweiten Klasse Schwester Catherine gefragt hatte, was besser sei, ein Geschenk oder ein Wunder.

»Ein Wunder ist das größte Geschenk, das ein Mensch bekommen kann«, hatte Schwester Catherine gesagt. Als Sarah darauf mitten in der Klasse zu weinen anfing, flunkerte sie und sagte, sie hätte Magenschmerzen.

Obwohl sie wußte, daß Laurie der Liebling war, liebte Sarah ihre Eltern über alles. Als sie zehn Jahre war, hatte sie einen Handel mit dem lieben Gott abgeschlossen. Wenn Er nicht zuließ, daß Papa und Mama starben, ehe sie erwachsen war, würde sie jeden Abend die Küche saubermachen, helfen, sich um Laurie zu kümmern, und nie wieder Kaugummi kauen. Sie hielt ihren Teil des Handels ein, und bis zur Stunde hatte der liebe Gott sich auch an die Abmachung gehalten.

Ohne daß sie es bemerkte, spielte ein kleines Lächeln um ihre Lippen, als sie um die Ecke der Twin Oaks Road bog. Sie erstarrte. Zwei Polizeiwagen mit zuckendem Blaulicht standen in der Einfahrt. Eine Menge Nachbarn hatten sich versammelt, selbst die neuen Leute zwei Häuser weiter unten an der Straße standen dabei. Alle sahen aufgeregt und verängstigt aus und hielten ihre Kinder fest an der Hand.

Sarah fing zu rennen an. Vielleicht war Mama oder Papa krank. Richie Johnson stand auf dem Rasen. Er ging in ihre Klasse in Mount Carmel. Sarah fragte Richie, was los sei.

Er sah sie traurig an. Laurie sei verschwunden, sagte er. Die alte Mrs. Whelan hatte gesehen, wie ein Mann sie in einen Wagen zog, hatte aber nicht begriffen, daß Laurie gerade entführt wurde.

3

1974–1976
Bethlehem, Pennsylvania

Sie fuhren lange Zeit bis zu einem schmutzigen Haus irgendwo draußen im Wald. Wenn sie weinte, schlugen sie sie. Der Mann hob sie immer wieder auf und drückte sie an sich. Dann trug er sie nach oben. Sie versuchte sich zu wehren, aber er lachte sie nur aus. Sie nannten sie Lee. Selbst hießen sie Bic und Opal. Nach einer Weile fand sie Mittel und Wege, ihnen zu entwischen, in ihren Gedanken. Manchmal schwebte sie einfach an der Decke und beobachtete, was mit dem kleinen Mädchen mit dem langen blonden Haar geschah. Manchmal bedauerte sie das kleine Mädchen. Und dann machte sie sich wieder über das Mädchen lustig. Manchmal, wenn sie sie allein schlafen ließen, träumte sie von anderen Leuten, von Mama und Papa und Sarah. Aber dann mußte sie wieder weinen, und sie schlugen sie; also zwang sie sich, Mama und Papa und Sarah zu vergessen. *Das ist gut,* sagte eine Stimme in ihrem Kopf. *Vergiß sie ganz.*

4

Zuerst kam die Polizei jeden Tag ins Haus, und Lauries Bild war auf den Titelseiten der Zeitungen von New Jersey und New York. Sarah konnte nicht mehr weinen, wenn sie ihre Mutter und ihren Vater im Fernsehen in ›Guten Morgen, Amerika‹ sah, wo sie die Leute, die Laurie mitgenommen hatten, anflehten, sie doch wieder zurückzubringen.

Dutzende von Leuten riefen an und sagten, sie hätten Laurie gesehen, aber keiner der Hinweise führte weiter. Die Polizei hatte gehofft, daß eine Lösegeldforderung kommen würde, aber es geschah nichts.

Der Sommer schleppte sich dahin. Sarah bemerkte, wie das Gesicht ihrer Mutter immer verhärmter wurde und ihr Vater ständig irgendwelche Pillen schluckte. Jeden Morgen gingen sie in die 7-Uhr-Messe und beteten zu Gott, er möge Laurie nach Hause zurückbringen. Sarah wachte nachts häufig auf und hörte das Schluchzen ihrer Mutter und die verzweifelten Versuche ihres Vaters, sie zu beruhigen. »Es ist ein Wunder, daß Laurie geboren wurde. Wir müssen jetzt auf das Wunder hoffen, daß sie uns zurückgebracht wird«, hörte sie ihn sagen.

Die Schule fing wieder an. Sarah war immer eine gute Schülerin gewesen. Jetzt flüchtete sie sich geradezu ins Lernen, um ihren Kummer zu vergessen. Sie begann Golf- und Tennisstunden zu nehmen. Aber ihre kleine Schwester fehlte ihr so sehr, und sie litt darunter. Sie fragte sich, ob der liebe Gott sie damit für all die Male strafte, wo sie eifersüchtig auf Laurie gewesen war. Sie machte sich bittere Vorwürfe, daß sie an jenem Tag zu der Geburtstagsparty gegangen war. Wenn der liebe Gott ihnen Laurie zurückgeben würde, würde sie sich immer, *immer* um sie kümmern, versprach sie.

5

Der Sommer verstrich. Ein kalter Wind wehte durch die Ritzen des Hauses. Laurie fror die ganze Zeit. Eines Tages kam Opal mit langärmeligen Hemden und Overalls und einer Winterjacke zurück. Sie war nicht so hübsch wie die, die Laurie zu Hause getragen hatte. Als es wieder warm wurde, gaben sie ihr andere Kleider, Shorts, Hemden und

Sandalen. Ein weiterer Winter verstrich. Laurie sah, wie die Blätter auf dem großen alten Baum vor dem Haus zu knospen begannen und sich öffneten.

Bic hatte eine alte Schreibmaschine im Schlafzimmer. Sie klapperte so laut, daß Laurie es hören konnte, wenn sie in der Küche saubermachte oder vor dem Fernseher saß. Sie mochte das Klappern. Es bedeutete, daß Bic sie in Ruhe lassen würde.

Nach einer Weile pflegte er dann aus dem Schlafzimmer zu kommen, ein Bündel Papiere in der Hand, aus denen er Laurie und Opal laut vorlas. Er schrie dabei immer und schloß immer mit denselben Worten: »Halleluja. Amen!« Dann pflegten er und Opal gemeinsam zu singen. Üben nannten sie das. Lieder über Gott und die Rückkehr nach Hause.

Nach Hause. Ihre Stimmen sagten Laurie, daß das ein Wort war, an das sie nicht mehr denken sollte.

Sonst bekam Laurie niemanden zu sehen, nur Bic und Opal. Und wenn sie ausgingen, schlossen sie sie im Keller ein. Das passierte häufig. Das Fenster dort war fast an der Decke und mit Brettern vernagelt. Der Keller war unheimlich und voller Schatten, die sich zu bewegen schienen. Laurie versuchte jedesmal, sofort auf der Matratze einzuschlafen, die sie ihr auf den Boden gelegt hatten.

Besuch kam fast nie. Und wenn jemand kam, wurde Laurie in den Keller gebracht und mit einem Bein an ein Leitungsrohr gekettet, damit sie nicht die Treppe hinaufgehen und an die Tür klopfen konnte. »Und daß du ja nicht nach uns rufst«, warnte Bic sie. »Du würdest großen Ärger bekommen, und wir könnten dich ohnehin nicht hören.«

Unter ihrer Aufsicht durfte sie in den Garten hinter dem Haus. Sie brachten ihr bei, wie man den Gemüsegarten jätet und Eier aus dem Hühnerverschlag einsammelt. Es gab ein frischgeschlüpftes Küken, und sie durfte es behalten. Im Garten spielte sie mit dem Küken, und manchmal, wenn sie im Keller eingesperrt wurde, erlaubten sie ihr, es mitzunehmen.

Bis zu jenem schrecklichen Tag, an dem Bic das Huhn tötete.

Eines Morgens packten sie ihre Kleider und den Fernseher und Bics Schreibmaschine ins Auto und fuhren los. Bic und Opal lachten übermütig und sangen »Ha-le-luu-ja«.

»Ein Fünfzehntausend-Watt-Sender in Ohio!« schrie Bic. »Bibelland, hier kommen wir!«

Sie waren ungefähr zwei Stunden unterwegs. Laurie hörte vom Rücksitz aus, wo sie sich an die zerbeulten alten Koffer drückte, wie Opal sagte: »Laß uns an einem Schnellimbiß halten und etwas Anständiges essen. Niemand wird auf sie achten. Warum auch?«

»Du hast recht«, sagte Bic. Dann blickte er über die Schulter zu Laurie. »Opal wird ein Sandwich und Milch für dich bestellen. Daß du mir ja mit niemandem redest, hörst du?«

Sie betraten einen Raum mit einer langen Theke und Tischen und Stühlen. Laurie war so hungrig, daß sie den Speck, der in der Pfanne brutzelte und dessen Duft in der Luft hing, schon fast auf der Zunge spürte. Aber da war noch etwas. Sie erinnerte sich daran, daß sie mit der anderen Familie auch einmal an einem solchen Ort gewesen war. Ein Schluchzen, das sie nicht unterdrücken konnte, stieg ihr in die Kehle. Bic stieß sie an, und sie begann zu weinen, so heftig, daß sie keine Luft mehr kriegte. Sie konnte sehen, wie die Frau an der Registrierkasse sie anstarrte. Bic packte sie und zerrte sie auf den Parkplatz hinaus, und Opal folgte ihnen.

Bic warf sie auf den Rücksitz des Wagens, und er und Opal beeilten sich, vorn einzusteigen. Während Opal das Gaspedal niedertrat, griff er nach ihr. Sie versuchte sich wegzuducken, als die haarige Hand ihr links und rechts ins Gesicht klatschte. Aber nach dem ersten Schlag fühlte sie keinen Schmerz mehr. Ihr tat nur das kleine Mädchen leid, das so heftig weinte.

6

Juni 1976
Ridgewood, New Jersey

Sarah saß mit ihren Eltern vor dem Fernseher und sah sich das Programm über verschwundene Kinder an. Der letzte Teil befaßte sich mit Laurie. Bilder von ihr, die unmittelbar vor ihrem Verschwinden aufgenommen worden waren. Ein Phantombild zeigte, wie sie wahrscheinlich heute aussehen würde, zwei Jahre nach ihrer Entführung.

Als das Programm zu Ende war, rannte Marie Kenyon aus dem Zimmer und schrie: »Ich will mein Baby! Ich will mein Baby!«

Tränenüberströmt hörte Sarah, wie ihr Vater sich bemühte, ihre Mutter zu beruhigen. »Vielleicht geschieht das Wunder jetzt nach dieser Sendung«, sagte er. Aber es klang nicht so, als würde er selbst daran glauben.

Eine Stunde später nahm Sarah das Telefon ab, als es klingelte. Bill Conners, der Polizeichef von Ridgewood, hatte Sarah immer als Erwachsene behandelt. »Deine Eltern sind wohl von der Sendung noch ziemlich aufgewühlt, was?« fragte er.

»Ja.«

»Ich weiß nicht, ob ich ihnen Hoffnung machen soll, aber da war ein Anruf, der vielleicht etwas verspricht. Eine Kassiererin in einem Schnellimbiß in Harrisburg in Pennsylvania ist fest überzeugt, sie hätte Laurie heute nachmittag gesehen.«

»Heute nachmittag!« Sarahs Atem stockte.

»Die Kassiererin hat Verdacht geschöpft, weil das kleine Mädchen plötzlich hysterisch wurde. Es sei aber kein plötzlicher Wutanfall gewesen. Sie wäre vor Tränen fast erstickt. Die Polizei von Harrisburg hat Lauries Phantombild.«

»Wer war bei ihr?«

»Ein Mann und eine Frau. Hippietypen. Die Kassiererin

hat nur auf das Kind geachtet, deshalb ist die Beschreibung der beiden sehr vage.«

Er überließ Sarah die Entscheidung, ob sie es ihren Eltern sagen und ihnen Hoffnung machen wollte. Sie ging einen weiteren Handel mit dem lieben Gott ein. »Laß das ihr Wunder sein. Laß die Polizei von Harrisburg Laurie finden, dann werde ich mich immer um Laurie kümmern.«

Sie rannte die Treppe hinauf, um ihrer Mutter und ihrem Vater von dem Anruf zu erzählen.

7

Kurz nachdem sie den Schnellimbiß verlassen hatten, machte der Wagen Probleme. Jedesmal, wenn sie langsamer wurden, stotterte der Motor und starb dann ab. Als es das dritte Mal passierte, sagte Opal: »Wenn er ganz den Geist aufgibt und ein Bulle kommt, mußt du vorsichtig sein. Er könnte ihretwegen Fragen stellen.« Sie deutete mit einer Kopfbewegung auf Laurie.

Bic forderte sie auf, eine Autowerkstatt zu suchen und von der Straße abzubiegen. Als sie eine fanden, befahl er Laurie, sich auf den Boden zu legen, und häufte Abfallsäcke, die mit alten Kleidern gefüllt waren, über sie.

An dem Wagen mußte eine größere Reparatur vorgenommen worden; er würde erst am nächsten Tag fertig sein. Neben der Werkstatt war ein Motel.

Sie fuhren hinüber. Bic ging hinein und kam mit dem Schlüssel zurück. Laurie wurde hastig ins Zimmer geschoben, und Bic fuhr den Wagen zur Werkstatt zurück. Anschließend saßen sie den Rest des Nachmittags vor dem Fernseher. Bic brachte zum Abendessen Hamburger. Laurie war eingeschlafen, als das Programm über die vermißten Kinder kam. Sie wachte auf und hörte Bic fluchen. *Laß die Augen lieber zu!* warnte sie eine Stimme. *Sonst wird er es dich büßen lassen.*

»Die Kassiererin hat sie gesehen«, hörte sie Opal noch sagen. »Wir müssen sie loswerden.«

Am nächsten Nachmittag ging Bic den Wagen holen. Als er zurückkam, setzte er Laurie auf das Bett und preßte ihr die Arme an den Leib. »Wie heiße ich?« fragte er sie.

»Bic.«

Er deutete mit einer Kopfbewegung auf Opal. »Und sie?«

»Opal.«

»Ich möchte, daß du das vergißt. Ich möchte, daß du uns vergißt. Du darfst nie über uns reden. Verstehst du das, Lee?«

Laurie verstand nicht. *Sag ja,* flüsterte eine Stimme ungeduldig. *Nicke mit dem Kopf und sag ja.*

»Ja«, sagte sie leise und spürte, wie ihr Kopf nickte.

»Erinnerst du dich, wie ich dem Huhn den Kopf abgeschnitten habe?« fragte Bic.

Sie schloß die Augen. Das Huhn war im Garten herumgetaumelt, und das Blut war ihm aus dem Hals geströmt. Dann war es ihr auf die Füße gefallen. Sie hatte zu schreien versucht, als das Blut über sie spritzte, aber es war kein Laut herausgekommen. Danach war sie nie wieder in die Nähe der Hühner gegangen. Manchmal träumte sie, daß das kopflose Huhn hinter ihr herrannte.

»Erinnerst du dich?« fragte Bic und preßte ihr die Arme noch fester an den Leib.

»Ja.«

»Wir müssen weggehen. Wir werden dich an einer Stelle zurücklassen, wo man dich finden wird. Wenn du je irgend jemandem meinen Namen oder Opals Namen oder den Namen, den wir dir gegeben haben, sagst oder wo wir gewohnt haben oder irgend etwas, was wir miteinander getan haben, dann komme ich mit dem Hühnermesser und schneide dir den Kopf ab. Verstehst du das?«

Das Messer. Lang und scharf und mit Hühnerblut beschmiert.

»Versprich mir, daß du niemandem etwas sagen wirst«, verlangte Bic.

»Ich verspreche es«, murmelte sie verzweifelt.

Sie stiegen in den Wagen. Wieder zwangen sie sie, sich auf den Boden zu legen. Es war so heiß. Die Mülltüten klebten an ihrer Haut.

Als es dunkel war, hielten sie vor einem großen Gebäude an. Bic zog sie aus dem Wagen. »Das ist eine Schule«, sagte er. »Morgen früh werden eine Menge Leute kommen und Kinder, mit denen du spielen kannst. Bleib hier und warte auf sie.«

Sie zuckte vor seinem Kuß und seiner heftigen Umarmung zurück. »Ich bin ganz verrückt nach dir«, sagte er, »aber denk daran, wenn du ein Wort über uns sagst ...« Er hob den Arm, schloß die Faust, als würde er ein Messer halten, und machte eine Bewegung, als wollte er ihr den Hals abschneiden.

»Ich verspreche es«, schluchzte sie, »ganz bestimmt.«

Opal gab ihr eine Tüte mit Keksen und eine Cola. Laurie sah ihnen nach, wie sie wegfuhren. Sie wußte, daß sie zurückkommen und ihr weh tun würden, wenn sie nicht hierblieb. Es war so finster. Im nahegelegenen Wäldchen konnte sie Tiere umherhuschen hören.

Laurie drückte sich an die Tür des Gebäudes und schlang sich die Arme fest um den Leib. Den ganzen Tag über war ihr heiß gewesen, aber jetzt fror sie, und sie hatte solche Angst. Vielleicht rannte dort draußen das kopflose Huhn herum. Sie fing zu zittern an.

Sieh dir das ängstliche Kätzchen an. Sie glitt davon, wurde ein Teil der höhnischen Stimme und lachte über die kleine Gestalt, die sich verängstigt an die Mauer schmiegte.

8

Polizeichef Conners rief am Morgen wieder an. Der Hinweis schien doch vielversprechend, sagte er. Der Hausmeister einer Schule in der Nähe von Pittsburgh hatte ein

Mädchen, auf das Lauries Beschreibung paßte, gefunden. Sie würden, so schnell es ging, Lauries Fingerabdrücke hinschicken.

Eine Stunde später rief er zurück. Die Fingerabdrücke stimmten überein. Laurie würde nach Hause kommen.

9

John und Marie Kenyon flogen nach Pittsburgh. Man hatte Laurie in ein Krankenhaus gebracht, um sie gründlich zu untersuchen. Am nächsten Tag sah Sarah in den Mittagsnachrichten im Fernsehen, wie ihre Mutter und ihr Vater aus dem Krankenhaus kamen, Laurie in der Mitte. Sarah kauerte vor dem Fernseher und hielt ihn mit beiden Händen fest. Laurie war größer geworden. Ihr langes blondes Haar wirkte struppig. Sie war sehr dünn. Aber da war noch etwas. Laurie war immer so freundlich gewesen. Obwohl sie den Kopf gesenkt hielt, irrten ihre Augen umher, als suchte sie nach etwas, vor dem sie Angst hatte.

Die Reporter bombardierten die Eltern mit Fragen, John Kenyons Stimme klang angespannt und müde, als er sagte: »Die Ärzte haben uns gesagt, Lauries Gesundheitszustand sei gut, wenn sie auch ein wenig Untergewicht habe. Aber sie ist natürlich verwirrt und verängstigt.«

»Hat sie etwas über die Entführer gesagt?«

»Sie hat über gar nichts gesprochen. Bitte, wir sind Ihnen für Ihr Interesse und Ihre Sorge sehr dankbar, aber es wäre wirklich sehr freundlich, wenn Sie es uns ermöglichten, in Ruhe wieder zueinanderzufinden.« Die Stimme ihres Vaters klang fast flehend.

»Gibt es irgendwelche Anzeichen, daß sie mißbraucht worden ist?«

Sarah sah den Schock im Gesicht ihrer Mutter. »Absolut nicht!« sagte ihre Mutter. Ihre Stimme klang entsetzt. »Wir glauben, daß die Leute, die Laurie entführt haben, ein

Kind haben wollten. Wir hoffen nur, daß sie jetzt nicht einer anderen Familie diesen Alptraum bereiten werden.«

Sarah mußte irgendwie die hektische Energie loswerden, die sich in ihr aufgebaut hatte. Sie bezog Lauries Bett mit dem bunten Laken mit den Märchenfiguren, das Laurie so gern mochte. Sie arrangierte Lauries Lieblingsspielsachen in deren Zimmer, die Zwillingspuppen in ihrem Wägelchen, das Puppenhaus, die Bären, ihre Peter-Rabbit-Bücher. Schließlich legte sie Lauries Kuscheldecke auf das Kissen.

Dann fuhr Sarah mit dem Rad zum Laden, um Käse, Pasta und Hackfleisch zu kaufen. Laurie liebte Lasagne. Während Sarah sie vorbereitete, klingelte das Telefon andauernd. Es gelang ihr, alle Anrufer davon zu überzeugen, in den nächsten paar Tagen von Besuchen abzusehen.

Um sechs Uhr sollten sie nach Hause kommen. Um halb sechs stand die Lasagne in der Bratröhre, der Salat im Kühlschrank, und der Tisch war wieder für vier gedeckt. Sarah ging nach oben, um sich umzuziehen. Sie betrachtete sich im Spiegel. Ob Laurie sie noch kennen würde? In den vergangenen zwei Jahren war sie acht Zentimeter gewachsen. Ihr Haar, das sie früher schulterlang getragen hatte, war jetzt kurz. Jetzt, mit vierzehn, begannen ihre Brüste voller zu werden. Und an Stelle einer Brille trug sie Kontaktlinsen.

Fernsehkameras surrten in der Einfahrt, als der Wagen hielt. Nachbarn und Freunde warteten im Hintergrund. Alle fingen zu jubeln an, als die Wagentür sich öffnete und John und Marie Kenyon Laurie aus dem Wagen halfen.

Sarah rannte zu ihrer kleinen Schwester und ging auf die Knie. »Laurie«, flüsterte sie und streckte die Arme aus. Aber Laurie schlug erschreckt beide Hände vors Gesicht. Sie hat Angst, ich könnte sie schlagen, dachte Sarah.

Sie nahm Laurie hoch und trug sie ins Haus, während ihre Eltern mit den Reportern sprachen.

Laurie ließ durch nichts erkennen, daß sie sich an das Haus erinnerte. Sie sprach kein Wort. Beim Abendessen saß sie stumm da, die Augen auf den Teller gesenkt. Als sie fertig war, stand sie auf, trug ihren Teller zum Spülbecken und begann den Tisch abzuräumen.

Marie stand auf. »Liebling, du brauchst doch nicht …«

»Laß sie, Mama«, flüsterte Sarah. Sie half Laurie beim Abräumen und redete auf sie ein, sagte, was für ein großes Mädchen sie jetzt sei und daß Laurie ihr ja immer beim Abräumen geholfen hätte. Erinnerte sie sich nicht?

Nachher gingen sie ins Wohnzimmer, und Sarah schaltete den Fernseher ein. Laurie fuhr zitternd zurück, als Marie und John sie aufforderten, sich zwischen sie zu setzen. »Sie hat Angst«, warnte Sarah. »Tut so, als wäre sie nicht da.«

Die Augen ihrer Mutter füllten sich mit Tränen, aber sie tat so, als würde sie sich ganz auf das Programm konzentrieren. Laurie saß im Schneidersitz auf dem Boden und hatte sich eine Stelle ausgewählt, wo sie den Bildschirm im Blick hatte, selbst aber nicht gesehen werden konnte.

Als Marie ihr um neun Uhr vorschlug, ein warmes Bad zu nehmen und zu Bett zu gehen, geriet Laurie in Panik. Sie preßte die Knie an die Brust und vergrub ihr Gesicht in den Händen. Sarah und ihr Vater tauschten Blicke.

»Mein armes kleines Mädchen«, sagte er. »Du brauchst noch nicht ins Bett zu gehen.« Sarah sah denselben Blick in seinen Augen, den sie vorher bei ihrer Mutter gesehen hatte. »Dir ist noch alles so fremd hier, nicht wahr?«

Marie versuchte sich nicht anmerken zu lassen, daß sie weinte. »Sie hat Angst vor uns«, murmelte sie.

Nein, dachte Sarah, sie hat Angst, ins Bett zu gehen. Warum?

Sie ließen den Fernseher eingeschaltet. Um Viertel vor zehn streckte Laurie sich auf dem Fußboden aus und schlief ein. Sarah trug sie ins Kinderzimmer, zog sie aus und legte sie ins Bett.

Laurie schlief lange und bis spät in den Morgen hinein.

Sarah schlich sich an ihr Bett und genoß das friedliche Bild, den Anblick der kleinen Gestalt mit der Kuscheldecke unter dem Kinn und dem langen Haar, das sich über das Gesicht gekräuselt hatte. Sie wiederholte das Versprechen, das sie dem lieben Gott gegeben hatte: »Ich werde mich immer um sie kümmern.«

Ihre Mutter und ihr Vater waren bereits auf. Beide wirkten erschöpft, strahlten aber vor Freude. »Wir haben immer wieder nachgesehen, ob sie wirklich da ist«, sagte Marie. »Sarah, wir haben gerade von dir gesprochen und daß wir diese zwei Jahre ohne dich wohl nicht geschafft hätten.«

Sarah half ihrer Mutter, Lauries Lieblingsfrühstück zu bereiten, Pfannkuchen und Speck. Ein paar Minuten später trippelte Laurie ins Zimmer. Sie kletterte Marie auf den Schoß. »Mama«, sagte sie, und ihre Stimme klang ganz wie früher. »Gestern wollte ich zum Swimmingpool, und Beth hat die ganze Zeit telefoniert.«

ZWEITER TEIL

10

12. September 1991
Ridgewood, New Jersey

Während der Messe sah Sarah immer wieder zu Laurie hinüber. Der Anblick der beiden Särge auf den Stufen der Aussegnungshalle hatte sie offenbar in geradezu hypnotischen Bann gezogen. Sie schien weder die Musik noch die Gebete oder die Leichenrede wahrzunehmen. Sarah mußte Laurie mit der Hand am Ellbogen daran erinnern, daß sie aufstehen oder niederknien mußte.

Am Ende der Messe, als Monsignore Fisher die Särge segnete, flüsterte Laurie: »Mama, Papa, es tut mir so leid. Ich gehe ganz bestimmt nicht wieder allein auf die Straße.«

»Laurie«, flüsterte Sarah.

Laurie sah sie mit Augen an, die nichts sahen, drehte sich dann um und blickte verwirrt in die überfüllte Kirche. »So viele Leute.« Ihre Stimme klang verängstigt und jung.

Als letzte Hymne wurde ›Amazing Grace‹ gesungen.

Ein Paar im hinteren Teil der Kirche schloß sich dem Gesang der Gemeinde an, zuerst leise, dann lauter, weil er es gewöhnt war, vorzusingen. Wie jedesmal geriet er in Fahrt, und sein klarer Bariton erhob sich über die anderen Stimmen, schwoll an und übertönte die dünnere Stimme des Solosängers. Die Leute drehten sich bewundernd um.

»Einmal war ich verloren, aber jetzt hat der Herr mich gefunden ...«

Bei all dem Schmerz und dem Leid verspürte Laurie eisigen Schrecken. Die Stimme erfüllte ihr ganzes Wesen.

Ich bin verloren, jammerte sie stumm. *Ich bin verloren.*

Jetzt bewegten sie die Särge. Die Räder der Totenbahre, auf der der Sarg ihrer Mutter stand, quietschten.

Dann das Klappern der Schreibmaschine.

Sie hörte die gemessenen Schritte der Leichenträger.

»›... war ich blind, doch nun sehe ich.‹«

»Nein! Nein!« schrie Laurie und versank in barmherzige Finsternis.

Viele von Lauries Klassenkameradinnen vom Clinton College und einige Lehrkräfte hatten der Messe beigewohnt. Allan Grant, Professor für englische Sprache, war auch dabei und sah erschreckt, wie Laurie zusammenbrach.

Grant war einer der beliebtesten Lehrer in Clinton. Er war gerade vierzig geworden und hatte dichtes, etwas widerspenstiges braunes Haar mit zahlreichen grauen Strähnen. Die großen dunkelbraunen Augen, die Humor und Intelligenz verrieten, ließen das etwas langgeratene Gesicht vergessen. Sein schlaksiger Körper und seine legere Kleidung verliehen ihm ein Aussehen, das viele seiner Studentinnen unwiderstehlich fanden.

Grant interessierte sich wirklich für seine Studenten. Laurie war seit ihrem Eintritt in Clinton jedes Jahr in einer seiner Klassen gewesen. Er kannte ihre Vorgeschichte und war neugierig gewesen, ob es irgendwelche erkennbaren Nachwirkungen ihrer Entführung gab. Das einzige Mal, daß ihm etwas in dieser Hinsicht aufgefallen war, war in seinem Kurs für kreatives Schreiben gewesen. Laurie war nicht imstande, eine persönliche Erinnerung zu schreiben. Wenn sie dagegen Bücher, Autoren und Theaterstücke zu kritisieren hatte, zeigte sie durchaus Einfühlungsvermögen und eigenständiges Denken.

Vor drei Tagen hatte man sie während seinem Unterricht ins Büro gerufen. Das war am Ende der Unterrichtsstunde gewesen, und weil ihm Unheil schwante, hatte er sie begleitet. Als sie über den Campus eilten, hatte sie ihm gesagt, daß ihre Mutter und ihr Vater zu ihr unterwegs seien, um die Autos zu tauschen. Sie hatte vergessen, ihr Cabrio zur Inspektion zu bringen, und war deshalb mit der Limousine ihrer Mutter ins College zurückgekehrt. »Wahrscheinlich verspäten sie sich bloß«, hatte sie gesagt, sichtlich, um sich selbst zu beruhigen. »Meine Mutter sagt, ich mache mir viel zu viele Sorgen um sie. Aber sie hat sich in letzter Zeit nicht besonders wohl gefühlt, und Vater ist fast zweiundsiebzig.«

Dann hatte ihnen der Dekan mit ernster Stimme mitgeteilt, daß es auf der Route 78 eine Massenkarambolage gegeben habe.

Allan Grant fuhr Laurie ins Krankenhaus. Ihre Schwester Sarah war bereits dort. Grant war Sarah auf einigen College-Veranstaltungen begegnet und war immer wieder von der Fürsorge beeindruckt gewesen, die die junge Staatsanwältin Laurie gegenüber zeigte.

Ein Blick auf das Gesicht ihrer Schwester reichte aus, um Laurie klarzumachen, daß ihre Eltern tot waren. »Meine Schuld, meine Schuld«, klagte sie immer wieder und schien gar nicht zu hören, wie Sarah sie unter Tränen eindringlich zu überzeugen versuchte, daß sie sich nicht die Schuld geben dürfe.

Besorgt sah Grant zu, wie ein Kirchendiener Laurie aus der Kirche trug, Sarah neben ihm. Der Organist begann die Schlußhymne zu spielen. Die Leichenträger schritten langsam, von dem Monsignore geführt, den Mittelgang hinunter. Grant sah, wie sich in der Reihe vor ihm ein Mann aus der Kirchenbank drängte. »Bitte, entschuldigen Sie. Ich bin Arzt«, sagte er mit leiser, aber gebieterischer Stimme.

Irgendein Instinkt veranlaßte Allan Grant dazu, ihm in den kleinen Raum neben der Vorhalle zu folgen, in den man Laurie gebracht hatte. Sie lag auf zwei aneinandergeschobenen Stühlen. Sarah beugte sich mit kreidebleichem Gesicht über sie.

»Lassen Sie mich ...« Der Arzt tippte Sarah an den Arm.

Laurie regte sich und wimmerte leise.

Der Arzt schob ihre Augenlider hoch, fühlte den Puls. »Sie kommt jetzt zu sich, aber man sollte sie nach Hause bringen. In ihrem Zustand kann sie auf keinen Fall auf den Friedhof gehen.«

»Ich weiß.«

Allan sah, wie verzweifelt Sarah sich bemühte, Haltung zu bewahren. »Sarah«, sagte er. Sie drehte sich zu ihm herum und schien ihn allem Anschein nach zum erstenmal zu bemerken. »Sarah, lassen Sie mich mit Laurie zu Ihrem Haus zurückfahren. Ich kümmere mich um sie.«

»Oh, würden Sie das tun?« Einen Augenblick lang veränderte sich ihr Ausdruck, Dankbarkeit trat an die Stelle von Leid und Sorge. »Ein paar von den Nachbarn sind dort und richten etwas zu essen, aber Laurie hat großes Vertrauen zu Ihnen. Sie würden mir einen großen Gefallen tun.«

»›*Einst war ich verloren, doch jetzt hat der Herr mich gefunden …*‹«

Eine Hand bewegte sich auf sie zu, sie hielt das Messer, das Messer, von dem Blut tropfte, es durchschnitt die Luft. Ihr Hemd und ihr Overall waren blutbefleckt. Sie konnte die klebrige Wärme im Gesicht spüren. Etwas zappelte hilflos zu ihren Füßen. Das Messer kam …

Laurie schlug die Augen auf. Sie lag im Bett in ihrem Zimmer. Es war dunkel. Was war passiert?

Sie erinnerte sich. Die Kirche. Die Särge. Der Gesang.

»Sarah!« rief sie mit schriller Stimme. »Sarah, wo bist du?«

11

Sie wohnten im Wyndham Hotel an der Achtundfünfzigsten Straße in Manhattan. »Ein ausgezeichnetes Hotel«, hatte er ihr gesagt. »Eine Menge Leute aus dem Showbusineß wohnen dort. Der richtige Ort, um Verbindungen herzustellen.«

Auf der Fahrt vom Begräbnis nach New York blieb er stumm. Zum Mittagessen waren sie mit Reverend Rutland Garrison, Pastor der ›Welle Gottes‹, und dem geschäftsführenden Produzenten der Fernsehstation verabredet. Garrison wollte in den Ruhestand gehen und suchte einen Nachfolger. Jede Woche wurde ein Gastprediger eingeladen, um mit ihm zusammen das Programm zu moderieren.

Sie sah ihm zu, wie er nacheinander drei verschiedene Anzüge probierte, ehe er sich schließlich für einen mitternachtsblauen Anzug, ein weißes Hemd und eine blaugraue Krawatte entschied. »Sie wollen einen Prediger. Und den sollen sie auch bekommen. Wie sehe ich aus?«

»Perfekt«, versicherte sie ihm. Und das traf auch zu. Sein Haar war jetzt silbern, obwohl er erst fünfundvierzig war. Er achtete sorgfältig auf sein Gewicht und hatte sich angewöhnt, sehr aufrecht zu stehen, so daß er immer über die Leute hinauszuragen schien, selbst über größere Männer. Er hatte es sich angewöhnt, seine Predigten mit weitaufgerissenen Augen zu donnern, bis das schließlich sein üblicher Gesichtsausdruck geworden war.

Gegen das rot-weiß karierte Kleid, das ihre erste Wahl gewesen war, hatte er sein Veto eingelegt. »Nicht elegant genug für diese Besprechung.«

Sie hielt ihm ein schmales schwarzes Leinenkleid mit dazupassendem Jäckchen hin. »Wie wär's damit?«

Er nickte stumm. »Ja, das geht.« Dann runzelte er die Stirn. »Und denk daran …«

»Ich werde dich nie vor anderen Leuten mit Bic ansprechen«, ergänzte sie begütigend. »Habe ich doch seit Jahren nicht mehr getan.«

Seine Augen glänzten fiebrig. Opal kannte und fürchtete diesen Blick. Drei Jahre waren vergangen, seit ihn zum letztenmal die Polizei zum Verhör abgeholt hatte, weil sich irgendein kleines blondes Mädchen bei ihrer Mutter über ihn beklagt hatte. Er hatte es immer geschafft, solche Klagen durch selbstbewußtes Auftreten in gestammelte Entschuldigungen zu verwandeln, aber trotzdem war es in zu vielen Städten zu häufig vorgekommen. Und dieser Blick bedeutete, daß er wieder einmal im Begriff war, die Kontrolle über sich zu verlieren.

Lee war das einzige Kind gewesen, das er je behalten hatte. Von dem Augenblick an, wo er sie das erstemal mit ihrer Mutter im Einkaufszentrum entdeckt hatte, war er von ihr förmlich besessen gewesen. An jenem ersten Tag war er hinter ihrem Wagen hergefahren und danach mehrmals an ihrem Haus vorbeigerollt, in der Hoffnung, einen Blick auf das Kind erhaschen zu können. Er und Opal hatten damals in einem schmuddeligen Nachtclub in New Jersey ein zweiwöchiges Engagement gehabt, Gitarre und Gesang, und in einem Motel zwanzig Minuten vom Haus der Kenyons entfernt gewohnt. Das war das letztemal gewesen, daß sie in einem Nachtclub aufgetreten waren. Bic hatte dann angefangen, bei Erweckungsversammlungen Gospels zu singen und später im nördlichen Teil des Staates New York zu predigen. Der Besitzer einer Radiostation in Bethlehem, Pennsylvania, hörte ihn und forderte ihn auf, auf seiner kleinen Station ein religiöses Programm zu übernehmen.

Es war Pech gewesen, daß er auf dem Rückweg nach Pennsylvania darauf bestanden hatte, ein letztes Mal an dem Haus vorbeizufahren. Lee war allein draußen gewesen. Er hatte sie geschnappt, sie mitgenommen, und dann hatte Opal zwei Jahre lang in beständiger Angst und Eifersucht gelebt, obwohl sie sich bemühte, ihn nichts merken zu lassen.

Fünfzehn Jahre waren vergangen, seit sie sie in dem Schulhof abgesetzt hatten, aber Bic hatte den Verlust nie überwinden können. Er trug ihr Bild versteckt in seiner Brieftasche, und manchmal ertappte Opal ihn dabei, wie er es anstarrte und mit den Fingern darüberstrich. In den letzten Jahren, in denen er immer erfolgreicher geworden war, hatte er sich Sorgen gemacht, eines Tages könnten FBI-Beamte vor ihn treten und ihn wegen Entführung und Kindsmißbrauch verhaften. »Schau dir das Mädchen in Kalifornien an, das seinen Vater ins Gefängnis gebracht hat, weil sie bei einem Psychiater war und anfing, sich an Dinge zu erinnern, die am besten vergessen geblieben wären«, pflegte er manchmal zu sagen.

Sie waren gerade in New York angekommen, als Bic in der *Times* die Notiz über den tödlichen Unfall der Kenyons gelesen hatte. Trotz Opals Protesten waren sie zu der Beerdigung gegangen. »Opal«, hatte er zu ihr gesagt, »wir unterscheiden uns doch wie Tag und Nacht von diesen beiden gitarrespielenden Hippies, an die Lee sich erinnert.«

Es stimmte, sie sahen völlig anders aus. Gleich an dem Morgen, nachdem sie Lee losgeworden waren, hatten sie angefangen, ihr Aussehen zu verändern. Bic rasierte sich den Bart ab und ließ sich das Haar kurz schneiden. Sie hatte ihr Haar aschblond gefärbt und es zu einem Knoten zusammengebunden. Beide hatten sie ordentliche Kleider gekauft, Sachen, in denen sie wie alle anderen aussahen, wie typische Durchschnittsamerikaner. »Nur für den Fall, daß irgend jemand in dem Schnellimbiß uns genauer angesehen hat«, hatte er gesagt. Damals hatte er ihr verboten, ihn jemals vor anderen Leuten mit Bic anzusprechen, und hatte erklärt, er würde sie von nun an in der Öffentlichkeit Carla nennen, nach ihrem richtigen Namen. »Lee hat in diesen zwei Jahren immer wieder unsere Namen gehört«, hatte er gesagt. »Von nun an bin ich für jeden, den wir kennenlernen, Reverend Bobby Hawkins.«

Trotzdem hatte sie die Angst in ihm gespürt, als sie die Treppe der Kirche hinaufgeeilt waren. Am Ende der Messe, als der Organist die ersten Noten von ›Amazing Grace‹ angestimmt hatte, hatte er ihr zugeflüstert: »Das ist unser Lied, das von Lee und mir.« Seine Stimme erhob sich über alle anderen. Sie saßen auf den äußersten Sitzen ganz am Ende der Kirchenbänke. Als der Kirchendiener Lees leblose Gestalt an ihnen vorbeitrug, mußte Opal seine

Hand festhalten, um ihn daran zu hindern, sie auszustrecken und das Mädchen zu berühren.

»Bist du fertig?« Seine Stimme klang sarkastisch. Er stand an der Tür ihrer Suite.

»Ja.« Opal griff nach ihrer Handtasche und trat zu ihm. Sie mußte ihn beruhigen. Die Spannung in ihm war fast körperlich zu spüren. Sie legte ihm beide Hände an die Wangen. »Bic, Liebster. Du mußt dich entspannen«, sagte sie mit besänftigender Stimme. »Du willst doch einen guten Eindruck machen, nicht wahr?«

Aber er schien kein Wort davon gehört zu haben. Er murmelte: »Ich habe immer noch die Macht, dieses kleine Mädchen fast zu Tode zu erschrecken, nicht wahr?« Und dann begann er zu schluchzen, ein hartes, trockenes Schluchzen, das seinen ganzen Körper erzittern ließ. »Herrgott, wie ich sie liebe.«

12

Zehn Tage nach der Beerdigung rief Sarah den Psychiater Dr. Peter Carpenter an. Sie war ihm gelegentlich in Ridgewood begegnet, er war ihr sympathisch, und die Erkundigungen, die sie über ihn eingezogen hatte, bestätigten ihren persönlichen Eindruck. Ihr Chef, Ed Ryan, der Staatsanwalt von Bergen County, hatte eine besonders hohe Meinung von Carpenter. »Der Mann ist in Ordnung. Er redet nicht um die Dinge herum. Ich würde ihm jedes Mitglied meiner eigenen Familie anvertrauen, und Sie wissen, daß ich damit eine ganze Menge sage. In diesem Beruf gibt es zu viele schräge Vögel.«

Sie bat um einen kurzfristigen Termin. »Meine Schwester gibt sich die Schuld an dem Unfall unserer Eltern«, erklärte sie und wurde sich bewußt, daß sie das Wort ›Tod‹ vermied. Für sie war es immer noch keine Tatsache. Den Telefonhörer fest umklammernd, sagte sie: »Sie hatte jahrelang immer wiederkehrende Alpträume. Seit einigen Jahren blieben sie aus, aber seit dem Unfall hat sie sie wieder regelmäßig.«

Dr. Carpenter erinnerte sich noch genau an Lauries Entführung. Als sie von den Entführern ausgesetzt worden und wieder nach Hause zurückgekehrt war, hatte er mit Kollegen über mögliche Auswirkungen ihres totalen Gedächtnisverlustes gesprochen. Er war in hohem Maße daran interessiert, die junge Frau jetzt zu sehen, meinte aber zu Sarah: »Ich glaube, es wäre klug, zuerst mit Ihnen zu sprechen, ehe ich mir Laurie ansehe. Ich habe heute nachmittag eine Stunde Zeit.«

Wie seine Frau oft im Scherz meinte, war Carpenter der Prototyp des freundlichen Familienarztes: stahlgraues Haar, rosige Gesichtsfarbe, randlose Brille, gütiger Gesichtsausdruck, schlanke Figur und genauso alt aussehend, wie er tatsächlich war, nämlich zweiundfünfzig.

Seine Praxis war bewußt behaglich eingerichtet: zartgrüne Wände, grün-weiß gemusterte Vorhänge, ein Mahagonischreibtisch, Zimmerpflanzen, ein bequemer bordeauxroter lederner Armsessel gegenüber seinem Drehstuhl und eine Couch in gleicher Farbe, die den Fenstern abgewandt stand.

Sarah fiel es leicht, Dr. Carpenters Fragen zu beantworten. »Ja. Laurie war verändert, als sie zurückkam. Ich war schon damals überzeugt, daß sie sexuell mißbraucht worden war. Aber meine Mutter ließ sich nicht davon abbringen, daß liebevolle Menschen, die ein Kind wollten, sie mitgenommen hatten, und erzählte das auch allen. Mutter brauchte diesen Glauben. Vor fünfzehn Jahren redeten die Leute noch nicht von Kindesmißhandlung. Aber Laurie hatte solche Angst, zu Bett zu gehen. Sie liebte meinen Vater, wollte aber nie mehr auf seinem Schoß sitzen. Sie wollte nicht, daß er sie berührte. Sie hatte vor Männern im allgemeinen Angst.«

»Sie ist doch sicherlich untersucht worden, als man sie fand?«

»Ja, in dem Krankenhaus in Pennsylvania.«

»Vielleicht existieren die Aufzeichnungen noch. Würden Sie bitte veranlassen, daß man sie mir schickt? Und was ist mit ihrem immer wiederkehrenden Traum?«

»Letzte Nacht hatte sie ihn wieder. Sie war völlig durcheinander. Sie nennt ihn den Messertraum. Seit sie zu uns zurückgekommen ist, hat sie Angst vor scharfen Messern.«

»Was ist Ihnen denn an Veränderungen aufgefallen?«

»Eine ganze Menge. Laurie war vor ihrer Entführung ein geselliges, offenes Kind. Ein wenig verzogen, denke ich, aber sehr süß. Sie hatte viele Freundinnen und immer Spaß daran, sie zu besuchen. Nach ihrer Rückkehr wollte sie nie mehr bei anderen Leuten übernachten. Unter Gleichaltrigen wirkte sie immer etwas zurückhaltend.

Sie entschloß sich, das Clinton College zu besuchen, weil man dorthin nur eineinhalb Stunden fährt. An vielen Wochenenden kam sie nach Hause.«

Carpenter fragte: »Wie steht es mit Freunden?«

»Wie Sie sehen werden, ist sie eine sehr schöne junge Frau. Sie hat sicherlich eine Menge Einladungen bekommen und hat auf der High-School die üblichen Bälle und Sportveranstaltungen besucht. Aber sie schien sich nie für jemanden zu interessieren – außer für Gregg Bennett. Und das war dann ganz plötzlich zu Ende.«

»Warum?«

»Das wissen wir nicht. Gregg weiß es auch nicht. Sie waren das ganze letzte Jahr zusammen. Er ist ebenfalls am Clinton College, und sie hat ihn oft an den Wochenenden mit nach Hause gebracht. Wir mochten ihn sehr, und Laurie schien so glücklich mit ihm. Sie sind beide gute Sportler, ganz besonders gute Golfspieler. Und dann war es eines Tages im letzten Frühjahr vorbei. Keinerlei Erklärungen. Einfach vorbei. Sie will nicht darüber reden, will auch nicht mit Gregg reden. Er hat keine Ahnung, was den Bruch veranlaßt hat. Er studiert dieses Semester in England, und ich weiß nicht, ob er überhaupt etwas über meine Eltern gehört hat.«

»Ich würde Laurie gern morgen um elf sehen.«

Am nächsten Morgen fuhr Sarah Laurie zu dem Termin und versprach, sie in genau fünfzig Minuten abzuholen. »Ich kaufe ein paar Sachen zum Abendessen«, sagte sie. »Wir müssen zusehen, daß du wieder Appetit bekommst.«

Laurie nickte und folgte Carpenter in seine Praxis. Sie weigerte sich, sich auf die Couch zu legen, und zog es vor, ihm gegenüber am Schreibtisch Platz zu nehmen. Sie wartete stumm und in sich gekehrt.

Offensichtlich eine tiefe Depression, dachte Carpenter. »Ich würde Ihnen gern helfen, Laurie.«

»Können Sie meine Mutter und meinen Vater zurückbringen?«

»Ich wünschte, ich könnte das. Laurie, Ihre Eltern sind tot, weil die Bremsen eines Busses versagt haben.«

»Sie sind tot, weil ich versäumt habe, meinen Wagen zur Inspektion zu bringen.«

»Das haben Sie vergessen.«

»Das habe ich nicht vergessen. Ich habe den Termin bei der Werkstätte absichtlich abgesagt. Ich habe denen gesagt, ich würde zur Zulassungsstelle fahren, wo die Inspektion gratis ist. Das habe ich dann vergessen, aber den ersten Termin habe ich bewußt abgesagt. Es ist meine Schuld.«

»Warum haben Sie den ersten Termin abgesagt?« Er beobachtete Laurie Kenyon scharf, während sie über seine Frage nachdachte.

»Es gab einen Grund dafür, aber den habe ich vergessen.«

»Wieviel kostet denn eine Inspektion in der Werkstatt?«

»Zwanzig Dollar.«

»Und bei der Zulassungsstelle ist sie gratis. Ist das kein ausreichender Grund?«

Sie schien in Gedanken versunken. Carpenter fragte sich, ob sie ihn gehört hatte. Dann flüsterte sie: »Nein«, und schüttelte den Kopf.

»Warum, meinen Sie, haben Sie dann den ersten Termin abgesagt?«

Jetzt war er sicher, daß sie ihn nicht gehört hatte. Sie befand sich an einem anderen Ort. Er versuchte es andersherum. »Laurie, Sarah sagte mir, daß Sie wieder schlimme Träume gehabt haben, oder besser gesagt, denselben schlimmen Traum, den Sie früher hatten.«

Laurie hörte ein lautes Wehklagen in sich. Sie zog die Beine an die Brust und vergrub den Kopf in den Händen. Das Wehklagen war nicht nur in ihrem Inneren. Es kam aus ihrer Brust, ihrer Kehle und ihrem Mund.

13

Sie hatten im Kasino von Worldwide Cable gegessen, der Gesellschaft, die Rutland Garrisons Programm international verbreitete. Beim Kaffee ließ der Prediger keinen Zweifel an seinen Vorstellungen. »Ich habe die ›Welle Gottes‹ gegründet, als Fünfundzwanzig-Zentimeter-Schwarzweißfernseher noch ein Luxus waren«, sagte er. »Im Laufe der Jahre hat mein geistliches Amt Millionen Menschen Hoffnung, Glauben und Wohlstand vermittelt. Und sehr viel Geld für unterstützungswürdige, wohltätige Zwecke aufgebracht. Ich will sicherstellen, daß nach mir ein Berufener mein Werk fortführt.«

Bic und Opal hatten genickt, beide mit einem Gesichtsausdruck voller Respekt, Frömmigkeit und Ehrfurcht.

Am folgenden Sonntag wurden sie in der ›Welle Gottes‹ vorgestellt. Bic sprach vierzig Minuten lang.

Er erzählte von seiner vergeudeten Jugend, seinem hoffärtigen Wunsch, ein Rockstar zu werden, von der Stimme, die der Herrgott ihm gegeben hatte, und davon, wie er sie mit weltlichen Gesängen mißbraucht hatte. Er sprach vom Wunder seiner Bekehrung. Ja, wahrhaftig, er war die Straße nach Damaskus in den Fußstapfen des

Paulus gegangen. Der Herr sagte nicht: »Saulus, Saulus, warum verfolgst du mich?« Nein, die Frage schmerzte noch viel mehr. Saulus dachte wenigstens, er handle im Namen des Herrn, als er versuchte, die Christenheit auszumerzen. Als er, Bobby, in jenem überfüllten, schmutzigen Nachtclub stand und jene ekelhaften Texte sang, erfüllte eine Stimme sein Herz und seine Seele, eine Stimme, die so kraftvoll und doch so traurig, so zornig und doch so voll der Vergebung fragte: »Bobby, Bobby, warum lästerst du mich?«

An dieser Stelle fing er zu weinen an.

Am Ende der Predigt legte Prediger Rutland Garrison ihm väterlich den Arm um die Schultern. Bobby winkte Carla zu sich. Sie trat auf die Bühne, die Augen feucht, mit zitternden Lippen. Er stellte sie den Zuhörern von Worldwide Cable vor.

Und dann sangen sie beide die Schlußhymne: »›Wir bringen die Garben vom Feld ...‹«

Nach der Sendung wurde die Telefonzentrale mit Anrufen überflutet, die Reverend Bobby Hawkins bejubelten. Er wurde aufgefordert, in zwei Wochen erneut aufzutreten.

Auf der Rückfahrt nach Georgia war Bic stundenlang stumm. Dann sagte er: »Lee ist auf dem College in Clinton New Jersey. Vielleicht wird sie zurückkehren. Vielleicht auch nicht. Der Herr befiehlt mir, sie daran zu erinnern, was passieren wird, wenn sie über uns spricht.«

Bic würde als Rutland Garrisons Nachfolger auserwählt werden. Das spürte Opal. Garrison war genauso beeindruckt gewesen wie alle anderen. Aber wenn Lee anfing, sich zu erinnern ... »Was wirst du ihretwegen unternehmen, Bic?«

»Ich habe da einige Ideen ... Ideen, die mir kamen, während ich betete.«

14

Als Laurie Dr. Carpenter das zweitemal aufsuchte, sagte sie ihm, daß sie nächsten Montag aufs College zurückkehren würde. »Es ist besser für mich, besser für Sarah«, sagte sie ruhig. »Sie macht sich solche Sorgen um mich, daß sie nicht wieder zur Arbeit gegangen ist. Ich werde wie verrückt büffeln müssen, um die drei Wochen aufzuholen, die ich versäumt habe.«

Carpenter wußte nicht recht, was er sah. Laurie Kenyon wirkte völlig verändert, selbstbewußt, völlig anders als das bedrückte Mädchen, das er vor einer Woche gesehen hatte. Jenes erste Mal hatte sie eine goldfarbene Kaschmirjacke, gut geschnittene schwarze Hosen und eine Seidenbluse mit einem schwarzweißgoldenen Muster getragen. Ihr Haar war ihr locker auf die Schultern gefallen. Heute trug sie Jeans und einen sackförmigen Pullover. Das Haar hatte sie sich hinten mit einer Klammer zusammengesteckt. Sie schien völlig gelassen.

»Hatten Sie wieder Alpträume, Laurie?«

Sie zuckte die Achseln. »Es ist mir wirklich peinlich, wenn ich daran denke, wie ich mich letzte Woche benommen habe. Hören Sie, eine Menge Leute haben hie und da schlimme Träume und beklagen sich nicht gleich darüber, stimmt's?«

»Nein, stimmt nicht«, sagte er ruhig. »Laurie, nachdem Sie sich jetzt soviel stärker fühlen, warum legen Sie sich nicht auf die Couch und entspannen sich, und wir reden ein wenig?« Er beobachtete genau, wie sie reagierte.

Es war genauso wie letzte Woche. Blanke Panik in ihren Augen. Diesmal folgte der Panik ein trotziger Blick. »Gar nicht nötig, daß ich mich hinlege. Ich bin durchaus imstande, im Sitzen zu reden. Nicht daß es so viel zu reden gäbe. Zwei Dinge in meinem Leben sind schiefgelaufen. In beiden Fällen trifft die Schuld mich. Das gebe ich ja zu.«

»Sie geben sich die Schuld, daß Sie als vierjähriges Mädchen entführt wurden?«

»Selbstverständlich. Man hatte mir verboten, allein auf die Straße zu gehen. Ich meine, richtig verboten. Das einzige Mal, daß meine Mutter mich wirklich ausgeschimpft hat, war, als sie mich allein auf dem vorderen Rasen beim Ballspielen erwischte. Und Sie wissen, daß ich für den Tod meiner Eltern verantwortlich bin.«

Jetzt war nicht die Zeit, das zu ergründen. »Laurie, ich möchte Ihnen helfen. Sarah hat mir erzählt, daß Ihre Eltern der Ansicht waren, es wäre für Sie besser, nach Ihrer Entführung nicht psychologisch betreut zu werden. Wahrscheinlich ist das zum Teil der Grund, weshalb Sie jetzt nicht mit mir reden wollen. Warum schließen Sie nicht einfach die Augen und ruhen sich aus und versuchen zu lernen, sich in meinem Beisein wohl zu fühlen? Möglicherweise können wir dann in einer anderen Sitzung miteinander arbeiten.«

»Sind Sie so sicher, daß es andere Sitzungen geben wird?«

»Das hoffe ich. Wird es sie geben?«

»Nur um Sarah eine Freude zu machen. Ich werde an den Wochenenden nach Hause kommen, also muß es an den Samstagen sein.«

»Das läßt sich einrichten. Kommen Sie jedes Wochenende nach Hause?«

»Ja.«

»Tun Sie das, weil Sie mit Sarah zusammensein wollen?«

Die Frage schien sie zu erregen. Ihre gleichgültige Haltung verflog. Laurie schlug die Beine übereinander, hob das Kinn und öffnete die Spange, die ihr Haar zusammenhielt.

Das leuchtendblonde Haar umwallte ihr Gesicht. Ein geheimnisvolles Lächeln spielte um ihre Lippen. »An den Wochenenden kommt seine Frau nach Hause«, sagte sie. »Da hat es keinen Sinn, im College rumzuhängen.«

15

Laurie öffnete die Tür ihres Wagens. »Sieht schon richtig herbstlich aus«, sagte sie.

Die ersten Blätter fielen von den Bäumen. Letzte Nacht hatte sich automatisch die Heizung eingeschaltet. »Ja, da hast du recht«, sagte Sarah. »Hör mal, wenn es für dich zuviel ist…«

»Aber nein. Sorge du nur dafür, daß all die Gauner ins Gefängnis kommen, dann hole ich all die Stunden auf, die ich verpaßt habe, und behalte mein *cum laude.* Vielleicht klappt es sogar noch mit *magna.* Du hast mich ja mit deinem *summa* ohnehin weit abgehängt. Bis Freitag abend also.« Sie setzte zu einer angedeuteten Umarmung an und drückte Sarah dann an sich. »Sarah, daß du mir auch nie zuläßt, daß ich das Auto mit dir tausche.«

Sarah strich Laurie über das Haar. »He, ich dachte, wir hatten uns geeinigt, daß Mama und Papa wirklich böse wären, wenn du so redest. Laß uns am Samstag eine Runde Golf spielen, wenn du bei Dr. Carpenter warst.«

Laurie versuchte zu lächeln. »Und wer gewinnt, zahlt das Abendessen.«

»Das sagst du nur, weil du weißt, daß du gewinnst.«

Sarah winkte ihr nach, bis der Wagen verschwunden war. Sie ging zum Haus zurück. Es war so still, so leer. Nach dem Todesfall in der Familie schien es zwar ratsam, keine drastischen Veränderungen vorzunehmen, aber ihr Instinkt sagte ihr, daß sie sofort beginnen sollte, sich nach einem anderen Zuhause umzusehen, vielleicht einer Eigentumswohnung, und das Haus zu verkaufen. Vielleicht würde sie Dr. Carpenter anrufen und seinen Rat einholen.

Sie war bereits für das Büro angezogen und brauchte nur ihren Aktenkoffer und ihre Schultertasche zu holen, die beide auf dem Tisch in der Diele lagen. Das schöne Stück aus dem achtzehnten Jahrhundert mit den Marmorintarsien und dem Spiegel darüber hatte ihrer Großmutter gehört. Wie würden all die Möbel, an denen sie so hing, all die Erstausgaben von Klassikern, die John Kenyons Bibliothek füllten, in eine Vier-Zimmer-Eigentumswohnung passen? Sarah schob den Gedanken von sich.

Gewohnheitsmäßig blickte sie in den Spiegel und erschrak über das totenbleiche Gesicht mit den dunklen Ringen unter den Augen, das ihr entgegenblickte. Sie hatte immer ein schmales Gesicht gehabt, aber jetzt waren ihre Wangen geradezu hohl und ihre Lippen fahl. Sie erinnerte sich, daß ihre Mutter an ihrem letzten Morgen gesagt hatte: »Sarah, warum trägst du nicht ein wenig Make-up? Etwas Lidschatten würde deine Augen betonen.«

Sie legte die Schultertasche und den Aktenkoffer wieder hin, ging nach oben und holte die selten benutzte Kosmetikbox aus dem Spiegelschrank im Bad. Das Bild ihrer Mutter in ihrem cremefarbenen Morgenrock, in ihrer ganzen liebevollen, mütterlichen Schönheit, das sie aufforderte, Lidschatten aufzulegen, trieb ihr endlich die heißen Tränen in die Augen, die sie um Lauries willen zurückgehalten hatte.

Es tat gut, in ihr stickiges Büro mit der abgeblätterten Farbe an den Wänden, den Aktenstapeln und dem ewig klingelnden Telefon zurückzukehren. Viele ihrer Kollegen hatten an der Beerdigung teilgenommen. Ihre engeren Freunde waren im Gottesdienst gewesen und hatten in den letzten zwei Wochen angerufen oder sie besucht.

Heute schienen alle zu verstehen, daß sie sich wieder nach dem normalen Alltag sehnte. »Schön, daß du wieder da bist.« Eine schnelle Umarmung. Und dann das vertraute: »Sarah, wenn Sie dann mal eine Minute Zeit haben …«

Ihr Mittagessen bestand aus einem Käsesandwich und schwarzem Kaffee in der Gerichtskantine. Um drei Uhr hatte Sarah das beruhigende Gefühl, daß sie sich um die wichtigsten Anliegen von Klägern, Zeugen und Anwälten gekümmert hatte.

Um vier Uhr hielt sie es nicht länger aus und rief Laurie im College an. Der Hörer auf der anderen Seite wurde sofort abgehoben. »Hallo?«

»Laurie, ich bin's. Wie geht's denn?«

»So lala. Ich war in drei Vorlesungen, die letzte habe ich dann sausenlassen. Ich war einfach zu müde.«

»Kein Wunder. Schließlich hast du ja keine Nacht richtig geschlafen. Was machst du heute abend?«

»Ins Bett gehen. Einmal einen klaren Kopf bekommen.«

»Okay. Ich werde eine Weile länger im Büro bleiben und gegen acht zu Hause sein. Soll ich dich dann anrufen?«

»Das wäre fein.«

Sarah blieb bis Viertel nach sieben im Büro und kaufte sich dann in einem Schnellimbiß einen Hamburger zum Mitnehmen. Um halb neun rief sie Laurie an.

Es klingelte ewig. Vielleicht duscht sie gerade. Vielleicht hat sich auch irgendeine Reaktion eingestellt. Sarah hielt den Hörer und ließ es endlos klingeln. Schließlich meldete sich eine ungeduldige Stimme. »Laurie Kenyons Apparat.«

»Ist Laurie da?«

»Nein. Ersparen Sie mir das bitte, wenn der Apparat beim fünften oder sechsten Mal nicht abgehoben wird. Mein Zimmer ist auf der anderen Seite des Korridors, und ich muß mich auf eine Prüfung vorbereiten.«

»Tut mir leid. Es ist nur so, daß Laurie früh zu Bett gehen wollte.«

»Nun, sie hat es sich anders überlegt. Sie ist vor ein paar Minuten weggegangen.«

»War alles in Ordnung mit ihr? Ich bin ihre Schwester und mache mir etwas Sorgen.«

»Oh, das wußte ich nicht. Das mit Ihrer Mutter und Ihrem Vater tut mir so leid. Ja, ich glaube, Laurie war okay. Sie war richtig rausgeputzt, wie zu einer Verabredung.«

Um zehn rief Sarah wieder an. Dann um elf, um zwölf und um eins. Beim letztenmal meldete sich eine schläfrige Laurie. »Mir geht's gut, Sarah. Ich bin gleich nach dem

Abendessen zu Bett gegangen und habe seitdem geschlafen.«

»Laurie, ich habe das Telefon so lange läuten lassen, daß das Mädchen auf der anderen Seite des Flurs rüberkam und abgehoben hat. Sie sagte mir, du seist weggegangen.«

»Sarah, das stimmt nicht. Ich schwöre dir, ich war die ganze Zeit hier.« Lauries Stimme klang verängstigt. »Warum sollte ich dich denn anlügen?«

Das weiß ich nicht, dachte Sarah.

»Nun, Hauptsache, es geht dir gut. Schlaf weiter«, sagte sie und legte langsam den Hörer auf.

16

Dr. Carpenter spürte die Veränderung sofort, als Laurie sich in dem schweren Ledersessel zurücklehnte, und schlug gar nicht erst vor, daß sie sich auf die Couch legen sollte. Das vorsichtig tastende Vertrauen in ihn, das sich bei ihr zu entwickeln begann, durfte unter keinen Umständen wieder verlorengehen. Er erkundigte sich, wie die letzte Woche im College gewesen war.

»Ganz in Ordnung, denke ich. Die Leute waren alle schrecklich nett zu mir. Ich muß so viel nachholen, daß ich meistens bis spät in die Nacht hinein büffle.« Sie zögerte und verstummte dann ganz.

Carpenter wartete eine Weile und fragte dann vorsichtig: »Was ist denn, Laurie?«

»Als ich gestern abend nach Hause kam, fragte mich Sarah, ob ich von Gregg Bennett gehört hätte.«

»Gregg Bennett?«

»Mit dem bin ich eine Weile ausgegangen. Meine Eltern und Sarah haben ihn sehr gemocht.«

»Mögen Sie ihn?«

»Ich habe ihn gemocht, bis ...«

Wieder wartete er.

Ihre Augen weiteten sich. »Er wollte mich nicht loslassen.«

»Sie meinen, er hat sich Ihnen aufgedrängt?«

»Nein. Geküßt hat er mich. Das war schon in Ordnung. Ich mochte das. Aber dann hat er meine Arme gepackt und zugedrückt.«

»Und das hat Ihnen angst gemacht.«

»Ich wußte, was passieren würde.«

»Was hätte denn passieren sollen?«

Ihre Augen wurden glasig, als blickte sie in weite Ferne. »Darüber wollen wir nicht reden.«

Zehn Minuten lang blieb sie stumm. Dann sagte sie bedrückt: »Ich habe gleich gemerkt, daß Sarah mir nicht geglaubt hat, daß ich neulich abends nicht ausgewesen bin. Sie hat sich Sorgen gemacht.«

Sarah hatte ihn deswegen angerufen. »Vielleicht waren Sie aus«, meinte Dr. Carpenter. »Es wäre gut für Sie, mit Freunden wegzugehen.«

»Nein. Ich bin im Augenblick überhaupt nicht an Jungs interessiert. Ich habe viel zuviel zu tun.«

»Irgendwelche Träume?«

»Der Traum mit dem Messer.«

Als er sie vor zwei Wochen darüber befragt hatte, hatte sie einen hysterischen Anfall bekommen. Heute klang ihre Stimme beinahe gleichgültig. »Ich werde mich daran gewöhnen müssen. Der Traum wird immer wiederkommen, bis das Messer mich einholt. Das wird es nämlich, wissen Sie?«

»Laurie, in der Therapie bezeichnen wir es als Abreaktion, wenn wir eine Erinnerung, die uns emotionell belastet, ausleben, sie sozusagen vorspielen. Ich möchte, daß Sie sich jetzt abreagieren. Zeigen Sie mir, was Sie in dem Traum sehen. Ich denke, Sie haben Angst davor, sich schlafen zu legen, weil Sie befürchten, daß der Traum wiederkommt. Aber ohne Schlaf hält man es nicht aus. Sie brauchen nicht zu reden. Zeigen Sie mir nur, was in dem Traum passiert.«

Laurie stand langsam auf und hob dann die Hand. Ihr Mund verzog sich zu einem listigen, schmallippigen Lächeln. Sie ging langsam, aber zielstrebig um den Tisch herum auf ihn zu, und ihre Hand zuckte dabei auf und ab, schwang ein imaginäres Messer. Unmittelbar bevor sie ihn erreichte, blieb sie stehen, und ihre Haltung veränderte sich. Sie stand wie angewurzelt da, starrte ihn an, und ihre Hand versuchte etwas aus ihrem Gesicht und ihrem Haar zu wischen. Sie blickte an sich hinunter und sprang erschreckt zurück.

Sie brach auf dem Boden zusammen, schützte ihr Gesicht mit den Händen, preßte sich zitternd an die Wand und gab klagende Laute wie ein verwundetes Tier von sich.

Zehn Minuten verstrichen, bis Laurie sich beruhigte, die Hände vom Gesicht nahm und sich langsam aufrichtete.

»Das ist der Messertraum«, sagte sie.

»Kommen Sie in dem Traum vor, Laurie?«

»Ja.«

»Wer sind Sie – diejenige, die das Messer hat, oder diejenige, die Angst hat?«

»Alle. Und am Ende sterben wir alle miteinander.«

»Laurie, ich möchte gern mit einem mir bekannten Psychiater sprechen, der große Erfahrung mit Menschen hat, die ein Kindheitstrauma erlitten haben. Würden Sie mir eine Freigabeerklärung unterschreiben, daß ich Ihren Fall mit ihm besprechen darf?«

»Wenn Sie wollen. Was kann das mir schon ausmachen?«

17

Um halb acht am Montag morgen eilte Dr. Justin Donnelly aus seinem Apartment am Central Park South die Fifth Avenue hinauf zum Lehman Hospital an der Sechsundneunzigsten Straße. Er befand sich in einem ständigen

Wettbewerb mit sich selbst, um die drei Kilometer jeden Tag ein oder zwei Minuten schneller zurückzulegen. Aber wenn er nicht regelrecht joggte, schaffte er es einfach nicht, seinen Rekord zu verbessern, der zur Zeit zwanzig Minuten betrug.

Er war ein großer, kräftig gebauter Mann, der aussah, als müßte er Cowboystiefel und einen breitkrempigen Hut tragen, was gar nicht so abwegig war. Donnelly war auf einer Schafzuchtfarm in Australien aufgewachsen. Sein lockiges schwarzes Haar war immer etwas zerzaust. Der schwarze, buschige Schnurrbart betonte beim Lächeln seine kräftigen weißen Zähne. Seine tiefblauen Augen waren von dunklen Wimpern und Augenbrauen eingerahmt, um die die Frauen ihn beneideten. Er hatte sich ziemlich früh in seiner Karriere als Psychiater auf multiple Persönlichkeiten spezialisiert, und seine Artikel, die er in bekannten Ärztezeitschriften veröffentlichte, trugen ihm bald internationale Anerkennung ein. Bereits mit fünfunddreißig Jahren wurde er nach New York eingeladen, um im Lehman Hospital ein Zentrum für Persönlichkeitsstörungen einzurichten.

Justin lebte jetzt seit zwei Jahren in Manhattan und betrachtete sich als eingefleischten New Yorker. Auf dem Weg ins Büro genoß er die neuvertrauten Bilder: die Pferde und Kutschen, die durch den Park rollten, den Zoo an der Fünfundsechzigsten Straße, die Türsteher an den schicken Apartmentgebäuden an der Fifth Avenue. Die meisten von ihnen begrüßten ihn mit Namen. Als er jetzt an ihnen vorbeischritt, machten einige von ihnen Bemerkungen über das schöne Oktoberwetter.

Es würde ein anstrengender Tag werden. Justin war gewöhnlich bemüht, die Zeit zwischen zehn und elf für Gespräche mit seinen Mitarbeitern freizuhalten. Heute morgen machte er eine Ausnahme. Ein dringender Telefonanruf am Samstag von einem Kollegen aus New Jersey hatte sein Interesse geweckt. Dr. Peter Carpenter wollte so schnell wie möglich mit ihm über eine Patientin sprechen, bei der er Persönlichkeitsspaltung und Suizidgefahr vermutete. Justin hatte sich um zehn Uhr mit ihm verabredet.

Er erreichte die Kreuzung zwischen der Sechsundneunzigsten Straße und der Fifth Avenue in fünfundzwanzig Minuten und tröstete sich damit, daß der dichte Fußgängerverkehr ihn aufgehalten hatte. Der Haupteingang des Hospitals lag an der Fifth Avenue. Die Klinik erreichte man durch eine diskrete Privattür an der Sechsundneunzigsten. Justin war fast immer der erste, der dort eintraf. Sein Büro war eine kleine Suite am Ende des Korridors. Den in sanften Elfenbeintönen gehaltenen Vorraum mit seinem Schreibtisch, dem Drehsessel, zwei Besuchersesseln, Bücherschränken und ein paar Aktenregalen belebten bunte Drucke von Segelbooten im Hafen von Sydney. Der Raum dahinter, das Sprechzimmer, war mit einer Videokamera und einem Tonbandgerät ausgestattet.

Seine erste Patientin war eine vierzigjährige Frau aus Ohio, die sich seit sechs Jahren in Behandlung befand und für die die Diagnose auf Schizophrenie lautete. Zu ihm war sie erst gekommen, als ein gewitzter Psychologe sich zu der Erkenntnis durchgerungen hatte, daß die Stimmen, die die Frau hörte, die anderer Persönlichkeiten waren. Sie machte gute Fortschritte.

Dr. Carpenter traf pünktlich um zehn ein. Er bedankte sich bei Justin, daß er ihn so kurzfristig empfangen hatte, und begann sofort über Laurie zu sprechen.

Donnelly hörte zu, machte sich Notizen, stellte Fragen. Carpenter schloß: »Ich bin kein Experte für multiple Persönlichkeit, aber die Symptome sprechen dafür. Ihre Stimme und ihr Verhalten haben sich während der letzten beiden Besuche deutlich verändert. Mindestens in einem Fall war ihr nicht bewußt, daß sie ihr Zimmer verließ und stundenlang weg war. Ich bin überzeugt, daß sie nicht bewußt lügt, wenn sie behauptet, die ganze Zeit geschlafen zu haben. Sie hat immer wieder denselben Alptraum, in dem ein Messer auf sie einsticht. Aber in der Abreaktion hielt sie das Messer und stach selbst zu. Dann schaltete sie um und versuchte ihm auszuweichen. Ich habe eine Kopie ihrer Akte gemacht.«

Donnelly überflog die Blätter. Der Fall faszinierte ihn. Als er die Akte weglegte, sagte er: »Die Aufzeichnungen des Krankenhauses in Pittsburgh, wo man sie untersucht hatte, deuteten auf sexuellen Mißbrauch über einen längeren Zeitraum und enthalten die Empfehlung auf psychiatrische Behandlung. Ich nehme an, daß eine solche Behandlung nicht stattgefunden hat.«

»Die Eltern haben das kategorisch abgelehnt«, antwortete Dr. Carpenter, »demzufolge kam es zu keinerlei Therapie.«

»Typisch für die Denkweise vor fünfzehn Jahren«, stellte Donnelly fest. »Wenn wir Laurie dazu überreden könnten, hierherzukommen, damit ich mir selbst ein Urteil bilden kann, wäre das natürlich am besten, und zwar, je früher, desto besser. Ansonsten würde ich gern mit der Schwester sprechen. Sie sollte auf ungewöhnliches Verhalten achten und darf Andeutungen über Selbstmord auf keinen Fall auf die leichte Schulter nehmen.«

Die beiden Psychiater gingen gemeinsam zur Tür. Im Empfangsraum starrte ein dunkelhaariges junges Mädchen zum Fenster hinaus. Ihre Arme waren bis zu den Ellbogen bandagiert.

Donnelly sagte leise: »Sie müssen das sehr ernst nehmen. Patienten, die in ihrer Kindheit ein Trauma erlitten haben, stellen für sich selbst die größte Gefahr dar.«

18

Als Sarah an jenem Abend von der Arbeit nach Hause kam, lag die Post in einem ordentlichen Stapel auf dem Tischchen im Flur. Ihre langjährige Haushälterin Sophie hatte ihr nach dem Begräbnis vorgeschlagen, nur noch an zwei Tagen in der Woche zu kommen. »Öfter brauchst du mich jetzt nicht mehr, Sarah. Ich werde schließlich auch nicht jünger.«

Montag war einer der Tage, an denen sie kam. Deshalb war die Post sortiert, ein schwacher Geruch von Möbelpolitur lag in der Luft, die Vorhänge waren zugezogen, und das weiche Licht der Stehlampen und Wandleuchten hüllte die Räume im Erdgeschoß in angenehmes Licht.

Der Brief, der ganz obenauf lag, kam aus England. Sie riß den Umschlag auf und wußte bereits, daß er von Gregg Bennett war. Sie überflog ihn hastig, und las ihn dann ein zweites Mal langsamer. Gregg hatte gerade von dem Unfall erfahren und drückte sein Mitgefühl in höchst bewegender Weise aus. Er schrieb von der Zuneigung, die er für John und Marie Kenyon empfunden hatte, wie schön es für ihn immer gewesen sei, sie zu besuchen, und wie hart es jetzt für sie und Laurie sein mußte.

Der letzte Abschnitt beunruhigte sie: »Sarah, ich habe Laurie angerufen. Sie wirkte so niedergeschlagen. Und dann schrie sie plötzlich: ›Nein, das mache ich nicht!‹ und legte einfach auf. Ich mache mir schreckliche Sorgen um sie. Sie ist so zerbrechlich. Ich weiß, daß du dich sehr um sie bemühst, aber du mußt sehr vorsichtig sein. Ich komme im Januar zurück und würde dich dann gern sehen. Alles Liebe, und gib diesem Mädchen von mir einen Kuß. Gregg.«

Mit zitternden Händen trug Sarah die Post in die Bibliothek. Morgen würde sie Dr. Carpenter anrufen und ihm den Brief vorlesen. Sie wußte, daß er Laurie Antidepressiva verschrieben hatte, aber nahm sie sie auch ein? Das Lämpchen am Anrufbeantworter blinkte. Dr. Carpenter hatte angerufen und seine Privatnummer hinterlassen.

Als sie ihn erreichte, berichtete sie ihm von Greggs Brief und hörte sich dann erschrocken und beunruhigt seinen Bericht über das Gespräch mit Dr. Justin Donnelly in New York an und wie wichtig es sei, daß Sarah ihn so bald wie möglich aufsuche. Er gab ihr die Nummer von Donnellys Auftragsdienst. Als sie dort anrief, war sie so aufgeregt, daß sie ihre Telefonnummer zweimal wiederholen mußte, bis die Telefonistin sie verstand.

Sophie hatte ein Hühnchen gebraten und ihr einen Salat bereitgestellt. Sarah stocherte in dem Essen herum und brachte kaum etwas hinunter. Sie hatte sich gerade Kaffee gemacht, als Dr. Donnelly zurückrief. Er war den ganzen Tag über beschäftigt, würde sie aber morgen abend um sechs empfangen können. Sie legte auf, las Greggs Brief ein drittes Mal und wählte dann mit dem Gefühl, keine Minute länger warten zu dürfen, Lauries Nummer. Niemand meldete sich. Sie versuchte es jede halbe Stunde, bis sie schließlich um elf Uhr hörte, wie der Hörer abgenommen wurde. Lauries »Hallo« klang ganz vergnügt. Sie plauderten ein paar Minuten, und dann sagte Laurie: »Was sagst du dazu: Nach dem Abendessen habe ich es mir im Bett bequem gemacht, um mich auf diese verdammte Klausur vorzubereiten, und dabei bin ich eingeschlafen! Jetzt muß ich die Nacht durcharbeiten.«

19

Es war Montag nacht elf Uhr, als Professor Grant sich ins Bett legte und die Nachttischlampe anknipste. Das Schlafzimmerfenster war halb geöffnet, aber ihm war immer noch zu warm. Karen, seine Frau, zog ihn oft damit auf, daß er wohl in einem früheren Leben einmal ein Eisbär gewesen sein mußte. Karen konnte es nicht leiden, wenn es im Schlafzimmer kalt war. Nicht daß sie besonders häufig da wäre, um sich darüber lustig zu machen, dachte er, während er die Decke zurückschlug und sich noch einmal aus dem Bett schwang.

Die letzten drei Jahre hatte Karen in einem Reisebüro in Manhattan gearbeitet. Anfangs hatte sie nur gelegentlich in New York übernachtet, aber dann hatte sie immer häufiger am Nachmittag angerufen: »Liebster, wir haben so viel zu tun, und es gibt noch eine Menge Post zu erledigen. Kommst du allein zurecht?«

Er war vierunddreißig Jahre allein zurechtgekommen, ehe er sie vor sechs Jahren auf einer Rundreise durch Italien kennengelernt hatte. Also war es gar nicht so schwierig, sich wieder daran zu gewöhnen. Karen hatte jetzt ein Apartment im Hotel, blieb gewöhnlich fast die ganze Woche dort und kam nur an den Wochenenden nach Hause.

Grant stapfte durchs Zimmer und öffnete das Fenster einen Spalt weiter. Die Vorhänge bauschten sich, und sofort wehte ein höchst angenehmer kühler Lufthauch ins Zimmer. Er eilte zum Bett zurück, zögerte dann aber und blickte zum Flur. Es hatte keinen Sinn, er war einfach nicht müde genug. Heute war wieder so ein seltsamer Brief gekommen. Wer, zum Teufel, war Leona? Er kannte keine Studentin, die so hieß, hatte nie eine Leona in einer seiner Vorlesungen gehabt.

Er kratzte sich am Kopf und zog die Pyjamahose hoch. Dann ging er den Flur entlang in sein Arbeitszimmer. Er schaltete die Deckenbeleuchtung ein und schloß die oberste Schreibtischschublade auf, holte die Briefe heraus und begann sie erneut zu lesen.

Der erste war vor zwei Wochen gekommen: »Liebster Allan, ich durchlebe noch einmal die herrlichen Stunden, die wir letzte Nacht miteinander verbracht haben. Ich kann kaum glauben, daß wir nicht immer so wahnsinnig ineinander verliebt waren, aber vielleicht liegt das daran, daß für uns die Zeit, die wir nicht zusammen verbringen, überhaupt nicht zählt. Weißt Du, welche Zurückhaltung es mich kostet, es nicht über alle Dächer hinauszuschreien, daß ich verrückt nach Dir bin? Ich weiß, Du empfindest es ganz genauso. Wir müssen verstecken, was wir einander bedeuten. Das verstehe ich. Aber ich flehe Dich an, liebe und begehre mich weiterhin so wie jetzt. Leona.«

Alle Briefe waren im gleichen Stil gehalten. Jeden zweiten Tag kam einer und schilderte wilde Liebesszenen mit ihm in seinem Büro oder in diesem Haus.

Er hatte hier oft genug unkonventionelle Seminare und Workshops abgehalten, so daß eine ganze Anzahl seiner Studenten das Haus kannten. Einige der Briefe erwähnten den schäbigen braunen Ledersessel in seinem Arbeitszimmer. Aber er hatte kein einziges Mal eine Studentin allein im Haus gehabt. So verrückt war er nicht.

Grant studierte die Briefe sorgfältig. Offensichtlich waren sie auf einer alten Schreibmaschine getippt worden. Das D und das W waren beschädigt. Er hatte sich die Akten seiner Studentinnen angesehen, aber da gab es keine, die eine solche Maschine benutzte. Auch die hingekritzelte Unterschrift erkannte er nicht.

Sobald er herausgefunden hatte, wer ihm die Briefe schickte, würde er den Dekan einschalten. Das Unangenehme war, daß er nicht den geringsten Hinweis hatte. Und wenn jemand glaubte, daß an den Briefen auch nur ein Jota Wahrheit war, dann wäre es um seine Zukunft am College schlecht bestellt.

Er las die Briefe erneut, suchte nach Eigenheiten in der Diktion, die vielleicht auf eine seiner Studentinnen hinwiesen. Doch nichts dergleichen. Schließlich legte er die Briefe wieder in die Schublade, schloß sie ab, streckte sich und erkannte, daß er todmüde war. Außerdem fror er. Es war eine Sache, in eine warme Decke gehüllt in einem kalten Zimmer zu schlafen, eine ganz andere, nur mit einem Baumwollpyjama bekleidet im Luftzug zu sitzen. Wo, zum Teufel, kam dieser Luftzug eigentlich her?

Karen zog immer die Vorhänge zu, wenn sie zu Hause war, aber er scherte sich nie darum. Jetzt bemerkte er, daß die Glasschiebetür zur Terrasse ein paar Zentimeter weit offenstand. Die Tür war schwer und ließ sich nur mit Mühe in ihren Schienen bewegen. Wahrscheinlich hatte er sie, als er das letztemal draußen war, nicht ganz zugezogen, und das Schloß taugte auch nicht viel. Die Hälfte der Zeit schnappte es nicht ein. Er ging zur Tür, schob sie zu und ließ das Schloß einschnappen. Dann schaltete er das Licht aus und ging wieder ins Bett.

Er kuschelte sich in dem jetzt angenehm kühlen Schlafzimmer unter die Decke, schloß die Augen und schlief sofort ein. Selbst in seinen wildesten Träumen hätte er sich nie vorstellen können, daß nur eine halbe Stunde zuvor eine schlanke Gestalt mit langem blondem Haar in seinem braunen Ledersessel gesessen hatte und erst davongeeilt war, als sich seine Schritte näherten.

20

In New Jersey war der achtundfünfzigjährige Privatdetektiv Daniel O'Toole als Danny der Schlafzimmerspezialist bekannt. Unter seinem robusten Äußeren, dem man ansah, daß er einem guten Tropfen nicht abgeneigt war, verbarg sich ein erstaunlich gründlicher Arbeiter, der sich darauf verstand, mit höchster Diskretion Informationen zu sammeln.

Daß Kunden ihm falsche Namen angaben, wenn es darum ging, auf Abwege geratenen Ehemännern oder -frauen nachzuspüren, war Danny gewohnt. Ihn störte das nicht. Solange sein Vorschuß und die weiteren Rechnungen prompt bezahlt wurden, konnten seine Klienten sich nennen, wie sie wollten.

Trotzdem überraschte es ihn ein wenig, als ihn am Dienstagmorgen eine Frau, die ihren Namen mit Jane Graves angab, in seinem Büro anrief und ihm unter Hinweis auf mögliche Versicherungsansprüche den Auftrag erteilte, die Geschwister Kenyon zu beobachten. Sie wollte wissen, ob die ältere Schwester ihrem Beruf nachging, ob die jüngere Schwester wieder aufs College zurückgekehrt war und dort wieder studierte, wie oft sie nach Hause kam und wie die Schwestern auf den Tod ihrer Eltern reagierten. Außerdem interessierte sie, ob es irgendwelche

Hinweise auf einen Nervenzusammenbruch gab, ganz besonders, ob eine der beiden Frauen etwa in psychiatrischer Behandlung wäre.

Danny spürte, daß hier etwas nicht ganz hasenrein war. Er war Sarah Kenyon einige Male vor Gericht begegnet. Der tödliche Unfall ihrer Eltern war von einem Reisebus mit schadhaften Bremsen verursacht worden, der zu schnell gefahren war. Es bestand durchaus die Möglichkeit, daß ein Verfahren gegen die Busgesellschaft anhängig war, aber gewöhnlich setzten Versicherungsgesellschaften ihre eigenen Ermittler ein. Trotzdem, Auftrag war Auftrag, und in Anbetracht der herrschenden konjunkturellen Flaute war das Scheidungsgeschäft ziemlich lausig. Sich zu trennen war dann besonders hart, wenn das Geld knapp war.

Danny beschloß, seinen üblichen Vorschuß zu verdoppeln, worauf man ihm sagte, der Scheck würde sofort abgeschickt werden. Er erhielt die Anweisung, seine Berichte und künftige Rechnungen an ein privates Postfach in New York zu senden.

Danny legte mit breitem Lächeln den Hörer auf.

21

Am Dienstag abend nach der Arbeit fuhr Sarah nach New York. Sie kam pünktlich zu der Verabredung mit Dr. Justin Donnelly, aber als sie sein Vorzimmer betrat, eilte dieser gerade aus seinem Büro.

Er entschuldigte sich bei ihr, erklärte, er müsse sich um einen Notfall kümmern, und bat sie, zu warten. Sie hatte einen flüchtigen Eindruck von Größe, Breite und dunklem Haar und scharfblickenden blauen Augen – dann war er verschwunden.

Die Empfangsdame war offensichtlich schon nach Hause gegangen, und die Telefone blieben stumm. Nachdem sie sich zehn Minuten damit beschäftigt hatte, eine

Zeitschrift durchzublättern, ohne dabei auch nur eine Zeile bewußt aufzunehmen, legte Sarah sie weg und saß still und ganz in Gedanken versunken da.

Es wurde sieben Uhr, bis Dr. Donnelly zurückkehrte. »Es tut mir außerordentlich leid«, sagte er nur und führte sie in sein Büro.

Sarah lächelte und gab sich Mühe, ihren aufkommenden Hunger und deutliche Anzeichen einsetzender Kopfschmerzen zu ignorieren. Sie hatte mittags ein Schinkensandwich und eine Tasse Kaffee hinuntergewürgt und seitdem nichts mehr zu sich genommen.

Der Psychiater wies auf den Sessel, der seinem Schreibtisch gegenüberstand. Sie setzte sich, spürte, daß er sie beobachtete, und kam gleich zur Sache.

»Dr. Donnelly, ich habe heute meine Sekretärin in die Bibliothek geschickt und mir Material über Persönlichkeitsspaltung besorgen lassen. Ich hatte da bisher nur ganz vage Vorstellungen. Aber was ich heute gelesen habe, macht mir angst.«

Er sagte nichts und wartete.

»Wenn ich es richtig verstanden habe, entwickelt sich so etwas vorzugsweise nach einem Kindheitstrauma, ganz besonders nach sexuellem Mißbrauch über längere Zeit. Stimmt das?«

»Ja.«

»Die Entführung stellte für Laurie sicherlich ein Trauma dar, und die Ärzte, die sie untersuchten, nachdem sie ausgesetzt worden war, glauben, daß sie mißbraucht worden ist.«

»Darf ich Sie Sarah nennen?« fragte er.

»Natürlich.«

»Also gut, Sarah. Wenn Laurie eine multiple Persönlichkeit geworden ist, dann fing das wahrscheinlich zur Zeit ihrer Entführung an. Wenn wir einmal davon ausgehen, daß sie mißbraucht worden ist, muß ihr das solche Angst, solchen Schrecken eingejagt haben, daß sie als kleines menschliches Wesen unmöglich alles, was mit ihr geschah, verarbeiten konnte. An dem Punkt ging etwas in Stücke. Psychologisch gesehen, zog sich Laurie, das Kind, das Sie gekannt haben, vor dem Schmerz und der Angst zurück, und andere Persönlichkeiten sind ihr zu Hilfe gekommen. Die Erinnerung an jene Jahre ist in ihnen verschlossen. Wie es scheint, sind diese anderen Persönlichkeiten bis jetzt nicht zum Vorschein gekommen. Nach allem, was ich bis jetzt verstanden habe, kehrte Laurie, nachdem sie wieder zu Hause war, mit der Zeit – abgesehen von immer wiederkehrenden Alpträumen – in ihr altes Selbst zurück. Jetzt hat sie durch den Tod ihrer Eltern ein weiteres schreckliches Trauma erlitten; Dr. Carpenter hat in den letzten Sitzungen deutliche Persönlichkeitsveränderungen an ihr wahrgenommen. Er hat sich deshalb so unverzüglich an mich gewandt, weil er befürchtet, sie könnte zu Selbstmord neigen.«

»Das hat er mir nicht gesagt.« Sarah spürte, wie ihr Mund trocken wurde. »Laurie war natürlich deprimiert, aber ... O Gott, Sie halten das doch ganz sicher nicht für möglich?« Sie biß sich auf die Unterlippe.

»Sarah, können Sie Laurie dazu überreden, mich aufzusuchen?«

Sie schüttelte den Kopf. »Es ist schon schwierig genug, sie dazu zu bringen, Dr. Carpenter aufzusuchen. Meine Eltern waren wunderbare Menschen, aber von Psychiatrie hielten sie nichts. Mutter hat da immer einen ihrer Lehrer vom College zitiert. Nach seiner Meinung gibt es drei Arten von Menschen: diejenigen, die zur Therapie gehen, wenn sie unter Streß stehen; diejenigen, die ihre Probleme mit Freunden oder Taxifahrern oder Barkeepern bereden; und diejenigen, die ihre Probleme für sich behalten. Der Lehrer hatte behauptet, daß die Gesundungsrate bei allen drei Typen genau gleich ist. Mit dieser Vorstellung ist Laurie aufgewachsen.«

Justin Donnelly lächelte. »Ich glaube, diese Ansicht wird von vielen Menschen geteilt.«

»Ich weiß, daß Laurie professionelle Hilfe braucht«,

sagte Sarah. »Das Problem ist nur, daß sie nicht bereit ist, sich Dr. Carpenter zu öffnen. Es ist gerade, als hätte sie Angst vor dem, was er möglicherweise über sie herausfinden könnte.«

»Dann bleibt uns für den Augenblick nichts anderes übrig, als ohne sie weiterzuarbeiten. Sarah, achten Sie aufmerksam auf alle Hinweise auf Selbstmord, ganz gleich wie beiläufig sie Ihnen erscheinen mögen, und berichten Sie sie sofort Dr. Carpenter und mir. Ich will ganz ehrlich sein: Ich würde mich gern weiter mit Lauries Fall befassen. Ich konzentriere mich in meiner Arbeit auf die Erforschung multipler Persönlichkeiten, und es ergibt sich nicht oft, daß wir einen Patienten treffen, bei dem alternative Persönlichkeiten gerade aufzutauchen beginnen. Ich werde mit Dr. Carpenter wegen Laurie in Verbindung bleiben und nach den nächsten Sitzungen mit ihm über sie sprechen. Wenn es keine radikale Veränderung gibt, habe ich das Gefühl, daß wir von Ihnen mehr Information als von Laurie bekommen werden. Seien Sie sehr aufmerksam.«

Sarah zögerte kurz und fragte dann: »Doktor, ist es denn nicht so, daß Laurie nie wieder ganz gesund wird, solange sie nicht Zugang zu diesen verlorenen Jahren bekommt?«

»Sie sollten das so sehen, Sarah. Meine Mutter hat sich einmal einen Fingernagel bis unter die Nagelhaut aufgerissen, und es kam zu einer Infektion. Ein paar Tage später war der ganze Finger angeschwollen und schmerzte. Sie hat ihn weiterhin selbst verarztet, weil sie Angst hatte, ihn aufschneiden zu lassen. Als sie schließlich in die Notaufnahme kam, hatte sie einen roten Streifen am Unterarm und stand kurz vor einer Blutvergiftung. Sie hatte die Warnzeichen ignoriert, verstehen Sie, weil sie vor dem unmittelbaren Schmerz einer Behandlung Angst hatte.«

»Und Laurie zeigt Warnzeichen einer psychischen Infektion?«

»Ja.«

Sie gingen gemeinsam durch den langen Korridor bis

zur Tür. Der Wachmann ließ sie hinaus. Es ging zwar kein Wind, aber die herrschende Kühle ließ keinen Zweifel daran, daß es ein Oktoberabend war.

Donnelly begleitete sie zum Wagen. »Halten Sie mich auf dem laufenden.«

Was für ein netter Mensch, dachte Sarah, als sie wegfuhr. Sie versuchte ihre eigenen Gefühle zu analysieren. Ihre Sorge um Laurie war jetzt noch größer als vor dem Gespräch mit Dr. Donnelly, aber sie hatte jetzt wenigstens das Gefühl, daß ihr kompetente Hilfe zur Verfügung stand.

Zehn Minuten später führte sie Lou, der Oberkellner von Nicola's, den sie schon viele Jahre kannte, an einen kleinen Tisch. »Ist ja großartig, Sie mal wiederzusehen, Sarah«, sagte er.

In dem Restaurant herrschte wie üblich eine lockere Atmosphäre, und der köstliche Anblick von dampfender Pasta, die gerade aus der Küche gebracht wurde, hob Sarahs Stimmung. »Ich weiß, was ich will, Lou.«

»Spargel vinaigrette, Linguine mit weißer Muschelsoße, Pellegrino, ein Glas Wein«, leierte er herunter.

»Sie haben's erfaßt.«

Sie griff in den Brotkorb und nahm sich ein warmes knuspriges Brötchen. Als ihr Spargel kam, setzte sich jemand an den kleinen Tisch zu ihrer Linken. Sie hörte, wie eine bekannte Stimme sagte: »Ausgezeichnet, Lou. Danke. Ich bin am Verhungern.«

Sarah blickte auf und sah in das überraschte und dann sichtlich erfreute Gesicht von Dr. Donnelly.

22

Rutland Garrison war achtundsiebzig Jahre alt und hatte von Kindesbeinen an gewußt, daß er zum Predigeramt berufen war. 1947 hatte er bereits die enorme Reichweite des Fernsehens erkannt und daraufhin den Sender Dumont in

New York dazu überredet, am Sonntagmorgen für eine religiöse Sendung unter dem Titel ›Welle Gottes‹ Zeit einzuräumen. Seit damals hatte er das Wort des Herrn ohne Unterbrechung gepredigt.

Jetzt begannen seine Kräfte nachzulassen, und sein Arzt hatte ihm geraten, unverzüglich in den Ruhestand zu treten. »Sie haben zu Ihren Lebzeiten so viel wie ein Dutzend Männer geleistet, Reverend Garrison«, hatte er gesagt. »Sie haben ein Bibel-College, ein Krankenhaus, Pflege- und Seniorenheime errichtet. Jetzt sollten Sie sich selbst Gutes tun.«

Keiner wußte so gut wie Garrison, wie leicht es war, riesige Summen von einer guten Sache in habgierige Taschen abzuzweigen. Er wollte nicht, daß sein Predigeramt jemandem dieser Sorte in die Hände fiel.

Er wußte auch, daß ein Fernsehprediger dem Wesen des Amtes nach jemand sein mußte, der seine Herde nicht nur inspirieren und führen konnte, nein, er mußte auch in der Lage sein, eine gute Predigt zu halten, die begeisterte.

»Wir müssen einen Mann mit Schauspieltalent wählen, aber keineswegs einen Schauspieler«, warnte Garrison die Mitglieder des Beirates der ›Welle Gottes‹. Dennoch beschloß der Rat Ende Oktober, nachdem Reverend Bobby Hawkins zum dritten Mal als Gastprediger aufgetreten war, ihm den Platz auf der Kanzel anzubieten.

Garrison verfügte über das Vetorecht und konnte damit Entscheidungen des Beirates umstoßen. »Ich bin mir bei diesem Mann nicht sicher«, erklärte er den Ratsmitgliedern ärgerlich. »Er hat irgend etwas an sich, das mich beunruhigt. Wir sollten die Entscheidung nicht überstürzen.«

»Er hat etwas Messianisches an sich«, wandte einer von ihnen ein.

»Der Messias selbst hat uns gewarnt, uns vor falschen Propheten in acht zu nehmen.« Der verständnisvolle, aber irgendwie irritierte Ausdruck der Männer um ihn herum verriet Rutland Garrison, daß sie alle glaubten, seine Einwände beruhten einzig und allein auf seinem Widerstreben, in den Ruhestand zu treten. Er stand auf. »Tun Sie, was Sie wollen«, sagte er müde. »Ich gehe nach Hause.«

In jener Nacht verstarb Reverend Rutland Garrison im Schlaf.

23

Seit er das letztemal in New York gepredigt hatte, war Bic reizbar gewesen. »Dieser alte Mann kann mich nicht leiden, Opal«, sagte er. »Er ist eifersüchtig wegen all der Anrufe und Briefe, die sie meinetwegen bekommen. Ich habe eines der Beiratsmitglieder angerufen, weil ich wissen wollte, warum ich nichts mehr von ihnen gehört habe.«

»Vielleicht ist es besser, wenn wir hier in Georgia bleiben, Bic«, meinte Opal. Sie saß am Eßtisch, von Stapeln von Briefumschlägen umgeben. Sie wich seinem finsteren Blick aus.

»Wie waren diese Woche die Spenden?«

»Sehr gut.« Bic forderte jeden Donnerstag in seiner lokalen Fernsehsendung und auch bei Kirchenversammlungen zu Spenden für verschiedene ausländische Wohltätigkeitsvorhaben auf. Opal und er waren die einzigen, die Zugang zu den Spenden hatten.

»Im Vergleich zu dem, was die ›Welle Gottes‹ einnimmt, wenn ich spreche, sind sie alles andere als gut.«

Am 28. Oktober kam ein Anruf aus New York. Als Bic den Hörer auflegte, starrte er Opal an, und sein Gesicht und seine Augen leuchteten. »Garrison ist letzte Nacht gestorben. Man hat mich eingeladen, Pastor der ›Welle Gottes‹ zu werden. Sie wollen, daß wir so bald wie möglich für immer nach New York kommen. Wir sollen so lange im Wyndham wohnen, bis wir einen ständigen Wohnsitz gefunden haben.«

Opal wollte schon auf ihn zustürzen, hielt dann aber inne. Sein Gesichtsausdruck warnte sie; es war besser, ihn jetzt allein zu lassen. Er ging in sein Arbeitszimmer und schloß die Tür. Ein paar Augenblicke später hörte sie leise Musik und wußte, daß er wieder einmal Lees Spieldose herausgeholt hatte. Sie schlich auf Zehenspitzen zur Tür und hörte Fistelstimmen singen: »In der ganzen Stadt herum ... Jungs und Mädels zusammen ...«

24

Es war sehr schwer, Sarah nicht merken zu lassen, wie groß ihre Angst war. Laurie erzählte es jetzt Sarah und Dr. Carpenter nicht mehr, wenn sie von dem Messer träumte. Es nützte nichts, darüber zu reden. Niemand, nicht einmal Sarah, konnte verstehen, daß das Messer näher und näher kam.

Dr. Carpenter wollte ihr helfen, aber sie mußte ganz vorsichtig sein. Manchmal verging die Stunde mit ihm so schnell, und Laurie wußte dann, daß sie ihm Dinge erzählt hatte, an die sie sich nachher gar nicht mehr erinnerte.

Sie war immer so müde. Obwohl sie fast jeden Abend in ihrem Zimmer blieb und lernte, hatte sie immer große Schwierigkeiten, ihre Aufgaben zu erledigen. Manchmal passierte es, daß sie sie fertig auf ihrem Schreibtisch fand und sich gar nicht daran erinnerte, daß sie sie gemacht hatte.

Und dann gab es da so viele laute Gedanken, die in ihrem Kopf dröhnten, wie Leute, die in einer Echokammer schrien. Eine der Stimmen sagte ihr, sie sei dumm und eine Versagerin und würde allen nur Ärger machen, und sie solle den Mund halten, wenn Dr. Carpenter dabei sei. Und manchmal war da ein kleines Mädchen, das in Lauries Bewußtsein ständig weinte. Manchmal weinte es ganz leise, manchmal schluchzte es jämmerlich. Und eine andere Stimme, viel tiefer und irgendwie anzüglich, redete wie ein Pornostar.

Die Wochenenden waren besonders schlimm. Das Haus war so groß, so still. Sie war froh, daß Sarah es einem Immobilienmakler zum Verkauf angeboten hatte.

Das einzige Mal, wo Laurie sich wie sie selbst fühlte, war, wenn sie und Sarah im Club Golf spielten und mit Freunden zu Mittag oder zu Abend aßen. Dann dachte sie immer daran, wie sie mit Gregg Golf spielte. Er fehlte ihr so sehr, daß es richtig weh tat, aber sie hatte jetzt solche Angst vor ihm, und die Furcht verdrängte ihre ganze Liebe. Der Gedanke daran, daß er im Januar nach Clinton zurückkommen würde, bedrückte sie.

25

Schon in dem Gespräch mit Dr. Carpenter hatte Justin Donnelly den Eindruck gewonnen, daß Sarah Kenyon eine ungewöhnlich starke junge Frau war. Er war aber trotzdem nicht auf den Eindruck vorbereitet gewesen, den sie beim persönlichen Kennenlernen auf ihn gemacht hatte. An jenem ersten Abend war sie ihm in seinem Büro gegenübergesessen, selbstbewußt und schön, und nur der Schmerz, den man in ihren Augen lesen konnte, ließen die Angst und das Leid erkennen.

Beeindruckt hatte ihn auch, daß sie vor dem Besuch bei ihm Informationen über multiple Persönlichkeiten eingeholt hatte.

Als er Sarah dann in Nicola's angetroffen hatte, schien sie erfreut, ihn zu sehen, und so war es ganz einfach und natürlich, daß er sich zu ihr setzte, um den letzten kleinen Tisch für das junge Paar freizumachen, das nach ihm das Lokal betreten hatte.

Sarah war es, die die Unterhaltung führte. Sie hatte ihm mit einem Lächeln den Korb mit den Brötchen gereicht.

»Ich kann mir vorstellen, Sie haben Ihr Mittagessen genauso im Stehen eingenommen wie ich«, meinte sie. »Ich fange gerade an, einen Mordfall zu bearbeiten, und habe den ganzen Tag mit Zeugen gesprochen.«

Sie erzählte von ihrer Arbeit im Büro des Staatsanwalts und lenkte das Gespräch dann geschickt auf ihn. Sie wußte, daß er Australier war. Justin erzählte ihr von seiner Familie und seinen Jugendjahren auf einer Schaffarm. »Mein Urgroßvater väterlicherseits kam in Ketten aus England. Natürlich wurde das einige Generationen lang nicht erwähnt. Jetzt ist man stolz darauf, einen Vorfahren zu haben, der in der Strafkolonie Gast der Krone war. Meine Großmutter mütterlicherseits ist in England geboren, und ihre Familie ist nach Australien ausgewandert, als sie drei Monate alt war. Omi hat uns ihr ganzes Leben lang vorgejammert, wie sehr England ihr doch fehlte. Sie war in achtzig Jahren zweimal dort. So können Aussies auch sein.«

Erst als sie an ihrem Cappuccino nippten, wandte sich das Gespräch seiner Entscheidung zu, sich auf die Behandlung von Patienten zu spezialisieren, die an Persönlichkeitsspaltung litten.

Von jenem Abend an sprach Justin wenigstens einmal die Woche mit Dr. Carpenter und Sarah. Dr. Carpenter stellte fest, daß Laurie immer unkooperativer werde. »Sie verstellt sich«, erklärte er Justin. »An der Oberfläche stimmt sie mir zu, daß sie sich nicht für den Tod ihrer Eltern verantwortlich fühlen sollte, aber das glaube ich ihr nicht. Wenn sie über die Eltern spricht, dann nur in liebevoller Erinnerung, aber wenn sie emotional wird, dann weint und redet sie wie ein kleines Kind. Sie weigert sich nach wie vor strikt, Rorschach- oder andere Persönlichkeitstests zu machen.«

Sarah berichtete, daß sie keine Hinweise auf Depressionen mit Selbstmordgedanken erkennen könne. »Laurie hat eine große Abneigung davor, samstags zu Dr. Carpenter zu gehen«, erklärte sie Justin. »Sie sagt, das sei Geldverschwendung, und schließlich sei es doch völlig normal, daß man traurig ist, wenn die Eltern gestorben sind. Wenn wir in den Club gehen, muntert sie das auf. Sie hat in ein paar Fächern ziemlich schlechte Noten bekommen und mich deshalb gebeten, sie gegen acht Uhr anzurufen, wenn ich abends mit ihr reden möchte. Nach acht möchte sie beim Studieren nicht gestört werden. Ich glaube, sie will nur nicht, daß ich sie kontrolliere.«

Dr. Justin Donnelly verschwieg Sarah, daß er und Dr. Carpenter das Gefühl hatten, daß Lauries Zustand wie die Ruhe vor dem Sturm war. Er schärfte ihr ein, Laurie weiterhin fest im Auge zu behalten. Und jedesmal, wenn er den Hörer auflegte, war ihm bewußt, daß er sich auf höchst unprofessionelle Weise auf Sarahs Anrufe freute.

26

Bei dem Mord, den Sarah bei der Staatsanwaltschaft bearbeitete, handelte es sich um einen besonders brutalen Fall: Ein neunzehnjähriger junger Mann hatte sich auf einem Bahnhofsparkplatz gewaltsam Zugang zum Wagen der siebenundzwanzigjährigen Maureen Mays verschafft und sie erwürgt.

Für Sarah war es eine willkommene Abwechslung, sich jetzt, wo der Verhandlungstermin näherrückte, in die letzten Vorbereitungen zu stürzen. Sie nahm mit größter Konzentration die Aussagen der Zeugen in sich auf, die den Beschuldigten auf dem Parkplatz hatten herumlungern sehen. Wenn sie nur irgend etwas unternommen hätten, dachte Sarah, nachdem sie doch alle das Gefühl gehabt hatten, daß er nichts Gutes im Schilde führte. Das Opfer hatte sich verzweifelt gegen den Angreifer gewehrt; dafür gab es genügend physische Beweise. Sarah wußte, daß diese ihren Eindruck auf die Geschworenen nicht verfehlen würden.

Die Verhandlung begann am 2. September. Es stellte sich bald heraus, daß die Chancen keineswegs so eindeutig auf seiten der Anklagevertretung lagen, denn ein äußerst sympathischer Verteidiger, Conner Marcus, versuchte Sarahs Argumentation in Stücke zu reißen. Er führte die Befragung der Zeugen sehr geschickt durch und arbeitete heraus, daß es auf dem Parkplatz dunkel gewesen sei, daß die Zeugen nicht wußten, ob der Angeklagte die Wagentür geöffnet hatte oder ob das Opfer selbst geöffnet und ihn eingelassen hatte.

Aber als Sarah dann ins Kreuzverhör eintrat, erklärten alle Zeugen mit Bestimmtheit, daß Maureen Mays auf dem Parkplatz James Parkers Annäherungsversuche eindeutig abgewiesen hatte.

Nicht zuletzt wegen Marcus' schauspielerischer Talente bemächtigten sich die Medien scharenweise des Falles. Die Zuschauerbänke füllten sich, und die regelmäßigen Gerichtssaalbesucher schlossen Wetten auf das Ergebnis ab.

Sarah bewegte sich in einem Rhythmus, der ihr in den letzten fünf Jahren zur zweiten Natur geworden war. Die Sache ›Staat von New Jersey gegen James Parker‹ beschäftigte sie Tag und Nacht, beim Essen, Trinken und Schlafen. Laurie fuhr an den Samstagen nach ihren Besuchen bei Dr. Carpenter jetzt wieder regelmäßig aufs College zurück. »Du bist beschäftigt, und für mich ist es auch gut, wenn ich mich mehr um mein Studium kümmere«, erklärte sie Sarah.

»Wie läuft's denn mit Dr. Carpenter?«

»Ich fange an, dem Busfahrer die Schuld an dem Unfall zu geben.«

»Das ist eine gute Nachricht.« Bei ihrem nächsten Telefonat mit Dr. Donnelly sagte Sarah: »Ich wünschte nur, ich könnte ihr glauben.«

Das Thanksgiving-Fest verbrachten sie mit Verwandten in Connecticut. Weihnachten flogen sie und Laurie nach Florida und machten eine fünftägige Karibik-Kreuzfahrt. Wenn sie auf dem Lidodeck im Pool schwammen, hätte man glauben können, Weihnachten mit all den Erinnerungen, die es erweckte, läge in weiter Ferne. Trotzdem sehnte Sarah sich nach dem Ende der Gerichtsferien, damit sie sich wieder dem Prozeß widmen konnte.

Laurie verbrachte einen großen Teil der Kreuzfahrt in der Kabine mit Lesen. Sie hatte sich für Allan Grants Vorlesungen über viktorianische Schriftstellerinnen eingeschrieben und wollte sich darauf vorbereiten. Sie hatte die alte Reiseschreibmaschine ihrer Mutter mitgebracht, angeblich um sich Notizen zu machen, aber Sarah wußte, daß sie auch Briefe darauf schrieb. Briefe, die sie immer dann, wenn Sarah die Kabine betrat, aus der Maschine riß und zudeckte. Hatte Laurie eine Bekanntschaft gemacht? Warum gab sie sich dann aber so geheimnisvoll?

Sie ist einundzwanzig, sagte sie sich. Kümmere dich um deine eigenen Sachen, Sarah.

27

Am Weihnachtsabend hatte Professor Allan Grant eine unangenehme Auseinandersetzung mit seiner Frau. Er hatte vergessen, den Schlüssel zu seiner Schreibtischschublade zu verstecken, und Karen hatte die Briefe gefunden. Jetzt wollte sie wissen, warum er sie vor ihr verborgen gehalten und warum er sie nicht der Universitätsverwaltung übergeben hatte, wenn sie, wie er behauptete, nur lächerliche Fantasien einer Verrückten waren.

Zunächst hatte er ihr mit großer Geduld und später nicht mehr so großer Geduld erklärt: »Karen, ich habe wirklich keinen Anlaß gesehen, dich zu beunruhigen. Und was die Universität angeht, so bin ich nicht einmal sicher, daß die Briefe wirklich von einer Studentin kommen, obwohl ich das vermute. Was könnte die Verwaltung also anderes tun, als was du jetzt tust, nämlich sich fragen, wieviel Wahrheit wirklich dahintersteckt?«

In der Woche zwischen Weihnachten und Neujahr kamen keine Briefe. »Ein Beweis dafür, daß sie vermutlich von einer Studentin kommen«, sagte er zu Karen. »Wenn jetzt einer käme, würde uns vielleicht der Poststempel weiterbringen.«

Karen wollte den Silvesterabend mit ihm in New York verbringen, wo sie zu einer Party eingeladen waren.

»Du weißt, daß ich große Partys nicht mag«, wandte er ein. »Außerdem haben uns die Larkins eingeladen.« Walter Larkin war Dekan des Clinton College.

Am Silvesterabend schneite es heftig. Karen rief aus dem Büro an. »Liebling, schalte das Radio ein. Die Busse und Züge haben alle Verspätung. Was soll ich tun?«

Allan wußte, welche Antwort sie von ihm erwartete. »Sieh bloß zu, daß du nicht in der Penn Station oder auf der Straße in einem Bus steckenbleibst. Bleib doch in der Stadt.«

»Und es macht dir auch ganz sicher nichts aus?«

Es machte ihm nichts aus.

Allan Grant war mit dem festen Entschluß in die Ehe gegangen, daß es sich um eine Übereinkunft auf Lebenszeit handelte. Sein Vater hatte seine Mutter verlassen, als Allan noch ein Baby war, und er hatte sich geschworen, nie einer Frau dasselbe anzutun.

Karen fühlte sich mit ihrem Arrangement offenbar wohl: Ihr gefiel es, die Woche über in New York zu leben und die Wochenenden in seiner Gesellschaft zu verbringen. Anfänglich hatte es auch recht gut funktioniert, weil Allan Grant gewohnt war, allein zu leben, und das Alleinsein auch genoß. Aber jetzt begann er unzufrieden zu werden. Karen war eine der hübschesten Frauen, die ihm je begegnet waren, und sie kleidete sich wie ein Fotomodell. Im Gegensatz zu ihm war sie geschäftstüchtig und erledigte daher alle finanziellen Angelegenheiten. In physischer Hinsicht hingegen war ihre Anziehungskraft für ihn schon vor langer Zeit erloschen, und ihr etwas hartnäckiger gesunder Menschenverstand begann ihn zu langweilen.

Was haben wir eigentlich gemeinsam, fragte sich Allan nicht zum erstenmal, während er sich für die Einladung beim Dekan ankleidete, schob die bohrende Frage dann aber beiseite.

Heute würde er es einfach genießen, den Abend mit guten Freunden zu verbringen. Schließlich kannte er alle Gäste, die kommen würden, und es waren alles attraktive, interessante Leute.

Ganz besonders Vera West, das neue Fakultätsmitglied.

28

Anfang Januar war der Campus des Clinton College zu einem Kristallpalast geworden. Es hatte heftig geschneit, was die Studenten dazu inspirierte, fantasievolle Skulpturen aus Schnee zu schaffen, die in den eisigen Temperaturen in ihrer ganzen Schönheit erhalten blieben, bis dann, für die Jahreszeit ungewöhnlich, warmer Regen einsetzte.

Jetzt klebte der restliche Schnee an matschigbraunem Gras, und die Überreste der Skulpturen wirkten in ihrem dahinschmelzenden Zustand grotesk. Die frivole Euphorie, die sich nach den Examina einzustellen pflegte, war vorbei, und in den Vorlesungsräumen zog wieder der Alltag ein.

Laurie strebte mit schnellen Schritten auf Professor Grants Büro zu, die Hände in den Taschen ihrer Skijacke, die sie über Jeans und Pullover trug, geballt. Ihr blondes Haar hatte sie zu einem Pferdeschwanz zusammengebunden. Zunächst hatte sie Lidschatten und Lippenstift aufgelegt, sie dann aber wieder abgewischt.

Mach dir doch nichts vor. Du bist häßlich.

Diese lauten Gedanken stellten sich jetzt immer häufiger ein. Laurie beschleunigte ihre Schritte, als könnte sie den Stimmen davonrennen. *Laurie, alles ist deine Schuld. Das, was dir als Kind zugestoßen ist, ist deine Schuld.*

Laurie hatte die Hoffnung, bei der ersten Prüfung über viktorianische Schriftstellerinnen nicht zu schlecht abgeschnitten zu haben. Bis zu diesem Semester hatte sie immer gute Noten bekommen, aber jetzt ging es wie auf einer Berg-und-Tal-Bahn zu. Manchmal bekam sie eine Eins oder eine Zwei plus, und dann war ihr der Stoff wieder so fremd, daß sie bei der Vorlesung wohl überhaupt nicht aufgepaßt hatte. Später fand sie dann Notizen, an die sie sich überhaupt nicht erinnerte.

Dann sah sie ihn. Gregg. Er überquerte gerade die Zufahrt zwischen zwei Studentenhäusern. Er hatte sie letzte Woche nach seiner Ankunft aus England angerufen. Sie hatte ihn angebrüllt, er solle sie in Frieden lassen, und hatte den Hörer hingeknallt.

Bis jetzt hatte er sie noch nicht entdeckt. Sie fing zu rennen an.

Glücklicherweise war der Korridor leer. Sie preßte das Gesicht einen Augenblick lang gegen die Mauer und genoß die beruhigende Kühle.

Feigling.

Ich bin kein Feigling, dachte sie trotzig, drückte die Schultern zurück und zwang sich zu einem lockeren Lächeln, als sie an die halbgeöffnete Tür von Allan Grants Büro klopfte. Sein freundliches »Kommen Sie doch herein, Laurie« tat ihr gut. Er war immer freundlich zu ihr.

Grant deutete auf seinen Besucherstuhl. »Setzen Sie sich, Laurie.« Er trug einen dunkelblauen Sweater über einem weißen Rollkragenpullover. Er sah fast wie ein Priester aus, dachte sie.

Er hielt ihre letzte Arbeit, die sich mit Emily Dickinson befaßte, in der Hand. »Hat Ihnen wohl nicht gefallen?« fragte sie besorgt.

»Ganz im Gegenteil: Ich fand es großartig. Ich verstehe nur nicht ganz, warum Sie Ihre Meinung über die alte Emily geändert haben.«

Es gefiel ihm also. Laurie lächelte erleichtert. Aber was meinte er mit ›Meinung ändern‹?

»Im letzten Semester haben Sie Emily Dickinsons Entscheidung unterstützt, ein Einsiedlerleben zu führen, und geschrieben, daß ihr Genie sich nur dadurch in vollem Maße entwickeln konnte, daß sie sich der Menge entzog. Jetzt stellen Sie die These auf, daß sie eine von Furcht gequälte Neurotikerin war und daß ihre Dichtkunst zu noch viel größeren Höhen aufgestiegen wäre, wenn sie ihre Emotionen nicht unterdrückt hätte. Am Ende schreiben Sie: ›Eine lustvolle Affäre mit ihrem Idol und Mentor Charles Wadsworth hätte ihr ganz sicher gutgetan.‹«

Grant lächelte. »Ich habe das manchmal auch schon gedacht. Aber was hat Sie eigentlich dazu veranlaßt, Ihre Meinung zu ändern?«

Ja, was? Laurie fand eine Antwort. »Vielleicht tickt mein Verstand genau wie der Ihre. Vielleicht habe ich mir überlegt, was passiert wäre, wenn sie ihre Gefühle hätte ausleben können, statt vor ihnen Angst zu haben.«

Grant nickte. »Okay. Diese zwei Sätze am Rand... Haben Sie die geschrieben?«

Es sah ganz und gar nicht wie ihre Handschrift aus, aber auf dem blauen Aktendeckel stand ihr Name, und so nickte sie.

Professor Grant wirkte verändert. Sein Gesichtsausdruck war nachdenklich, ja beunruhigend geworden. Gab er sich nur Mühe, nett zu ihr zu sein? Vielleicht war die Arbeit dennoch lausig.

Sie stand auf. »Ich... ich muß jetzt gehen. War noch etwas?«

Allan Grant sah Laurie bedrückt nach. Um ganz sicher zu sein, war es noch zu früh, aber die Arbeit, die er in der Hand hielt, war der erste greifbare Hinweis auf die geheimnisvolle Verfasserin der Briefe, die mit ›Leona‹ unterzeichnet waren.

Die Arbeit hatte von der Diktion her etwas Sinnliches an sich, ganz anders, als Laurie sonst zu schreiben pflegte, aber den Briefen ähnlich. Er glaubte sogar, einige besonders ungewöhnliche Wendungen zu erkennen. Das war noch kein Beweis, aber immerhin ein Anfang.

Er hätte Laurie Kenyon nicht einmal in seinen kühnsten Träumen als Verfasserin jener Briefe verdächtigt. Sie hatte ihm gegenüber stets die Haltung einer respektvollen Studentin an den Tag gelegt, die ihren Lehrer bewunderte und mochte.

Grant griff nach seiner Jacke und entschied, seinen Verdacht zunächst noch für sich zu behalten. Einige der Briefe waren geradezu zotig und obszön, und für eine Unschuldige wäre es peinlich, danach gefragt zu werden, ganz besonders für eine junge Frau, die eine solche Tragödie wie Laurie erlebt hatte. Er knipste das Licht aus und machte sich auf den Heimweg.

Leona hielt sich im Gebüsch verborgen und sah ihm nach; ihre Fingernägel krallten sich in die Handflächen.

Letzte Nacht hatte sie sich wieder vor seinem Haus versteckt. Er hatte wie gewöhnlich die Vorhänge offengelassen, und sie hatte ihn drei Stunden lang beobachtet. Gegen neun hatte er sich eine Pizza aufgewärmt und sie mit einem Glas Bier in sein Arbeitszimmer getragen. Dort hatte er es sich auf seinem alten Ledersessel bequem gemacht, die Schuhe ausgezogen und die Füße auf den Hocker gelegt.

Er hatte eine Biographie von George Bernard Shaw gelesen. Wenn Allan sich fahrig mit der Hand durchs Haar fuhr, durchströmte sie ein warmes Gefühl. In der Vorlesung pflegte er gelegentlich dieselbe Geste zu machen. Als er das Bier getrunken hatte, sah er auf das leere Glas, zuckte die Achseln und ging in die Küche, um gleich darauf mit einem neuen zurückzukommen.

Um elf sah er sich die Nachrichten an, schaltete dann das Licht aus und verließ das Zimmer. Sie wußte, daß er jetzt zu Bett ging. Er ließ das Fenster immer offen, aber die Schlafzimmervorhänge waren zugezogen. Meistens ging sie, nachdem er das Licht ausgeschaltet hatte. Aber einmal hatte sie die Schiebetür zu bewegen versucht und festgestellt, daß das Schloß nicht eingeschnappt war. Von da an schlich sie sich von Zeit zu Zeit hinein und kuschelte sich in seinen Sessel. Sie redete sich dann immer ein, daß er sie gleich rufen würde: »Liebste, komm doch ins Bett. Ich bin so allein.«

Ein- oder zweimal hatte sie gewartet, bis sie sicher war, daß er schlief, und hatte sich dann auf Zehenspitzen ins Schlafzimmer geschlichen und ihn angesehen. Letzte Nacht hatte sie gefroren und war übermüdet nach Hause gegangen, nachdem er das Licht im Arbeitszimmer ausgemacht hatte.

Kalt und sehr müde.

Kalt.

Laurie rieb die Hände aneinander. Ganz plötzlich war es so finster geworden. Sie hatte gar nicht gemerkt, wie finster es war, als sie vor einer Minute aus Professor Grants Büro gekommen war.

29

»Ridgewood ist einer der schönsten Orte in New Jersey«, erklärte Betsy Lyons der dezent gekleideten Frau, die sich mit ihr Fotos von Immobilienangeboten ansah. »Preislich gesehen liegt es natürlich eher hoch. Aber so wie der Markt im Augenblick aussieht, gibt es ein paar ausgezeichnete Angebote.«

Opal nickte nachdenklich. Dies war jetzt ihr dritter Besuch bei der Maklerin. Sie hatte gesagt, daß ihr Mann nach New York versetzt würde und sie deshalb vorsorglich Häuser in New Jersey, Connecticut und Westchester ansehen wolle.

»Du mußt ihr Vertrauen gewinnen«, hatte Bic ihr eingeschärft. »All diese Immobilienmakler sind darauf geschult, potentielle Käufer im Auge zu behalten, damit die nichts mitgehen lassen, wenn man ihnen Häuser zeigt. Zunächst mußt du allen sagen, daß du dich in verschiedenen Gegenden umsiehst und dann, nach ein oder zwei Besuchen, daß dir New Jersey am besten gefällt. Beim ersten Besuch mußt du sagen, du hättest eigentlich im Preis nicht so hoch gehen wollen wie Ridgewood. Und dann deutest du an, daß es dir dort wirklich gut gefällt und du es dir in Wirklichkeit leisten könntest. Am Ende bringst du sie dazu, daß sie dir an einem der Freitage, an denen wir herauskommen, Lees Haus zeigt. Lenke sie ab, und dann …«

Es war an einem frühen Freitagnachmittag. Der Plan funktionierte. Opal hatte Betsy Lyons' Vertrauen gewonnen. Die Zeit, das Kenyon-Haus anzusehen, war gekommen. Die Haushälterin kam Montag und Freitag vormittags und würde bereits aus dem Haus sein. Die ältere Schwester war beim Gericht und war im Augenblick mit einem Prozeß beschäftigt, der viel Aufsehen erregte. Opal würde Lees Haus ungestört besichtigen können.

Was Betsy Lyons an Carla Hawkins gefiel, war ihre Offenheit. Sie hatte von Anfang an die Karten auf den Tisch gelegt. Sie sah sich auch anderswo um und geriet nicht gleich bei jedem Haus, das sie sah, in Verzückung. Und dann wies sie auch nicht ständig auf Mängel hin. Sie stellte überlegte Fragen bezüglich der Häuser, die ihr Interesse weckten. Da war offensichtlich Geld vorhanden. Ein guter Immobilienmakler lernte es, teure Kleidung richtig einzuschätzen. Kurz und gut, Betsy Lyons hatte das Gefühl, daß ein gutes Geschäft in der Luft lag.

»Ein besonders hübscher Besitz«, sagte sie und deutete auf das Foto eines im Ranchstil gehaltenen Ziegelbaus. »Neun Zimmer, erst vier Jahre alt, hervorragend erhalten, allein in der Gartenanlage steckt ein Vermögen.«

Opal gab sich interessiert und las die Daten, die unter dem Foto vermerkt waren. »Das wäre interessant«, sagte sie langsam, »aber lassen Sie uns weitersehen. Oh, was ist das?« Endlich hatte sie die Seite erreicht, auf der das Kenyon-Haus abgebildet war.

»O ja, wenn Sie ein wahrhaft schönes, geräumiges, gepflegtes Haus haben wollen, ist das ein besonders günstiger Kauf«, sagte Betsy Lyons begeistert. »Fast fünftausend Quadratmeter Grund, Swimmingpool, vier große Schlafzimmer, jedes mit eigenem Bad; Wohnzimmer, Eßzimmer, Frühstückszimmer, Arbeitszimmer und Bibliothek im Erdgeschoß. Achthundert Quadratmeter Wohnfläche, Stuckdecken, Vertäfelung, Parkettboden, Speisekammer.«

»Sehen wir uns doch heute diese beiden an«, schlug Opal vor. »Mehr schaffe ich mit meinem Knöchel nicht.«

Bic hatte ihr das linke Fußgelenk verbunden. »Sag der Maklerin, du hättest dir den Fuß verstaucht«, riet er ihr. »Wenn du dann behauptest, du hättest in einem der Schlafzimmer einen Handschuh verloren, wird es ihr nichts ausmachen, dich in der Küche allein zu lassen.«

»Ich muß bei dem einen nachfragen«, sagte Lyons. »Sie haben kleine Kinder und wollen, daß wir vorher anrufen. Das Kenyon-Haus kann ich wochentags jederzeit ohne Ankündigung herzeigen.«

Sie fuhren zuerst zu dem Haus im Ranchstil. Opal dachte daran, all die richtigen Fragen zu stellen. Schließlich fuhren sie weiter zum Haus der Kenyons. Sie ging noch einmal Bics Instruktionen durch.

»Warum wird es denn verkauft?« Es wäre unnatürlich, dachte Opal, die Frage nicht zu stellen. Sie haßte es, diese Straße zu fahren, sie erinnerte sie an jene zwei Jahre. Sie erinnerte sich daran, wie ihr Herz wie wild geschlagen hatte, als sie an dem rosa Haus an der Ecke eingebogen waren. Jetzt war das Haus weiß getüncht.

Betsy Lyons wußte, daß es keinen Sinn hatte, mit der Wahrheit hinter dem Berg zu halten. Das Problem war nur, daß manche Leute mit Häusern, in denen das Unglück wohnte, nichts zu tun haben wollten. Besser, es gleich zu sagen, als sie herumschnüffeln und es selbst herausfinden zu lassen, war ihr Motto. »Jetzt leben hier nur zwei Schwestern«, sagte sie. »Die Eltern sind letzten September bei einem Autounfall ums Leben gekommen. Ein Bus hat sie auf der Achtundsiebzig gerammt.« Damit versuchte sie geschickt, Opal auf die Tatsache zu lenken, daß der Unfall auf der Route 78 und nicht im Haus passiert war.

Jetzt bogen sie in die Einfahrt. Bic hatte Opal eingeschärft, sich nichts entgehen zu lassen. Er wollte alles über das Haus wissen, in dem Lee wohnte. Sie stiegen aus, und Betsy Lyons suchte nach dem Schlüssel.

»Das hier ist das Foyer«, sagte sie, als sie die Tür öffnete. »Verstehen Sie jetzt, was ich gemeint habe, als ich sagte, das Haus sei gepflegt? Ist es nicht wunderschön?«

Das Wohnzimmer lag zur Linken. Eine Bogentür. Große Fenster. Überwiegend blaue Polsterung. Dunkel polierter Parkettboden mit einem großen Orientteppich und einem kontrastierenden kleinen Läufer vor dem offenen Kamin. Opal hätte am liebsten laut aufgelacht. Aus diesem Palast hatten sie Lee auf ihre armselige Farm verschleppt. Ein Wunder, daß sie nicht sofort daran zerbrochen war.

In der Bibliothek hingen Porträts an den Wänden. »Das sind die Kenyons«, erklärte Betsy Lyons. »Ein gutaussehendes Paar, nicht wahr? Und das sind Aquarelle von den Mädchen, als sie noch klein waren. Sarah hat Laurie praktisch von Anfang an richtig bemuttert. Ich weiß nicht, ob Sie davon gehört haben, aber ...«

Als Opal die Geschichte vom Verschwinden der kleinen Laurie vor siebzehn Jahren hörte, schlug ihr Herz wie rasend. Auf dem Couchtisch stand ein Bild von Lee mit einem älteren Mädchen. Lee trug den rosa Badeanzug, den sie damals angehabt hatte. Eigentlich merkwürdig, daß ihr Blick bei den vielen gerahmten Fotos ausgerechnet auf dies eine gefallen war. Bic hatte recht. Es gab einen Grund dafür, daß Gott sie hierhergeschickt hatte.

Sie tat so, als müsse sie niesen, zog das Taschentuch heraus und ließ in Lees Schlafzimmer einen Handschuh fallen. Selbst wenn Betsy Lyons es ihr nicht gesagt hätte, war leicht festzustellen, welches Zimmer Lee gehörte. Im Zimmer der Schwester lagen stapelweise juristische Bücher auf dem Schreibtisch.

Opal folgte Betsy Lyons die Treppe hinunter und bat dann darum, sich noch einmal die Küche ansehen zu dürfen. »Mir gefällt diese Küche«, seufzte sie. »Dieses Haus ist ein Traum.« Wenigstens war sie ehrlich, dachte Opal amüsiert. »Aber jetzt sollten wir besser fahren. Mein Knöchel tut mir weh, ich sollte mich hinsetzen.« Sie setzte sich auf einen der hochbeinigen Hocker vor der Eßtheke.

»Aber selbstverständlich.« Betsy Lyons konnte spüren, wenn ein Kaufentschluß reifte.

Opal griff in die Manteltasche, suchte ihre Handschuhe und runzelte die Stirn. »Ich hab' sie doch beide beim Hereinkommen angehabt.« Sie kramte in der anderen Tasche herum, brachte das Taschentuch zum Vorschein. »Oh, jetzt weiß ich es. Ich wette, ich hab' den Handschuh fallen lassen, als ich niesen mußte. Das war in dem Schlafzimmer mit dem blauen Teppich.« Sie schickte sich an, vom Hocker zu rutschen.

»Warten Sie ruhig hier«, erbot sich Betsy Lyons. »Ich laufe hinauf und sehe nach.«

»Oh, würden Sie das tun?«

Opal wartete, bis die Schritte auf der Treppe ihr bestätigten, daß Betsy Lyons auf dem Weg ins Obergeschoß war. Dann sprang sie vom Hocker und rannte zu der Reihe von Messern mit blauen Handgriffen, die neben dem Herd an der Wand befestigt waren. Sie schnappte sich das größte, ein langes Tranchiermesser, und ließ es in ihre Schultertasche gleiten.

Als Betsy Lyons lächelnd mit dem Handschuh in der Hand in die Küche zurückkam, saß sie schon wieder auf dem Hocker und rieb sich den Knöchel.

30

Die erste Wochenhälfte war wie im Flug vergangen. Sarah arbeitete bis Donnerstag spät in die Nacht an ihrem Schlußplädoyer.

Sie las aufmerksam, machte sich Auszüge und bereitete sich kleine Kärtchen mit den wesentlichen Punkten vor, mit denen sie die Geschworenen beeindrucken wollte. Das erste Licht des jungen Morgens drang durch ihre Schlafzimmerfenster. Um Viertel nach sieben las Sarah den letzten Absatz ihres Plädoyers. »Meine Damen und Herren, Mr. Marcus ist ein geschickter und erfahrener Strafverteidiger. Er hat sich sämtliche Zeugen, die in jener Nacht auf dem Bahnhofsgelände waren, einen nach dem anderen vorgenommen. Zugegebenermaßen war nicht heller Tag, aber es war auch nicht so dunkel, daß sie James Parkers Gesicht nicht sehen konnten. Jeder Zeuge hatte gesehen, wie er sich an Maureen Mays heranmachte und von ihr abgewiesen wurde. Jeder von ihnen hat Ihnen, und zwar ohne zu zögern, gesagt, daß James Parker derjenige ist, der in jener Nacht in Maureens Wagen stieg …

Ich würde sagen, meine Damen und Herren, das Beweismaterial hat Ihnen ohne den leisesten Zweifel gezeigt, daß James Parker diese junge Frau ermordet und damit ihren Ehemann, ihre Mutter, ihren Vater und ihre Geschwister ihrer Liebe und ihrer Unterstützung beraubt hat.

Nichts kann sie wieder ins Leben zurückrufen, aber Sie, die Geschworenen, haben die Macht, ihren Mörder der Gerechtigkeit zuzuführen.«

Sie war auf sämtliche Punkte eingegangen. Das Gebäude aus Beweisen, das sie aufgebaut hatte, war unerschütterbar. Doch Conner Marcus war der beste Strafverteidiger, dem sie sich je gegenübergesehen hatte. Und Geschworene waren unberechenbar.

Sarah stand auf und streckte sich. Das Adrenalin, das während einer Verhandlung immer durch ihre Adern pulsierte, würde sie wie ein Fieber gepackt halten, wenn sie ihre letzten Argumente einleitete. Darauf baute sie.

Sie ging ins Bad und drehte die Dusche an. Die Versuchung, unter den Kaskaden von heißem Wasser zu verweilen, war groß. Besonders ihre Schultern waren völlig verspannt. Trotzdem schaltete sie das heiße Wasser ab und drehte den Kaltwasserhahn ganz nach rechts. Mit verzerrtem Gesicht ertrug sie den eisigen Strahl.

Sie frottierte sich schnell ab, schlüpfte in einen langen, dicken Frotteemantel und Pantoffeln und rannte hinunter, um sich Kaffee zu kochen. Während er durch die Maschine tropfte, machte sie ein paar gymnastische Übungen und sah sich in der Küche um. Betsy Lyons, die Immobilienmaklerin, glaubte eine echte Interessentin für das Haus zu haben. Und bei dem Gedanken wurde ihr bewußt, daß ihr Entschluß, es zu verkaufen, immer noch nicht ganz feststand. Jedenfalls hatte sie Betsy Lyons gesagt, daß sie den Preis unter keinen Umständen senken würde.

Sie trug den Kaffee nach oben und nippte immer wieder daran, während sie Lippenstift, Rouge und Lidschatten auflegte. Das war zu einem morgendlichen Ritual geworden, so etwas wie ein liebevoller Tribut an ihre Mutter. Mama, wenn es dir nichts ausmacht, werde ich heute elegant sein, dachte sie. Aber Marie wäre mit dem blaugrauen Tweedkostüm sicher einverstanden gewesen.

Sie bürstete ihr krauses Haar. »Morgen wird die Sonne wieder scheinen …«, sang sie leise.

Sie warf einen prüfenden Blick in ihren Aktenkoffer. Die Notizen für ihr Plädoyer waren dort, wo sie sie hingelegt hatte. Das wär's dann, dachte sie. Sie war fast unten an der Treppe angelangt, als sie hörte, wie die Küchentür aufging. »Ich bin's, Sarah«, rief Sophie. Schritte klapperten durch die Küche. »Ich muß heute zum Zahnarzt, also bin ich ein wenig früher gekommen. Oh, siehst du hübsch aus.«

»Danke. Du hättest nicht so früh zu kommen brauchen. Jetzt bist du zehn Jahre bei uns, da kannst du dir doch mal eine oder zwei Stunden freinehmen, wenn es nötig ist.« Sie lächelten einander zu.

Daß das Haus verkauft werden sollte, bedrückte Sophie, daraus machte sie kein Hehl.

»Es sei denn, ihr Mädchen nehmt euch hier in der Nähe eine Wohnung, damit ich mich um euch kümmern kann«, hatte sie zu Sarah gesagt.

An diesem Morgen wirkte sie beunruhigt. »Sarah, du kennst doch den Satz Messer neben dem Herd?«

Sarah war damit beschäftigt, ihren Mantel zuzuknöpfen. »Ja.«

»Hast du vielleicht eines davon weggenommen?«

»Nein.«

»Ich habe gerade bemerkt, daß das größte Tranchiermesser fehlt. Ist doch eigenartig.«

»Oh, es wird schon irgendwo sein.«

»Na ja, aber ich weiß nicht wo.«

Plötzlich hatte Sarah ein ungutes Gefühl. »Wann hast du es zuletzt gesehen?«

»Ich weiß nicht genau. Am Montag ist mir aufgefallen, daß es fehlte. In der Küche ist es nicht, das weiß ich sicher.« Sophie zögerte. »Laurie wird es doch nicht aus irgendeinem Grund in der Schule brauchen?« Sophie wußte von dem Traum mit dem Messer.

»Das glaube ich kaum.« Sarah schluckte und spürte plötzlich einen Kloß in der Kehle. »Ich muß mich jetzt beeilen.« Während sie die Tür öffnete, sagte sie: »Wenn du irgendwo auf das Messer stoßen solltest, dann hinterlaß mir im Büro eine Nachricht, ja? ›Ich hab's gefunden‹, reicht schon. Okay?«

Sie sah das Mitgefühl in Sophies Gesicht. Sie glaubt, Laurie hat es genommen, dachte Sarah. Mein Gott!

In ihrer Unruhe rannte sie zurück zum Telefon und wählte Lauries Nummer. Eine schläfrige Stimme meldete sich am anderen Ende. Laurie hatte beim ersten Klingeln abgehoben.

»Sarah? Natürlich geht's mir gut. Ich hab' sogar in zwei

Fächern wieder gute Noten bekommen. Das sollten wir irgendwie feiern.«

Erleichtert legte Sarah auf und eilte nach draußen in die Garage. Sie war für vier Fahrzeuge gebaut, aber nur ihr Wagen stand darin. Laurie ließ den ihren immer in der Einfahrt stehen.

Während sie ins Freie fuhr, entschied sie für sich, daß Laurie im Augenblick ganz vernünftig klang. Sie würde heute abend Dr. Carpenter und Dr. Donnelly anrufen und ihnen von dem Messer erzählen. Aber zunächst mußte sie es aus ihren Gedanken verdrängen. Maureen Mays und ihrer Familie gegenüber wäre es nicht fair, wenn sie heute vor Gericht nicht in Bestform war. Aber warum in Gottes Namen sollte Laurie das Tranchiermesser genommen haben?

31

»Sarahs Geschworene sind noch nicht in den Gerichtssaal zurückgekehrt«, sagte Laurie zu Dr. Carpenter, während sie ihm in seiner Praxis gegenübersaß. »Ich beneide sie. Sie nimmt ihren Beruf so ernst, daß sie alles, woran sie gerade nicht denken will, einfach verdrängen kann.«

Carpenter wartete. Laurie war anders, irgendwie kälter. Das war das erstemal, daß sie für Sarah feindselige Gefühle empfand. In ihren Augen konnte man den aufgestauten Zorn blitzen sehen. Irgend etwas war zwischen ihr und Sarah vorgefallen. »Ich habe von dem Fall gelesen«, sagte er ruhig.

»Das kann ich mir vorstellen, schließlich vertritt Sarah ja die Anklage. Aber so feinfühlig, wie sie sich das einbildet, ist sie nicht.«

Wieder wartete er. »Ich war gestern abend gerade nach Hause gekommen, als sie auftauchte. Voller Entschuldigungen. Es täte ihr leid, daß sie nicht zu Hause gewesen wäre, um mich zu begrüßen. Typisch große Schwester. Ich sagte: ›Hör zu, Sarah, irgendwann muß ich anfangen, mich selber um mich zu kümmern. Schließlich bin ich einundzwanzig und nicht vier.‹«

»Vier?«

»Ja, so alt war ich, als sie auf ihre blöde Party ging, statt zu Hause zu bleiben. Wenn sie zu Hause geblieben wäre, hätte man mich nicht entführt.«

»Sie haben sich bisher immer selbst die Schuld dafür gegeben, daß man Sie entführt hat, Laurie.«

»Ja, freilich, stimmt ja auch. Aber Schwesterchen war da schon auch beteiligt. Ich wette, sie haßt mich.«

Dr. Carpenter hatte eines seiner Ziele darin gesehen, Laurie von ihrer Schwester unabhängig zu machen. Aber das war etwas völlig Neues. Es war, als säße ihm eine andere Patientin gegenüber. »Warum sollte sie Sie hassen?«

»Sie hat keine Zeit für ein eigenes Leben. *Sie* sollten Sie als Patientin haben. Mann, das würde ich gern hören! Ein ganzes Leben lang immer die große Schwester sein zu müssen. Ich habe heute morgen in ihrem alten Tagebuch gelesen, das sie seit ihrer Kindheit geführt hat. Sie schreibt darin eine ganze Menge darüber, daß ich entführt wurde und dann wieder zurückkam und daß sie das Gefühl hatte, ich hätte mich verändert. Ich denke, das hat sie wirklich mitgenommen.« Lauries Stimme klang befriedigt.

»Lesen Sie regelmäßig Sarahs Tagebücher?«

Laurie sah ihn mitleidig an. »Sie sind doch derjenige, der immer wissen möchte, was alle Leute denken. Was macht Sie denn besser als mich?«

Es war die Art und Weise, wie sie dasaß, die kampflustige Haltung, die Knie zusammengepreßt, die Hände um die Armstützen gekrampft, den Kopf nach vorn geschoben, mit starrem Gesichtsausdruck. Wo war das weiche, bedrückte junge Gesicht, die zögernde Jackie-Onassis-Stimme?

»Das ist eine gute Frage, aber ich kann nicht mit einem Satz darauf antworten. Warum sind Sie über Sarah verärgert?«

»Das Messer. Sarah denkt, ich hätte ein Tranchiermesser aus der Küche stibitzt.«

»Wie kommt sie denn darauf?«

»Na, weil es verschwunden ist. Ich habe es ganz bestimmt nicht genommen. Sophie, unsere Haushälterin, hat mit dem Ganzen angefangen.«

»Hat Sarah Sie beschuldigt oder einfach nur nach dem Messer gefragt? Das ist ein großer Unterschied, wissen Sie.«

»Ich weiß, wenn man mich beschuldigt, das können Sie mir glauben.«

»Ich hatte das Gefühl, Sie hätten Angst vor Messern. Habe ich mich getäuscht, Laurie?«

»Ich möchte, daß Sie Kate zu mir sagen.«

»Kate? Gibt es dafür einen Grund?«

»Kate klingt besser als Laurie – reifer. Und ich heiße mit Mittelnamen Katherine.«

»Das könnte sehr positiv sein. Daß Sie kindische Sachen ablegen. Empfinden Sie das jetzt so, daß Sie kindische Sachen ablegen?«

»Nein. Ich mag nur keine Angst vor Messern haben.«

»Ich hatte aber den deutlichen Eindruck, daß Sie sogar schreckliche Angst davor haben.«

»O nein. Ich nicht. Laurie hat vor allem Angst. Ein Messer ist für sie das Allerschlimmste. Wissen Sie, Doktor, es gibt Leute, die dem Rest der Welt nur Schmerz und Leid bringen. Unsere kleine Laurie zum Beispiel.«

Dr. Carpenter wurde klar, daß er jetzt wußte, daß eine von Laurie Kenyons Spaltpersönlichkeiten Kate hieß.

32

Am Samstag morgen parkten sie in der Nähe von Dr. Carpenters Büro. Bic hatte bewußt einen Buick in derselben Farbe gemietet, wie Laurie einen fuhr. Nur die Lederausstattung war anders. »Lee sperrt ihren Wagen nie ab. Ihre

Tasche mit den Schulbüchern liegt immer auf dem Boden vor dem Vordersitz. Ich werde das Messer einfach unten hineinschieben. Es ist ganz egal, wann sie es findet. Sie wird jedenfalls bald darauf stoßen. Das soll für sie nur eine kleine Erinnerung an das sein, was geschehen wird, wenn sie bei ihrem Seelenklempner anfängt, über uns nachzudenken. Und jetzt tu, was du tun mußt, Opal.«

Lee verließ Dr. Carpenters Büro immer exakt fünf Minuten vor zwölf. Um sechs Minuten vor zwölf öffnete Opal die Tür des Privateingangs zu seinem Büro im Obergeschoß. Sie sah sich um, als hätte sie sich getäuscht und in Wirklichkeit den Haupteingang des Gebäudes an der Ridgewood Avenue benutzen wollen. Aber auf der Treppe nach oben war niemand zu sehen. Sie wickelte schnell das kleine Päckchen aus, das sie in der Hand hielt, ließ seinen Inhalt mitten in dem Vorraum fallen und ging hinaus. Bic wartete draußen in dem Mietwagen.

»Nicht einmal ein Blinder könnte es verfehlen«, sagte Opal, als er sie fragend ansah.

»Niemand hat auf dich geachtet«, versicherte er ihr.

»Jetzt werden wir ein paar Minuten warten und sehen, was passiert.«

Laurie eilte die Treppe hinunter. Sie wollte auf schnellstem Weg zum College zurück. Als ob sie es nötig hätte, hier herumzusitzen und sich in ihrem Kopf herumstochern zu lassen! Oder sich von Sarah bemuttern zu lassen! Unerträglich. Höchste Zeit, endlich herauszufinden, wieviel sie eigentlich geerbt hatte. Eine ganze Menge. Und wenn das Haus verkauft wurde, wollte sie nichts davon hören, daß irgendwelche anderen Leute das Geld für sie anlegten. Sie war es einfach leid, sich ständig mit diesem Jammerlappen herumzuärgern, der nichts anderes herausbrachte als »Ja, Sarah. Nein, Sarah. Ganz wie du meinst, Sarah.«

Unten an der Treppe stieß ihr Fuß an etwas Weiches, Matschiges. Sie blickte herab. Das leblose Auge eines Huhnes starrte sie an. Am Schädel klebten ein paar zerzauste Federn, und der abgeschnittene Hals war mit eingetrocknetem Blut verkrustet.

Draußen hörten Bic und Opal die ersten Schreie. Bic lächelte. »Klingt das nicht vertraut?« Er drehte den Schlüssel im Zündschloß und flüsterte: »Aber jetzt möchte ich sie gern trösten.«

33

Sarahs Sekretärin eilte in den Gerichtssaal, als die Geschworenen gerade hereinkamen. Sarahs Herz schlug wild, als der Richter fragte: »Herr Vorsitzender, haben die Geschworenen sich auf einen Spruch geeinigt?«

»Ja, das haben wir, Euer Ehren.«

Jetzt kommt's, dachte Sarah, die am Tisch der Anklagevertretung stand, mit Blick auf die Richterbank. Sie spürte ein Zupfen an ihrem Arm, und als sie sich umdrehte, sah sie ihre Sekretärin Janet hinter sich stehen.

»Jetzt nicht«, sagte sie entschieden, überrascht darüber, daß Janet sie während der Verkündung eines Schuldspruchs störte.

»Sarah, es tut mir furchtbar leid. Da war ein Anruf – ein Dr. Carpenter hat Ihre Schwester in die Notaufnahme des Krankenhauses von Hackensack gebracht. Sie steht unter Schock.«

Sarahs Finger krampften sich so um den Kugelschreiber, den sie in der Hand hielt, daß ihre Knöchel weiß hervortraten. Der Richter sah sie sichtlich verärgert an. Sie flüsterte: »Sagen Sie ihm, ich komme in ein paar Minuten.«

»Die Anklage lautete auf Mord. Wie haben Sie entschieden: schuldig oder nicht schuldig?«

»Schuldig, Euer Ehren.«

»Das ist nicht fair!« tönte es von der Familie und den Freunden James Parkers. Der Richter schlug mit dem Hammer auf sein Pult und verbat sich weitere Störungen.

Dann vergewisserte er sich durch Befragung der Geschworenen, daß es sich um einen einstimmigen Spruch handelte.

Anschließend wurde die Bestellung einer Kaution für James Parker abgelehnt und ein Termin für die Urteilsverkündung festgesetzt, worauf man ihn in Handschellen abführte. Das Gericht vertagte sich. Sarah hatte keine Zeit, ihren Sieg auszukosten. Janet erwartete sie bereits im Korridor, ihren Mantel und ihre Schultertasche in den Händen.

Dr. Carpenter erwartete sie in der Notaufnahme und erklärte ihr in kurzen Worten, was vorgefallen war. »Laurie hatte sich gerade von mir verabschiedet. Kurz darauf hörte ich sie draußen schreien. Als wir zu ihr kamen, war sie in Ohnmacht gefallen. Sie steht unter extremem Schock, kommt aber gerade wieder zu sich.«

»Was ist denn passiert?« Sarah traten heiße Tränen aus den Augen. Carpenter hatte etwas an sich, das sie an ihren Vater erinnerte. Wenn er jetzt nur bei ihr gewesen wäre.

»Sie ist offensichtlich auf einen abgeschnittenen Hühnerkopf getreten, hat einen hysterischen Anfall bekommen und dann einen Schock erlitten.«

»Ein Hühnerkopf! Im Vorraum Ihrer Praxis!«

»Ja. Ich habe einen Patienten, der unter erheblichen Bewußtseinsstörungen leidet und mit einem Voodoo-Kult zu tun hat. Ich kann mir gut vorstellen, daß er so etwas getan hat. Hat Laurie ungewöhnliche Angst vor Hühnern oder Mäusen oder sonstigen Tieren?«

»Nein. Sie ißt nur kein Hühnerfleisch. Sie ekelt sich davor.«

Eine Schwester kam hinter einem Vorhang hervor. »Sie dürfen jetzt zu ihr.«

Laurie lag reglos mit geschlossenen Augen da. Sarah berührte ihre Hand. »Laurie.«

Sie schlug langsam die Augen auf, was ihr sichtlich Mühe bereitete, und Sarah schloß daraus, daß man ihr eine erhebliche Dosis Beruhigungsmittel gegeben hatte. Ihre Stimme klang schwach, war aber trotzdem kristallklar, als sie sagte: »Sarah, ehe ich noch einmal zu diesem Doktor gehe, bring ich mich um.«

34

Allan saß in der Küche und aß ein Sandwich.

»Liebling, tut mir leid, daß ich gestern abend nicht nach Hause gekommen bin, aber ich mußte unbedingt meine Präsentation für Wharton vorbereiten.« Karen umarmte ihn.

Er gab ihr einen Kuß auf die Wange und löste sich aus ihrer Umarmung. »Ist schon gut. Möchtest du etwas zu Mittag essen?«

»Du hättest warten sollen. Ich hätte mich schon darum gekümmert.«

Karen goß Chianti aus der Karaffe und reichte Allan ein Glas. Sie stieß mit ihm an. »Auf dein Wohl, mein Lieber.«

»Auf dein Wohl«, sagte er, ohne zu lächeln.

»He, Professor, da stimmt doch was nicht.«

»Allerdings. Mir ist nämlich vor einer Stunde klargeworden, daß Laurie Kenyon diese geheimnisvolle Leona ist, du weißt schon: diejenige, die diese Briefe schreibt.«

Karen riß den Mund auf. »Bist du ganz sicher?«

»Ja. Ich habe Arbeiten korrigiert. An der ihren hing ein Zettel, ihr Computer sei ausgefallen und sie hätte die Arbeit deshalb mit ihrer alten Reiseschreibmaschine zu Ende schreiben müssen. Und das ist ohne Zweifel dieselbe Maschine, auf der die Briefe geschrieben sind – einschließlich dem, der gestern gekommen ist.« Er griff in die Tasche und reichte ihn Karen.

Sie las: »Allan, Liebster, diese Nacht werde ich nie vergessen. Ich beobachte Dich so gern, wenn Du schläfst. Ich mag es, wie Du Dich umdrehst und Dich in die Decken kuschelst. Warum ist es bloß so kalt in Deinem Zimmer? Ich habe das Fenster ein wenig zugezogen. Ich wette, Du hast das nicht bemerkt, Liebster. Manchmal bist Du der typische zerstreute Professor. Aber nur manchmal. Daß Du nur ja mich nie vergißt. Denke immer an mich. Wenn Dich Deine Frau schon nicht ständig in ihrer Nähe haben will – ich brauche Dich jedenfalls. Ich liebe Dich. Leona.«

Karen las den Brief langsam ein zweites Mal. »Du lieber Gott, Allan, glaubst du, dieses Mädchen war wirklich im Haus?«

»Das glaube ich nicht. Diese Schäferstündchen in meinem Büro bildet sie sich jedenfalls ganz bestimmt ein. Und das hier auch.«

»Da bin ich nicht so sicher. Komm mal mit.«

Er folgte ihr ins Schlafzimmer. Karen trat vor das fast bis zum Boden reichende Fenster, griff nach der Kurbel und drehte sie, worauf das Fenster sich lautlos nach außen bewegte. Sie stieg über den niedrigen Sims nach draußen und drehte sich zu ihm um. Ein kühler Lufthauch blies ihr das Haar ins Gesicht und ließ den Vorhang flattern. »Leicht reinzukommen und genauso leicht wieder raus«, sagte sie und stieg ins Zimmer zurück. »Allan, es mag ja sein, daß sie sich das alles nur einbildet, aber sie hätte auch hier sein können. Du schläfst wie ein Toter. In Zukunft darfst du das Fenster nicht mehr so weit geöffnet lassen.«

»Mir reicht's jetzt. Ich habe nicht die geringste Lust, meine Schlafgewohnheiten zu ändern. Ich muß mit Sarah Kenyon sprechen. Laurie tut mir schrecklich leid. Sarah muß dafür sorgen, daß sie die nötige Hilfe bekommt.«

Als er Sarah anrief, erreichte er nur ihren Anrufbeantworter und hinterließ eine kurze Botschaft, mit der Bitte, ihn so bald als möglich zurückzurufen.

Das tat Sarah um halb drei; Karen hörte, wie Allans Stimme plötzlich besorgt klang. »Sarah, was ist denn los? Laurie? Ist ihr etwas passiert? – Du lieber Gott, das ist ja schrecklich. Sarah, weinen Sie nicht. Ich weiß, wie schlimm das für Sie sein muß. Es kommt schon wieder in Ordnung. Sie müssen nur etwas Geduld haben. – Nein, ich wollte nur von Ihnen hören, wie es ihr geht. – Natürlich. Wir sprechen bald wieder miteinander. Wiedersehen.«

Er legte den Hörer auf und drehte sich zu Karen um. »Laurie ist im Krankenhaus. Irgend etwas hat einen Schock in ihr ausgelöst, als sie die Praxis des Psychiaters verließ. Ich denke, jetzt ist sie wieder in Ordnung, aber die wollten, daß sie eine Nacht im Krankenhaus bleibt. Ihre Schwester ist ziemlich fertig.«

»Wird Laurie an die Schule zurückkehren?«

»Sie ist fest entschlossen, am Montag wieder dazusein.« Er zuckte hilflos die Achseln. »Karen, ich habe es einfach nicht fertiggebracht, Sarah etwas von diesen Briefen zu sagen.«

»Wirst du sie der Verwaltung übergeben?«

»Natürlich. Dekan Larkin wird bestimmt veranlassen daß einer der Psychologen mit Laurie spricht. Ich weiß, daß sie bei einem Psychiater in Ridgewood in Behandlung ist, aber vielleicht braucht sie hier auch Unterstützung. Das arme Kind.«

35

Laurie saß aufrecht im Bett und las Zeitung, als Sarah am späten Sonntagvormittag ins Krankenhaus kam. Sie begrüßte sie vergnügt. »Tag. Du hast mir Kleider mitgebracht. Klasse. Ich zieh mich gleich an, und dann können wir im Club miteinander essen.«

Das hatte sie ihrer Schwester schon vor einer Stunde am Telefon angekündigt. »Und du bist auch ganz sicher, daß es dir nicht zuviel werden wird?« fragte Sarah besorgt. »Gestern ging es dir noch ziemlich schlecht.«

»Für *dich* wird es vielleicht zuviel. Wenn ich du wäre würde ich ausziehen und keine Nachsendeadresse hinterlassen. Ehrlich, ich bin dir eine solche Last.« Sie blickte bedrückt und Nachsicht heischend, und Sarah beugte sich über sie und drückte sie an sich.

Das war die gute alte Laurie, die keinem zur Last fallen wollte. »Du siehst wirklich prima aus. Besser als in den ganzen letzten Monaten«, sagte Sarah aufrichtig.

»Die haben mir irgend etwas gegeben, und ich habe wie ein Murmeltier geschlafen.«

»Das war nur eine leichte Schlaftablette. Dr. Carpenter hat das veranlaßt. Die Schlaftablette und Antidepressiva.«

Lauries Miene verfinsterte sich. »Sarah, ich habe mir bis jetzt nie von ihm irgendwelche Pillen geben lassen, obwohl er es dauernd versucht hat. Du weißt, daß ich das Zeug nicht mag. Aber meinetwegen – ich werde die Pillen nehmen. Doch mit der Therapie ist Schluß.«

»Du wirst mit Dr. Carpenter über die Reaktion auf die Medikamente sprechen müssen.«

»Am Telefon von mir aus.«

»Laurie, du weißt doch, daß Dr. Carpenter deinetwegen einen Psychiater in New York konsultiert hat, er heißt Dr. Donnelly. Wenn du nicht zu ihm gehen willst, ist es dir dann recht, wenn ich mit ihm spreche?«

»Lieber nicht, Sarah. Aber wenn es dich glücklich macht.« Laurie sprang aus dem Bett. »Und jetzt schauen wir, daß wir hier rauskommen.«

Im Club baten sie Bekannte an ihren Tisch. Laurie hatte einen gesunden Appetit und war gut gelaunt, so daß Sarah sich kaum vorstellen konnte, wie verzweifelt sie selbst gestern gewesen war. Als sie mit Professor Grant telefoniert hatte, hätte sie beinahe geweint.

Als sie den Club verließen, fuhr Sarah nicht gleich nach Hause, sondern schlug die entgegengesetzte Richtung ein.

Laurie sah sie fragend an. »Wo fährst du hin?«

»Nach Glen Rock, das sind vielleicht zehn Minuten Fahrt. Dort stehen ein paar neue Eigentumswohnungen zum Verkauf, die sehr schön sein sollen. Ich dachte, wir sehen sie uns einmal an.«

»Meinst du nicht, daß wir uns für eine Weile einfach etwas mieten sollten, Sarah? Ich meine, was wäre denn, wenn du in eine Anwaltskanzlei in New York kommst? Du hast doch schon eine ganze Menge Angebote gehabt. Unsere nächste Wohnung, wo auch immer sie ist, sollte auf dich zugeschnitten sein, nicht auf mich. Wenn ich mich entschließen sollte, Golfprofi zu werden, werde ich ja ohnehin hinter der Sonne herziehen.«

»Ich trete in keine private Kanzlei ein, das steht fest. Laurie, immer wenn ich die Angehörigen von Gewaltopfern befrage und ihr Leid und ihren Zorn miterlebe, dann weiß ich, daß ich es einfach nicht fertigbringe, auf der anderen Seite zu arbeiten und irgendwelche Schlupflöcher in den Gesetzen zu suchen, um die Täter freizukriegen. Ich schlafe viel besser, wenn ich die Anklage gegen Mörder vertrete, als wenn ich sie verteidige.«

Das Objekt mit drei Etagen gefiel ihnen beiden. »Wirklich ein hübscher Grundriß«, meinte Sarah. Dem Makler, der sie herumführte, sagte sie: »Jemand interessiert sich allem Anschein nach ernsthaft für unser Haus. Sobald wir sicher wissen, daß wir es verkaufen können, melden wir uns wieder.«

Sie hakte Laurie kumpelhaft unter, als sie zum Wagen zurückgingen. Es war ein klarer, kühler Tag, und Frost lag in der Luft. Trotzdem konnte man spüren, daß der Frühling nur noch sechs Wochen entfernt war. »Eine schöne Außenanlage«, meinte Sarah. »Überleg doch: Wir brauchten uns überhaupt nicht darum zu kümmern, daß der Garten gepflegt wird. Wäre doch prima, nicht wahr?«

»Papa hat gern draußen rumgewerkelt, und Mama war am glücklichsten, wenn sie vor irgendeinem Blumenbeet knien konnte.« Lauries Stimme klang liebevoll und amüsiert.

Konnte sie jetzt allmählich über ihre Eltern reden, ohne daß sich gleich Selbstvorwürfe und nagender Schmerz einstellten? Lieber Gott, ich bitte dich darum, dachte Sarah und schickte ein Stoßgebet zum Himmel. Als sie den Parkplatz erreichten, wirkte Laurie jedoch plötzlich beunruhigt: »Sarah, laß mich eines sagen: Wenn wir nach Hause kommen, möchte ich nicht über gestern reden. Ich habe zu Hause immer das Gefühl, daß du mich besorgt beobachtest und mir Fragen stellst, die irgendwie zielgerichtet sind, ganz und gar nicht beiläufig. Du solltest jetzt wirklich aufhören, mich darüber auszufragen, wie ich geschlafen habe, was ich esse, mit wem ich ausgehe und dergleichen. Ich möchte diejenige sein, die bestimmt, worüber sie reden möchte. Und du hältst es mit mir genauso. Einverstanden?«

»Einverstanden«, sagte Sarah und dachte: Du hast sie wirklich wie ein kleines Kind behandelt, das Mama alles erzählen muß. Vielleicht ist es ein gutes Zeichen, daß sie anfängt, sich dagegen aufzulehnen? Aber was ist gestern nur passiert?

Als hätte sie ihre Gedanken gelesen, sagte Laurie: »Sarah, ich weiß nicht, weshalb ich gestern plötzlich in Ohnmacht gefallen bin. Ich weiß nur, daß es schrecklich anstrengend ist, wenn Dr. Carpenter mir dauernd Fangfragen stellt. Ich habe dann immer das Gefühl, als müßte ich alle Fenster und Türen verriegeln, weil jemand ins Haus einbrechen will.«

»Er ist aber doch kein Einbrecher. Er will dir helfen. Aber du bist wohl noch nicht bereit dazu.«

Sarah fuhr an den Wachleuten am Tor vorbei und registrierte, daß alle ankommenden Fahrzeuge angehalten und überprüft wurden. Laurie hatte das offenbar ebenfalls bemerkt, denn sie meinte: »Sarah, laß uns eine Anzahlung für diese Eckwohnung leisten. Ich würde hier wirklich gern wohnen. Mit dieser Torwache wären wir sicher. Ich habe ein solches Bedürfnis nach Sicherheit. Ich habe noch nie so empfunden, und das macht mir angst.«

Unterdessen befanden sie sich wieder auf der Straße und beschleunigten ihre Fahrt. Sarah mußte einfach die Frage stellen, die sie quälte: »Hast du deshalb das Messer weggenommen? Um dich sicher zu fühlen? Laurie, das kann ich verstehen. Solange du nur nicht zuläßt, daß du in solche Depressionen gerätst, daß du ... dir selbst weh tust.«

Laurie seufzte. »Sarah, ich habe nicht vor, Selbstmord zu begehen. Ich weiß, daß du darauf hinauswillst. Ich wünschte, du würdest mir glauben. Ich schwöre dir: Ich habe dieses Messer nicht genommen!«

Am Abend kippte Laurie den Inhalt ihrer Schultasche auf das Bett, um sie neu zu packen. Schulbücher, Blocks und Ringbücher purzelten heraus. Als letztes kam der Gegenstand, der ganz unten in der Tasche versteckt gewesen war: das verschwundene Tranchiermesser aus der Küche.

Laurie fuhr zurück. »Nein! Nein! Nein!« Sie sank auf die Knie und verbarg das Gesicht in den Händen. »Ich habe es nicht genommen, Saraaah!« schluchzte sie. »Papa hat gesagt, daß ich nicht mit Messern spielen darf.«

Plötzlich schoß eine spöttische Stimme durch ihr Bewußtsein. *Oh, halt doch den Mund, Mädchen. Du weißt doch, warum du es hast. Kapier doch und steck es dir in den Hals. Herrgott, wie ich eine Zigarette brauche.*

36

Gregg Bennett sagte sich, daß es ihm egal war. Oder genauer: daß es ihm egal sein sollte. Schließlich gab es eine ganze Menge attraktiver junger Frauen auf dem Campus, und in Kalifornien würde er noch viele andere kennenlernen. Im Juni würde er seinen Abschluß machen und nach Stanford gehen, um dort Betriebswirtschaft zu studieren.

Gregg war fünfundzwanzig und damit wesentlich älter als seine Kommilitonen und fühlte sich auch so. Der neunzehnjährige Dummkopf, der nach einem Jahr vom College abgegangen war, um Unternehmer zu werden, war ihm immer noch ein Rätsel. Nicht, daß ihm die Erfahrung geschadet hätte. Jedenfalls hatte er auf diese Weise herausgefunden, wieviel er noch nicht wußte und daß es die Welt der internationalen Finanzen war, die ihn interessierte.

Gregg wohnte in einem Einzimmer-Apartment über der Garage eines privaten Einfamilienhauses, nicht weit vom Campus entfernt. Er fühlte sich dort wohl, denn er hatte nicht die geringste Lust, sich mit drei oder vier anderen Typen ein Zimmer zu teilen und dauernd Partys zu feiern. Seine Wohnung war sauber und luftig, mit einer bequemen Bettcouch, auf der man sowohl sitzen als auch schlafen konnte, und in der Küche konnte er sich selber kleine Mahlzeiten zubereiten.

Als er in Clinton zu studieren begonnen hatte, hatte er Laurie zwar auf dem Campus gesehen, mit ihr aber keine gemeinsamen Vorlesungen belegt. Dann waren sie vor eineinhalb Jahren im Auditorium nebeneinandergesessen, als dort *Cinema Paradiso* gezeigt wurde. Der Film war große Klasse gewesen, und als es wieder hell wurde, hatte sie sich zu ihm gewandt und gesagt: »War das nicht herrlich?«

Das war der Anfang gewesen. Wenn ein so attraktives Mädchen ihm signalisierte, daß sie an ihm interessiert war, war Gregg mehr als bereit, den nächsten Schritt zu tun. Aber da war etwas an Laurie, das ihn zur Zurückhaltung veranlaßte. Er hatte instinktiv erkannt, daß er sich bei ihr Zeit lassen mußte, demzufolge hatte sich ihre Beziehung eher als eine Art Freundschaft entwickelt. Sie war wirklich ein süßes Mädchen – nicht etwa zuckersüß, sondern ungemein lustig und sehr selbstbewußt. Bei ihrer dritten Verabredung hatte er ihr gesagt, es sei offenkundig, daß man sie als Kind verzogen hatte. Sie waren miteinander Golf spielen gegangen und hatten eine Stunde warten müssen, bis sie zum Abschlag kamen. Laurie hatte sich furchtbar geärgert.

»Ich wette, du hast nie warten müssen. Ich wette, Mama

und Papa haben dich ihre kleine Prinzessin genannt«, hatte er zu ihr gesagt, und sie hatte gelacht und zugegeben, daß das zutraf. Beim Abendessen erzählte sie ihm dann von ihrer Entführung. »Das letzte, woran ich mich erinnere, ist, daß ich in einem rosa Badeanzug vor meinem Haus stand und jemand mich mitnahm. Und das nächste, daß ich in meinem eigenen Bett wieder aufgewacht bin. Nur war das fast zwei Jahre später.«

»Tut mir leid, daß ich das mit dem ›Verzogen‹ gesagt habe«, entschuldigte er sich. »Es stand dir zu.«

Sie hatte gelacht. »Man hat mich vorher verzogen und nachher auch. Du hast den Nagel auf den Kopf getroffen.«

Gregg wußte, daß er für Laurie ein Freund war, dem sie vertraute. Für ihn war es nicht so einfach. Mit einem Mädchen, das wie Laurie aussah, mit diesem herrlich blonden Haar, Augen so blau wie Mitternacht und perfekten Zügen, ist man nicht einfach zusammen, ohne sein ganzes Leben mit ihr verbringen zu wollen. Als sie anfing, ihn an einigen Wochenenden nach Hause einzuladen, war das für ihn das Zeichen gewesen, daß auch sie sich in ihn verliebt hatte.

Und dann war es an einem Sonntagvormittag im letzten Mai plötzlich zu Ende gewesen. Er konnte sich noch ganz deutlich daran erinnern. Laurie hatte ihn geweckt und mit Croissants, Frischkäse und geräuchertem Lachs überrascht. Sie trug ein Leinenkleid und Sandalen und sah so frisch und kühl wie der junge Morgen aus. Sie setzte Kaffee auf, stellte die Croissants hin und sagte, sie sei auf dem Nachhauseweg und könne nur ein paar Minuten bleiben. Zum Abschied umarmte sie ihn und gab ihm einen Kuß. Sie neckte ihn wegen seiner Bartstoppeln, küßte ihn noch einmal und wandte sich zum Gehen. Und da war es passiert. Gregg war ihr impulsiv zur Tür gefolgt, hatte die Hände auf ihre Arme gelegt, sie emporgehoben und an sich gedrückt. In diesem Augenblick drehte sie durch. Fing zu schluchzen an, stieß mit den Beinen nach ihm. Er hatte sie losgelassen und sie verärgert gefragt, was denn in sie gefahren sei. Ob sie ihn für Jack the Ripper hielte? Sie war nach draußen gerannt, und von da an hatte sie nie wieder mit ihm gesprochen, nur einmal, um ihm zu sagen, er solle sie in Ruhe lassen. Auch jetzt, nachdem er seit einem Monat aus London zurück war, lehnte sie es immer noch hartnäckig ab, sich mit ihm zu treffen.

Eines Montagabends schlenderte Gregg zur Cafeteria im Studentenzentrum hinüber. Er wußte, daß Laurie gelegentlich dort war, und schloß sich einer Gruppe von Studentinnen aus ihrem Wohnheim an.

»Vorstellen könnte man es sich ja«, sagte eine von ihnen am anderen Ende des Tisches. »Laurie geht abends häufig gegen neun Uhr weg. Seine Frau hält sich während der Woche in New York auf. Ich habe Laurie deswegen einmal aufgezogen, aber sie ist gar nicht darauf eingegangen. Daß sie sich mit irgend jemandem getroffen hat, war klar, aber mehr war nicht aus ihr herauszuholen.«

Gregg spitzte die Ohren.

»Margy hilft ja nachmittags im Verwaltungssekretariat aus. Dabei schnappt sie 'ne Menge auf und wußte gleich daß etwas nicht hasenrein war, als Sexy Allan mit besorgter Miene hereinkam.«

»Ich finde nicht, daß Grant sexy ist. Er ist einfach ein netter Kerl.« Das kam von einer dunkelhaarigen Studentin, die recht vernünftig wirkte.

Aber die Klatschtante wischte ihren Einwand weg. »Vielleicht hältst du ihn nicht für sexy, aber da sind eine ganze Menge anderer Leute nicht deiner Ansicht. Laurie zum Beispiel. Sie hat ihm, wie ich gehört habe, ein ganzes Bündel Liebesbriefe geschickt, die sie mit ›Leona‹ unterschrieben hat. Er hat die Briefe in der Verwaltung abgegeben und behauptet, es handle sich um reine Hirngespinste. Vielleicht hat er Angst, sie könnte auch anderen Leuten gegenüber etwas ausplaudern. Ich denke, das ist ein Präventivschlag, ehe etwas zu seiner Frau durchsickert.«

»Was hat sie denn geschrieben?«

»Na was wohl? Nach dem, was in den Briefen steht, haben die's überall getrieben: in seinem Büro, seinem Haus und so weiter.«

»Ehrlich?«

»Nun, seine Frau ist häufig weg. Da passieren eben solche Dinge. Erinnerst du dich, wie er beim Begräbnis ihrer Eltern zu ihr gerannt ist, als sie ohnmächtig wurde?«

Jetzt reichte es Gregg. Er stand ruckartig auf und merkte gar nicht, daß er dabei seinen Stuhl umstieß. Mit langen Schritten eilte er aus der Cafeteria.

37

Als Laurie am Dienstag ihren Briefkasten leerte, fand sie eine Notiz, in der sie aufgefordert wurde, am gleichen Nachmittag um drei Uhr ins Dekanat zu kommen.

Es war ein kühler, klarer Tag, der sie veranlaßte, tief durchzuatmen und die Schultern nach hinten zu drücken. Was für eine Erleichterung es doch war, daß sie nächsten Samstag vormittag nicht in diesem verdammten Büro bei Dr. Carpenter sitzen würde, der sich so bemühte, freundlich auszusehen, aber dauernd in ihr herumstocherte.

Sie winkte einigen Kommilitoninnen aus ihrem Wohnheim zu und wunderte sich, daß diese sie so komisch ansahen.

Das Messer. Wie war das Messer in ihre Schultasche gekommen? Sie wußte ganz genau, daß sie es nicht hineingetan hatte, aber würde Sarah ihr das glauben? »Da, schau, Sarah, das blöde Ding steckte zwischen meinen Büchern. Da ist es. Damit wäre das Problem gelöst.«

Und Sarah würde die vernünftige Frage stellen: »Wie ist es denn in deine Tasche gekommen?« Und dann würde sie vorschlagen, wieder mit Dr. Carpenter zu sprechen.

Das Messer lag jetzt hinten im Kleiderschrank ihres Zimmers im Studentenwohnheim, im Ärmel einer alten

Jacke versteckt. Die Jacke hatte einen elastischen Ärmelbund, so daß es nicht herausfallen konnte.

Während sie quer über den Rasen zum Verwaltungsgebäude ging, grübelte sie darüber nach, wie sie es anstellen sollte, das Messer wieder ins Haus zurückzubringen. Vielleicht in einer Küchenschublade verstecken? Aber Sarah hatte gesagt, daß Sophie die ganze Küche danach abgesucht hatte.

Plötzlich kam ihr eine Idee: Sophie suchte ständig irgendwelche Sachen, die sie polieren konnte. Manchmal nahm sie sich die Messer vor, wenn sie das silberne Geschirr poliert hatte. Das war es! dachte Laurie. Ich werde das Messer in den Silberschrank im Eßzimmer legen, ganz nach hinten, damit man es nicht auf den ersten Blick sieht. Selbst wenn Sophie dort nachgesehen hatte, würde sie vielleicht glauben, sie hätte es übersehen. Sarah jedenfalls würde das als Möglichkeit akzeptieren.

Die Lösung ließ sie aufatmen, bis sie plötzlich eine spöttische Stimme in ihrem Kopf schreien hörte: *Sehr schlau, Laurie. Aber wie erklärst du dir denn selbst das Messer? Denkst du, es ist in deine Tasche gehüpft?*

Dekan Larkin war nicht allein. Dr. Iovino, der Leiter der Psychologischen Beratungsstelle, war bei ihm. Laurie erstarrte, als sie ihn sah.

Dekan Larkin bot ihr einen Stuhl an, fragte sie, wie es ihr gehe, wie sie in ihrem Studium vorwärtskomme, erinnerte sie daran, daß alle sich der schrecklichen Tragödie bewußt waren, die über ihre Familie hereingebrochen war, und bekräftigte noch einmal, daß die ganze Fakultät im höchsten Maße um ihr Wohlergehen besorgt sei.

Dann bat er sie, ihn zu entschuldigen, da Dr. Iovino unter vier Augen mit ihr sprechen wolle.

Als der Dekan die Tür hinter sich geschlossen hatte, lächelte Dr. Iovino und sagte: »Schauen Sie nicht so verängstigt drein, Laurie. Ich wollte mit Ihnen nur über Professor Grant sprechen. Was halten Sie von ihm?«

Das war einfach. »Ich finde, er ist ein wunderbarer Mensch«, sagte Laurie. »Er ist ein prima Lehrer und war mir immer ein guter Freund.«

»Ein guter Freund.«

»Ja, natürlich.«

»Laurie, es ist ganz und gar nicht ungewöhnlich, daß ein Student oder eine Studentin eine gewisse Zuneigung zu Angehörigen der Fakultät entwickelt. In einem Fall wie dem Ihren, wo Sie doch ein ganz besonderes Bedürfnis nach Mitgefühl und Freundlichkeit haben, wäre es ganz normal, wenn Sie eine solche Beziehung in Ihrer Einsamkeit und Ihrem Leid falsch einschätzten und irgendwelche Fantasievorstellungen darüber entwickelten. Was Sie sich in Ihren Tagträumen als möglich ausgemalt haben, ist in Ihrer Vorstellung Wirklichkeit geworden. Das ist durchaus verständlich.«

»Wovon reden Sie eigentlich?«

Der Psychologe hielt ihr ein Bündel Briefe hin. »Laurie, haben Sie diese Briefe geschrieben?«

Sie überflog sie, und ihre Augen weiteten sich. »Sie sind mit dem Namen Leona unterschrieben. Was in aller Welt bringt Sie auf die Idee, daß ich sie geschrieben habe?«

»Laurie, Sie haben doch eine Schreibmaschine, oder nicht?«

»Meine Arbeiten schreibe ich auf einem Computer.«

»Aber Sie besitzen doch eine Schreibmaschine?«

»Ja, schon. Eine alte Reiseschreibmaschine von meiner Mutter.«

»Haben Sie sie hier?«

»Ja, für den Notfall, wenn der Computer ausfällt.«

»Diese Arbeit hier haben Sie letzte Woche abgeliefert?«

Sie warf einen Blick darauf. »Ja.«

»Sie sehen, daß das D und das W auf diesen Blättern beschädigt sind. Und jetzt sehen Sie sich die beschädigten Buchstaben D und W in den Briefen an Professor Grant an. Sie sind auf derselben Maschine getippt.«

Laurie starrte Dr. Iovino an. Sein Gesicht verschmolz

mit dem von Dr. Carpenter. *Die reinste Inquisition! Diese Dreckskerle!*

Dr. Iovino, ein stattlich gebauter, jovialer Mann, meinte mit sanfter Stimme: »Laurie, wenn Sie die Unterschrift ›Leona‹ mit den handschriftlichen Einfügungen in Ihrer Semesterarbeit vergleichen, dann ist eine große Ähnlichkeit zu erkennen.«

Laurie stand auf. »Dr. Iovino, ich habe diese Schreibmaschine einer ganzen Menge Leute geliehen. Ich empfinde dieses Gespräch als ausgesprochen beleidigend und bin erschüttert darüber, daß Professor Grant der Überzeugung ist, ich hätte dieses Zeug geschrieben. Meine Schwester ist Staatsanwältin. ›Beweismaterial‹, wie Sie es mir hier zeigen und das mich angeblich mit diesen widerwärtigen Ergüssen in Verbindung bringt, würde meine Schwester in der Luft zerreißen.«

Sie griff nach den Briefen und warf sie auf den Schreibtisch. »Ich erwarte eine schriftliche Entschuldigung. Und wenn das bereits auf dem Campus durchgesickert ist, wie es allem Anschein nach mit allem in diesem Büro der Fall ist, dann verlange ich eine öffentliche Entschuldigung. Was Professor Grant betrifft, so habe ich ihn in meiner augenblicklichen schwierigen Situation als guten, verständnisvollen Freund betrachtet. Offensichtlich habe ich mich geirrt. Die Studentinnen, die ihn ›Sexy Allan‹ nennen und sich über seine ewigen Flirts den Mund zerreißen, haben also wohl recht. Ich habe vor, ihm das sofort persönlich zu sagen.« Sie drehte sich auf dem Absatz um und verließ das Zimmer.

Allan Grants Vorlesung sollte um dreiviertel vier beginnen. Es war jetzt halb vier. Wenn sie Glück hatte, würde sie ihn auf dem Flur erwischen.

Als er den Korridor herunterkam, wartete sie auf ihn. Die fröhliche Miene, mit der er die anderen Studenten begrüßte, verflog augenblicklich, als er sie entdeckte. »Tag, Laurie.« Er wirkte nervös.

»Professor Grant, wie sind Sie auf die lächerliche

Idee gekommen, ich hätte Ihnen diese Briefe geschrieben?«

»Laurie, ich weiß, daß Sie sich im Augenblick in einer schwierigen Lage befinden und …«

»Und da dachten Sie, Sie würden es mir leichtermachen, wenn Sie Dekan Larkin erzählen, ich hätte die Fantasievorstellung, daß ich mit Ihnen schlafen würde? Sind Sie verrückt?«

»Laurie, regen Sie sich nicht auf. Da, schauen Sie, wir haben bereits Zuhörer. Warum kommen Sie nicht nach der Vorlesung in mein Büro?«

»Damit wir uns beide ausziehen können und ich Ihren herrlichen Körper sehen und meine Wollust daran befriedigen kann?« Laurie machte es nicht das geringste aus, daß Leute stehengeblieben waren und ihren Wortwechsel hörten. »Sie sind widerlich. Das werden Sie bereuen.« Sie spie ihm die Worte förmlich ins Gesicht. »Gott ist mein Zeuge, Sie werden das bereuen.«

Sie bahnte sich ihren Weg durch die verblüfften Studenten und rannte zu ihrem Wohnheim zurück. Dort sperrte sie die Tür hinter sich ab, ließ sich auf das Bett fallen und lauschte den Stimmen, die auf sie einschrien.

Eine sagte: *Nun, wenigstens hast du dich zur Abwechslung einmal auf die Hinterbeine gestellt.*

Und die andere schrie: *Wie konnte Allan mich verraten? Ich habe ihn doch gewarnt, daß er diese Briefe niemandem zeigen soll. Ich sag dir, das wird er bereuen. Gut, daß du das Messer hast. Der wird sich nicht mehr über Briefe von uns zu beklagen haben.*

38

Bic und Opal flogen am Sonntag gleich nach der Sendung nach Georgia. Am Abend sollte ein Abschiedsbankett für sie stattfinden.

Am Dienstag morgen traten sie die Fahrt nach New

York an. Im Kofferraum lagen Bics Schreibmaschine, ihr Gepäck und ein sorgfältig in Handtücher gehüllter Benzinkanister. Ihre anderen persönlichen Habseligkeiten ließen sie zurück. Bis sie sich ein Haus ausgesucht hatten, würden sie in der Suite im Wyndham Hotel wohnen.

Auf der Fahrt legte Bic Opal seine Pläne dar. »Stell dir vor, der Herr prüft uns, indem er zuläßt, daß Lee sich an Einzelheiten aus unserem Leben mit ihr erinnert. Angenommen, sie sagt etwas von dem Bauernhaus und dem Grundriß dort und den Treppen ins Obergeschoß. Angenommen, die finden es irgendwie und fangen an, Ermittlungen anzustellen, wer es damals gemietet hatte. Jenes Haus ist sichtbarer Beweis dafür, daß sie damals unter unserer Obhut stand. Davon abgesehen, na ja, da hätte Lee Probleme: Niemand hat sie je in unserer Gesellschaft gesehen, nur diese Kassiererin, und die konnte keine Beschreibung von uns liefern. Also müssen wir das Haus loswerden, das hat der Herr so befohlen.«

Als sie durch Bethlehem fuhren und schließlich in Elmville eintrafen, war es dunkel. Trotzdem konnten sie erkennen, daß sich in den fünfzehn Jahren nicht viel verändert hatte. Da stand immer noch die schäbige Imbißbude an der Straße, die Tankstelle und die paar Holzhäuser.

Bic machte einen Umweg und fuhr den Rest der Strecke zu der Farm auf Nebenstraßen. Als sie sich ihr näherten, schaltete er die Scheinwerfer ab.

»Und wenn ein Bulle kommt?« fragte Opal besorgt. »Angenommen, er fragt, warum du ohne Licht fährst?«

Bic seufzte. »Opal, du hast keinen Glauben. Der Herr lenkt unsere Schritte. Außerdem führt diese Straße nur in die Sümpfe und zu der Farm.«

Als sie das Haus erreichten, lenkte er den Wagen hinter ein paar Büsche. Nirgends war ein Lebenszeichen wahrzunehmen.

»Komm mit, Opal.« Das war ein Befehl.

Opal glitt auf dem vereisten Boden aus und griff nach Bics Arm.

Das Haus war allem Anschein nach unbewohnt und lag in völliger Dunkelheit da. Einige Fensterscheiben waren zerbrochen.

Bic versuchte den Türgriff zu bewegen, doch die Tür war abgesperrt. Als er mit der Schulter dagegendrückte, ging sie ächzend auf.

Bic stellte den Benzinkanister ab und holte eine kleine Taschenlampe aus seiner Tasche. Er ließ den Lichtkegel durch den Raum wandern. »Sieht noch so wie damals aus«, stellte er fest. »Jedenfalls haben die keine neuen Möbel reingestellt. Da steht noch der Schaukelstuhl, auf dem ich immer saß, wenn ich Lee auf dem Schoß hatte, das liebe, süße Kind.«

»Bic, ich will hier raus. Es ist kalt hier, und mir hat diese Bude immer angst gemacht. Die ganzen zwei Jahre lang hatte ich immer Angst, jemand würde kommen und sie sehen.«

»Aber es ist niemand gekommen. Wenn dieses Haus noch in ihrer Erinnerung existiert, wird das der einzige Ort bleiben. Opal, ich werde jetzt dieses Benzin verspritzen, dann gehen wir hinaus, und du kannst das Streichholz anzünden.«

Als die ersten Flammen über den Baumwipfeln zu sehen waren, saßen sie bereits wieder im Wagen und rasten davon. Zehn Minuten später befanden sie sich auf der Hauptstraße. Während ihres halbstündigen Aufenthalts in Elmville waren sie keinem einzigen Fahrzeug begegnet.

39

Am Dienstag morgen, als Sarah gerade an ihrem Schreibtisch im Büro Platz nahm, klingelte das Telefon. Betsy Lyons, die Immobilienmaklerin, war ganz erregt, weil eine zweite potentielle Käuferin aufgetreten war, die ernsthaftes Interesse an dem Haus zeigte. Das Problem war, daß die Frau schwanger war und unbedingt vor Ankunft des Babys einziehen wollte. Wie schnell würde das Haus zur Verfügung stehen, falls die Frau sich zum Kauf entschloß?

»So schnell, wie sie es haben will«, erwiderte Sarah. Während sie das sagte, hatte sie das Gefühl, als würde ihr eine schwere Last von den Schultern genommen. Möbel oder sonstige Gegenstände, die sie und Laurie behalten wollten, ließen sich schließlich irgendwo einlagern.

Um halb acht, nach einem Tag mit nicht enden wollenden Gratulationen für ihren Erfolg vor Gericht, schloß sie die Haustür auf. Der Prozeß der Entspannung, der immer auf ein anstrengendes Verfahren folgte, hatte am Nachmittag eingesetzt, und das war so, als hätte sie körperlich gearbeitet.

Sie schlüpfte sofort in einen Pyjama und einen dazupassenden Morgenrock und sah in den Kühlschrank. Sophie ist ein Schatz, dachte sie. Da stand doch tatsächlich ein bereits fertig zubereiteter kleiner Braten und daneben, in kleinen, mit Folie abgedeckten Schüsseln, Gemüse, Kartoffeln und Soße, die sie nur noch warmzumachen brauchte.

Sie wollte eben das Tablett mit dem Essen in ihr Zimmer tragen, als Allan Grant anrief. Sarahs vergnügte Begrüßung erstarb ihr auf den Lippen, als er sagte: »Sarah, ich wollte Ihnen das neulich schon sagen und weiß jetzt, daß es nicht fair war, Sie und Laurie nicht zu warnen, ehe ich zur Verwaltung ging.«

»Wovor warnen?«

Während sie ihm zuhörte, wurden ihre Knie weich. Sie zog sich einen Küchenstuhl heran und setzte sich. Die Schreibmaschine. Die Briefe, die Laurie auf der Kreuzfahrt geschrieben und mit denen sie so geheimnisvoll getan hatte. Als Allan ihr von seiner Auseinandersetzung mit Laurie erzählte, schloß Sarah die Augen und wünschte sich, sie könnte gleichzeitig auch ihre Ohren verschließen. Allan kam zum Ende: »Sarah, Laurie braucht Hilfe, viel Hilfe. Ich weiß, daß sie bei einem Psychiater in Behandlung ist, aber ...«

Sarah sagte Allan Grant nicht, daß Laurie es abgelehnt hatte, weiter zu Dr. Carpenter zu gehen. »Ich ... ich kann Ihnen gar nicht sagen, wie leid mir das tut, Professor Grant«, sagte sie. »Sie waren so freundlich zu Laurie, es ist für Sie bestimmt nicht leicht gewesen. Ich werde sie anrufen. Irgendwie werde ich schon die Hilfe finden, die sie braucht.« Ihre Stimme brach. »Wiedersehen. Vielen Dank.«

Sie durfte das Gespräch mit Laurie nicht aufschieben, aber wie sollte sie es anpacken? Sie rief Justin Donnelly zu Hause an, aber niemand meldete sich.

Dr. Carpenter erreichte sie. Die Fragen, die er ihr stellte, waren knapp. »Laurie leugnet entschieden, diese Briefe geschrieben zu haben? Aha. – Nein, sie lügt nicht. Sie blockiert. Sarah, rufen Sie sie an, versichern Sie sie Ihrer Unterstützung und machen Sie ihr den Vorschlag, daß sie nach Hause kommen soll. Ich glaube nicht, daß es gut für sie ist, in Professor Grants Nähe zu sein. Wir müssen sie dazu bringen, Dr. Donnelly aufzusuchen. Ich wußte das schon bei der Sitzung am Samstag.«

Ihr Abendessen war jetzt vergessen. Sarah wählte die Nummer von Lauries Zimmer. Niemand meldete sich. Sie versuchte es jede halbe Stunde bis Mitternacht. Schließlich rief sie Susan Grimes an, die Studentin, die Laurie gegenüber wohnte.

Susans schläfrige Stimme veränderte sich sofort, klang interessiert, als Sarah sich zu erkennen gab. Ja, sie wußte, was vorgefallen war, und würde selbstverständlich nach Laurie sehen.

Während sie wartete, stellte Sarah fest, daß sie zu beten begonnen hatte. Laß nicht zu, daß sie sich etwas angetan hat. Bitte, lieber Gott, nicht das. Sie hörte, wie der Hörer aufgenommen wurde.

»Ich habe nachgesehen. Laurie schläft tief. Das weiß ich genau, denn ihr Atem geht regelmäßig. Möchten Sie, daß ich sie wecke?«

Tiefe Erleichterung überflutete Sarah. »Dann hat sie

ganz bestimmt eine Schlaftablette genommen. Nein, stören Sie sie nicht, und entschuldigen Sie bitte, daß ich Sie geweckt habe.«

Sarah ging erschöpft zu Bett und schlief sofort ein, sicher in dem Wissen, daß sie sich wenigstens diese Nacht keine Sorgen um Laurie zu machen brauchte. Und morgen früh würde sie sie gleich anrufen.

40

Im Kühlschrank gab es nur Reste. Er verzog das Gesicht. Während seine Pizza in der Mikrowelle lag, grübelte Allan Grant weiter darüber nach, wie sehr er doch die Sache mit Laurie Kenyon verpatzt hatte. Dekan Larkin war ebenso wie Dr. Iovino von Lauries hartnäckigem Leugnen beeindruckt gewesen, und der Dekan hatte gemeint: »Allan, Miss Kenyon hat wirklich recht, wenn sie sagt, jeder in ihrem Wohnheim hätte ihre Schreibmaschine benutzen können und eine ähnliche Handschrift sei wirklich noch kein Beweis dafür, daß sie diese Briefe verfaßt hatte.«

Und jetzt sind die der Meinung, ich hätte vielleicht etwas in Gang gebracht, das unangenehme Folgen für das College haben kann, dachte Allan. Großartig. Wie verhalte ich mich jetzt ihr gegenüber bis zum Semesterende in den Vorlesungen? Könnte es vielleicht doch sein, daß ich mich geirrt habe?

Während er die Pizza aus der Mikrowelle nahm, sagte er laut: »Ich kann mich unmöglich irren. Laurie hat diese Briefe geschrieben.«

Karen rief um acht an. »Liebling, ich habe an dich gedacht. Wie war's denn?«

»Nicht besonders, muß ich sagen.« Sie unterhielten sich zwanzig Minuten lang. Als sie schließlich auflegten, fühlte Allan sich erleichtert.

Um halb elf klingelte das Telefon erneut. »Ich bin schon

okay«, sagte er. »Ich bin froh, daß nun alles auf dem Tisch liegt. Ich werde jetzt eine Schlaftablette nehmen und zu Bett gehen. Bis morgen.« Dann fügte er hinzu: »Ich liebe dich.« Er drückte den SLEEP-Knopf auf dem Radio und schlief sofort ein.

Allan Grant hörte die leisen Schritte nicht, nahm die Gestalt nicht wahr, die sich über ihn beugte, und wachte nicht auf, als das Messer sich in sein Herz bohrte. Im nächsten Augenblick dämpfte das Rascheln der Vorhänge das würgende Keuchen, das sich seiner Kehle entrang, als er starb.

41

Es war wieder der Traum mit dem Messer, aber diesmal war er anders. Das Messer kam nicht auf sie zu. Sie hielt es in der Hand und bewegte es auf und ab, auf und ab. Laurie fuhr im Bett hoch, preßte sich die Hand über den Mund, um nicht laut aufzuschreien. Ihre Hand fühlte sich klebrig an. Warum? Sie blickte an sich herab. Warum trug sie immer noch Jeans und Jacke? Warum waren sie so verschmiert? Ihre linke Hand berührte etwas Hartes. Sie schloß die Finger darum und spürte einen schneidenden Schmerz. Warmes, feuchtes Blut rann über ihre Handfläche.

Sie stieß die Bettdecke von sich. Das Tranchiermesser lag halb versteckt unter ihrem Kopfkissen, und die Laken waren mit eingetrocknetem Blut besudelt. Was war geschehen? Wann hatte sie sich geschnitten? Hatte sie so sehr geblutet? Warum hatte sie das Messer aus dem Schrank geholt? Träumte sie immer noch?

Du darfst keine Minute verschwenden! schrie eine Stimme. *Wasch dir die Hände! Wasch das Messer ab! Versteck es im Schrank! Tu, was ich dir sage! Beeil dich! Nimm deine Uhr ab! Und das Armband in deiner Tasche, das mußt du auch waschen.*

Wasch das Messer ab! Sie rannte ins Badezimmer, drehte

die Wasserhähne in der Wanne auf und hielt das Messer unter das laufende Wasser.

Leg es in den Schrank! Sie rannte ins Schlafzimmer zurück. *Wirf deine Uhr in die Schublade! Runter mit den Kleidern! Zieh das Bett ab! Wirf alles in die Wanne!*

Laurie taumelte ins Badezimmer, legte den Duschhebel um und warf das Bettzeug in die Wanne. Dann zog sie sich aus, warf ihre Kleider ins Wasser und starrte auf die sich rot färbende Brühe.

Sie stieg in die Wanne. Die Bettlaken blähten sich unter ihren Füßen. Hastig schrubbte sie das klebrige Zeug von Händen und Gesicht. Die Schnittwunde an ihrer Handfläche blutete immer noch, selbst als sie sie mit einem Waschlappen verband. Dann stand sie minutenlang mit geschlossenen Augen da und ließ sich das Wasser über Haar, Gesicht und Körper laufen. Sie fröstelte, obwohl das Badezimmer sich mit Dampf füllte.

Schließlich stieg sie aus der Wanne, wand sich ein Handtuch ums Haar, schlüpfte in den langen Frotteemantel und zog den Stöpsel aus der Wanne. Sie wusch ihre Kleider und das Bettzeug, bis das Wasser wieder klar war.

Sie stopfte alles in einen Wäschesack, zog sich an und ging zu dem Trockner im Kellergeschoß. Dort wartete sie, während der Trockner lief. Als er abgeschaltet hatte, faltete sie die Laken und die Kleider ordentlich zusammen und trug sie in ihr Zimmer zurück.

Jetzt mußt du das Bett neu machen und hier verschwinden! Geh in deine erste Vorlesung und bleib ruhig. Diesmal steckst du wirklich im Schlamassel.

Das Telefon klingelte. *Geh nicht ran! Das ist wahrscheinlich Sarah.*

Als sie über den Campus ging, begegnete sie einer Gruppe von Studentinnen und Studenten; eine Kommilitonin versuchte ihr klarzumachen, in ihrem Fall handle es sich ganz eindeutig um sexuelle Belästigung und sie solle Professor Grant unbedingt anzeigen. Eine Gemeinheit sei das, sie so zu beschuldigen.

Sie nickte geistesabwesend und fragte sich, wer wohl das kleine Mädchen war, das die ganze Zeit so jämmerlich weinte, ein halberSticktes Weinen, so als hätte es den Kopf im Kopfkissen vergraben. Das Bild eines kleinen Mädchens mit langem blondem Haar, das in einem kalten Zimmer auf einem Bett lag, schob sich vor ihr inneres Auge. Ja, sie war es, die weinte.

Laurie bemerkte es gar nicht, als die anderen Studentinnen sie stehenließen, um zu ihren Vorlesungen zu gehen. Sie bemerkte auch die Blicke nicht, mit denen sie sie musterten, und hörte nicht, wie eine von ihnen sagte: »Sie ist wirklich seltsam.«

Sie betrat das Gebäude wie in Trance und fuhr mit dem Lift in den zweiten Stock. Als sie an dem Raum vorbeikam, in dem Allan Grant seine Vorlesung halten sollte, schob sie den Kopf durch die Tür. Ein Dutzend Studenten waren versammelt und warteten auf ihn. »Ihr vergeudet eure Zeit«, rief sie ihnen zu. »Sexy Allan ist mausetot.«

DRITTER TEIL

42

Als Sarah ihre Schwester am Mittwoch morgen nicht in ihrem Zimmer erreichen konnte, rief sie wieder Susan Grimes an. »Bitte, stecken Sie Laurie einen Zettel an die Tür, daß sie mich im Büro anrufen soll. Es ist sehr wichtig.«

Um elf Uhr rief Laurie vom Polizeirevier aus an.

Sarah war wie gelähmt. Mechanisch rief sie Dr. Carpenter an, sagte ihm, was vorgefallen war, und bat ihn, Dr. Donnelly zu verständigen. Dann griff sie nach Mantel und Handtasche und rannte zu ihrem Wagen. Die Fahrt nach Clinton dauerte eine Stunde und war die schiere Hölle.

Immer wieder hallte in ihr Lauries stockende, benommen wirkende Stimme nach: »Sarah, man hat Professor Grant ermordet aufgefunden. Die glauben, ich hätte es getan. Sie haben mich verhaftet und aufs Polizeirevier gebracht. Sie haben mir gesagt, ich hätte einen Telefonanruf frei.«

Ihre einzige Frage an Laurie war: »Wie ist er gestorben?« Sie hatte die Antwort im voraus gewußt: Allan Grant war erstochen worden. O Gott, barmherziger Gott im Himmel, warum?

Endlich erreichte Sarah das Polizeirevier, wo man ihr sagte, Laurie werde gerade verhört. Sarah verlangte, zu ihr gebracht zu werden.

Der diensthabende Beamte wußte, daß Sarah im Büro des Staatsanwalts tätig war. Er sah sie mitfühlend an. »Miss Kenyon, Sie wissen, daß während des Verhörs nur ihr Anwalt bei ihr sein kann.«

»Ich bin ihre Anwältin«, erklärte Sarah.

»Sie können nicht …«

»Ich habe in dieser Minute meine Stellung aufgegeben. Sie können zuhören, während ich telefonisch kündige.«

Die Verhörzelle war klein. Laurie saß auf einem wackeligen Holzstuhl und starrte in das Objektiv einer Videokamera, die das Verhör aufzeichnete. Zwei Beamte waren bei ihr. Als sie Sarah sah, flog sie ihr in die Arme. »Sarah, das ist verrückt. Das mit Professor Grant ist so schrecklich. Er war so gut zu mir. Ich war gestern so verärgert, weil er dachte, ich hätte diese Briefe geschrieben. Sarah, du mußt ihnen sagen, daß sie herausfinden müssen, wer diese Briefe geschrieben hat. Dann haben sie auch die Verrückte, die ihn getötet hat.« Sie fing zu schluchzen an.

Sarah drückte Lauries Kopf an ihre Schulter und wiegte ihre Schwester hin und her. Sie erinnerte sich, daß ihre Mutter sie so beruhigt hatte, als sie noch klein war.

»Setzen Sie sich, Laurie«, unterbrach sie der jüngere Beamte.

Sarah schob Laurie auf den Stuhl zurück. »Ich bleibe hier bei dir. Ich möchte nicht, daß du jetzt noch weitere Fragen beantwortest.«

Laurie vergrub das Gesicht in den Händen. Ihr Haar fiel nach vorn.

»Miss Kenyon, kann ich Sie sprechen? Ich bin Frank Reeves.« Sarah erinnerte sich an das Gesicht des älteren Beamten. Er hatte in einem der Verfahren, in denen sie die Anklage vertreten hatte, ausgesagt. Er zog sie beiseite. »Ich muß Ihnen leider sagen, daß der Fall völlig eindeutig ist. Sie hat gestern Professor Grant bedroht. Und heute morgen, noch bevor man seine Leiche entdeckt hat, verkündete sie in dem Hörsaal voller Studenten, daß er tot sei. In ihrem Zimmer hat man ein Messer gefunden, bei dem es sich mit hoher Wahrscheinlichkeit um die Mordwaffe handelt. Sie hat versucht, ihre Kleidung und ihr Bettzeug zu waschen, aber es sind noch Blutspuren daran. Der Laborbericht wird das endgültig bestätigen.«

»Sär-wah!«

Sarah fuhr herum. Das war Laurie. Aber da saß eine andere Laurie auf dem Stuhl, und sie hatte die Stimme einer Dreijährigen. *Sär-wah.* So hatte Laurie als Krabbelkind ihren Namen ausgesprochen. »Sär-wah, ich will meinen Teddy.«

Sarah hielt Lauries Hand, als man sie zur Anklage verhörte. Der Richter setzte eine Kaution von hundertfünfzigtausend Dollar fest. Sie versprach Laurie: »In ein paar Stunden hole ich dich hier heraus.« Dann sah sie zu, starr und unfähig, Schmerz zu empfinden, wie man Laurie in Handschellen abführte.

Während sie im Gerichtsgebäude damit beschäftigt war, die Formulare für die Kaution auszufüllen, trat Gregg Bennett zu ihr. »Sarah.«

Sie blickte auf. Er wirkte ebenso schockiert und verzweifelt wie sie. Sie hatte ihn seit Monaten nicht mehr gesehen; früher einmal hatte sie den Eindruck gehabt, Laurie wäre mit diesem netten jungen Mann glücklich.

»Sarah, Laurie würde niemals absichtlich jemandem weh tun. Irgend etwas in ihr muß kaputtgegangen sein.«

»Ich weiß. Wir werden auf Unzurechnungsfähigkeit plädieren. Unzurechnungsfähigkeit zur Tatzeit.« Während sie das sagte, dachte Sarah an all die Strafverteidiger, die sie vor Gericht besiegt hatte und die sich jener Strategie bedient hatten. Sie hatte nur selten Erfolg und führte bestenfalls dazu, genügend Zweifel zu wecken, um den Angeklagten vor der Todesstrafe zu retten.

Sie bemerkte, daß Gregg ihr die Hand auf die Schulter gelegt hatte. »Sie sehen so aus, als könnten Sie eine Tasse Kaffee brauchen«, meinte er. »Trinken Sie ihn immer noch schwarz?«

»Ja.«

Als sie die letzte Seite des Antrags ausfüllte, kam er mit zwei dampfenden Plastikbechern zurück und wartete dann mit ihr, während der Antrag bearbeitet wurde. Er ist wirklich ein netter Kerl, dachte Sarah. Warum hat Laurie sich nicht in ihn verliebt? Warum ausgerechnet in einen verheirateten Mann? Hatte sie Allan Grant etwa als Vaterersatz gewählt? Der Schock, unter dem sie gestanden hatte, ließ langsam nach, und sie dachte an Professor Grant und daran, wie er zu Laurie geeilt war, als sie in der Kirche ohnmächtig geworden war. Hatte er sie vielleicht doch auf eine besonders raffinierte Art verführt? Und das zu einer Zeit, wo sie unter emotionalem Druck stand? Sarah wurde bewußt, daß sie sich bereits mit möglichen Strategien für die Verteidigung befaßte.

Um Viertel nach sechs wurde Laurie auf Kaution freigelassen. Sie kam in Begleitung einer uniformierten Beamtin aus dem Gefängnisgebäude. Als sie ihre Schwester sah, versagten ihr die Knie den Dienst. Gregg rannte auf sie zu, um sie aufzufangen. Laurie stöhnte auf, als er sie packte, und fing dann zu kreischen an: »Sarah, Sarah, laß nicht zu, daß er mir weh tut!«

43

Am Mittwoch um elf Uhr klingelte das Telefon in der Global Travel Agency an der Sechsundsiebzigsten Straße in Manhattan.

Karen Grant war gerade im Begriff, hinauszugehen. Sie zögerte und rief dann über die Schulter zurück: »Wenn es für mich ist, dann sagen Sie, daß ich in zehn Minuten wieder zurück bin. Ich muß das jetzt erledigen, bevor ich etwas anderes in Angriff nehme.«

Connie Santini, die Sekretärin, nahm den Hörer ab. »Global Travel Agency, guten Morgen«, sagte sie und lauschte dann. »Karen ist gerade weggegangen. Sie kommt in ein paar Minuten zurück.« Connies Stimme klang geschäftsmäßig.

Anne Webster, die Inhaberin des Reisebüros, stand am Aktenschrank. Sie drehte sich um. Die zweiundzwanzigjährige Connie Santini war eine gute Sekretärin, aber am

Telefon war sie für Annes Geschmack etwas zu kurz angebunden. »Lassen Sie sich immer den Namen sagen«, pflegte sie zu predigen. »Wenn es ein geschäftlicher Anruf ist, müssen Sie immer fragen, ob jemand anderer behilflich sein kann.«

»Ja, ich bin sicher, daß sie gleich wiederkommt«, sagte Connie. »Ist etwas nicht in Ordnung?«

Anne eilte zu Karens Schreibtisch hinüber, nahm den Hörer des Zweitapparats ab und bedeutete Connie mit einer Kopfbewegung, sie solle auflegen.

»Hier ist Anne Webster. Kann ich etwas für Sie tun?«

Anne hatte in ihren neunundsechzig Jahren schon oft schlechte Nachrichten über Verwandte oder Freunde am Telefon bekommen. Als der Anrufer sich als Dekan Larkin vom Clinton College zu erkennen gab, wußte sie mit eisiger Sicherheit, daß Allan Grant etwas passiert war. »Ich bin Karens Arbeitgeberin und mit ihr befreundet«, erklärte sie dem Dekan. »Karen ist gerade außer Haus. Aber ich kann sie holen.«

Aber Larkin hielt sie auf und meinte zögernd: »Es wäre vielleicht nicht unklug, wenn ich es Ihnen sagte. Ich würde ja selbst kommen, aber ich habe solche Angst, daß Karen es vielleicht im Radio hört oder ein Reporter sie anruft, ehe ich hinkomme ...«

Und dann hörte Anne Webster mit Entsetzen die Nachricht von Allan Grants Ermordung. »Ich werde mich darum kümmern«, sagte sie. Tränen stiegen ihr in die Augen, als sie den Hörer auflegte. Durch die Glasfront konnte sie Karen näher kommen sehen. Sie ging mit beschwingten Schritten, ein Lächeln auf den Lippen. Ihr dunkles Haar bewegte sich rhythmisch mit ihren Schritten, und ihr rotes Nippon-Kostüm mit den Perlmuttknöpfen betonte ihre perfekte Figur. Offensichtlich hatte sie, was sie sich vorgenommen hatte, erfolgreich erledigt.

Anne Webster biß sich nervös auf die Unterlippe. Wie sollte sie Karen die schreckliche Nachricht vermitteln? Etwa sagen, es hätte einen Unfall gegeben, und warten, bis sie in Clinton waren, ehe sie mehr sagte? O Gott flehte sie, gib mir die Kraft, die ich jetzt brauchen werde.

Die Tür öffnete sich. »Die haben sich entschuldigt«, rief Karen triumphierend. »Und zugegeben, daß es ihre Schuld war.« Dann erstarrte ihr Lächeln, war wie weggewischt. »Anne, was ist passiert?«

»Allan ist tot.« Anne konnte selbst nicht glauben, daß die drei Worte eben aus ihrem Mund gekommen waren.

»Allan? Tot?« Karens Stimme klang fragend, verständnislos. Dann wiederholte sie: »Allan. Tot.«

Die beiden Frauen sahen, wie Karens Gesicht aschfahl wurde. Sie eilten auf sie zu, packten sie bei den Armen und führten sie zu einem Stuhl. »Wie?« fragte Karen mit monotoner Stimme. »Der Wagen? Ich hatte ihn gewarnt, die Bremsen waren nicht mehr in Ordnung. Aber er versteht sich nicht auf solche Dinge.«

»Oh, Karen.« Anne Webster legte die Arme um die zitternden Schultern der jüngeren Frau. Dann schilderte sie ihr die wenigen Einzelheiten. Connie Santini rief die Garage an und verlangte, daß man sofort Karens Wagen bringen sollte, und trug dann Mäntel, Handschuhe und Handtaschen zusammen. Sie erbot sich, mitzufahren und sich ans Steuer zu setzen. Aber Karen erhob Einspruch. Jemand mußte im Büro bleiben.

Karen bestand darauf, zu fahren. »Du kennst die Straßen nicht, Anne.« Unterwegs wollten sich keine Tränen einstellen. Sie redete über Allan, als wäre er noch am Leben. »Er ist der netteste Mensch auf der ganzen Welt... Er ist so gut... der klügste Mann, den ich je gekannt habe...«

Anne war froh, daß kein dichter Verkehr herrschte. Karen fuhr wie ein Roboter.

»Ich habe Allan auf einer Reise kennengelernt«, sagte Karen. »Ich habe damals eine Reisegruppe nach Italien geführt, und er schloß sich im letzten Augenblick an. Sechs Jahre ist das jetzt her. Es war an den Feiertagen, und seine Mutter war gerade gestorben. Er sagte mir, ihm sei plötzlich klargeworden, daß er Weihnachten nirgends hinkonnte, und auf dem College wollte er auch nicht bleiben. Bis wir wieder zu Hause landeten, waren wir verlobt.«

Sie trafen kurz nach Mittag in Clinton ein, und Karen fing zu schluchzen an, als sie die Absperrungen um ihr Haus sah. »Bis zu diesem Augenblick habe ich immer noch gedacht, es wäre ein schlimmer Traum«, flüsterte sie.

Ein uniformierter Polizeibeamter hielt sie an der Einfahrt an und trat dann schnell beiseite, um den Wagen passieren zu lassen. Als sie ausstiegen, flammten Blitzlichter auf. Anne legte schützend den Arm um Karen, als sie die paar Stufen zur Haustür hinaufeilten.

Das Haus wimmelte von Polizei. Sie waren überall: im Wohnzimmer, in der Küche, im Flur, der zu den Schlafzimmern führte. »Ich will meinen Mann sehen«, sagte Karen.

Ein grauhaariger Mann hielt sie auf und führte sie ins Wohnzimmer. »Ich bin Detective Reeves«, sagte er. »Es tut mir wirklich sehr leid, Mrs. Grant. Wir haben ihn weggebracht. Sie können ihn später sehen.«

Karen fing zu zittern an. »Dieses Mädchen, das ihn getötet hat. Wo ist sie?«

»Man hat sie verhaftet. Sie behauptet, unschuldig zu sein, Mrs. Grant, aber wir haben in ihrem Zimmer ein Messer gefunden, bei dem es sich höchstwahrscheinlich um die Mordwaffe handelt.«

Jetzt brach der Damm endlich. Anne Webster hatte gewußt, daß es dazu kommen würde. Karen Grant stieß einen halberstickten Schrei aus, der halb ein Schluchzen und halb ein Lachen war, und bekam einen hysterischen Anfall.

44

Bic schaltete die Mittagsnachrichten ein, während er und Opal in seinem Büro im Fernsehstudio an der Einundsechzigsten Straße zu Mittag aßen. STUDENTIN ERMORDET PROFESSOR AM CLINTON COLLEGE, lautete die Schlagzeile des Aufmachers.

Opal blieb der Bissen im Hals stecken, und Bic wurde weiß im Gesicht, als das Bild von Laurie als Kind über den Fernsehschirm huschte. »Als Vierjährige war Laurie Kenyon das Opfer einer Entführung. Heute wird die einundzwanzigjährige Studentin beschuldigt, einen beliebten College-Professor, dem sie angeblich Dutzende von Liebesbriefen geschrieben hat, mit Messerstichen getötet zu haben. Allan Grant wurde im Bett aufgefunden…«

Das Bild eines Hauses erschien auf dem Bildschirm. Die unmittelbare Umgebung war mit gelben Plastikbändern abgesperrt. Die Kamera schwenkte auf ein offenes Fenster. »Man nimmt an, daß Laurie Kenyon durch dieses Fenster in Allan Grants Schlafzimmer gedrungen ist.« Die Straßen waren von Streifenwagen gesäumt.

Ein Reporter interviewte eine Studentin, deren Augen vor Aufregung glänzten. »Laurie hat in aller Öffentlichkeit behauptet, daß Professor Grant mit ihr geschlafen hätte. Ich glaube, er hat versucht, mit ihr Schluß zu machen, und sie hat durchgedreht.«

Als der Beitrag zu Ende war, sagte Bic: »Schalt das ab, Opal.«

Sie gehorchte.

»Sie hat sich einem anderen Mann hingegeben«, sagte Bic dumpf. »Sie ist nachts in sein Bett gekrochen.«

Opal wußte nicht, was sie tun oder sagen sollte. Bic zitterte am ganzen Leib, und sein Gesicht war schweißüberströmt. Er zog sein Jackett aus, krempelte die Ärmel hoch und streckte die Arme aus; die dichte Behaarung war grau geworden. »Erinnerst du dich, wieviel Angst sie immer hatte, wenn ich ihr die Arme entgegenstreckte?« fragte er. »Aber Lee hat gewußt, daß ich sie liebe. Sie hat mich all die Jahre verfolgt, das hast du miterlebt, Opal. Und während ich all die Monate litt, weil ich sie sah und so nahe bei ihr war, daß ich sie hätte berühren können, und Angst hatte, sie würde diesem Doktor gegenüber etwas über mich sagen und damit alles in Frage stellen, wonach ich gestrebt habe, hat sie einem anderen Mann obszöne Briefe geschrieben.«

Die Augen traten ihm fast aus dem Kopf, waren unnatürlich geweitet, leuchteten, schleuderten förmlich Blitze. Opal gab ihm die Antwort, die von ihr erwartet wurde. »Lee sollte bestraft werden, Bic.«

»Das wird sie auch. Wenn dein Auge dich ärgert, dann reiß es heraus. Wenn deine Hand dich ärgert, dann schneide sie ab. Lee steht eindeutig unter dem Einfluß Satans. Es ist meine Pflicht, sie der heilenden Vergebung des Herrn zuzuführen, indem ich sie zwinge, das Messer gegen sich selbst zu richten.«

45

Sarah fuhr den Garden State Parkway hinauf; Laurie schlief auf dem Beifahrersitz. Die Polizeibeamtin hatte versprochen, Dr. Carpenter anzurufen und ihm mitzuteilen, daß sie nach Hause unterwegs waren. Gregg hatte Laurie in Sarahs Arme geschoben und dabei protestiert: »Laurie, Laurie, ich würde dir nie weh tun. Laurie, ich liebe dich.« Dann hatte er resigniert den Kopf geschüttelt und zu Sarah gesagt: »Ich verstehe das nicht.«

»Ich rufe Sie an«, versprach Sarah ihm hastig. Sie wußte, daß seine Nummer in Lauries Adreßbuch stand. Letztes Jahr hatte Laurie Gregg regelmäßig angerufen.

Als sie Ridgewood erreichte und in ihre Straße einbog, stellte sie bestürzt fest, daß drei Übertragungswagen vor dem Haus parkten. Eine Anzahl Reporter mit Kameras und Mikrofonen versperrten die Zufahrt. Sarah drückte auf die Hupe. Sie ließen sie vorbei, rannten aber neben dem Wagen her, bis sie schließlich an der Verandatreppe anhielt. Laurie regte sich, schlug die Augen auf und sah sich um. »Sarah, was wollen diese Leute?«

Zu Sarahs Erleichterung ging die Haustür auf, und Dr.

Carpenter und Sophie kamen die Treppe heruntergeeilt. Carpenter drängte sich durch die Reporter, öffnete die Beifahrertür und legte den Arm um Laurie. Als er und Sophie Laurie über die Treppe hinauf ins Haus brachten, ging ein Sperrfeuer von Fragen und ein wahres Blitzlichtgewitter auf sie nieder.

Sarah wußte, daß sie eine Erklärung abgeben mußte. Sie stieg aus dem Wagen und wartete, während man ihr die Mikrofone entgegenhielt. Sie zwang sich, ruhig und zuversichtlich zu wirken, und hörte sich die Fragen an. »Handelt es sich um einen Mord aus Hörigkeit? ... Werden Sie auf Unzurechnungsfähigkeit plädieren? ... Stimmt es, daß Sie Ihre Stellung aufgegeben haben, um Laurie zu verteidigen? ... Glauben Sie, daß sie schuldig ist?«

Sarah entschied sich dafür, die letzte Frage zu beantworten. »Meine Schwester ist sowohl im juristischen als auch im moralischen Sinne unschuldig, und wir werden das vor Gericht beweisen.« Damit drehte sie sich um und bahnte sich den Weg zur Tür, die Sophie aufhielt.

Laurie lag auf der Couch im Wohnzimmer. Dr. Carpenter war bei ihr. »Ich habe ihr ein starkes Beruhigungsmittel gegeben«, flüsterte er Sarah zu. »Bringen Sie sie sofort nach oben und legen Sie sie ins Bett. Ich habe Dr. Donnelly eine Nachricht hinterlassen. Er sollte heute aus Australien zurückkommen.«

Es ist, als würde man eine Puppe ausziehen, dachte Sarah, als sie Laurie mit Sophies Hilfe den Pullover über den Kopf zogen und ihr das Nachthemd überstreiften. Laurie hielt die ganze Zeit die Augen geschlossen, schien überhaupt nicht wahrzunehmen, was mit ihr geschah. »Ich hole noch eine weitere Decke«, sagte Sophie leise. »Ihre Hände und Füße sind eiskalt.«

Der erste klagende Laut war zu hören, als Sarah die Nachttischlampe anknipste. Laurie weinte herzzerreißend, preßte sich aber das Kopfkissen vor den Mund, um die Laute zu ersticken.

»Sie weint im Schlaf«, sagte Sophie. »Das arme Kind.«

Das arme Kind … Wenn Sarah Laurie nicht angesehen hätte, hätte sie geglaubt, die Laute kämen von einem verängstigten Kind. »Dr. Carpenter soll bitte raufkommen.«

Ihr Instinkt drängte sie, die Arme um Laurie zu legen und sie zu trösten, aber sie zwang sich, abzuwarten, bis der Arzt gekommen war. Er stand neben ihr und beobachtete Laurie in der schwachen Beleuchtung. Als sie schließlich zu schluchzen aufhörte und das Kissen losließ, fing sie zu flüstern an. Sie beugten sich über sie, um besser hören zu können. »Ich will meinen Papa. Ich will meine Mama. Ich will Sär-wah. Ich will nach Hause.«

46

Thomasina Perkins wohnte in einem kleinen Reihenhaus in Harrisburg, Pennsylvania. Sie war jetzt zweiundsiebzig, eine Frau von durch und durch fröhlicher Natur, mit dem einzigen Fehler, daß sie nicht aufhören konnte, über das aufregendste Ereignis in ihrem Leben zu reden – ihre Beteiligung an dem Fall Laurie Kenyon. Sie war die Kassiererin gewesen, die die Polizei gerufen hatte, als Laurie in dem Schnellimbiß ihren hysterischen Anfall bekommen hatte.

Am meisten bedauerte sie, daß sie das Entführerpaar nicht besser zu Gesicht bekommen hatte und sich auch nicht an den Namen erinnerte, den die Frau dem Mann zugerufen hatte, als sie Laurie ins Freie gezerrt hatten. Manchmal träumte Thomasina sogar von ihnen, ganz besonders von dem Mann, aber er hatte nie ein Gesicht, nur langes Haar, einen Bart und kräftige, dichtbehaarte Arme.

Thomasina hörte in den Sechs-Uhr-Fernsehnachrichten von Laurie Kenyons Verhaftung. Was für eine arme Familie, dachte sie. Die vielen Probleme. Die Kenyons waren ihr so dankbar gewesen. John Kenyon hatte ihr damals einen Scheck über fünftausend Dollar in die Hand gedrückt.

Thomasina hatte gehofft, daß die Kenyons mit ihr in Verbindung bleiben würden. Eine Weile schrieb sie ihnen regelmäßig lange Briefe, in denen sie ihnen wortreich schilderte, daß alle Leute, die in ihre Imbißstube kamen, von ihr über den Fall hören wollten und daß sie dann alle Tränen in den Augen hatten, wenn Thomasina ihnen schilderte, wie verängstigt Laurie ausgesehen und wie jämmerlich sie geweint hatte.

Dann kam eines Tages ein Brief von John Kenyon, in dem er ihr noch einmal für ihre Hilfe dankte, sie aber bat, ihnen keine weiteren Briefe zu schreiben, weil sie seine Frau zu sehr aufregten. Sie seien alle bemüht, jene schreckliche Zeit zu vergessen. Das hatte Thomasina schrecklich enttäuscht.

Als sie dann im September von dem Unfall der Eltern hörte, schrieb sie Sarah und Laurie und drückte ihnen ihr Beileid aus. Sarah antwortete darauf mit einem reizenden Brief, in dem sie schrieb, ihre Eltern hätten immer das Gefühl gehabt, Gott hätte durch Thomasinas Hilfe ihre Gebete erhört, und ihr für die fünfzehn glücklichen Jahre dankte, die ihre Familie seit Lauries Rückkehr gehabt hätte. Thomasina rahmte den Brief ein und sorgte dafür, daß jeder Besucher ihn zu sehen bekam.

Thomasina saß gern vor dem Fernseher, ganz besonders am Sonntagmorgen. Sie war eine tiefreligiöse Frau, und die ›Welle Gottes‹ war ihr Lieblingsprogramm, so daß sie zutiefst erschüttert gewesen war, als der von ihr verehrte Reverend Rutland Garrison starb.

Reverend Bobby Hawkins war ganz anders. Thomasina hatte bei ihm immer ein seltsames Gefühl. Aber wenn er und Carla zusammen im Fernsehen zu sehen waren, ging eine hypnotische Wirkung von ihnen aus, und sie konnte den Blick nicht von ihnen wenden. Und ein gewaltiger Prediger war er allemal.

Jetzt wünschte sich Thomasina inbrünstig, es wäre Sonntagmorgen, damit sie, wenn Reverend Bobby seine Gemeinde aufforderte, die Hände auf den Fernseher zu legen und um ein persönliches Wunder zu bitten, darum beten konnte, Lauries Verhaftung möge sich als Irrtum erweisen. Aber es war Mittwoch, nicht Sonntag, und sie würde noch vier Tage warten müssen.

Um neun Uhr klingelte das Telefon. Der Produzent der lokalen Fernsehsendung ›Guten Morgen, Harrisburg‹ war am Apparat, entschuldigte sich, daß er so spät anrufe, und fragte, ob Thomasina bereit sei, am nächsten Morgen ins Studio zu kommen und vor der Kamera über Laurie zu reden.

Thomasina war begeistert. »Ich habe mir die Archivaufzeichnungen über den Fall Kenyon angesehen, Miss Perkins«, sagte der Produzent. »Mann, ist ja wirklich schade, daß Sie sich nicht an den Namen des Typen erinnern konnten, der mit Laurie in der Imbißstube war.«

»Ich weiß«, meinte Thomasina. »Mir ist immer noch, als müßte der Name irgendwo in mir klingen, aber wahrscheinlich ist der Kerl entweder schon tot, oder er lebt jetzt irgendwo in Südamerika. Was würde es schon nützen?«

»Eine ganze Menge würde es nützen«, sagte der Produzent. »Ihre Aussage ist die einzige Chance für einen Augenzeugenbeweis, daß Laurie möglicherweise von ihren Entführern mißhandelt worden ist. Die werden noch eine ganze Menge mehr Beweise brauchen, um vor Gericht Mitgefühl für sie zu erwecken. Wir werden morgen in der Sendung darüber sprechen.«

Thomasina legte den Hörer auf, sprang auf und rannte ins Schlafzimmer. Sie holte ihr bestes blaues Seidenkleid mit der dazu passenden Jacke heraus und musterte es sorgfältig. Gott sei Dank hatte es keine Flecken. Sie legte sich ihr bestes Korsett, ihre Sonntagsschuhe und die neue Strumpfhose bereit. Seit sie nicht mehr arbeitete, hatte sie es sich abgewöhnt, nachts Lockenwickler ins Haar zu tun, aber jetzt machte sie sich daran, jede ihrer dünner werdenden Haarsträhnen sorgfältig aufzudrehen.

Als sie gerade ins Bett gehen wollte, kam ihr Reverend Bobbys Rat, um ein Wunder zu beten, wieder in den Sinn.

Sie holte das lavendelfarbene Briefpapier heraus, das ihre Nichte ihr zu Weihnachten geschenkt hatte, und suchte nach dem neuen Kugelschreiber, den sie im Supermarkt gekauft hatte. Dann setzte sie sich an den Eßtisch und schrieb Reverend Bobby Hawkins einen langen Brief, in dem sie ihm das Erlebnis mit Laurie Kenyon ausführlich schilderte. Sie schrieb auch, daß sie es vor Jahren abgelehnt hatte, sich einer Hypnosebefragung zu unterziehen, um sich vielleicht so an den Namen des Mannes zu erinnern, den die Frau gerufen hatte. Sie war immer fest überzeugt gewesen, daß man seine Seele der Macht eines anderen überließ, wenn man sich hypnotisieren ließ, und daß es Gott nicht wohlgefällig war. Was halten Sie davon, Reverend Bobby? Bitte schreiben Sie bald.

Dann schrieb sie einen zweiten Brief an Sarah und erklärte ihr, warum sie in der morgigen Fernsehsendung auftrat.

Schließlich legte sie noch eine Spende von zwei Dollar in den an Reverend Bobby Hawkins adressierten Briefumschlag.

47

Justin Donnelly war nach Australien gereist, um zu Hause einen Monat Weihnachtsurlaub zu machen. Dort war es Sommer, und er besuchte in den vier Wochen seine Familie, suchte Freunde auf, plauderte mit alten Kollegen und genoß die Gelegenheit, sich einmal gründlich zu entspannen.

Justin wurde sich in diesen Wochen bewußt, daß seine Gedanken immer häufiger um Sarah Kenyon kreisten. Er hatte sie nur dieses eine Mal im Oktober gesehen, und doch vermißte er ihre wöchentlichen Telefonate. Jetzt wünschte er sich, er wäre nicht so zurückhaltend gewesen und hätte ihr damals den Vorschlag gemacht, wieder einmal miteinander zu Abend zu essen.

Als er kurz nach seiner Rückkehr mit Sarah telefonierte, erschrak er über den Klang ihrer müden, angespannten Stimme. Entsetzt hörte er, was sie ihm zu berichten hatte. »Sie müssen Laurie dazu bringen, mich aufzusuchen«, sagte er. »Wie wäre Freitag um zehn Uhr?«

»Sie wird nicht kommen wollen.«

»Sie muß.«

»Ich weiß.« Sarah machte eine kurze Pause, dann sagte sie: »Ich bin so froh, daß Sie wieder da sind, Dr. Donnelly.«

Ich auch, dachte Justin, während er den Hörer auflegte. Er wußte, daß Sarah sich noch nicht ganz klar darüber war, was für ein Martyrium ihr bevorstand. Eine der Spaltpersönlichkeiten, die in Laurie wohnten, hatte einen Mord begangen; damit war es durchaus möglich, daß die eigentliche Laurie Kenyon seiner Hilfe bereits entrückt war.

48

Brendon Moody war mit seinen Freunden in Florida fischen gewesen und kehrte nach einer Woche am späten Mittwoch abend nach Teaneck, New Jersey, zurück. Seine Frau Betty war aufgeblieben und erzählte ihm von der Verhaftung Laurie Kenyons.

Laurie Kenyon! Vor siebzehn Jahren, als die vierjährige Laurie verschwunden war, bis zu seiner Pensionierung, war Brendon als Kriminalbeamter im Morddezernat der Staatsanwaltschaft, bei der Sarah arbeitete, tätig gewesen. Er kannte Sarah sehr gut.

Er schüttelte den Kopf und schaltete die Elf-Uhr-Nachrichten ein, die Bilder von Allan Grants Haus zeigten, wie Grants Witwe in das Haus geführt wurde, Laurie und Sarah beim Verlassen des Polizeireviers und schließlich Sarah mit ihrer kurzen Erklärung vor ihrem Haus in Ridgewood.

Brendon starrte bedrückt auf den Bildschirm und hörte aufmerksam zu. Als der Bericht vorüber war, schaltete er ab. »Eine böse Sache«, sagte er.

Brendon war jetzt sechzig, aber von dem energischen Draufgängertum, das ihn zum besten Ermittlungsbeamten der Staatsanwaltschaft gemacht hatte, war nichts verlorengegangen.

In drei Tagen wollten sie Bettys Schwester in Charleston besuchen, und Betty wußte sehr wohl, daß sie ihm einen Vorwand gab, die Reise abzusagen, als sie fragte: »Kannst du da nichts machen?« Brendon war nämlich jetzt lizenzierter Privatdetektiv und übernahm nur Fälle, die ihn persönlich interessierten.

»Und ob ich das kann«, erklärte er grimmig. »Sarah braucht jemanden auf dem Universitätsgelände, der Hinweise sammelt und ihnen nachgeht. Auf den ersten Blick scheint das ein eindeutiger Fall zu sein. Sarah Kenyon ist eine verdammt nette Frau und eine verdammt gute Anwältin. Ich habe immer schon prophezeit, daß die es einmal zu etwas bringt. Aber jetzt braucht sie Hilfe. Echte Hilfe. Morgen gehe ich zu ihr und biete mich ihr an.«

»Wenn sie dich überhaupt haben will«, wandte Betty bedächtig ein.

»Sie wird mich haben wollen. Bets, wie wäre es, wenn du allein nach Charleston fahren und Jane besuchen würdest?«

Betty schlüpfte aus ihrem Morgenmantel und ging zu Bett. »Ja, ist wohl besser. Von nun an hast du ja ohnehin nur noch diesen Fall im Kopf und wirst sogar noch davon träumen.«

49

Um Viertel vor zwölf am Donnerstag ließ die Wirkung des Schlafmittels nach. Laurie schlug die Augen auf und sah sich in dem vertrauten Zimmer um. Eine Vielzahl von Gedanken huschten wirr durch ihr Bewußtsein. Irgendwo weinte ein Kind. Zwei Frauen schrien einander in ihrem Kopf an. Die eine brüllte: *Ich hatte eine mächtige Wut auf ihn, aber ich habe ihn geliebt und wollte nicht, daß das passiert.*

Die andere sagte: *Ich habe dir doch gesagt, daß du an jenem Abend zu Hause bleiben solltest. Dummes Luder. Jetzt schau, was du ihr angetan hast.*

Ich hab' ja schließlich nicht allen gesagt, daß er tot ist! Das dumme Luder bist du.

Laurie preßte sich die Hände über die Ohren. O Gott, war das alles ein Traum gewesen? War Allan Grant wirklich tot? Glaubte denn wirklich irgend jemand, daß sie ihm ein Leid zugefügt hatte? Das Polizeirevier. Die Zelle. Diese Kameras, die ihr Bild aufgenommen hatten. Das alles war ihr doch nicht wirklich widerfahren, oder? Wo war Sarah? Sie stieg aus dem Bett und lief zur Tür. »Sarah! Sarah!«

»Sie kommt gleich wieder.« Das war Sophie, ihre Stimme klang vertraut, beruhigend, besänftigend. Jetzt kam sie die Treppe herauf. »Wie fühlst du dich?«

Ungeheure Erleichterung durchflutete Laurie. Die Stimmen in ihrem Kopf hörten auf zu streiten. »Oh, Sophie, bin ich froh, daß du da bist. Wo ist Sarah?«

»Sie mußte ins Büro, ist aber in ein paar Stunden wieder zurück. Ich habe dir Essen gemacht, Fleischbrühe und Thunfischsalat, so wie du ihn magst.«

»Nur die Fleischbrühe, Sophie. Ich komme in zehn Minuten runter.«

Sie ging ins Bad und drehte die Dusche auf. Gestern hatte sie beim Duschen Bettzeug und Kleider gewaschen. Wie man nur etwas so Seltsames tun konnte. Sie drehte am Duschkopf, bis das heiße Wasser ihre verkrampften Muskeln an Hals und Nacken wie ein Wasserfall aus tausend Nadelspitzen massierte. Die bohrenden Kopfschmerzen, die von den Beruhigungsmitteln herrührten, begannen sich zu lösen, und mit der Zeit wurde ihr die Ungeheuerlichkeit dessen, was geschehen war, bewußt. Allan

Grant, dieser warmherzige, liebenswürdige Mensch, war mit dem Messer ermordet worden, das aus ihrem Haus verschwunden war.

Sarah hat mich gefragt, ob ich das Messer genommen hätte, dachte Laurie, als sie das Wasser abdrehte und aus der Duschkabine trat. Sie hüllte sich in eines der riesigen Badetücher. Und dann habe ich das Messer in meiner Tasche gefunden. Jemand muß es aus meinem Zimmer geholt haben, vielleicht dieselbe Person, die diese widerlichen Briefe geschrieben hat.

Sie fragte sich, wieso Allan Grants tragischer Tod sie nicht mehr bedrückte. Er war immer so nett zu ihr gewesen. Als sie die Tür zu ihrem Kleiderschrank öffnete und überlegte, was sie anziehen solle, glaubte sie zu begreifen. Die Regale mit den Pullovern. Mutter war meistens dabeigewesen, als sie sie gekauft hatte. Mutter, für die es immer die größte Freude gewesen war, zu geben und noch einmal zu geben. Papa bekam immer einen Schrecken, wenn er sie mit den vielen Tüten nach Hause kommen sah. »Ich komme mir vor, als würde ich den ganzen Einzelhandel der Vereinigten Staaten unterstützen.«

Laurie zog Jeans und einen Pullover an und wischte sich die Tränen aus den Augen. Wer zwei Menschen wie sie verloren hat, kann nicht zusätzlich noch um andere trauern.

Sie trat vor den Spiegel und bürstete sich das Haar. Sie brauchte einen neuen Schnitt, aber heute war dafür keine Zeit. Die Leute würden sie anstarren, im Flüsterton über sie reden. Aber ich habe doch nichts getan, protestierte sie Auge in Auge mit ihrem Spiegelbild. Wieder kam eine ganz klare Erinnerung an Mutter zum Vorschein. Wie oft hatte sie doch gesagt: »Oh, Laurie, du siehst ganz genauso aus wie ich, als ich in deinem Alter war.«

Aber Mutter hatte nie diesen ängstlichen, verschreckten Gesichtsausdruck gehabt. Mutter hatte immer ein Lächeln im Gesicht gehabt. Mutter hatte die Menschen glücklich gemacht. Sie brachte niemandem Schmerz und Leid.

He, warum solltest du denn alle Schuld auf dich nehmen? fragte eine Stimme höhnisch. *Karen Grant hat sich für Allan nicht interessiert. Sie hatte ständig einen Vorwand, um in New York zu bleiben. Er war einsam. Die meiste Zeit hat er zu Abend nur eine Pizza gegessen. Er hat mich gebraucht. Er wußte es bloß noch nicht. Ich hasse Karen. Ich wünschte, sie wäre tot.*

Laurie ging zu ihrem Schreibtisch hinüber.

Ein paar Minuten später klopfte Sophie und rief mit besorgter Stimme: »Laurie, das Essen ist fertig. Geht es dir gut?«

»Würdest du mich bitte allein lassen? Die Fleischbrühe wird doch nicht gleich verdunsten, oder?« Gereizt faltete sie den Brief zusammen, den sie gerade geschrieben hatte, und schob ihn in einen Umschlag.

Der Briefträger kam gegen halb eins. Sie hielt am Fenster Ausschau nach ihm, bis er auf der Straße auftauchte, eilte dann hinunter und öffnete die Tür, als er die Veranda erreichte. Während sie die Post entgegennahm, steckte sie ihm den Brief zu.

Sophie kam aus der Küche geeilt. »Laurie, Sarah möchte nicht, daß du weggehst.«

»Ich gehe doch nicht weg. Ich hab' nur die Post geholt.« Laurie legte Sophie die Hand auf den Arm. »Sophie, du bleibst doch bei mir, bis Sarah wiederkommt, ja? Ich will hier nicht allein sein.«

50

Am frühen Mittwoch abend fuhr eine blasse, aber gefaßte Karen Grant mit ihrer Partnerin Anne Webster nach New York zurück. »Es ist besser, wenn ich in der Stadt bin«, sagte sie. »In dem Haus könnte ich es nicht aushalten.«

Anne erbot sich, bei ihr zu übernachten, aber das lehnte Karen ab. »Du siehst noch viel erschöpfter aus, als ich es bin. Ich werde eine Schlaftablette nehmen und gleich ins Bett gehen.«

Sie schlief lang und tief bis elf Uhr am nächsten Morgen. Die drei obersten Stockwerke des Hotels waren als Apartments für Dauermieter eingerichtet. In den drei Jahren, die Karen das Apartment jetzt bewohnte, hatte sie mit der Zeit ihre eigene Note hineingebracht: Orientbrücken in Rot, Elfenbein und Blau, die das eintönige Beige der Hotelauslegeware belebten, antike Lampen, Seidenkissen, Lalique-Figuren und Originalgemälde von vielversprechenden jungen Künstlern. Das verlieh den Räumen den Eindruck von Luxus und zugleich eine sehr persönliche Note.

Karen liebte die Bequemlichkeit des Lebens im Hotel, ganz besonders den Zimmerservice und die Betreuung durch die Hausdame und die Zimmermädchen. Und ebensosehr liebte sie ihren Kleiderschrank voll Modellkleider, Charles-Jourdan- und Ferragamo-Schuhe, Hermès-Tücher und Gucci-Taschen.

Sie stand auf und ging ins Badezimmer. Ihre Augen waren immer noch ein wenig geschwollen. Allan auf der Steinplatte im Leichenschauhaus ansehen zu müssen, war schrecklich gewesen. Erinnerungen an all die schönen Tage, die sie miteinander erlebt hatten, waren auf sie eingestürmt, daran, wie sie sich immer gefreut hatte, wenn seine Schritte den Korridor herunterkamen. Die Tränen, die sie vergossen hatte, waren echt gewesen und würden sich erneut einstellen, wenn sie sein Gesicht das letzte Mal sah. Sie würde übrigens noch die nötigen Arrangements treffen müssen, aber nicht jetzt. Jetzt wollte sie frühstücken. Sie drückte die Vier auf ihrem Telefon, um den Zimmerservice zu bestellen.

Sie nippte an ihrer ersten Tasse Kaffee, als es diskret an der Tür klopfte. Sie flog förmlich, um sie zu öffnen. Und da war Edwin, besorgtes Mitgefühl auf seinen hübschen Patrizierzügen. »Oh, meine Liebe«, seufzte er.

Er umarmte sie, und Karen schmiegte ihr Gesicht an das weiche Kaschmirjackett, das sie ihm zu Weihnachten geschenkt hatte. Dann schlang sie die Arme um seinen Hals, sorgfältig darauf bedacht, sein präzise gekämmtes dunkelblondes Haar nicht in Unordnung zu bringen.

51

Justin Donnelly lernte Laurie am Freitag morgen kennen. Er hatte bereits Zeitungsbilder von ihr gesehen, war aber nicht auf ihr auffallend gutes Aussehen vorbereitet gewesen, die atemberaubend blauen Augen, das goldblonde Haar, das ihr bis zur Schulter reichte und in ihm unwillkürlich das Bild einer Märchenprinzessin wachrief. Sie war schlicht gekleidet: dunkelblaue lange Hose, eine weiße, hochgeschlossene Seidenbluse und einen blau-weiß gemusterten Blazer. Trotz der fast körperlich wahrnehmbaren Angst, die von ihr ausging, war eine angeborene Eleganz zu spüren.

Sarah saß neben ihrer Schwester, aber ein Stück hinter ihr. Laurie hatte nicht allein in seine Praxis kommen wollen. »Ich habe Sarah versprochen, mit Ihnen zu reden, aber nur in ihrer Gegenwart.«

Vielleicht lag es an Sarahs Anwesenheit, die beruhigend auf sie wirkte, aber Justin war dennoch überrascht, als Laurie geradeheraus fragte: »Dr. Donnelly, glauben Sie, daß ich Professor Allan Grant getötet habe?«

»Meinen Sie, ich habe Anlaß, das zu glauben?«

»Nun, ich glaube, daß jedermann Anlaß hat, mich zu verdächtigen. Aber ich habe es ganz einfach nicht getan und würde nie einen Menschen töten. Daß Allan Grant mich mit diesem anonymen Schmutz in Verbindung brachte, den er bekommen hatte, war für mich erniedrigend. Aber wir töten doch nicht einen Menschen, nur weil er eine häßliche Sache falsch deutet.«

»*Wir*, Laurie?«

War das Verlegenheit oder Schuld, was da einen ganz kurzen Augenblick lang über ihr Gesicht huschte? Als sie keine Antwort gab, sagte Justin: »Laurie, Sarah hat mit Ihnen über die ernsten Vorwürfe gesprochen, die man Ihnen macht. Verstehen Sie, was man Ihnen zur Last legt?«

»Sicher. Das ist alles absurd, aber schließlich habe ich oft genug meinem Vater und Sarah zugehört, wenn sie über die Fälle redeten, mit denen sie befaßt waren, und über die Urteile, die dann gefällt wurden, und ich weiß daher sehr wohl, was das bedeuten kann.«

»Sie sollten sich darauf einstellen, daß einiges Unangenehme auf Sie zukommen wird, Laurie.«

Sie senkte den Kopf. Ihr Haar fiel nach vorn und schirmte ihr Gesicht ab. Ihre Schultern fielen herunter, die Hände verkrampften sich im Schoß, und sie zog die Füße hoch, so daß sie den Boden nicht mehr berührten, sondern vom Stuhl baumelten. Das leise Weinen, das Sarah in den letzten Tagen einige Male gehört hatte, entrang sich ihrer Kehle. Instinktiv beugte Sarah sich vor, um Laurie zu trösten, aber Justin Donnelly schüttelte den Kopf. »Sie haben schreckliche Angst, nicht wahr, Laurie?« fragte er mit sanfter Stimme.

Sie schüttelte heftig den Kopf.

»Sie haben keine Angst?«

Ihr Kopf nickte heftig, und dann sagte sie schluchzend: »Nicht Laurie.«

»Sie sind nicht Laurie. Wollen Sie mir Ihren Namen sagen?«

»Debbie.«

»Debbie. Was für ein hübscher Name. Wie alt bist du, Debbie?«

»Ich bin vier.«

Mein Gott, dachte Sarah, als sie Dr. Donnelly mit Laurie reden hörte, als spräche er mit einem kleinen Kind. Er hat recht. In jenen zwei Jahren, die sie weg war, muß ihr etwas Schreckliches widerfahren sein. Arme Mutter, sie war immer fest davon überzeugt, daß ein Paar, das sich nach der Liebe eines Kindes sehnte, sie mitgenommen und geliebt hat. Ich wußte, daß sie anders war, als sie nach Hause kam. Würden wir jetzt hier sein, wenn sie damals Hilfe bekommen hätte? Angenommen, in Laurie gibt es eine völlig getrennte Persönlichkeit, die jene Briefe geschrieben und dann Allan Grant getötet hat? Darf ich zulassen, daß Justin zu dieser Erkenntnis gelangt? Und was ist, wenn sie gesteht?

»Debbie, du bist sehr müde, nicht wahr?«

»Ja.«

»Würdest du gern in dein Zimmer gehen und dich ausruhen? Ich wette, du hast ein hübsches Schlafzimmer.«

»Nein! Nein! Nein!«

»Ist schon gut. Du kannst natürlich hierbleiben. Schlaf doch ein wenig in dem Sessel, und wenn Laurie da ist, würdest du sie dann bitten, daß sie zurückkommt und mit mir spricht?«

Ihr Atem wurde gleichmäßig. Gleich darauf hob sie den Kopf. Ihre Schultern hoben sich wieder, ihre Füße berührten den Boden, und sie wischte sich das Haar aus dem Gesicht. »Natürlich habe ich Angst«, gab Laurie zu. »Aber da ich ja nichts mit Allans Tod zu tun habe, weiß ich, daß ich mich darauf verlassen kann, daß Sarah die Wahrheit herausfindet.« Sie drehte sich um, lächelte Sarah zu und sah dem Arzt dann wieder gerade in die Augen. »Wenn ich Sarah wäre, würde ich mir wünschen, daß ich ein Einzelkind geblieben wäre. Aber da bin ich nun mal, und sie ist immer für mich dagewesen. Sie hat immer verstanden.«

»Was verstanden, Laurie?«

Ein Achselzucken. »Ich weiß nicht.«

»Ich denke, Sie wissen das schon.«

»Nein, wirklich nicht.«

Justin wußte, daß die Zeit gekommen war, Laurie über ihre Entführung aufzuklären. In jenen zwei Jahren, in denen sie verschwunden gewesen war, war etwas Schreckliches geschehen, etwas so Bedrückendes, daß sie als kleines Kind nicht allein damit fertig werden konnte.

Andere waren ihr zu Hilfe geeilt, vielleicht ein oder zwei, vielleicht auch mehr Helfer, sie war praktisch zu einer multiplen Persönlichkeit geworden. Als man sie nach Hause zurückgebracht hatte, hatte die liebevolle Umgebung es unnötig gemacht, daß die anderen Persönlichkeiten hervortraten, höchstens ganz selten. Der Tod ihrer Eltern erst war für sie so schmerzhaft gewesen, daß sie wieder gebraucht wurden.

Laurie hatte schweigend zugehört. »An welche Behandlung denken Sie denn?« fragte sie schließlich.

»An Hypnose. Ich würde während der Sitzungen gern Videobandaufnahmen von Ihnen machen.«

»Angenommen, ich gestehe, daß ein Teil von mir – irgendeine Person, wenn Sie wollen – Allan Grant tatsächlich getötet hat, was dann?«

Es war Sarah, die antwortete: »Laurie, ich fürchte, so wie die Dinge jetzt stehen, wird eine Jury dich fast unausweichlich schuldig sprechen. Unsere einzige Hoffnung liegt darin, entweder mildernde Umstände vorzubringen oder zu beweisen, daß du außerstande warst, das Verbrechen in seinem ganzen Ausmaß zu begreifen.«

»Ich verstehe. Es ist also möglich, daß ich Allan getötet habe, daß ich diese Briefe geschrieben habe? Nicht nur möglich – wahrscheinlich. Sarah, hat es schon andere Leute gegeben, die sich gegen eine Mordanklage verteidigt haben, indem sie behaupteten, unter Persönlichkeitsspaltung zu leiden?«

»Ja.«

»Und wie viele von ihnen kamen frei?«

Sarah gab keine Antwort.

»Wie viele, Sarah?« beharrte Laurie. »Einer? Zwei? Gar keiner? So ist es doch, oder? Keiner von denen ist freigekommen. O mein Gott. Also gut, machen wir weiter. Wir sollten ja wirklich die Wahrheit herausfinden, obwohl ganz klar ist, daß die Wahrheit mir nicht die Freiheit bringen wird.«

Sie schien gegen die Tränen anzukämpfen, dann wurde

ihre Stimme zornig, durchdringend: »Nur eines, Doktor. Sarah bleibt bei mir. Ich bin immer noch nicht bereit, mich mit Ihnen allein in einem Raum mit verschlossener Tür aufzuhalten, und werde auch nicht auf dieser Couch liegen. Ist das klar?«

»Laurie, ich werde alles tun, um Ihnen die Therapie leichterzumachen. Sie sind ein guter Mensch, der ganz Schlimmes erlebt hat.«

Sie lachte höhnisch. »Was ist denn an dieser dummen Versagerin gut? Sie hat seit ihrer Geburt nie etwas anderes getan, als anderen Leuten Ärger bereitet.«

»Laurie«, protestierte Sarah.

»Ich glaube, Laurie ist wieder weggegangen«, sagte Justin ruhig. »Habe ich recht?«

»Ja. Ich habe beide Hände voll zu tun mit ihr.«

»Wie heißen Sie?«

»Kate.«

»Wie alt sind Sie, Kate?«

»Dreiunddreißig. Hören Sie, ich wollte gar nicht raus. Ich wollte Sie bloß warnen. Glauben Sie ja nicht, daß Sie Laurie hypnotisieren und dazu bringen werden, über jene zwei Jahre zu reden. Sie vergeuden Ihre Zeit.«

Eine Pause trat ein. Dann seufzte Laurie müde: »Könnten wir jetzt zu reden aufhören? Ich habe solche Kopfschmerzen.«

52

Am Freitag morgen erhielt Betsy Lyons von dem Ehepaar, das so bald als möglich einziehen wollte, weil die Frau ein Baby erwartete, ein Festangebot über fünfhundertfünfundsiebzigtausend Dollar für das Kenyon-Haus. Sie rief Sarah sofort an, erreichte sie aber erst am Nachmittag. Zu ihrer großen Bestürzung teilte Sarah ihr mit, sie habe ihre Meinung geändert und wolle das Haus im Augenblick nicht verkaufen. »Es tut mir furchtbar leid, Mrs. Lyons.

Zum einen ist das Angebot viel zu niedrig, zum andern könnte ich mich jetzt ohnehin nicht mit einem Umzug belasten. Ich weiß, daß Sie sich große Mühe gegeben haben, hoffe aber auf Ihr Verständnis.«

Betsy Lyons hatte Verständnis, hatte aber angesichts des augenblicklich sehr schwachen Immobilienmarktes mit der Provision gerechnet.

»Es tut mir wirklich leid«, wiederholte Sarah, »aber ich kann mir im Augenblick nicht vorstellen, daß ich mich vor dem Herbst mit Umzugsplänen befassen kann. Und jetzt müssen Sie mich bitte entschuldigen, ich habe jemanden hier. Wir können uns ja ein anderes Mal unterhalten.«

Sie befand sich mit Brendon Moody in der Bibliothek. Unmittelbar bevor das Telefon geklingelt hatte, war sie gerade mit einem ausführlichen Bericht fertig geworden und hatte dabei auch die Sitzung bei Justin Donnelly nicht ausgelassen.

Moody hatte sich Notizen gemacht. Wie er so in seinem konservativ geschnittenen dunkelbraunen Anzug mit der präzise gebundenen Schleife dasaß, die hohe Stirn gerunzelt, mit seiner randlosen Brille, die seine aufmerksam blickenden braunen Augen noch größer erscheinen ließ, wirkte er wie ein Buchprüfer. Sarah wußte, daß das ein Bild war, das durchaus den Tatsachen entsprach: Wenn Brendon Moody eine Ermittlung führte, entging ihm nichts.

Sie wartete, während er seine Notizen noch einmal sorgfältig las. Ihr war dieses Vorgehen vertraut; als sie im Büro des Staatsanwalts mit ihm zusammengearbeitet hatte, war es ganz genauso gewesen. Sie hörte Sophie die Treppe hinaufgehen; das war gut, sie sah wieder nach Laurie.

Einen Augenblick lang dachte Sarah an die Nachhausefahrt von Dr. Donnellys Büro. Laurie war zutiefst deprimiert gewesen und hatte gemeint: »Sarah, ich wünschte, ich hätte in dem Wagen gesessen, als der Bus ihn rammte. Dann würden Mama und Papa noch leben, und du würdest in deinem Beruf arbeiten können, den du so liebst. Ich bringe nur Unglück.«

»Nein, das tust du nicht«, hatte Sarah widersprochen. »Du hattest als vierjähriges Mädchen das Unglück, entführt und Gott weiß wie schlecht behandelt zu werden. Und jetzt bist du einundzwanzig Jahre alt und steckst ohne eigene Schuld im Schlamassel, also hör auf, dir Vorwürfe zu machen!«

Und dann war Sarah in Tränen ausgebrochen. Sie hatte die Tränen hastig weggewischt und sich auf den dichten Verkehr zu konzentrieren versucht.

Vielleicht war dieser Ausbruch sogar ein versteckter Segen gewesen, überlegte sie jetzt. Laurie jedenfalls war zutiefst erschrocken und hatte zerknirscht gesagt: »Sarah, ich bin so schrecklich selbstsüchtig. Sag mir, was ich tun soll.«

Und sie hatte geantwortet: »Tu genau, was Dr. Donnelly sagt. Führe ein Tagebuch. Das wird ihm helfen. Du mußt jetzt wirklich aufhören, dich gegen ihn zu spreizen. Und die Hypnose muß auch sein.«

»Also gut, ich glaube, ich habe alles«, sagte Moody mit einem erleichterten Aufatmen und riß Sarah aus ihren Gedanken. »Ich muß Ihnen recht geben. Im physischen Sinne ist der Fall ziemlich eindeutig.«

Sarah tat es gut, wie er ›im physischen Sinne‹ betonte. Er hatte offenbar begriffen, welchen Weg die Verteidigung einschlagen wollte.

»Sie werden sich auf Streß und beschränkte Zurechnungsfähigkeit berufen?« fragte er.

»Ja.«

Plötzlich war die Bibliothek mit den gemütlich wirkenden Mahagonibücherschränken, den Familienbildern, den Gemälden, dem blauen Orientteppich und den mit handschuhweichem Leder bezogenen Sesseln und Sofas von derselben prickelnden Atmosphäre erfüllt wie ihr vollgestopftes winziges Büro in der Staatsanwaltschaft. Der antike englische Schreibtisch ihres Vaters verwandelte sich in das zerkratzte schäbige Relikt, an dem sie fast fünf Jahre gearbeitet hatte. »Es gibt da einen ganz aktuellen Fall, in dem ein Angeklagter für schuldig befunden wurde, ein zwölfjähriges Mädchen vergewaltigt zu haben«, begann Sarah. »Das juristische Problem liegt darin, daß das Opfer chronologisch gesehen siebenundzwanzig Jahre alt war. Sie litt unter Persönlichkeitsspaltung und konnte ein Geschworenengericht überzeugen, daß sie in ihrer Person als Zwölfjährige mißbraucht wurde und daher juristisch formuliert außerstande war, aufgeklärt zuzustimmen. Der Täter wurde daher der Vergewaltigung einer geistig nicht voll zurechnungsfähigen Person in nicht einwilligungsfähigem Alter für schuldig befunden. Der Schuldspruch wurde in der Berufungsinstanz zurückgewiesen. Worauf ich aber hinauswill, ist, daß ein Geschworenengericht der Aussage einer Frau mit Persönlichkeitsspaltung glaubte.«

Moody beugte sich vor. Die Bewegung war die eines Jagdhundes, der die erste Witterung der Beute aufnimmt. »Sie haben vor, es umzudrehen.«

»Ja. Allan Grant hat sich besonders um Laurie bemüht. Als sie beim Begräbnisgottesdienst in der Kirche ohnmächtig wurde, rannte er sofort zu ihr und erbot sich, sie nach Hause zu bringen und bei ihr zu bleiben. Wenn ich jetzt darüber nachdenke, frage ich mich, ob das nicht ein ungewöhnliches Maß an Besorgnis war.« Sie seufzte. »Zumindest ist es ein Angriffspunkt. Viel mehr haben wir nicht.«

»Sogar ein guter Angriffspunkt«, sagte Moody entschieden. »Ich muß noch ein paar Dinge erledigen und werde dann nach Clinton fahren und anfangen zu recherchieren.«

Sophie klopfte an die Tür und trat ein. »Es tut mir leid, wenn ich störe, Sarah, aber diese Maklerin ist wieder am Telefon, und sie sagt, es sei sehr wichtig.«

Sarah ging an den Apparat, begrüßte Betsy Lyons und hörte dann zu. Schließlich sagte sie langsam: »Ich nehme an, ich bin Ihnen das schuldig, Mrs. Lyons, aber lassen Sie mich eines ganz klar sagen: Diese Frau kann sich nicht andauernd das Haus ansehen. Montag morgen sind wir außer Haus, da können Sie sie zwischen zehn und eins herbringen. Aber dann muß Schluß sein.«

Als Sarah aufgelegt hatte, erklärte sie Brendon Moody: »Es gibt da eine Kaufinteressentin, die sich zunächst nicht so recht für dieses Haus entscheiden konnte. Offenbar hat sie sich jetzt durchgerungen und ist auch bereit, den vollen Preis zu zahlen. Sie möchte das Haus noch einmal besichtigen und hat angedeutet, sie wäre bereit, mit dem Einzug zu warten, bis es frei ist. Sie wird am Montag herkommen.«

53

Der zwölfköpfige Beirat der ›Welle Gottes‹ traf sich am ersten Samstag jeden Monats. Die Neuerungen, die Reverend Bobby Hawkins hastig eingeführt hatte, hatten keineswegs den Beifall aller Ratsmitglieder gefunden, insbesondere nicht die Idee des ›Kelchs der Wunder‹.

Man lud die Zuschauer ein, Briefe zu schreiben, in denen sie erklärten, warum sie ein Wunder benötigten. Die Briefe wurden in den Kelch gelegt, und dann streckte Reverend Hawkins vor dem letzten Choral die Hände über dem Kelch aus und betete darum, daß die Wünsche erfüllt werden mögen. Manchmal forderte er ein Mitglied der Studiokongregation, das um ein Wunder flehte, auf, für einen besonderen Segen vor die Kamera zu treten.

»Rutland Garrison muß sich im Grab umdrehen«, meinte ein Beiratsmitglied.

Bic musterte ihn kühl. »Haben die Spenden etwa nicht deutlich zugenommen?«

»Ja, aber …«

»Aber was? Mehr Geld für das Krankenhaus und das Altersheim, mehr für die Waisenhäuser in Südamerika, für die ich mich persönlich immer eingesetzt habe, und mehr Gläubige, die dem Herrn ihre Bedürfnisse darlegen.«

Er ließ seinen Blick um den Konferenztisch kreisen. »Als ich dieses Amt annahm, habe ich angekündigt, daß ich es in offenere Gewässer steuern werde. Ich habe die Aufzeichnungen studiert. In den letzten paar Jahren sind die Spenden beständig zurückgegangen. Ist das richtig oder falsch?«

Keine Antwort.

»Ist das nicht richtig?« donnerte er.

Betretenes Kopfnicken.

»Nun gut. Dann schlage ich vor, daß, wer nicht für mich ist, gegen mich ist und aus diesem erlesenen Gremium zurücktreten sollte. Die Sitzung ist beendet.«

Er verließ den Konferenzraum und schritt hoheitsvoll den Korridor hinunter zu seinem Privatbüro, wo Opal die Post sortierte, die für den ›Kelch der Wunder‹ eingegangen war. Sie pflegte dabei die Briefe zu überfliegen und solche, die irgendwie vom Üblichen abwichen, für Bic beiseite zu legen, damit er sie möglicherweise in der Sendung laut verlesen konnte. Anschließend wanderten die Briefe auf eine Seite, wo sie aufgestapelt wurden, um in den Kelch gelegt zu werden, während die Spenden einen zweiten Stapel bildeten, damit Bic sie ordnen konnte.

Opal hatte Angst, ihm den einen Brief zu zeigen, den sie beiseite gelegt hatte.

»Langsam kommt ihnen die Erkenntnis, Carla«, verkündete er ihr. »Sie beginnen zu begreifen, daß mein Weg der Weg des Herrn ist.«

»Bic«, sagte sie vorsichtig.

Er runzelte die Stirn. »In diesem Büro darfst du nie ...«

»Ich weiß. Es tut mir leid. Es ist nur ... Da, lies.« Sie hielt ihm Thomasina Perkins' wortreichen Brief hin.

54

Der Begräbnisgottesdienst für Professor Allan Grant wurde am Samstag morgen in der St. Luke's Episkopalkirche in der Nähe des Campus von Clinton abgehalten. Angehörige der Fakultät, Studenten und Studentinnen drängten sich in den Saal, um dem beliebten Lehrer die letzte Ehre zu erweisen. Der Rektor hob in seiner Rede Allans Intellekt, seine menschliche Wärme und seine Großzügigkeit hervor. »Er war ein Erzieher von besonderem Format... Sein Lächeln hellte auch den finstersten Tag auf... Er hatte die Gabe, Menschen dazu zu bringen, sich mit sich selbst wohl zu fühlen... Er spürte es, wenn es jemandem schlecht ging, und fand immer irgendeine Möglichkeit zu helfen.«

Brendon Moody nahm an der Feier als Beobachter teil. Ganz besonders aufmerksam studierte er Allan Grants Witwe, die ein täuschend einfaches schwarzes Kostüm mit einer Perlenkette trug. Sie weinte, als sie hinter dem Sarg die Kirche verließ.

Nach dem Begräbnis fuhren Karen und die Angehörigen der Fakultät in das Haus des Collegepräsidenten, wo ein Mittagsbüfett aufgebaut war. Dekan Larkin sagte Karen, er könne sich nicht verzeihen, daß er die Krankheit Laurie Kenyons nicht erkannt habe. »Dr. Iovino, der Leiter unsrer psychologischen Beratungsstelle, empfindet ebenso.«

»Was geschehen ist, ist eine Tragödie, und es nützt jetzt nichts, uns oder anderen die Schuld zu geben«, erwiderte Karen ruhig. »Ich hätte Allan dazu überreden müssen, diese Briefe der Verwaltung zu zeigen, schon ehe er sicher war, daß Laurie die Verfasserin war. Allan selbst hätte das Schlafzimmerfenster nicht offenstehen lassen dürfen. Ich sollte dieses Mädchen hassen, muß aber die ganze Zeit daran denken, wie Allan sie bedauert hat.«

Walter Larkin hatte Karen immer für eiskalt gehalten und fragte sich jetzt, ob dieses Urteil nicht unfair gewesen war. Die Tränen in ihren Augen und das Zittern ihrer Lippen waren sicherlich nicht gespielt.

Am nächsten Morgen machte er seiner Frau Louise gegenüber eine entsprechende Bemerkung. »Mach dir da bloß nichts vor, Walter«, meinte sie. »Karen haben das Leben auf dem Campus und unsere Teeabende zu Tode gelangweilt. Wenn Allan ihr gegenüber nicht so großzügig gewesen wäre, hätte sie ihn schon lange verlassen. Weißt du, was ich glaube? Allan hatte endlich angefangen zu begreifen, was das für eine Frau war, die er geheiratet hatte. Ich wette, er hätte das nicht mehr lange mitgemacht. Diese arme Laurie Kenyon hat Karen eine einfache Fahrkarte erster Klasse nach New York ausgestellt.«

55

Opal traf pünktlich um zehn Uhr am Montagvormittag in Betsy Lyons' Büro ein, wo diese schon auf sie wartete. »Mrs. Hawkins«, sagte sie, »ich muß Ihnen leider sagen, daß ich Sie nur noch dieses eine Mal durch das Haus führen kann, machen Sie sich also bitte Notizen über alles, was Sie sich ansehen oder wonach Sie sich erkundigen wollen.«

Das paßte Opal hervorragend in den Kram, denn Bic hatte sie aufgefordert, aus der Maklerin möglichst viele Informationen über die Familie und den Fall herauszuholen.

»Diese Familie hat so viel Tragisches durchgemacht«, seufzte sie. »Wie geht es dem armen Mädchen?«

Betsy Lyons war erleichtert, daß Carla Hawkins allem Anschein nach keine Verbindung zwischen dem Haus selbst und den erschütternden Schlagzeilen über Laurie Kenyons Verhaftung herstellte, und erwies sich dafür erkenntlich, indem sie etwas weniger zurückhaltend als sonst war. »Sie können sich ja vorstellen, daß es in der ganzen Stadt keinen anderen Gesprächsstoff mehr gibt. Alle bedauern sie schrecklich. Mein Mann ist Anwalt und meint, daß wohl auf verringerte Zurechnungsfähigkeit plädiert werden wird, aber das wird nicht einfach sein. Laurie Kenyon hat sich in all den Jahren nie irgendwie seltsam oder gar geistesgestört verhalten. Doch wir sollten jetzt fahren.«

Auf der Fahrt zum Haus war Opal still. Was, wenn Lee sich plötzlich erinnerte? Aber dann würde sie sich sofort wieder an Bics Drohung erinnern.

An jenem Tag war Bic wirklich zum Fürchten gewesen. Er hatte Lee dazu gebracht, dieses alberne Huhn in ihr Herz zu schließen, und ihr sonst so trauriges Gesicht hatte sich jedesmal aufgehellt, wenn sie in den Garten ging. Sie rannte dann auf das Hühnchen zu und drückte es liebevoll an sich. Bic hatte das Schlachtermesser aus der Küchenschublade geholt und Opal zugezwinkert. »Jetzt paß auf«, hatte er gesagt.

Er war nach draußen gegangen und hatte mit dem Messer vor Lee herumgefuchtelt, die das Hühnchen erschreckt an sich gepreßt hielt. Dann hatte er es ihr weggenommen und es am Hals gepackt. Es hatte zu kreischen angefangen, und Lee, die sonst nie besonders couragiert war, hatte versucht, es Bic wegzureißen. Er hatte ihr eine so heftige Ohrfeige versetzt, daß sie umgefallen war. Als sie sich wieder hochgerappelt hatte, hatte er weit ausgeholt und dem Huhn mit einem einzigen Schnitt den Kopf abgetrennt.

Opal war selbst das Blut gestockt, als er Lee den Hühnerkadaver vor die Füße warf, wo er herumgeflattert war und sie mit Blut bespritzt hatte. Dann hatte Bic den Kopf der toten Kreatur hochgehalten und Lee die Messerspitze an den Hals gedrückt. Mit schrecklich anzuhörender Stimme und furchterregend funkelnden Augen hatte er geschworen, das würde auch ihr widerfahren, wenn sie je über ihn und Opal redete. Bic hatte recht. An jenen Tag erinnert zu werden, würde Lee entweder zum Schweigen bringen oder sie vollends in den Wahnsinn treiben.

Betsy Lyons war das Schweigen ihres Fahrgastes keineswegs unangenehm. Sie hatte die Erfahrung gemacht, daß Leute, die im Begriff waren, sich für einen Kauf zu entscheiden, ernst und nachdenklich wurden. Nur daß Carla Hawkins ihren Mann nicht wenigstens einmal zur Besichtigung mitgebracht hatte, verwunderte sie, und deshalb erkundigte sie sich danach, während sie über die Einfahrt zum Anwesen der Kenyons rollten.

»Mein Mann überläßt die Entscheidung ganz mir«, sagte Opal ruhig. »Er vertraut auf mein Urteil, weil ich genau weiß, was ihn glücklich macht.«

»Das ist ein großes Kompliment für Sie«, beeilte sich Betsy ihr zu versichern.

Sie wollte gerade den Schlüssel ins Schloß stecken, als die Tür sich öffnete. Opal war es gar nicht recht, die untersetzte Gestalt in dunklem Rock und Strickjacke zu sehen, die man ihr als die Haushälterin Sophie Perosky vorstellte. Wenn die Frau mit ihnen durch das Haus ging, würde sie vielleicht das Foto nicht loswerden.

Aber Sophie blieb in der Küche, und so war es viel einfacher, das Foto zu plazieren, als Opal erwartet hatte. Sie stellte sich in jedem Zimmer ans Fenster, um den Ausblick zu studieren. »Mein Mann hat gesagt, ich solle darauf achten, daß wir nicht zu nahe an anderen Häusern sind«, erklärte sie. In Lees Zimmer entdeckte sie auf dem Schreibtisch einen Spiralblock. Der Deckel hatte sich etwas verschoben, und man konnte darunter einen Kugelschreiber hervorlugen sehen. »Wie sind die genauen Maße dieses Zimmers?« fragte sie, während sie sich über den Schreibtisch beugte, um zum Fenster hinauszusehen.

Betsy Lyons beugte sich, ganz wie Opal das erwartet hatte, über ihre Aktentasche, um den Plan herauszuholen, und den Augenblick nutzte Opal, um den Spiralblock aufzuschlagen. Nur die ersten drei oder vier Seiten waren beschrieben. Die Worte ›Dr. Donnelly möchte, daß ich …‹ sprangen sie an. Offenbar führte Lee ein Tagebuch, und Opal hätte nur zu gern die Eintragungen gelesen.

Sie brauchte nur einen Augenblick, um das Bild aus der Tasche zu holen und es etwa zwanzig Seiten weiter in den Block zu schieben. Es handelte sich um das Foto, das Bic an jenem ersten Tag, gleich nachdem sie auf der Farm eingetroffen waren, von Lee gemacht hatte. Lee hatte in ihrem rosa Badeanzug fröstelnd vor dem großen Baum gestanden, geweint und die Arme an sich gepreßt.

Bic hatte Lees Kopf aus dem Bild geschnitten und ihn mit einer Heftklammer unten befestigt. Jetzt zeigte das Bild Lees Gesicht mit vom Weinen geschwollenen Augen und zerzaustem Haar, wie es zu ihrem kopflosen Körper hinaufstarrte.

»Es steht wirklich völlig abseits von den anderen Häusern, und man ist ganz für sich«, bemerkte Opal, als Betsy Lyons erklärte, das Zimmer sei vier mal sechs Meter groß, was für ein Schlafzimmer wirklich wunderbar sei.

56

Justin Donnelly hatte seine Termine so eingeteilt, daß er Laurie von Montag bis Freitag jeweils um zehn Uhr empfangen konnte, und hatte außerdem dafür gesorgt, daß sie Tagebuch- und Kunsttherapeuten konsultierte. Am Freitag hatte er ihr ein halbes Dutzend Bücher über Persönlichkeitsstörungen gegeben.

»Laurie«, hatte er gesagt, »ich möchte, daß Sie diese Bücher lesen und begreifen, daß die meisten Patienten, die ähnliche Probleme wie Sie haben, Frauen sind, die als Kind mißbraucht worden sind und das, was ihnen widerfahren ist, ebenso verdrängt haben, wie Sie es verdrängen. Ich glaube, daß die Persönlichkeiten, die Ihnen in jenen zwei Jahren geholfen haben, mit Ihrem Los fertig zu werden, so lange verborgen geblieben sind, bis Sie Ihre Eltern verloren haben. Jetzt sind sie mit aller Macht zurückgekehrt. Mit Hilfe dieser Bücher werden Sie erkennen, daß solche anderen Persönlichkeiten oft nur bemüht sind, Ihnen zu helfen, und nicht, Ihnen weh zu tun. Deshalb hoffe ich auch, daß Sie Ihr Bestes tun werden, um es mir zu ermöglichen, gezielt mit Ihnen zu sprechen.«

Am Montag morgen hatte Justin in seiner Praxis eine

Videokamera aufstellen lassen. Falls Sarah beschloß, vor Gericht irgendwelche Aufnahmen vorzuführen, so mußte er jeden Anschein vermeiden, als würde er Laurie Aussagen in den Mund legen.

Als Sarah und Laurie eintrafen, zeigte er ihnen die Kamera, erklärte ihnen, daß er die Sitzungen aufzeichnen würde, und sagte zu Laurie: »Ich werde sie Ihnen nach einer Weile vorspielen.« Dann hypnotisierte er sie zum erstenmal. Laurie klammerte sich an Sarahs Hand und wandte ihm gehorsam ihre ganze Aufmerksamkeit zu, lauschte seiner Stimme, als er sie drängte, sich zu entspannen, schloß die Augen, ließ sich zurücksinken und ließ ihre Hand der ihrer Schwester entgleiten.

»Wie fühlen Sie sich, Laurie?«

»Traurig.«

»Warum sind Sie traurig, Laurie?«

»Ich bin immer traurig.« Ihre Stimme klang jetzt höher, zögernd, mit der Andeutung eines Lispelns.

Sarah beobachtete, wie Laurie das Haar in die Stirn fiel, wie sich ihre Gesichtszüge aufweichten, sich veränderten, bis sie einen kindlichen Ausdruck annahmen. Sie hörte, wie Justin Donnelly sagte: »Ich glaube, ich spreche jetzt mit Debbie. Stimmt's?«

Ein scheues Nicken belohnte ihn.

»Warum bist du traurig, Debbie?«

»Ich bin manchmal böse.«

»Wie denn, Debbie?«

»Lassen Sie das Kind in Frieden! Sie weiß gar nicht wovon sie redet.«

Sarah biß sich auf die Lippe. Die zornige Stimme, die sie am Freitag gehört hatte. Doch Justin Donnelly schien überhaupt nicht beunruhigt. »Kate, sind Sie das?«

»Das wissen Sie ganz genau.«

»Kate, ich will weder Laurie noch Debbie weh tun. Denen hat man schon genug weh getan. Wenn Sie ihnen helfen wollen, warum vertrauen Sie mir dann nicht?«

Ein zorniges, bitteres Lachen und dann ein Wortschwall,

der es Sarah kalt über den Rücken laufen ließ: »Wir dürfen keinem Mann vertrauen. Sehen Sie sich doch Allan Grant an. Er hat sich Laurie gegenüber so nett gegeben, und nun sehen Sie, in was für einen Schlamassel er sie gebracht hat. Um den ist's nicht schade, denke ich.«

»Sie meinen doch nicht, Sie sind froh, daß er tot ist?«

»Ich wünschte, er wäre nie geboren worden.«

»Wollen Sie darüber reden, Kate?«

»Nein, das will ich nicht.«

»Würden Sie darüber etwas in Ihr Tagebuch schreiben?«

»Ich wollte heute morgen schreiben, aber da hatte diese dumme Göre das Buch. Die hat ja keine Ahnung von Rechtschreibung.«

»Erinnern Sie sich noch, worüber Sie schreiben wollten?«

Ein spöttisches Lachen. »Sie würde ja viel mehr interessieren, worüber ich *nicht* schreiben will.«

Als Laurie wieder im Wagen saß und nach Hause fuhr, war sie sichtlich erschöpft. Sophie hatte das Mittagessen fertig; Laurie stocherte lustlos darin herum und beschloß dann, sich hinzulegen.

Sarah setzte sich an ihren Schreibtisch und blätterte in den Zetteln, auf denen Sophie die eingegangenen Telefongespräche notiert hatte. Die Anklagejury würde sich am Montag, dem 17., mit der Anklage gegen Laurie befassen. Bis dahin waren es nur noch zwei Wochen. Wenn die Staatsanwaltschaft die Jury so schnell einberief, mußte sie überzeugt sein, bereits jetzt über triftiges Beweismaterial zu verfügen. Und das war auch der Fall.

Auf ihrem Schreibtisch hatte sich ein Stapel Post angesammelt. Sie blätterte die Umschläge durch, ohne sich die Mühe zu machen, sie zu öffnen, bis sie auf einen stieß, der an der linken oberen Ecke sorgfältig in Druckbuchstaben den Absender Thomasina Perkins trug. Das war die Kassiererin, die Laurie vor so langer Zeit in dem Restaurant entdeckt hatte. Sarah erinnerte sich noch gut an die tiefe

Dankbarkeit, die ihr Vater dieser Frau gegenüber empfunden hatte, die dann freilich im Laufe der Zeit in Unwillen umgeschlagen war, als immer wieder Briefe von ihr kamen und die Erinnerung an jenes schreckliche Ereignis immer aufs neue wachriefen. Aber daß Thomasina Perkins ihnen wohlgesonnen war, stand außer Zweifel, und sie hatte ihnen auch im September einen sehr freundlichen Brief geschrieben. Dies war vermutlich wieder eine Beileidsbezeugung. Sarah schlitzte den Umschlag auf und las das eine Blatt, das er enthielt und auf dem Thomasina Perkins auch ihre Telefonnummer angegeben hatte.

Thomasina meldete sich beim ersten Klingeln; als Sarah sich zu erkennen gab, war sie entzückt. »Oh, ich habe große Neuigkeiten«, sprudelte sie hervor. »Reverend Bobby Hawkins hat mich persönlich angerufen. Er hält nichts von Hypnose und hat mich eingeladen, am nächsten Sonntag in seiner Sendung aufzutreten. Er wird mir die Hand auflegen und darum beten, daß Gott mir den Namen jenes schrecklichen Mannes ins Ohr flüstert, der Laurie entführt hat.«

57

Reverend Bobby Hawkins verwandelte das Problem Thomasina Perkins geschickt in einen potentiellen Vorteil. Ein vertrauter Mitarbeiter wurde sofort nach Harrisburg entsandt, um festzustellen, ob nicht etwa ein neugieriger Reporter sie dazu veranlaßt hatte, den Brief zu schreiben. Außerdem wollte Bic Näheres über Thomasinas Gesundheitszustand, ganz besonders ihr Hör- und Sehvermögen, in Erfahrung bringen.

Das Ergebnis der Ermittlung war befriedigend: Thomasina trug Dreistärkengläser und hatte sich vor einiger Zeit einer Staroperation unterzogen. Ihre Beschreibung der beiden Leute, die sie mit Laurie gesehen hatte, war von Anfang an ziemlich vage gewesen.

»Sie erkennt uns ganz offensichtlich auf dem Bildschirm nicht und wird uns daher auch von Angesicht zu Angesicht nicht wiedererkennen«, erklärte Bic Opal.

Am folgenden Montag blickte Thomasina, die Hände zum Gebet gefaltet, entzückt zu Bic auf. Er legte ihr die Hände auf die Schultern. »Vor Jahren hat diese brave Frau ein Wunder herbeigeführt, als der Herr sie zu der Erkenntnis befähigte, daß ein Kind der Hilfe bedurfte. Aber der Herr hat Thomasina nicht die Fähigkeit gewährt, sich an den Namen des Schurken zu erinnern, der Laurie Kenyon begleitete. Jetzt ist Lee wieder in Not. Thomasina, ich befehle dir, zu lauschen und dich an den Namen zu erinnern, der all die Jahre in deinem Unterbewußtsein schlummerte.«

Thomasina konnte kaum ihre Fassung bewahren. Da stand sie wie eine Prominente vor der Fernsehkamera, es war einfach ihre Pflicht, dem Befehl von Reverend Bobby zu gehorchen. Sie spitzte die Ohren und hörte von irgendwo, die weichen Klänge der Orgel übertönend, ein Flüstern: »Jim ... Jim ... Jim ...«

Thomasina richtete sich auf, streckte beide Arme aus und schrie: »Der Name, den ich gesucht habe, ist Jim!«

58

Sarah hatte Justin Donnelly von Thomasina Perkins erzählt und ihm auch erklärt, weshalb sie in der ›Welle Gottes‹ auftreten wollte. Am Sonntag morgen um zehn Uhr schaltete Donnelly den Fernseher ein und beschloß im letzten Augenblick, die Sendung aufzuzeichnen.

Thomasina trat erst auf, als die Stunde schon fast zu Ende war. Und dann wurde ein ungläubiger Donnelly Zeuge von Reverend Bobbys Schauspielkunst und der Enthüllung Thomasina Perkins', daß der Name des Entführers ›Jim‹ war. Dieser Bursche behauptet, er könne

Wunder vollbringen, dabei war er nicht einmal fähig, sich Lauries Namen richtig zu merken, dachte Donnelly angewidert, als er den Fernseher abschaltete. Als Lee hat er sie bezeichnet. Trotzdem schrieb er ein Etikett, klebte es auf die Kassette und legte sie in seine Aktentasche.

Ein paar Minuten später rief Sarah an. »Bitte entschuldigen Sie, daß ich Sie zu Hause anrufe«, sagte sie, »aber ich muß Sie einfach gleich fragen, was Sie davon halten. Kann es wirklich sein, daß Miss Perkins den richtigen Namen genannt hat?«

»Nein«, sagte Donnelly entschieden und hörte, wie sie seufzte.

»Ich werde trotzdem die Polizei von Harrisburg bitten, ›Jim‹ durch die Computer zu jagen«, sagte sie. »Es könnte ja eine Akte über einen Kindsentführer namens Jim geben, der vor siebzehn Jahren aktiv war.«

»Ich fürchte, Sie vergeuden Ihre Zeit. Die Perkins hat einfach geraten. Schließlich hatte sie den allmächtigen Herrn an der Leitung, nicht wahr? Wie geht's Laurie?«

»Ganz gut.« Das klang vorsichtig.

»Hat sie die Sendung gesehen?«

»Nein, sie weigert sich entschieden, irgendwelche religiöse Musik zu hören. Außerdem gebe ich mir große Mühe, sie von alledem abzulenken. Wir werden eine Runde Golf spielen. Dafür, daß Februar ist, ist das Wetter recht angenehm.«

»Ich hatte schon immer vor, einmal mit Golf anzufangen. Ich bin sicher, daß das Ihnen beiden guttun wird. Hat Laurie in ihr Tagebuch geschrieben?«

»Sie ist im Augenblick oben und schreibt.«

»Gut. Bis morgen dann.« Donnelly legte auf und entschied, daß er die Unruhe, die ihn plagte, am besten mit einem langen Spaziergang loswerden würde; ihm wurde bewußt, daß ihm die Aussicht auf einen unverplanten Sonntag zum erstenmal, seit er in New York lebte, ausgesprochen unangenehm war.

59

Thomasina hatte gehofft, Reverend Bobby Hawkins und seine reizende Frau Carla würden sie nach der Sendung in irgendein nettes Lokal zum Mittagessen einladen und sie vielleicht ein wenig in New York herumfahren. Thomasina war seit dreißig Jahren nicht mehr in New York gewesen.

Aber dann war irgend etwas passiert. Kaum waren die Kameras abgeschaltet, flüsterte Carla Reverend Bobby etwas zu, und von dem Augenblick an wirkten die beiden beunruhigt. Sie bedankten sich hastig bei Thomasina, verabschiedeten sich von ihr und forderten sie auf, weiter zu beten. Jemand geleitete Thomasina zu dem Wagen, der sie zum Flughafen bringen würde.

Auf der Fahrt versuchte Thomasina sich mit ihrem ruhmreichen Auftritt in der Sendung zu trösten und mit dem vielen, was sie darüber zu erzählen haben würde. Vielleicht lud man sie noch einmal in die Sendung ›Guten Morgen, Harrisburg‹ ein, damit sie dort über das Wunder sprach.

Thomasina seufzte. Sie war müde. Letzte Nacht hatte sie vor lauter Aufregung kaum ein Auge zugetan, jetzt hatte sie Kopfschmerzen und wünschte sich nichts so sehnlich wie eine Tasse Tee.

Als sie am Flughafen eintraf, mußte sie noch fast zwei Stunden auf ihr Flugzeug warten, deshalb ging sie in eines der Flughafenrestaurants. Orangensaft, Cornflakes, Eier mit Speck, ein Nußhörnchen und eine Kanne Tee stellten ihr inneres Gleichgewicht wieder her. Es war wirklich ein aufregendes Erlebnis gewesen, und Reverend Bobby war ihr so gottgleich erschienen, daß ihr Schauer über den Rücken gelaufen waren, als er ihr die Hand aufgelegt und gebetet hatte.

Sie schob den leeren Teller zurück, goß sich die zweite Tasse Tee ein und dachte, während sie daran nippte, an das Wunder. Gott hatte unmittelbar zu ihr gesprochen und »Jim, Jim« gesagt.

Um nichts in aller Welt würde sie etwas bezweifeln, das ihr der Allmächtige eingegeben hatte. Und doch schämte sich Thomasina, während sie die Papierserviette in ihr Wasserglas tauchte und einen Fettspritzer von ihrem guten blauen Kleid wegtupfte, des schuldhaften Gedankens, der sich in ihr Bewußtsein gedrängt hatte: Das ist einfach nicht der Name, an den ich mich erinnere.

60

Am Montag morgen, zehn Tage nach der Beerdigung ihres Mannes, kam Karen Grant mit einem schweren Stapel Post in das Reisebüro.

Anne Webster und Connie Santini waren schon da. Sie hatten sich wieder einmal darüber ausgesprochen, daß Karen sie nicht zu dem Empfang nach der Beerdigung eingeladen hatte, obwohl sie beide deutlich gehört hatten, wie der Präsident des College Karen aufgefordert hatte, alle guten Bekannten einzuladen, die an der Zeremonie teilgenommen hatten.

Anne Webster wunderte sich immer noch darüber. »Es liegt sicher daran, daß Karen so durcheinander war.«

Connie sah es anders. Sie war überzeugt, daß Karen nicht wollte, daß irgendwelche Kollegen ihres verstorbenen Mannes sie nach dem Gang der Geschäfte fragten, weil Anne dann möglicherweise gesagt hätte, daß das Geschäft schon seit einigen Jahren miserabel lief. Connie hätte ihren letzten Dollar darauf verwettet, daß Karen im Clinton College den Eindruck vermittelt hatte, bei Global Travel handle es sich um eine der bedeutendsten Reiseagenturen des Landes.

Bei Karens Eintritt brach das Gespräch ab. Sie begrüßte sie kurz und sagte: »Der Dekan hat jemanden die Post bei mir zu Hause abholen lassen. Ein riesiger Haufen ist das, größtenteils Kondolenzkarten, nehme ich an. Ich mag sie ja nicht lesen, aber das läßt sich wohl nicht vermeiden.«

Mit einem übertriebenen Seufzen ließ sie sich an ihrem Schreibtisch nieder und griff nach einem Brieföffner. Minuten später stöhnte sie auf: »Mein Gott.«

Connie und Anne sprangen auf und eilten zu ihr. »Was ist denn? Was ist denn passiert?«

»Ruft die Polizei in Clinton an«, rief Karen erschreckt und mit kreidebleichem Gesicht. »Da ist ein Brief von Laurie Kenyon, wieder mit der Unterschrift ›Leona‹. Jetzt droht dieses verrückte Mädchen, mich umzubringen!«

61

Am Montag morgen war die Sitzung mit Laurie nicht sonderlich ergiebig. Sie war still und deprimiert und erzählte Justin nur von ihrem letzten Golfspiel. »Ich war miserabel, Dr. Donnelly. Ich konnte mich einfach nicht konzentrieren. So viele laute Gedanken.« Aber er brachte sie nicht dazu, über diese lauten Gedanken zu sprechen, und es wollte auch keine der anderen Persönlichkeiten mit ihm sprechen.

Um zwei Uhr mittags rief unerwartet Sarah an. Im Hintergrund konnte Justin Donnelly Laurie schreien hören.

Mit zitternder Stimme sagte Sarah: »Laurie hat einen hysterischen Anfall. Sie hat in den Fotoalben geblättert und ein Bild völlig zerfetzt.«

Jetzt konnte Donnelly hören, was Laurie die ganze Zeit kreischte: »Ich verspreche, daß ich es niemandem sagen werde. Das verspreche ich, ich sage es ganz bestimmt niemandem.«

»Beschreiben Sie mir den Weg zu Ihrem Haus«, sagte er schnell. »Und verpassen Sie ihr zwei Valium.«

Sophie ließ ihn ein und führte ihn die Treppe in Lauries Zimmer hinauf. Sarah saß auf dem Bett und hielt die unter Beruhigungsmitteln stehende Laurie an sich gedrückt.

Justin beugte sich über Laurie und begann sie zu untersuchen. Ihr Puls ging unregelmäßig, ihr Atem war schwach, die Pupillen waren geweitet, und die Haut fühlte sich kalt an. »Sie steht unter Schock«, sagte er leise. »Wissen Sie, was den Schock ausgelöst hat?«

»Nein. Als wir nach Hause kamen, wirkte sie ganz normal. Sie sagte, sie wolle in ihr Tagebuch schreiben. Dann hörte ich sie schreien. Ich denke, sie muß in den Alben geblättert haben, weil sie ein Bild zerfetzt hat. Die Fetzen sind über den ganzen Schreibtisch verstreut.«

»Ich möchte, daß Sie die einzelnen Stücke einsammeln«, sagte Justin. »Sehen Sie zu, daß Sie keines übersehen.« Er tippte Laurie an die Stirn. »Laurie, ich bin's, Dr. Donnelly. Ich möchte, daß Sie mit mir reden. Sagen Sie mir Ihren vollen Namen.«

Sie gab keine Antwort. Donnelly tippte noch einmal an ihre Stirn, diesmal kräftiger. »Sagen Sie mir Ihren Namen«, drängte er. Schließlich schlug Laurie die Augen auf. Ein Ausdruck der Überraschung zog über ihr Gesicht, dem Erleichterung folgte.

»Dr. Donnelly«, murmelte sie. »Wann sind Sie gekommen?«

Sarah spürte, wie die Anspannung, die sie erfaßt hatte, nachließ. Die letzte Stunde war qualvoll gewesen; das Beruhigungsmittel hatte zwar Lauries hysterischen Anfall beendet, aber die Art und Weise, wie sie sich völlig in sich zurückgezogen hatte, war noch erschreckender gewesen, und sie hatte befürchtet, Laurie könnte ihnen so weit entgleiten, daß sie den Weg zurück vielleicht nicht mehr schaffen würde.

»Ich will nicht hierbleiben«, sagte Laurie plötzlich. Sie hatte sich aufgesetzt und preßte sich schützend die Arme an den Leib. »Ich kann nicht hierbleiben. Bitte.«

»Also gut«, sagte Justin ruhig. »Gehen wir hinunter. Wir könnten alle eine Tasse Tee gebrauchen.« Er stützte Laurie, und sie gingen die Treppe hinunter, als die Glocke im Vorraum ertönte.

Sophie empfing zwei uniformierte Polizeibeamte. Sie hatten einen Haftbefehl für Laurie. Mit dem Drohbrief an Allan Grants Witwe hatte sie die Bedingungen verletzt, unter denen man ihr Haftverschonung gewährt hatte; diese war deshalb widerrufen worden.

Am Abend desselben Tages saß Sarah in Justin Donnellys Büro in der Klinik. »Wenn Sie nicht dagewesen wären, dann wäre Laurie jetzt in einer Gefängniszelle«, sagte sie. »Ich kann Ihnen gar nicht sagen, wie dankbar ich bin.«

Donnelly hatte den Richter davon überzeugt, daß Laurie unter ungeheurem psychischem Streß stand und auf stationäre fachkundige Behandlung angewiesen war, worauf der Richter seine Verfügung geändert und die Einweisung in Donnellys Klinik verfügt hatte. Auf der Fahrt von New Jersey nach New York hatte sie wie in Trance geschlafen.

Justin wählte seine Worte sorgfältig. »Ich bin froh, sie hierzuhaben; sie muß ständig überwacht werden.«

»Um sie davon abzuhalten, Drohbriefe zu verschicken?«

»Und um sie davon abzuhalten, daß sie sich etwas antut.«

Sarah stand auf. »Ich habe jetzt Ihre Zeit genügend beansprucht, Doktor. Ich komme morgen früh wieder.«

Es war inzwischen fast neun Uhr geworden. »Gleich um die Ecke gibt es ein Lokal, wo man gut ißt und schnell bedient wird«, meinte Donnelly. »Was halten Sie davon, mit mir schnell einen Happen zu essen, und dann lasse ich einen Wagen kommen, der Sie nach Hause bringt?«

Die Vorstellung, mit Justin Donnelly etwas zu essen und eine Tasse Kaffee zu trinken, statt in das leere Haus zurückzukehren, war Sarah durchaus angenehm. »Gern«, sagte sie einfach.

Laurie stand am Fenster ihres Zimmers. Das Zimmer gefiel ihr, es war nicht groß, und sie konnte es mit einem

Blick erfassen. Sie fühlte sich sicher. Das Fenster nach draußen ließ sich nicht öffnen, das hatte sie ausprobiert. Es gab noch ein Fenster nach innen, zum Korridor und der Schwesternstation. Sie hatte den Vorhang ein Stück beiseite geschoben, um nicht ganz im Dunkeln zu sein.

Was war heute passiert? Das letzte, woran sie sich erinnerte, war, daß sie am Schreibtisch gesessen und geschrieben hatte. Sie hatte umgeblättert, und dann ...

Dann war alles dunkel geworden, bis ich sah, wie Dr. Donnelly sich über mich beugte, dachte sie. Dann gingen wir die Treppe hinunter, und die Polizei kam.

Die Polizeibeamten hatten gesagt, sie hätte einen Brief an Allan Grants Frau geschrieben. Warum sollte ich ihr schreiben? fragte sich Laurie. Die haben gesagt, ich hätte sie bedroht. Das ist albern, dachte sie. Wann hätte ich den Brief denn schreiben sollen? Und wann ihn zur Post bringen?

Wenn Karen Grant in den letzten Tagen einen Drohbrief erhalten hatte, war das ein Beweis dafür, daß jemand anderer ihn abgeschickt haben mußte. Sie konnte es gar nicht erwarten, Sarah darauf hinzuweisen.

Laurie lehnte die Stirn gegen das Fenster. Es fühlte sich kühl an. Sie war jetzt müde und würde zu Bett gehen.

Sie drehte sich um, ging durchs Zimmer, legte sich ins Bett und zog die Decke hoch. Ihre Augen waren so schwer. Wie gut es doch tat, sich einfach treiben zu lassen.

62

Am Dienstag morgen fuhr Brendon Moody zum Clinton College; er wollte sich mit den Bewohnern von Lauries Wohnheim befassen.

Die Labortechniker der Staatsanwaltschaft hatten Lauries Apartment gründlich durchsucht und dann freigegeben. Für Brendon war es die erste Station.

Es wirkte völlig chaotisch: Das Bett war abgezogen, die Tür des Einbauschrankes stand offen, und die Kleider sahen aus, als hätte man sie untersucht und dann wahllos wieder auf die Bügel gehängt. Die Schubladen der Kommode standen halb offen, und der Inhalt des Schreibtisches war auf der Platte verstreut.

Die Schreibmaschine, auf der die Briefe an Allan Grant geschrieben worden waren, und das restliche Papier hatten die Ermittler mitgenommen, das wußte Moody. Er wußte auch, daß die Bettlaken und Lauries notdürftig gewaschene Kleidung sowie ein blutbeflecktes Uhrenarmband und ein Armreif konfisziert worden waren.

Was suchte er also?

Im aufgeräumten Zustand war das Apartment recht nett, das konnte man erkennen. Beige, bodenlange, geraffte Vorhänge, eine beige Überdecke auf dem Bett, eingerahmte Monet- und Manet-Drucke und ein halbes Dutzend Golftrophäen auf dem Regal über dem Bücherschrank. Auf dem Schreibtisch stand ein einziges Familienbild. Brendon studierte die Fotografie. Die Kenyons. Er hatte ihre Eltern gekannt. Diese Aufnahme mußte am Swimmingpool hinter dem Haus aufgenommen worden sein und zeigte eine ganz offenkundig glückliche und zufriedene Familie.

Versetz dich in Lauries Lage, dachte Moody. Die Familie ist zerstört, und du gibst dir dafür die Schuld. Du bist verletzbar und klammerst dich an einem Typen fest, der nett zu dir ist, ein Mann, der sowohl attraktiv als auch alt genug ist, um eine Art Vaterfigur abzugeben, und dann weist er dich ab. Und du explodierst.

Ein eindeutiger Fall. Brendon suchte herum, überprüfte, wertete aus, überlegte. Er stand vor der Wanne im Badezimmer. Man hatte Blutspuren darin gefunden. Laurie war geistesgegenwärtig genug gewesen, die Laken und ihre Kleidung zu waschen, sie zum Trockner zu tragen, sie dann zusammenzufalten und wegzulegen. Sie hatte auch versucht, ihr Uhrenarmband zu säubern. Brendon wußte sehr wohl, was der Ankläger aus solchem Beweismaterial machen konnte. Da sollte mal einer versuchen, Panik und Verwirrung zu beweisen, wenn jemand so systematisch versuchte, Spuren zu verwischen.

Als Brendon schon im Begriff war, das Zimmer zu verlassen, sah er sich noch einmal um. Er hatte absolut nichts gefunden, nichts, was sich auch nur annähernd als Entlastungsmaterial für Laurie verwenden ließ... Warum nagte dann bloß der Gedanke an ihm, daß er irgend etwas übersah?

63

Sarah konnte die ganze Nacht nicht schlafen; die Ereignisse des Tages liefen immer wieder vor ihrem inneren Auge ab: Lauries Schreie, das zerfetzte Bild, die Polizeibeamten an der Tür, der Anblick Lauries, wie sie in Handschellen weggeführt wurde, sie und Justin im Wagen hinter dem Streifenwagen. Als Sarah schließlich einschlief, dämmerte bereits der Morgen, und sie fiel in unruhigen Schlaf, in dem sie von Gerichtssälen und Schuldsprüchen träumte.

Um acht Uhr wachte sie auf, duschte, zog ein hellbraunes Kaschmirhemd an, dazupassende Hosen und dunkelbraune Stiefel und ging dann hinunter. Sophie war bereits in der Küche, und der Kaffee duftete. In einem geblümten Krug stand frischgepreßter Orangensaft auf dem Tisch, dazu ein hübsch in einer Tiffany-Schale angerichteter Salat aus Orangen, Grapefruit, Äpfeln und Melone.

Alles sieht so normal aus, dachte Sarah, gerade als würden Mama und Papa und Laurie jeden Augenblick die Treppe herunterkommen. Sie rieb sich müde die Stirn. »Gestern ist etwas passiert, ich weiß nicht was, aber Laurie hat gesagt, sie würde nie wieder eine Nacht in ihrem

Schlafzimmer verbringen. Sophie, wenn diese Frau, die sich neulich das Haus noch einmal angesehen hat, es haben will, werde ich es verkaufen.«

Der erwartete Protest blieb aus, Sophie seufzte nur: »Vielleicht hast du recht. Das ist kein glückliches Zuhause mehr.«

Daß Sophie ihr beipflichtete, war für Sarah eine Erleichterung und traf sie doch zugleich wie ein Schlag. Sie trank ihren Saft aus und schluckte an dem Kloß, der ihr in der Kehle saß. »Ich nehme nur noch Kaffee, sonst nichts.« Plötzlich kam ihr ein Gedanke. »Glaubst du, du hast den größten Teil der Schnipsel gefunden, in die Laurie gestern das Bild zerrissen hat?«

Um Sophies Lippen spielte ein triumphierendes Lächeln. »Noch viel besser: Ich habe es zusammengesetzt. Da schau, ich habe es auf einem Blatt Papier zusammengefügt, und als ich dann sicher war, daß alles stimmte, habe ich es geklebt. Das Problem ist nur, daß die einzelnen Schnipsel zu klein waren, so daß der Klebstoff sie fast zudeckt. Man kann nicht viel erkennen.«

»Aber es ist doch nur ein Bild von Laurie als Kind«, rief Sarah aus. »Das kann sie doch unmöglich so erregt haben.« Sie studierte das Bild und zuckte dann hilflos die Achseln. »Ich werde es Dr. Donnelly zeigen.«

Sophie war enttäuscht. Sie hatte so sehr gehofft, daß das zusammengeklebte Bild irgendeinen Hinweis darauf liefern würde, was Lauries hysterischen Anfall ausgelöst hatte. Dann fiel ihr etwas ein, und sie kramte in ihrer Schürzentasche. Doch die Heftklammer, die sie aus einem der Bildfetzen gelöst hatte, war nicht da, sie steckte in der Tasche des Hauskleides, das sie gestern getragen hatte. Aber eigentlich konnte sie ja nicht wichtig sein, entschied sie, als sie Sarah eine letzte Tasse Kaffee einschenkte.

64

Am Dienstag morgen hörten Bic und Opal in den Acht-Uhr-Nachrichten von Laurie Kenyons Drohbrief an Karen Grant und daß man die ihr gewährte Haftverschonung aufgehoben und sie zur Behandlung von Persönlichkeitsstörungen in eine geschlossene Klinik eingewiesen habe.

»Bic, meinst du, daß die sie dort zum Reden bringen werden?« fragte Opal nervös.

»Man wird sich sehr darum bemühen, daß sie sich an ihre Kindheit erinnert«, sagte er. »Wir müssen unbedingt wissen, was da im Gange ist. Und, Carla, ruf diese Immobilienmaklerin an.«

Betsy Lyons erwischte Sarah, als diese gerade nach New York fahren wollte. »Sarah«, sprudelte es aus ihr heraus, »ich habe gute Nachrichten für Sie! Mrs. Hawkins hat angerufen. Sie ist ganz verrückt nach dem Haus, will so bald wie möglich abschließen und ist bereit, Sie noch ein Jahr darin wohnen zu lassen. Sie bittet nur darum, gelegentlich, wenn es Ihnen angenehm ist, mit ihrem Innenarchitekten ins Haus zu dürfen. Sarah, erinnern Sie sich noch? Ich habe Ihnen gesagt, bei der augenblicklichen Marktlage müßten Sie vielleicht unter siebenhundertfünfzigtausend gehen. Meine Liebe, Sie werden es nicht glauben, aber sie hat überhaupt nicht um den Preis gefeilscht und zahlt bar.«

»Ich glaube, das ist so vorbestimmt«, sagte Sarah leise. »Ich bin froh, daß Leute das Haus bekommen werden, die es mögen. Sie können ihnen sagen, daß sie bis August einziehen können. Bis dahin sollte die Wohnung fertig sein. Mir macht es nichts aus, wenn sie mit ihrem Innenarchitekten kommen. Laurie wird im Krankenhaus sein, und wenn ich zu Hause bin, werde ich in der Bibliothek arbeiten.«

Betsy rief Carla Hawkins an. »Meine Gratulation. Alles klar. Sarah ist einverstanden, daß Sie Ihren Innenarchitekten mitbringen. Sie sagt, wenn sie zu Hause ist, wird sie in der Bibliothek arbeiten.« Jetzt wurde Betsys Tonfall vertraulich. »Sie wissen ja, sie wird ihre Schwester verteidigen. Das arme Mädchen, sie wird alle Hände voll zu tun haben.«

Bic hatte den Hörer des Zweittelefons abgenommen und das Gespräch mitgehört. Jetzt legte er lächelnd den Hörer wieder auf. »Ganz sicher werden wir zusammen sehr glücklich sein«, sagte er und wiederholte damit Betsy Lyons' letzte Worte, mit denen sie ihnen zu dem Kauf gratuliert hatte. »Mein Spezialtelefonbuch, Carla, wo ist es?«

»Hier, Bic, in dieser Schublade.« Sie reichte es ihm eilfertig. »Bic, welchen Innenarchitekten soll ich denn nehmen?«

Er seufzte. »Oh, Carla.« Dann blätterte er in dem Telefonbuch, fand den Namen, den er suchte, und wählte eine Nummer in Kentucky.

65

Sarah erinnerte sich, daß Laurie außer den Kleidern, die sie angehabt hatte, nichts mit in die Klinik genommen hatte. Zum Glück war ihr das noch rechtzeitig vor der Abfahrt eingefallen; sie ging in Lauries Zimmer und packte mit Sophies Hilfe einen Koffer.

In der Klinik untersuchte eine Schwester den Kofferinhalt und legte einen Ledergürtel und Turnschuhe mit Schnürsenkeln beiseite. »Eine reine Vorsichtsmaßnahme«, sagte sie.

»Sie glauben alle, daß sie selbstmordgefährdet ist«, meinte Sarah ein paar Minuten später zu Justin und wich seinem verständnisvollen Blick aus. Sie wußte, daß sie alles vertragen konnte, nur kein Mitleid.

»Sarah, ich habe Ihnen gestern gesagt, daß Laurie deprimiert und höchst zerbrechlich ist. Aber eines kann ich

Ihnen versprechen – und darauf gründet unsere ganze Hoffnung: Sie will Ihnen um keinen Preis weh tun. Sie wird alles tun, um das zu verhindern.«

»Ist ihr klar, daß sie mir damit am meisten weh tun würde, wenn sie sich selbst etwas antäte?«

»Ja, ich glaube, das weiß sie, und ich meine auch, daß sie langsam anfängt, mir zu vertrauen. Konnten Sie übrigens herausfinden, was sie gestern zerfetzt hat?«

»Sophie hat das Bild wieder zusammengesetzt.« Sarah holte die zusammengeklebte Fotografie aus ihrer Handtasche und zeigte sie ihm. »Ich verstehe nicht, warum dieses Bild sie so durcheinandergebracht hat«, sagte sie. »Es ähnelt einer ganzen Menge anderer Bilder in dem Album und auch sonst im Haus.«

Justin Donnelly studierte das Foto. »Bei all den Knicken und dem Klebstoff kann man nicht viel erkennen. Ich werde Laurie hereinrufen lassen.«

Laurie trug Kleidung, die Sarah mitgebracht hatte: Jeans und einen blauen Pullover. Das Haar fiel ihr lose über die Schultern, sie hatte kein Make-up aufgelegt und sah etwa wie sechzehn aus. Als sie Sarah sah, lief sie auf sie zu, und die Schwestern umarmten sich. Während Sarah ihr das Haar aus dem Gesicht strich, dachte sie: Wenn wir in die Verhandlung gehen, wird sie ganz genauso aussehen. Jung. Verletzbar.

Der Gedanke half ihr, sich in den Griff zu bekommen, und sie erkannte, daß ihre eigenen Gefühle dann gut unter Kontrolle waren, wenn sie sich auf Lauries Verteidigung konzentrierte.

Laurie setzte sich in einen der Armsessel.

»Ich wette, Sie haben gedacht, Sie würden sie jetzt dazu bringen, sich hinzulegen.« Das war wieder die schrille Stimme.

»Ich denke, jetzt spricht Kate, nicht wahr?« fragte Justin freundlich.

Das Aussehen einer Sechzehnjährigen war verflogen. Lauries Gesicht hatte einen harten Ausdruck angenommen. Nein, es war fester geworden, ausgeprägter, dachte Sarah. Sie wirkt älter.

»Ja, es ist Kate. Und ich möchte Ihnen dafür danken, daß Sie es geschafft haben, diesen Jammerlappen gestern vor dem Gefängnis zu bewahren. Ich habe neulich versucht, sie davon abzuhalten, diesen verrückten Brief an Allans Frau zu schreiben, aber sie wollte nicht auf mich hören. Und jetzt sehen Sie, was passiert ist.«

»Laurie hat den Brief geschrieben?« fragte Justin.

»Nein, das war Leona. Der Jammerlappen hätte einen Beileidsbrief geschrieben, und das wäre genauso schlimm gewesen. Ich schwör's, ich kann sie nicht ertragen und die anderen beiden auch nicht! Die eine schmachtet die ganze Zeit nach Allan Grant, und die andere, das kleine Kind, heult immer. Wenn sie nicht bald den Mund hält, drehe ich ihr den Hals um.«

Sarah konnte den Blick nicht von Laurie wenden. Diese andere Persönlichkeit, die sich Kate nannte, bewohnte Lauries Körper, lenkte Lauries Handlungen oder versuchte zumindest, sie zu lenken. Wenn sie im Zeugenstand mit solcher Arroganz auftrat und mit diesem Gehabe, mit dem sie andere Menschen einzuschüchtern versuchte, würde keine Jury Laurie jemals freisprechen.

»Wissen Sie, ich habe die Videokamera noch nicht eingeschaltet«, meinte Justin. »Sie sind heute morgen mächtig schnell rausgekommen. Ist es Ihnen recht, wenn ich sie jetzt einschalte?«

Ein Achselzucken. »Nur zu, Sie tun's ja ohnehin.«

»Kate, Laurie hat sich gestern schrecklich aufgeregt nicht wahr?«

»Das wissen Sie doch. Sie waren ja selbst dabei.«

»Ich kam erst dazu, nachdem sie sich aufgeregt hatte. Ich hatte mich nur gefragt, ob Sie mir vielleicht sagen können, was die Aufregung ausgelöst hat.«

»Darüber zu sprechen ist verboten.«

Donnelly schien das kalt zu lassen. »Na schön, dann

reden wir eben nicht darüber. Könnten Sie mir zeigen, was Laurie tat, als sie sich aufregte?«

»Kommt nicht in Frage.« Sie drehte den Kopf zur Seite. »Hör doch mit dem Schniefen auf.«

»Weint Debbie?« fragte Justin.

»Wer denn sonst?«

»Das weiß ich nicht. Wie viele sind Sie denn?«

»Nicht viele. Ein paar von den anderen sind weggegangen, als Laurie wieder zu Hause war. Zum Glück. Es fing an, eng zu werden. Du sollst aufhören, habe ich gesagt.«

»Kate, wenn ich mit Debbie reden könnte, finde ich vielleicht heraus, was sie plagt.«

»Nur zu. Ich komme mit der ohnehin auf keinen grünen Zweig.«

»Debbie, bitte, du brauchst keine Angst zu haben. Ich verspreche dir, niemand wird dir weh tun. Sprich doch wieder mit mir, ja?« Justin Donnellys Stimme klang sanft und einschmeichelnd.

Der Wechsel vollzog sich blitzartig. Das Haar fiel nach vorn, die Gesichtszüge glätteten sich, die Lippen schürzten sich, fingen zu beben an, die Hände verschränkten sich im Schoß, die Beine baumelten. Tränen strömten ihr über die Wangen.

»Tag, Debbie«, sagte Justin. »Du hast heute schon 'ne Menge geweint, was?«

Sie nickte heftig.

»Ist gestern etwas mit dir passiert?«

Sie nickte zustimmend.

»Debbie, du weißt doch, daß ich dich mag. Du weißt auch, daß ich aufpasse, daß dir nichts geschieht. Glaubst du, du kannst mir vertrauen?«

Ein vorsichtiges Nicken.

»Kannst du mir dann sagen, was dir angst gemacht hat?«

Sie schüttelte den Kopf.

»Du kannst es mir nicht sagen. Dann kannst du es mir

vielleicht zeigen. Warst du dabei, ins Tagebuch zu schreiben?«

»Nein. Laurie hat geschrieben.« Die Stimme klang weich wie die eines Kindes und traurig.

»Laurie hat geschrieben, aber du hast mitgekriegt, was sie schrieb, oder?«

»Nicht alles. Ich habe gerade mit Lesen lernen angefangen.«

»Also schön, dann zeig mir, was Laurie gemacht hat.«

Sie griff nach einem imaginären Stift, machte eine Bewegung, wie wenn man ein Buch aufschlägt, und begann in der Luft zu schreiben. Sie zögerte, hob den Stift, als dächte sie nach, sah sich um, und dann senkte sich ihre Hand, um umzublättern.

Ihre Augen weiteten sich, ihr Mund öffnete sich in einem lautlosen Schrei. Sie sprang auf, warf das Buch weg und begann mit schreckverzerrtem Gesicht mit beiden Händen etwas zu zerreißen.

Dann hielt sie plötzlich inne, ließ die Hände sinken und schrie: »Debbie, geh weg! Hören Sie, Doktor, mag sein, daß ich die kleine Göre leid bin, aber ich kümmere mich um sie. Verbrennen Sie das Bild, haben Sie verstanden? Sorgen Sie ja dafür, daß sie es nicht wieder sieht.«

Kate hatte erneut die Führung übernommen.

Am Ende der Sitzung kam eine Helferin, um Laurie abzuholen. »Kannst du später noch einmal kommen?« bettelte Laurie, als Sarah sich zum Gehen anschickte.

»Ja. Dr. Donnelly muß mir nur sagen, wann es paßt.«

Als Laurie gegangen war, reichte Justin Sarah das Foto. »Sehen Sie irgend etwas auf dem Bild, das ihr angst machen könnte?«

Sarah studierte das Bild aufmerksam. »Bei all den Sprüngen und dem eingetrockneten Klebstoff kann man nicht viel sehen, nur daß sie friert, da sie sich die Arme an den Leib preßt. Auf dem Bild mit mir, das wir in der Bibliothek haben, trägt sie denselben Badeanzug. Die Aufnahme ist ein paar Tage vor ihrer Entführung gemacht worden. Das ist sogar der Badeanzug, den sie anhatte, als man sie entführte. Meinen Sie, daß das ihre Angst ausgelöst hat?«

»Das ist durchaus möglich.« Dr. Donnelly legte das Foto in den Aktendeckel zurück. »Wir werden sie heute laufend beschäftigen. Am Vormittag hat sie Kunsttherapie und am Nachmittag eine Tagebuchsitzung. Sie lehnt es immer noch ab, irgendwelche standardisierten Tests zu machen. Ich werde für sie in den Pausen zwischen den anderen Patienten zur Verfügung stehen, und hoffe, daß die Zeit kommt, wo sie auch ohne Ihre Anwesenheit bereit ist, mit mir zu sprechen. Dazu wird es sicher kommen.«

Sarah stand auf. »Um welche Zeit soll ich wiederkommen?«

»Gleich nachdem sie zu Abend gegessen hat. Wäre Ihnen sechs Uhr recht?«

»Selbstverständlich.« Während Sarah hinausging, überlegte sie, daß es jetzt beinahe Mittag war und sie mit etwas Glück um eins zu Hause sein würde. Sie würde dann um halb fünf wieder abfahren müssen, um nicht in den schlimmsten Stoßverkehr hineinzugeraten. So hatte sie immerhin noch dreieinhalb Stunden am Schreibtisch zur Verfügung.

Justin begleitete sie bis in sein Vorzimmer und sah ihr dann nach. Sie ging hochaufgerichtet, die Schultertasche umgehängt, mit erhobenem Kopf. Kopf hoch, Mädchen, dachte er. Und dann sah er, wie sie beide Hände in die Taschen steckte, als suchte sie Wärme und Schutz vor einem eisigen Hauch, den nur sie spüren konnte.

VIERTER TEIL

66

Am Freitag, dem 17. September, trat die Jury zusammen. Sie brauchte nicht lange, um gegen Laurie wegen wissentlichen und vorbedachten Mordes an Allan Grant Anklage zu erheben. Als Termin für die Verhandlung wurde der 5. Oktober festgesetzt.

Am darauffolgenden Tag traf sich Sarah mit Brendon Moody.

»Ich komme in Clinton nicht recht weiter, Sarah.« Er holte seine Notizen heraus. »Die beste und vielleicht auch gefährlichste Zeugin ist Susan Grimes, die auf der anderen Seite des Korridors von Laurie wohnt. Das ist das Mädchen, das Sie ein paarmal angerufen haben. Seit Oktober ist ihr aufgefallen, daß Laurie regelmäßig abends zwischen acht und neun Uhr ausgegangen und meist gegen elf oder später wieder zurückgekommen ist. Sie sagte, Laurie hätte dann immer ganz anders ausgesehen, mit viel Make-up, einer wilden Frisur und die Jeans in hochhackige Stiefel gesteckt, also recht sexy und ganz und gar nicht so, wie sie sonst wirkt. Sie dachte immer, Laurie würde sich mit irgendeinem Typen treffen.«

»Gibt es irgendwelche Hinweise darauf, daß sie tatsächlich mit Allan Grant zusammen war?«

»Aus einigen der Briefe, die sie ihm geschrieben hat, kann man Daten der Rendezvous herauslesen, aber die passen nicht«, erklärte Moody und zog seinen Notizblock heraus. »Am sechzehnten November schrieb Laurie, wie schön es in der vorangegangenen Nacht in Allans Armen gewesen sei. Die vorangegangene Nacht war Freitag, der fünfzehnte November: Allan und Karen haben an jenem Abend gemeinsam an einer Veranstaltung der Fakultät teilgenommen. Dieselbe Fantasievorstellung für den zweiten, zwölften und vierzehnten Dezember sowie den sechsten und elften Januar. Ich könnte so bis zum achtundzwanzigsten Januar fortfahren. Ich hatte gehofft, beweisen zu können, daß Allan Grant ihr Avancen gemacht hatte. Wir wissen zwar, daß sie sich um sein Haus herumgetrieben hat, haben aber nicht den Funken eines Beweises dafür, daß er davon gewußt hat. Tatsächlich spricht sogar alles dagegen.«

»Dann wollen Sie damit sagen, daß sich das alles nur in Lauries Fantasie abgespielt hat und wir nicht einmal andeutungsweise behaupten können, Grant hätte ihre Verzweiflung ausgenutzt?«

»Es gibt da jemanden, den ich noch aushorchen möchte, eine Lehrerin, die eine Zeitlang beurlaubt war. Sie heißt Vera West, und mir sind da einige Gerüchte über sie und Grant zu Ohren gekommen.«

Sarah wußte, worauf Brendon Moody hinauswollte: Wenn sich Laurie all die Begegnungen mit Allan Grant nur eingebildet hatte, wenn Allan in Abwesenheit seiner Frau eine Affäre mit einer anderen Frau angefangen und Laurie davon erfahren hatte, dann unterstützte das die Behauptung der Anklage, daß sie ihn in einem Eifersuchtsanfall getötet hatte. »Wann werden Sie Vera West befragen?« wollte sie wissen.

»Bald, hoffe ich.«

Sarah erhob sich. »Ich fahre jetzt besser zurück. Ich werde mich mit den Leuten treffen, die unser Haus kaufen wollen. Stellen Sie sich vor, diese Mrs. Hawkins, die sich für das Haus interessiert, ist niemand anderes als die Frau von Reverend Bobby Hawkins.«

»Wer ist das?« fragte Brendon.

»Der neue Prediger in der Fernsehsendung ›Die Welle Gottes‹. Derjenige, der Miss Perkins die Hand aufgelegt hat und sie so dazu brachte, sich an den Namen des Mannes zu erinnern – Jim –, mit dem Laurie vor Jahren in dem Schnellimbiß war.«

»Oh, der ist das. Was für ein Scharlatan. Wie kommt es, daß gerade er Ihr Haus kauft? Was für ein Zufall, wo er doch auch mit dieser Perkins zu tun hatte.«

»Eigentlich nicht. Seine Frau hatte sich schon vorher für das Haus interessiert. Die Perkins hat ihm geschrieben, nicht etwa andersrum. Haben wir von der Polizei von Harrisburg schon etwas über ›Jim‹ erfahren?«

Brendon Moody hatte gehofft, daß Sarah ihm diese Frage nicht stellen würde, und wählte deshalb jetzt seine Worte sehr sorgfältig, als er meinte: »Ja, Sarah, das haben wir tatsächlich. Es gab da einen Jim Brown aus Harrisburg, der dafür bekannt war, daß er Kinder mißbrauchte. Sein Strafregister ist ellenlang, und er war auch in der Gegend, als man Laurie in dem Schnellimbiß entdeckte. Man hat Miss Perkins damals ein Foto von ihm vorgelegt, aber sie konnte ihn nicht identifizieren. Man hatte ihn zum Verhör laden wollen, aber er ist nach Lauries Auffindung spurlos verschwunden.«

»Und nie wieder aufgetaucht?«

»Er ist vor sechs Jahren in Seattle im Gefängnis verstorben.«

»Weshalb saß er ein?«

»Wegen Entführung und sexueller Mißhandlung eines fünfjährigen Mädchens. Sie hat bei seinem Prozeß über die zwei Monate, die sie in seiner Gewalt war, ausgesagt. Ich habe die Aussage gelesen. Ein intelligentes kleines Mädchen, hat ziemlich schreckliche Dinge ausgesagt. Alle Zeitungen haben damals darüber geschrieben.«

»Das heißt also, daß uns das, selbst wenn er der Entführer Lauries war, nichts nützen wird. Wenn es Dr. Donnelly gelingt, Laurie zu jenen zwei Jahren, die in ihrem Gedächtnis fehlen, Zugang zu verschaffen, und sie sich dann an ihn erinnert und beschreiben kann, was er ihr angetan hat, würde der Staatsanwalt die Zeitungen aus Seattle vorlegen und behaupten, sie würde jenen Fall nachplappern.«

»Wir wissen nicht, ob dieser Bursche überhaupt etwas mit Laurie zu tun hatte«, meinte Moody. »Aber Sie haben natürlich recht: Wenn es so war, würde es, ganz gleich, woran Laurie sich erinnert, nach einer Lüge klingen.«

Keiner von beiden sprach den Gedanken aus, der sie quälte. So wie die Dinge liefen, würden sie möglicherweise den Staatsanwalt bitten müssen, bezüglich Laurie eine Absprache dahingehend zu treffen; gegen ein Geständnis vor Gericht ein milderes Strafmaß zu erwirken. Sollte sich das als nötig erweisen, bedeutete das, daß Laurie Ende des Sommers im Gefängnis sein würde.

67

Bic und Opal fuhren mit Betsy Lyons zum Haus der Kenyons. Sie hatten sich beide bewußt konservativ gekleidet: Bic trug einen grauen Anzug mit Nadelstreifen und ein weißes Hemd mit blaugrauer Krawatte. Zu seinem dunkelgrauen Mantel hatte er graue Nappalederhandschuhe gewählt.

Opal hatte sich gerade bei Elizabeth Arden das Haar heller tönen lassen und sich eine neue Frisur zugelegt. Ihr graues Wollkleid war am Kragen und an den Aufschlägen mit Samt besetzt. Darüber trug sie einen schwarzen, enganliegenden Mantel mit einem schmalen Zobelkragen. Die Schuhe und die Handtasche, die sie bei Gucci gekauft hatte, waren aus schwarzem Eidechsenleder.

Bic saß vorn neben Betsy, die während der Fahrt im Plauderton immer wieder auf verschiedene interessante Gebäude in der Ortschaft hinwies und dabei gelegentlich Bic von der Seite musterte. Als eine Kollegin sie gefragt hatte: »Betsy, wissen Sie eigentlich, wer der Mann ist?« war sie verblüfft gewesen.

Sie wußte, daß er mit dem Fernsehen zu tun hatte, war sich aber nicht darüber klargewesen, daß er seine eigene

Sendung hatte. Für sie war Reverend Hawkins ein höchst attraktiver, charismatischer Mann. Er sprach jetzt von seinem Umzug nach New York.

»Als ich von der ›Welle Gottes‹ in das Predigeramt berufen wurde, wußte ich sofort, daß ich nicht in New York selbst wohnen wollte. Ich bin einfach kein Stadtmensch. Die undankbare Aufgabe, ein Haus zu suchen, fiel Carla zu. Sie ist immer wieder auf dieses Haus in Ridgewood zurückgekommen, obwohl ich ehrlich besorgt war, das Haus könne für immer vom Markt genommen werden.«

Das habe ich auch befürchtet, dachte Betsy Lyons. »Die Mädchen werden in einer kleineren Wohnung glücklicher sein«, vertraute sie ihm an. »Sehen Sie, das ist jetzt die Straße. Man fährt die Lincoln Avenue hinunter, vorbei an all diesen wunderschönen Häusern, und dann macht die Straße hier eine Biegung, und dann kommt die Twin Oaks Road.«

Als sie in die Twin Oaks Road einbogen, spulte sie die Namen der Nachbarn ab. »Ihm gehört die Williams Bank. Die Kimballs wohnen in diesem Haus im Tudorstil. Das hier ist Courtney Meiers, die Schauspielerin.«

Auf dem Rücksitz zerknüllte Opal nervös ihre Handschuhe. Jedesmal, wenn sie nach Ridgewood kamen, hatte sie das Gefühl, sich auf dünnem Eis zu bewegen und immer näher an den Punkt zu gelangen, wo es unter ihnen einbrechen würde.

Sarah erwartete sie. Eine attraktive Frau, entschied Opal, als sie sie zum erstenmal aus der Nähe sah. Je älter sie wird, desto besser wird sie aussehen. Bic hätte sie als kleines Kind nicht beachtet. Opal wünschte, Lee hätte nicht blondes, hüftlanges Haar gehabt. Sie wünschte, Lee wäre an jenem Tag nicht an der Straße gestanden.

Mrs. Hawkins wirkte trotz ihrer modischen Kleidung und Frisur irgendwie verhuscht, dachte Sarah. Vielleicht lag das daran, daß Reverend Bobby Hawkins eine magnetische Ausstrahlung hatte, die den ganzen Raum erfüllte und alle darin vorhandene Energie für sich zu beanspruchen schien. Er kam sofort auf Laurie zu sprechen.

»Ich weiß nicht, ob Ihnen bekannt ist, daß wir in unserer Sendung darum gebetet haben, daß der Name des Entführers Ihrer Schwester einer Miss Thomasina Perkins wieder ins Gedächtnis zurückgerufen werden möge.«

»Ich habe die Sendung gesehen«, erklärte Sarah.

»Haben Sie herauszufinden versucht, ob es irgendeine Verbindung zu dem Namen Jim gibt? Der Herr geht manchmal seltsame Wege, manchmal sind diese Wege direkt und manchmal nicht.«

»Es gibt nichts, was wir bei der Verteidigung meiner Schwester nicht überprüfen«, erwiderte Sarah kurzangebunden.

Reverend Hawkins verstand den Fingerzeig und wechselte das Thema. »Ein herrlicher Raum ist das«, sagte er und sah sich in der Bibliothek um. »Aber ich will Ihre Zeit nicht länger beanspruchen. Wenn wir ein letztes Mal mit Mrs. Lyons durch das Haus gehen dürfen? Dann kann mein Anwalt mit Ihrem Anwalt wegen des Kaufvertrages Verbindung aufnehmen ...«

Betsy Lyons führte die beiden nach oben, und Sarah wandte sich wieder ihrer Arbeit zu, ordnete die Notizen, die sie aus der Gerichtsbibliothek mitgebracht hatte.

Reverend Hawkins erklärte nach der Besichtigung, er würde gern so bald wie möglich seinen Architekten ins Haus bringen, aber natürlich nicht, solange Sarah in der Bibliothek arbeitete. Was eine gute Zeit wäre?

»Morgen oder übermorgen zwischen neun und zwölf oder am späten Nachmittag«, erklärte Sarah.

»Dann morgen vormittag.«

Als Sarah am nächsten Nachmittag aus der Klinik zurückkam und in die Bibliothek ging, konnte sie nicht ahnen, daß von nun an jedes Wort, das in dem Raum gesprochen wurde, modernste stimmgesteuerte Geräte einschalten und von einem im Wandschrank des Gästezimmers verborgenen Tonbandgerät aufgezeichnet werden würde.

68

Mitte März fuhr Karen Grant nach Clinton, das letztemal, wie sie hoffte. In den Wochen, die seit Allans Tod vergangen waren, hatte sie die Samstage damit verbracht, das, was sich in sechs Jahren Ehe in dem Haus angesammelt hatte, zu durchforsten und die Möbelstücke auszuwählen, die sie nach New York mitnehmen wollte. Allans Wagen hatte sie verkauft und einen Immobilienmakler mit dem Verkauf des Hauses betraut. Heute würde in der Kapelle auf dem Campus ein Gedächtnisgottesdienst für Allan abgehalten werden.

Morgen würde sie für vier Tage nach St. Thomas reisen. Der Tapetenwechsel würde ihr guttun. Bei dem Gedanken, daß auch Edwin mit dabeisein würde, beschleunigte sich ihr Puls, und sie lächelte. Nur noch bis zum Herbst, dann würden sie sich nicht mehr zu verstecken brauchen.

Der Gedächtnisgottesdienst war fast so schlimm wie die Beerdigung. Die Lobrede auf Allan überwältigte sie, und Karen hörte sich schluchzen. Louise Larkin, die neben ihr saß, legte den Arm um sie. »Wenn er nur auf mich gehört hätte«, flüsterte Karen Louise zu. »Ich habe ihn gewarnt, daß dieses Mädchen gefährlich sei.«

Nach dem Gottesdienst gab es einen Empfang bei den Larkins zu Hause, zu dem nicht nur Angehörige der Fakultät und der Verwaltung, sondern auch ein Dutzend Studenten und Studentinnen eingeladen worden waren. Einige von ihnen ergingen sich in Beileidsbezeugungen, andere erzählten Anekdoten über Allan. Karens Augen wurden feucht, wenn sie ihren Gesprächspartnern sagte, daß Allan ihr jeden Tag mehr fehlte.

Auf der anderen Seite des Raumes nippte Vera West, das jüngste Mitglied der Fakultät, an einem Glas Weißwein. Ihr rundes, freundliches Gesicht war von kurzen braunen Naturlocken eingerahmt. Eine getönte Brille, die sie eigentlich gar nicht brauchte, verbarg ihre nußbraunen Augen, aber sie hatte Angst, daß ihr Ausdruck sie verraten könnte. Wieder nippte sie an ihrem Wein und versuchte, die Erinnerung an eine Fakultätsparty vor ein paar Monaten zu verdrängen, wo Allan, nicht seine Frau, auf der anderen Seite des Raumes gestanden hatte. Vera hatte gehofft, daß ihre krankheitsbedingte Abwesenheit ihr die Zeit geben würde, die sie brauchte, um ihre Gefühle in den Griff zu bekommen – Gefühle, die niemand bei ihr vermuten durfte. Während sie die Haarsträhne, die ihr immer wieder in die Stirn fiel, zurückschob, dachte sie an den Vers eines Dichters aus dem 19. Jahrhundert: »Kummer, der sich nie in Worte kleidet, ist die schwerste Last, die Menschen tragen müssen.«

Louise Larkin trat neben sie. »Schön, daß Sie wieder zurück sind, Vera. Sie haben uns gefehlt. Wie fühlen Sie sich?« Ihre Augen musterten sie prüfend.

»Viel besser, vielen Dank.« Nach Allans Beerdigung hatte Vera sich in ihr Haus in Cape Cod geflüchtet. Eine schwere Grippe war der Vorwand gewesen, den sie am Telefon dem Dekan gegenüber gebraucht hatte.

»Für jemanden, der einen so schrecklichen Verlust erlitten hat, sieht Karen wirklich großartig aus, finden Sie nicht, Vera?«

Vera hob das Glas an die Lippen und sagte dann ruhig: »Karen ist eine wunderschöne Frau.«

»Wenn ich eine Fremde wäre und müßte raten, wer von Ihnen beiden den Verlust eines lieben Menschen betrauert, würde ich auf Sie tippen. Sie wirken furchtbar mitgenommen.« Louise Larkin drückte Veras Hand und lächelte mitfühlend.

69

Laurie erwachte von leisen Stimmen auf dem Korridor. Es war ein beruhigendes Geräusch, und sie hörte es jetzt seit drei Monaten. Februar. März. April. Jetzt war Anfang Mai. Draußen, bevor sie hierhergekommen war, ob es nun auf der Straße, auf dem Campus oder selbst zu Hause war, hatte sie sich immer gefühlt, als befände sie sich im freien Fall, ohne anhalten zu können. Hier in der Klinik hatte sie das Gefühl, die Zeit wäre für sie stehengeblieben und hätte ihren Sturz verlangsamt. Sie war dankbar für den Aufschub, wenn sie auch wußte, daß am Ende niemand sie würde retten können.

Langsam setzte sie sich auf und zog die Knie ans Kinn. Dies war einer der besten Augenblicke des Tages, wenn sie aufwachte und wußte, daß nicht der Messertraum sie aus dem Schlaf gerissen hatte und daß, was immer sie bedrohte, in Schach gehalten wurde.

Sie sollte solche Gedanken in ihr Tagebuch schreiben, also griff sie nach ihrem Spiralblock und dem Stift auf dem Nachttischchen. Sie hatte noch Zeit, ein paar Worte hinzukritzeln, ehe sie sich anzog und frühstücken ging. Sie schob die Kissen hoch, lehnte sich zurück und schlug das Buch auf.

Da waren ein paar Seiten vollgeschrieben, die gestern abend noch nicht dagewesen waren. Eine Kinderhandschrift hatte immer wieder geschrieben: ›Ich will meine Mama. Ich will nach Hause.‹

Später, als sie mit Sarah Dr. Justin Donnelly gegenübersaß, musterte Laurie den Arzt eingehend, während er in ihrem Tagebuch las. Ein so großer Mann, dachte sie, mit so breiten Schultern, so ausgeprägten Gesichtszügen und dieser schwarzen Mähne. Sie mochte seine Augen, die von intensivem, dunklem Blau waren. Normalerweise mochte sie Schnurrbärte nicht, aber seiner paßte zu ihm, ganz besonders über seinen ebenmäßigen weißen Zähnen. Seine

Hände mochte sie auch. Breit, aber mit langen Fingern. Gebräunt, aber kaum behaart. Komisch, daß sie behaarte Hände oder Arme an einem Mann nicht leiden konnte. Sie hörte sich das sagen.

Donnelly blickte auf. »Laurie?«

Sie zuckte die Achseln. »Ich weiß nicht, warum ich das gesagt habe.«

»Würden Sie es bitte wiederholen?«

»Ich habe gesagt, ich kann behaarte Hände und Arme an einem Mann nicht leiden.«

»Warum glauben Sie wohl, daß Ihnen das gerade jetzt in den Sinn gekommen ist?«

»Darauf wird sie nicht antworten.«

Sarah erkannte Kates Stimme inzwischen sofort.

»Jetzt machen Sie mal Pause, Kate«, sagte Donnelly locker. »Sie können Laurie nicht ständig unter Druck setzen. Sie will mit mir reden. Oder vielleicht auch Debbie. Ich glaube, Debbie war es, die letzte Nacht ins Tagebuch geschrieben hat. Es sieht nach ihrer Schrift aus.«

»Nun, die meine ist es sicherlich nicht.« In den letzten drei Monaten war Kates Tonfall weniger schrill geworden. Zwischen Justin und jener anderen Persönlichkeit, die Laurie beherbergte und die Kate hieß, hatte sich ein gewisses vorsichtiges Einvernehmen entwickelt.

»Kann ich jetzt mit Debbie sprechen?«

»Na ja, meinetwegen, aber daß sie mir nicht wieder zu weinen anfängt. Mich macht das Geschniefe ganz krank.«

»Kate, das glaubt Ihnen keiner«, sagte Justin. »Sie beschützen Debbie, und Laurie und ich wissen das beide. Aber Sie müssen sich von mir helfen lassen. Für Sie ist das zu schwierig.«

Das Haar, das ihr in die Stirn fiel, war das übliche Signal. Sarah zerriß es das Herz, das verängstigte Kind zu hören, das sich Debbie nannte. Waren jene zwei Jahre, die Laurie in der Gewalt der Entführer verbracht hatte, gleichbedeutend mit Weinen, Angst und Sehnsucht nach den Menschen, die sie liebte?

»Tag, Debbie«, sagte Justin. »Wie geht's unserem großen Mädchen heute?«

»Besser, vielen Dank.«

»Debbie, ich bin so froh, daß du wieder angefangen hast, in das Tagebuch zu schreiben. Weißt du, warum du letzte Nacht geschrieben hast?«

»Ich wußte, daß das Buch leer war. Ich habe es zuerst geschüttelt.«

»Du hast das Buch geschüttelt? Was hast du denn geglaubt, das du finden würdest?«

»Ich weiß nicht.«

»Was hast du denn befürchtet, das du finden würdest, Debbie?«

»Bilder«, wisperte sie. »Ich muß jetzt gehen. Die suchen mich.«

»Wer? Wer sucht dich?«

Aber sie war nicht mehr da.

Ein träges Lächeln. Laurie hatte die Beine übereinandergeschlagen und sich in den Sessel sinken lassen. Mit einer bewußt provozierenden Geste strich sie sich mit der Hand durchs Haar.

»Da geht sie hin und versucht sich zu verstecken und hofft, daß die sie nicht finden.«

Sarah fuhr zusammen. Das war Leona, die die Briefe an Allan Grant geschrieben hatte. Dies war die verschmähte Frau, die ihn getötet hatte. In den letzten drei Monaten war sie nur zweimal herausgekommen.

»Tag, Leona.« Justin lehnte sich über den Schreibtisch, gab sich so, als widme er einer attraktiven Frau schmeichelhafte Aufmerksamkeit. »Ich hatte gehofft, daß Sie uns besuchen würden.«

»Nun, man muß ja schließlich leben. Man kann nicht die ganze Zeit Trübsal blasen. Haben Sie 'ne Zigarette?«

»Na klar.« Er griff in die Schublade, hielt ihr das Päckchen hin und gab ihr Feuer. »Haben Sie denn Trübsal geblasen, Leona?«

Sie zuckte die Achseln. »Oh, Sie wissen doch, wie es ist.

Ich war ganz schön wild auf Professor Grant. Aber jetzt ist's vorbei. Er tut mir ja leid, aber so etwas passiert eben.«

»Was denn?«

»Ich meine, daß er mich an den Seelenklempner und den Dekan verpetzt hat.«

»Dafür waren Sie ihm böse, nicht wahr?«

»Und ob ich das war. Laurie übrigens auch, aber aus anderen Gründen. Sie hat wirklich einen klasse Auftritt hingelegt, als sie ihn sich auf dem Flur vorgeknöpft hat.«

Ich muß mich mit dem Richter arrangieren, dachte Sarah. Wenn im Zeugenstand diese Persönlichkeit herauskam, ohne einen Funken Bedauern über Allan Grants Tod...

»Sie wissen, daß Allan tot ist...«

»Oh, daran habe ich mich jetzt gewöhnt. Obwohl es natürlich ein Schock war!«

»Wissen Sie, wie er gestorben ist?«

»Na klar. Unser Küchenmesser.« Jetzt begann ihre prahlerische Fassade zu bröckeln. »Ich wünschte, ich hätte es in meinem Zimmer gelassen, als ich ihn in jener Nacht aufsuchte. Wissen Sie, ich war wirklich verrückt nach ihm.«

70

In den drei Monaten zwischen Anfang Februar und Ende April hatte Brendon Moody das Clinton College einige Male besucht. Er war dort zu einer vertrauten Gestalt geworden, hatte mit den Studenten im Ratskeller oder im Studentenzentrum geplaudert, sich mit den Lehrkräften unterhalten und war gelegentlich mit den Bewohnerinnen von Lauries Wohnheim über den Campus gegangen.

Am Ende jener drei Monate hatte er nur wenig in Erfahrung gebracht, das für Lauries Verteidigung nützlich sein konnte, wenn er auch durchaus auf einige strafmindernde Sachverhalte gestoßen war. Die ersten drei Jahre auf dem College war sie geradezu eine Musterstudentin gewesen und beim Lehrkörper ebenso beliebt wie bei den Kommilitonen. »Beliebt, aber ohne enge Freunde«, meinte eine Studentin aus dem dritten Stock ihres Wohnheims. »Es ergibt sich nach einer Weile ganz selbstverständlich, daß Freundinnen ziemlich offen über ihre Verabredungen oder ihre Familien reden oder einfach über das, was sie gerade beschäftigt. Laurie hat das nie getan. Sie schloß sich den anderen an und war freundlich, aber wenn jemand sie wegen Gregg Bennett aufzog, der offenbar in sie verknallt war, dann hat sie einfach nur darüber gelacht. Sie hatte immer eine Mauer um sich herum.«

Brendon Moody hatte gründliche Nachforschungen über Gregg Bennett angestellt. Eine Familie mit Geld. Intelligent. War vom College abgegangen, um Unternehmer zu werden, hatte sich eine blutige Nase geholt und war zurückgekehrt, um doch noch seinen Abschluß zu machen. Hatte in zwei Hauptfächern mit Auszeichnung bestanden und würde im Mai das College abschließen und sich nächsten September in Stanford immatrikulieren. Ein junger Mann, wie man ihn für die eigene Tochter wünschte, dachte Brendon und erinnerte sich dann, daß man über den Serienmörder Ted Bundy genau dasselbe gesagt hatte.

Alle Studenten, mit denen er sprach, stimmten darin überein, daß sich Laurie nach dem Tod ihrer Eltern dramatisch verändert hatte. Trübsinnig. In sich gekehrt. Häufig Kopfschmerzen. Ließ immer wieder Unterrichtsstunden ausfallen und lieferte ihre Arbeiten verspätet ab. »Manchmal ging sie einfach an mir vorbei und hat nicht einmal ›Tag‹ gesagt, oder sie hat mich angesehen, als sähe sie mich das erstemal«, erklärte eine Studentin aus einem der unteren Semester.

Lauries Persönlichkeitsstörungen erwähnte Brendon nie; Sarah hatte sich diesen Punkt für den Prozeß vorbehalten und wollte ihn nicht an die Öffentlichkeit tragen.

Daß Laurie regelmäßig abends allein ausgegangen und spät zurückgekommen war, hatten mehrere Studenten bemerkt und auch darüber miteinander gesprochen und Vermutungen darüber angestellt, mit wem sie sich wohl treffen mochte. Einige hatten gewisse Schlüsse daraus gezogen, daß Laurie häufig zu früh zu Allan Grants Vorlesungen erschien und nachher öfters noch etwas verweilte, um mit ihm zu reden. Louise Larkin, die Frau des Dekans, unterhielt sich gern mit Moody. Von ihr stammte der Hinweis, daß Allan Grant angefangen hatte, sich für eine der neuen Lehrerinnen im Fachbereich Anglistik zu interessieren. Darauf suchte Moody das Gespräch mit Vera West, die sich allerdings als nicht sehr zugänglich erwies.

Brendon war unzufrieden. Bald würde das Schuljahr zu Ende sein, und eine ganze Anzahl Studenten des letzten Semesters, die Laurie Kenyon gut kannten, würden ihre Abschlußprüfungen ablegen. Leute wie Gregg Bennett.

Diese Überlegung brachte Brendon dazu, Bennett anzurufen; dieser war jedoch schon im Begriff, ins Wochenende abzureisen. Sie kamen deshalb überein, sich am Montag zu treffen.

»Grüßen Sie Sarah von mir und sagen Sie ihr, sie soll mich anrufen, wenn ich irgend etwas tun kann«, sagte Bennett noch.

Wieder eine Woche ohne Ergebnis, dachte Brendon frustriert auf der Nachhausefahrt.

Der langersehnte Durchbruch kam noch am selben Abend. Brendon saß an der Bar seiner Lieblingsgaststätte und unterhielt sich mit einigen ehemaligen Kollegen von der Staatsanwaltschaft. Nach einer Weile wandte sich das Gespräch Sarah und Laurie Kenyon zu, und man war allgemein der Ansicht, daß es für Sarah wohl am besten sein würde, es mit ›Mauscheln‹ zu versuchen, wie es im Jargon hieß, also sich auf eine inoffizielle Absprache mit dem Gericht und der Staatsanwaltschaft einzulassen und mit einem Schuldbekenntnis in einem frühen Stadium eine mildere Strafe einzuhandeln und damit die Prozeßdauer abzukürzen. »Wenn die die Anklage auf schwere Körperverletzung mit Todesfolge herunterschrauben, könnte Laurie fünfzehn bis dreißig Jahre bekommen, davon wahrscheinlich ein Drittel absitzen und mit sechsundzwanzig oder siebenundzwanzig wieder in Freiheit sein.«

»Den Vorsitz führt Richter Armon, der läßt sich nicht auf Mauscheln ein«, meinte einer der stellvertretenden Staatsanwälte. »Und außerdem sind Täter dieser Art bei keinem Richter sonderlich populär, wenn es zur Festsetzung des Strafmaßes kommt.«

Bill Owens, ein Privatdetektiv einer Versicherungsgesellschaft, stand neben Brendon Moody und wartete, bis das Thema wechselte. Dann meinte er: »Brendon, ich werde Ihnen jetzt einen Tip geben, aber daß mir ja niemand erfährt, daß er von mir kommt.«

Nur Moodys Augen bewegten sich, den Kopf hielt er still. »Was gibt's?«

»Sie kennen doch Danny O'Toole?«

»Danny, den Schlafzimmerspezialisten? Sicher. Wen hat er denn in letzter Zeit bespitzelt?«

»Genau darauf will ich hinaus. Er war neulich hier und ein wenig angetrunken, und die Rede kam ebenfalls auf den Fall Kenyon. Und jetzt hören Sie gut zu: Nach dem Tod der Eltern wurde Danny engagiert, um Nachforschungen über die Schwestern anzustellen. Es ging um einen Versicherungsanspruch. Als die jüngere dann verhaftet wurde, wurde sein Auftrag beendet.«

»Klingt verdächtig«, sagte Moody. »Ich werde mich sofort darum kümmern. Vielen Dank.«

71

»Die Leute, die unser Haus gekauft haben, gehen Sarah allmählich auf die Nerven«, vertraute Laurie Dr. Donnelly an.

Das überraschte Justin. »Das war mir gar nicht bewußt.«

»Ja, Sarah sagt, sie seien dauernd um sie herum. Sie wollen das Haus im August übernehmen und haben gebeten, ein paar Sträucher pflanzen zu dürfen.«

»Haben Sie sie je im Fernsehen gesehen, Laurie?«

Sie schüttelte den Kopf. »Ich mag solche Sendungen nicht.«

Justin wartete. Der Bericht der Kunsttherapeutin lag auf seinem Schreibtisch. Allmählich war in Lauries Skizzen ein durchgehendes Thema zu erkennen. Das letzte halbe Dutzend waren Collagen gewesen, jede davon hatte zwei ganz bestimmte Szenen enthalten: einen Schaukelstuhl mit einem dicken Kissen und daneben die Strichfigur einer Frau, und die andere war ein Baum mit einem dicken Stamm und mächtigen Zweigen vor einem fensterlosen Haus.

Justin deutete auf die Zeichnungen. »Laurie, sehen Sie sich diesen Schaukelstuhl an. Können Sie ihn mir beschreiben?«

Er merkte, daß sie anfing, ihm zu entgleiten, denn ihre Augen weiteten sich, und ihr ganzer Körper schien sich zu verspannen. Aber er wollte sich jetzt nicht von einer ihrer anderen Persönlichkeiten den Weg versperren lassen. »Laurie, versuchen Sie es.«

»Ich habe Kopfschmerzen«, wisperte sie.

»Laurie, haben Sie Vertrauen zu mir. Sie haben sich gerade an etwas erinnert, nicht wahr? Haben Sie keine Angst und erzählen Sie mir davon. Sarah möchte es auch wissen. Bitte, lassen Sie es heraus.«

Sie deutete auf den Schaukelstuhl und preßte dann die Lippen zusammen, drückte die Arme an die Seiten.

»Laurie, zeigen Sie es mir. Wenn Sie nicht darüber reden können, dann zeigen Sie mir, was passiert ist.«

»Das werde ich.« Die kindliche Lispelstimme.

»Braves Mädchen, Debbie.« Justin wartete.

Sie hakte die Füße unter seinem Schreibtisch ein und kippte ihren Stuhl nach hinten. Ihre Arme waren an ihre Seiten gepreßt, als hielte sie ein unsichtbarer Riese fest. Sie ließ den Stuhl auf den Boden hinunterkrachen und kippte ihn dann wieder nach hinten. Ihr Gesicht war angstverzerrt. »›*Amazing grace*‹«, sang sie mit ihrer brüchigen Mädchenstimme.

Der Stuhl polterte abwechselnd auf den Boden und kippte dann wieder, die perfekte Imitation eines Schaukelstuhls. Mit nach hinten gelehntem Körper und reglosen Armen imitierte sie ein kleines Kind, das jemand auf dem Schoß hielt. Justin blickte auf die oberste Zeichnung, die vor ihm lag. Das war es: Das Kissen sah wie ein Schoß aus. Ein kleines Kind, das von jemandem gehalten wurde und das sang, während jemand es wiegte. Vor und zurück. Vor und zurück.

»›... und die Gnade wird mich nach Hause führen.‹« Der Stuhl kam zur Ruhe. Ihre Augen schlossen sich wieder, und ihr Atem wurde schneller, ging in ein schmerzvolles Keuchen über. Sie stand auf, reckte sich auf den Zehen, als würde jemand sie hochheben. »Zeit, hinaufzugehen«, sagte sie mit tiefer Stimme.

72

»Jetzt kommen sie schon wieder«, stellte Sophie bissig fest, als der inzwischen vertraute dunkelblaue Cadillac in die Einfahrt rollte.

Sarah und Brendon Moody warteten in der Küche darauf, daß der Kaffee fertig wurde. »O Gott«, sagte Sarah gereizt. »Aber ich bin ja selbst schuld, daß es dazu gekommen ist«, meinte sie dann zu Brendon gewandt. »Sophie bring den Kaffee in die Bibliothek, wenn er fertig ist, und sag ihnen, ich hätte Besuch. Ich bin jetzt einfach nicht in der Stimmung für Gebete.«

Brendon folgte ihr eilig und schloß die Tür der Bibliothek, als der Gong durchs Haus tönte. »Ich bin froh, daß Sie ihnen keinen Schlüssel gegeben haben«, sagte er.

»So verrückt bin ich nun auch nicht«, erwiderte Sarah lächelnd. »Es ist nur so, daß es eine Menge Dinge im Haus gibt, die ich nicht gebrauchen kann, und die beiden sind ganz scharf darauf, sie zu kaufen. Ich habe sie schätzen lassen, und jetzt bringen die ihre eigenen Experten, um ebenfalls Schätzungen machen zu lassen.«

»Warum bringen Sie es nicht ein für allemal hinter sich?« fragte Brendon.

»Das ist größtenteils meine Schuld. Ich sage ihnen, was ich verkaufen will, und dann seh ich mir all das Zeug in diesem Haus an und erkenne, daß das unmöglich alles in eine Wohnung hineinpaßt. Also sage ich ihnen, daß dieses andere Zeug auch alles zu haben ist. Und dann kommen sie wieder und erkundigen sich nach einem bestimmten Gemälde und einem Tisch und einer ganz bestimmten Lampe. Und so geht es hin und her.« Sarah strich sich das Haar aus der Stirn. Es war ein schwüler Tag, ihr Haar hatte sich gekräuselt und umgab ihr Gesicht wie dunkle Herbstblätter.

»Und dann ist da noch etwas«, fügte sie hinzu, während sie am Schreibtisch Platz nahm. »Papa hat nie etwas für Klimaanlagen übriggehabt, nun wollen sie ein neues System einbauen. Sie möchten damit anfangen, sobald wir den Notariatsvertrag abgeschlossen haben, und das bedeutet dann Installateure und alles mögliche.«

Halt den Mund, sagte sich Brendon, während er auf dem Ledersessel gegenüber Sarahs Schreibtisch Platz nahm. Er wußte, daß die Hawkins einen Spitzenbetrag für das Haus bezahlt hatten, und wenn sie die Möbel kauften, die Sarah nicht brauchen konnte, dann hieß das, daß sie dafür keine Käufer suchen oder sie einlagern mußte. Lauries Behandlung kostete ein Vermögen, und die Studentenversicherung, die sie abgeschlossen hatte, kam nur für einen Bruchteil davon auf, ganz zu schweigen von den Kosten für die Vorbereitung ihrer Verteidigung. Und Sarah bezog auch kein Gehalt mehr, dachte er.

»Hatten Sie schon Gelegenheit, sich Ihre Versicherungspolicen anzusehen?« fragte er.

»Ja. Brendon, ich verstehe das nicht. Es gibt keine offenen Ansprüche oder solche, über die noch verhandelt würde. Mein Vater hat seine Unterlagen immer einwandfrei in Ordnung gehalten. Seine Versicherung ging an Mutter und dann, für den Fall, daß sie vor ihm sterben sollte, an uns. Da er sie ein paar Minuten überlebt hat, ging die Versicherung unmittelbar an uns. Unglücklicherweise ist das ganze übrige Vermögen, mit Ausnahme des Hauses, mündelsicher angelegt, was, wenn alles das nicht passiert wäre, durchaus vernünftig gewesen wäre. An uns beide wird fünf Jahre lang jährlich ein Betrag von fünfzigtausend Dollar ausbezahlt. Aber es gibt keine Möglichkeit, an das Stammkapital heranzukommen.«

»Was ist denn mit der Busgesellschaft?« fragte Brendon. »Haben Sie gegen die Ansprüche eingeklagt?«

»Selbstverständlich«, sagte Sarah. »Aber warum sollten die uns überprüfen lassen? Wir waren ja nicht in den Unfall verwickelt.«

»Teufel noch mal«, sagte Brendon. »Ich hatte gehofft, daß ich damit irgendwie weiterkommen würde. Ich werde den Privatdetektiv betrunken machen und ihn ausquetschen müssen, darauf wird es wahrscheinlich hinauslaufen. Wie geht es Laurie?«

Sarah überlegte. »In vieler Hinsicht besser. Ich glaube, sie findet sich jetzt langsam damit ab, daß sie Papa und Mama verloren hat. Dr. Donnelly ist wunderbar.«

»Irgendeine Erinnerung an Allan Grants Tod?«

»Nichts. Aber mit der Zeit kommen jetzt Erinnerungen aus den Jahren ihrer Entführung an die Oberfläche, wenn auch nur stückweise. Justin – ich meine Dr. Donnelly – ist sicher, daß sie damals mißhandelt worden ist. Aber auch wenn man ihr Videobänder von den Therapiesitzungen zeigt, in denen ihre anderen Persönlichkeiten herauskommen, verhilft ihr das nicht zu einem echten Durchbruch.« Sarahs Stimme, die bisher ruhig und gelassen gewesen war, klang nun verzweifelt. »Brendon, jetzt ist Mai. In drei Monaten habe ich nichts gefunden, was ich für ihre Verteidigung einsetzen kann. Es scheint, daß sie drei andere Persönlichkeiten hat. Kate, die eine Art Beschützerin ist und fast so etwas wie ein brummiges Kindermädchen. Sie nennt Laurie immer eine Versagerin oder einen Jammerlappen und wird böse auf sie, versucht aber dann, sie abzuschirmen. Sie blockiert ständig ihre Erinnerung. Leona ist eine Sexbombe, das ist die Persönlichkeit, die von Allan Grant besessen war. Erst letzte Woche hat sie Dr. Donnelly gesagt, wie leid es ihr täte, daß sie in jener Nacht das Messer bei sich hatte.«

»Großer Gott«, murmelte Brendon.

»Die letzte Persönlichkeit ist Debbie, ein vierjähriges Mädchen, das die ganze Zeit weint.« Sarah hob die Hände und ließ sie dann resigniert wieder fallen.

»Wird sie sich je an das erinnern, was geschehen ist?«

»Möglich ist das schon, aber wie lange es dauern wird, kann niemand vorhersagen. Sie hat kein Vertrauen zu Justin. Sie begreift zwar, daß sie im Gefängnis enden kann, scheint aber irgendwie nicht in der Lage, ihre verdrängten Erinnerungen hervorzuholen.« Sarah sah ihn an. »Brendon, jetzt machen Sie bloß nicht den Vorschlag, daß ich mich auf eine Mauschelei einlassen soll.«

»Das hatte ich nicht vor«, brummte Brendon. »Wenigstens im Augenblick noch nicht.«

Sophie brachte den Kaffee in die Bibliothek. »Ich habe sie im Obergeschoß alleingelassen«, sagte sie. »Das ist doch in Ordnung, oder?«

»Natürlich«, nickte Sarah. »Schließlich ist er ja ein Prediger, Sophie, und wird sich nicht gerade mit Dingen, die ihm nicht gehören, die Taschen vollstopfen.«

»Heute haben sie eine große Diskussion darüber, ob sie die Wand zwischen deinem Badezimmer und Lauries Zimmer einreißen und einen Whirlpool einbauen lassen sollen. Und ich habe immer gedacht, daß die Geistlichkeit dem einfachen Leben zugetan ist.« Geräuschvoll stellte sie das Tablett auf den Schreibtisch.

»Nicht unbedingt«, meinte Brendon, ließ drei Stück Zucker in seinen Kaffee fallen und rührte heftig um. »Sarah, Gregg Bennett weiß wirklich nicht, was Lauries Verhalten ihm gegenüber im letzten Jahr so verändert hat. Ich glaube, er ist immer noch ziemlich in sie verknallt. An dem Abend vor Grants Tod haben ein paar Studenten über Lauries Schwärmerei für den Professor geredet, und Gregg hat es gehört und ist auf und davon gerannt.«

»Eifersüchtig?« fragte Sarah.

Brendon zuckte die Achseln. »Wenn er das war, dann scheint mir das jedenfalls nichts mit Allan Grants Tod zu tun zu haben, es sei denn …«

»Es sei denn, Laurie findet ihre Erinnerung wieder.«

Es klopfte an der Tür. Sarah hob die Augenbrauen. »Bereiten Sie sich darauf vor, gesegnet zu werden«, murmelte sie und rief dann: »Herein!«

Unter der Tür standen lächelnd Bic und Opal. Sie waren leger gekleidet, Bic hatte das Jackett ausgezogen, so daß sein kurzärmeliges T-Shirt die muskulösen, dichtbehaarten Arme sehen ließ. Opal trug eine lange Hose und eine Baumwollbluse. »Wir wollen nicht stören, sondern nur sehen, wie es Ihnen geht«, sagte sie.

Sarah stellte ihnen Brendon Moody vor, der sie ziemlich einsilbig begrüßte.

»Und was macht das kleine Mädchen?« fragte Bic. »Sie können sich nicht vorstellen, wie viele Menschen wir für sie beten lassen.«

73

Justin Donnelly wollte Sarah nicht eingestehen, daß er nicht mehr daran glaubte, daß Laurie ihr Gedächtnis rechtzeitig für die Verhandlung wiederfinden würde. Er sah sich mit zwei Mitarbeiterinnen, Pat und Kathie, die für

Kunst- und Tagebuchtherapie zuständig waren, die Bänder seiner Therapiesitzungen mit Laurie an. »Haben Sie bemerkt, wie die Spaltpersönlichkeiten mir jetzt vertrauen und durchaus zum Reden bereit sind? Aber wenn ich versuche, zu der Nacht des achtundzwanzigsten Januar oder der Zeit von Lauries Entführung zurückzugehen, schweigen sie wie ein Grab. Gehen wir noch einmal die drei Spaltpersönlichkeiten durch.

Kate ist dreiunddreißig, also ziemlich genau gleichaltrig mit Sarah. Ich glaube, Laurie hat sie als Beschützerin geschaffen, so sieht sie ihre Schwester Sarah. Ganz im Gegensatz zu Sarah ist Kate gewöhnlich über Laurie verstimmt, nennt sie eine Versagerin und ärgert sich über sie, wenn sie in Schwierigkeiten gerät. Ich glaube, das zeigt Lauries Schuldgefühle gegenüber Sarah.

Debbie, das vierjährige Kind, will reden, ist aber zu verängstigt oder versteht einfach nicht, was geschehen ist. Ich habe den Verdacht, daß sie Laurie im Alter von vier Jahren sehr ähnlich ist. Manchmal kommt es bei ihr zu einem kurzen Aufblitzen von Humor. Sarah Kenyon hat gesagt, Laurie sei vor ihrer Entführung ein altkluges, recht spaßiges Kind gewesen.

Leona ist ziemlich sexy. Es steht außer Zweifel, daß sie nach Allan Grant verrückt und auf seine Frau eifersüchtig war. Es gibt auch keinen Zweifel, daß sie über das, was sie als seinen Verrat an ihr empfand, so wütend war, daß sie möglicherweise imstande gewesen wäre, ihn zu töten. Aber jetzt spricht sie mit einer Art Zuneigung von ihm, so wie man vielleicht über einen ehemaligen Liebhaber spricht. Der Streit ist vorbei, die Wut ist verraucht, und man erinnert sich nur an die schönen Zeiten.«

Sie saßen in dem kleinen Pausenraum neben Justins Büro. Die Frühlingssonne schien zu den Fenstern herein, und Justin konnte von seinem Platz aus in den Wintergarten hinübersehen, wo einige Patienten die Sonne genossen. Gerade kam Laurie Arm in Arm mit Sarah herein.

Pat, die Kunsttherapeutin, hatte ein paar neue Zeichnungen mitgebracht. »Haben Sie den Schnappschuß, den Laurie bei sich zu Hause zerrissen hat?« fragte sie.

»Ja, der muß da sein«, meinte Justin und blätterte in seiner Akte.

Die Therapeutin studierte das Foto, verglich es mit einigen von Lauries Skizzen und legte es dann daneben. »Sehen Sie sich das an.« Sie deutete auf eine Strichfigur. »Und das. Und das. Was entnehmen Sie daraus?«

»Sie fängt an, dem Strichmännchen einen Badeanzug anzuziehen«, meinte Justin.

»Genau. Und jetzt sehen Sie, wie das Strichmännchen auf diesen drei Skizzen langes Haar hat, und sehen Sie sich den Unterschied auf diesen zwei anderen Zeichnungen an. Ganz kurzes Haar. Sie hat eine Art Gesicht gezeichnet, das auf mich eher wie das eines Jungen wirkt. Die Arme sind genauso gefaltet wie auf dem zusammengeklebten Foto. Ich denke, sie versucht ein neues Bild von sich zu schaffen, es aber in einen Jungen umzuwandeln. Wenn der Abzug nur nicht so zerfetzt wäre!«

Kathie, die Tagebuchtherapeutin, hatte Lauries letzte Eintragungen aufgeschlagen. »Das hier ist die Handschrift von Kate, aber beachten Sie, wie sehr sie sich von der Schriftprobe im Februar unterscheidet. Sie nähert sich immer mehr Lauries Schrift. Und hören Sie sich das an: ›Ich bin jetzt immer so müde. Laurie wird stark genug sein, um zu akzeptieren, was sein muß. Sie würde gern im Central Park spazierengehen. Sie würde gern ihre Golfschläger nehmen, in den Club fahren und dort eine Partie spielen. Das würde ihr richtig Spaß machen. Ist es wirklich nur ein knappes Jahr her, daß sie als beste junge Golfspielerin in New Jersey Preise gewonnen hat? Vielleicht ist es im Gefängnis auch nicht viel anders als hier. Vielleicht ist es dort genauso sicher. Vielleicht bleibt ihr der Traum mit dem Messer im Gefängnis erspart. Niemand kann sich in ein Gefängnis einschleichen, in dem überall Wachen stehen. Sie können nachts nicht mit Messern hinein. Und im

Gefängnis wird auch die ganze eingehende Post überprüft. Das bedeutet, daß dort Bilder nicht von selbst in Bücher geraten können.‹« Die Tagebuchtherapeutin reichte Justin den Block. »Doktor, das könnte ein Zeichen dafür sein, daß Kate Schuld und Strafe für Laurie akzeptiert.«

Justin starrte zum Fenster hinaus. Sarah und Laurie saßen nebeneinander, und Laurie lachte über etwas, das Sarah gesagt hatte. Ebensogut hätten die beiden zwei sehr attraktive junge Frauen auf ihrer Terrasse zu Hause oder in einem Country-Club sein können.

Die Kunsttherapeutin war seinem Blick gefolgt. »Ich habe gestern mit Sarah gesprochen. Ich habe das Gefühl, sie hält sich nur noch mit letzter Kraft auf den Beinen. An dem Tag, an dem sich die Gefängnistüren hinter Laurie schließen, könnten Sie eine neue Patientin bekommen.«

Justin stand auf. »Ich bin mit den beiden in zehn Minuten hier in meinem Büro verabredet. Pat, ich denke, Sie haben recht. Sie zeichnet unterschiedliche Versionen von dem zerrissenen Foto. Können Sie jemanden ausfindig machen, der es auseinandernehmen, den Klebstoff herauswaschen, es wieder zusammensetzen und vergrößern kann, damit wir es uns genauer ansehen können?«

Sie nickte. »Ich werd's versuchen.«

Er wandte sich Kathie zu. »Meinen Sie, Laurie oder Kate würden sich weniger leicht mit ihrer Verurteilung abfinden, wenn sie erkennen, welche Auswirkung ihre Einweisung ins Gefängnis auf Sarah haben wird?«

»Könnte sein.«

»Okay. Ich werde übrigens mit Gregg Bennett sprechen, Lauries ehemaligem Freund, und versuchen, alles über jenen Tag herauszufinden, an dem sie plötzlich Angst vor ihm bekam.«

74

Als Brendon Moody sich neben Danny, dem Schlafzimmerspezialisten, auf einen Barhocker setzte, bemerkte er, daß Dannys engelhaftes Gesicht aufgedunsen wirkte. Die vielen geplatzten Äderchen auf der Nase und den Wangen verrieten seine Zuneigung zu trockenen Manhattans.

Danny begrüßte Moody mit gewohntem Überschwang: »Ah, da sind Sie ja, Brendon, ein Labsal für meine Augen.« Brendon brummte einen einsilbigen Gruß und widerstand dem Drang, Danny zu sagen, was er von ihm hielt. Er erinnerte sich an den Grund seines Hierseins und bestellte eine Runde. Eine Stunde später nippte Brendon immer noch an seinem ersten Glas, während Danny das dritte geleert hatte. Dann steuerte er nach einigem Vorgeplänkel das Gespräch vorsichtig auf Laurie Kenyon. »Ich habe mich mit dem Fall befaßt«, flüsterte er Danny zu.

Die Augen des Privatdetektivs verengten sich. »Hab' schon davon gehört. Das arme Mädchen ist übergeschnappt, oder?«

»Sieht so aus«, räumte Brendon ein. »Wahrscheinlich hat sie bei dem Unfall ihrer Eltern einen Knacks bekommen. Ein Unglück, daß sie sich damals nicht gleich in psychiatrische Behandlung begeben hat.«

Danny sah sich um. »Aber das hat sie doch«, flüsterte er.

Brendon gab sich verblüfft. »Sie wollen sagen, daß sie bei einem Seelenklempner war?«

»Na klar, drüben in Ridgewood.«

»Woher wissen Sie das, Danny?«

»Das bleibt aber unter uns?«

»Ehrenwort.«

»Gleich nach dem Tod der Eltern hat man mich engagiert, um die Schwestern und ihre Aktivitäten unter die Lupe zu nehmen.«

»Tatsächlich? Die Versicherungsgesellschaft, nehme ich an. Hat es mit einem Anspruch gegen die Busgesellschaft zu tun?«

»Brendon, Sie wissen doch, daß die Beziehung zwischen Mandant und Privatdetektiv streng vertraulich ist.«

»Natürlich ist sie das. Aber dieser Bus ist zu schnell gefahren; die Bremsen taugten nichts. Natürlich muß da eine Versicherungsgesellschaft nervös werden und sich etwas näher mit möglichen Klägern befassen. Wer würde sich denn sonst für sie interessieren?«

Aber Danny wollte nicht mit der Sprache heraus. Brendon gab dem Barkeeper ein Zeichen, aber der schüttelte den Kopf. »Ich werde meinen Freund nach Hause bringen«, versprach Brendon. Er wußte, daß er jetzt das Thema wechseln mußte. Eine Stunde später, als er Danny auf den Beifahrersitz seines Wagens verfrachtete, brachte er die Rede wieder auf die Kenyons, und als er schließlich in die Einfahrt von Dannys bescheidenem Reihenhaus einbog, wurde er fündig.

»Brendon, alter Junge, Sie sind wirklich mein Freund«, sagte Danny mit belegter Stimme. »Bilden Sie sich bloß nicht ein, ich hätte nicht gemerkt, daß Sie mich aushorchen wollen. Im Vertrauen: Ich weiß gar nicht, wer mich angeheuert hat. Das war alles sehr geheimnisvoll. Eine Frau wars. Sie nannte sich Jane Graves. Persönlich bin ich ihr nie begegnet. Hat jede Woche angerufen, um sich Bericht erstatten zu lassen. Meine schriftlichen Berichte mußte ich an ein privates Postfach in New York City schicken. Wissen Sie, wer ich glaube, daß es sein könnte? Die Witwe von dem Professor. Hat denn diese Laurie Kenyon ihm nicht Liebesbriefe geschrieben? Und war dann mit meinem Auftrag nicht am Tag nach dem Mord Schluß?«

Danny stieß die Wagentür auf und taumelte ins Freie. »Eine wunderschöne gute Nacht. Und das nächstemal können Sie mich gleich geradeaus fragen. Kostet Sie nicht so viele Drinks.«

Der ›Architekt‹, den Bic bei einem seiner ersten Besuche zum Haus der Kenyons mitgebracht hatte, war ein ehemaliger Sträfling aus Kentucky. Er hatte komplizierte elektronische Geräte in der Bibliothek installiert, die Telefonleitung angezapft und im Gästeschlafzimmer über dem Arbeitszimmer ein Tonbandgerät eingebaut.

Bic und Opal war es ein leichtes, jeweils die Kassetten zu wechseln, wenn sie im Obergeschoß mit Maßbändern, Stoffen und Farbmustern hantierten. Sie saßen kaum im Wagen, als Bic schon anfing, die Bänder abzuhören, und wenn sie wieder in ihrer Suite im Wyndham Hotel eingetroffen waren, hörte er sie sich immer wieder an.

Sarah telefonierte jetzt an den Abenden regelmäßig mit Justin Donnelly, und diese Gespräche erwiesen sich als wahre Fundgruben für Informationen. Zuerst kostete es Opal große Mühe, sich die Verärgerung über Bics Gier nach jeglichen Neuigkeiten über Lee nicht anmerken zu lassen. Aber mit der Zeit fühlte sie sich immer stärker zwischen der Angst vor der Entdeckung und der Faszination über die Gespräche, die sich mit Lauries Erinnerungsfragmenten befaßten, hin und her gerissen. Ganz besonders gefiel Bic Sarahs Gespräch mit dem Arzt über den Schaukelstuhl.

»Der kleine Liebling«, seufzte er. »Erinnerst du dich, wie hübsch sie war und wie nett sie singen konnte? Das haben wir ihr beigebracht.« Dann runzelte er die Stirn. »Aber sie fängt an zu plaudern.«

Bic hatte die Fenster ihrer Suite geöffnet und ließ die warme Mailuft ins Zimmer. Das Haar trug er jetzt etwas länger, und heute war es etwas zerzaust. Er trug alte Jeans und ein T-Shirt, so daß man das dichte Kraushaar an seinen Armen sehen konnte, das Opal ihr Lieblingskopfkissen nannte. Sie starrte ihn bewundernd an.

»Was denkst du, Opal?« fragte er.

»Du wirst denken, ich bin verrückt.«

»Laß es drauf ankommen.«

»Mir ist gerade in den Sinn gekommen, daß du mit deinem zerzausten Haar und in deinem T-Shirt und ohne Jackett bloß noch den goldenen Ohrring brauchst, den du immer getragen hast, und schon wäre Reverend Hawkins verschwunden. Dann wärst du wieder Bic, der Nachtclubsänger.«

Bic starrte sie eine endlose Minute lang an. Das hätte ich jetzt nicht sagen dürfen, dachte sie betroffen. Aber dann sagte er: »Opal, der Herr hat dir diese Offenbarung geschenkt. Ich dachte gerade über das alte Farmhaus in Pennsylvania nach und den Schaukelstuhl, auf dem ich immer mit diesem süßen Baby im Arm saß, und langsam entwickelte sich in mir ein Plan. Und den hast du jetzt vollendet.«

»Was für ein Plan?«

Sein wohlwollender Ausdruck verflog. »Keine Fragen. Das weißt du doch. Niemals irgendwelche Fragen. Das ist etwas zwischen mir und dem Herrn, gesegnet sei sein Name.«

»Tut mir leid, Bobby.« Sie benutzte bewußt seinen Kosenamen, um ihn zu besänftigen.

»Ist schon gut. Eines habe ich aus all den Aufnahmen gelernt: Ich darf in Gegenwart der Kenyons keine kurzen Ärmel tragen. Diese Geschichte von wegen behaarten Armen taucht immer wieder auf. Und ist dir nicht noch etwas aufgefallen?«

Sie wartete.

Bic lächelte kalt. »Diese ganze Sache könnte möglicherweise ein kleines romantisches Buschfeuer entfachen. Hör dir an, wie dieser Doktor und Sarah miteinander reden. Der Tonfall wird immer wärmer, und er wird immer besorgter um sie. Ich denke, für sie wird es recht hübsch sein, wenn sie jemanden hat, der sie tröstet, nachdem Lee sich den himmlischen Chören angeschlossen hat.«

76

Karen Grant blickte von ihrem Schreibtisch auf und lächelte strahlend. Irgendwie kam ihr der kleine Mann mit beginnender Glatze und gerunzelter Stirn bekannt vor. Sie lud ihn ein, Platz zu nehmen, worauf er ihr seine Karte reichte. Jetzt wußte sie auch, weshalb sie ihn erkannt hatte. Es war der Privatdetektiv, der für die Kenyons tätig war und der auch an dem Begräbnis teilgenommen hatte. Louise Larkin hatte ihr erzählt, daß er sich auf dem Campus umgehört hatte.

»Mrs. Grant, wenn es Ihnen gerade nicht paßt, dann sagen Sie es mir bitte.« Moody sah sich in dem Büro um.

»Doch, es paßt ausgezeichnet«, versicherte sie ihm. »Heute vormittag ist nicht viel los.«

»Wie ich höre, läuft das Touristikgeschäft zur Zeit ganz allgemein nicht sonderlich gut«, meinte Moody beiläufig. »Wenigstens behaupten das meine Freunde.«

»Na ja, alles ist etwas bescheidener geworden, dafür ist die Konkurrenz härter. Kann ich Ihnen eine Reise verkaufen?«

Die Frau versteht ihr Geschäft, dachte Brendon, und aus der Nähe gesehen ist sie genauso attraktiv wie auf dem Friedhof. Karen Grant trug ein türkisfarbenes Leinenkostüm mit dazupassender Bluse. Die blaugrüne Farbe betonte ihre grünen Augen. »Heute nicht«, sagte er. »Wenn Sie erlauben, würde ich Ihnen gern ein paar Fragen über Ihren verstorbenen Mann stellen.«

Ihr Lächeln schwand. »Es fällt mir sehr schwer, über Allan zu sprechen«, sagte sie. »Louise Larkin hat mir von Ihnen erzählt; ich weiß, daß Sie für die Verteidigung von Laurie Kenyon tätig sind. Mr. Moody, mir tut Laurie schrecklich leid, aber sie hat meinem Mann das Leben genommen und das meine bedroht.«

»Sie kann sich an nichts davon erinnern. Sie ist ein sehr krankes junges Mädchen«, sagte Brendon ruhig. »Meine Aufgabe besteht darin, der Jury behilflich zu sein, das zu verstehen. Ich habe mir Kopien der Briefe angesehen, die sie oder irgend jemand anders an Professor Grant geschrieben hat. Seit wann war Ihnen bekannt, daß er diese Briefe erhielt?«

»Anfangs hat Allan sie mir nicht gezeigt. Wahrscheinlich weil er dachte, sie könnten mich beunruhigen.«

»Beunruhigen?«

»Nun, sie waren ja ganz offensichtlich absurd. Ich meine, einige ihrer Reminiszenzen betrafen Nächte, in denen Allan und ich zusammen waren. Es war offenkundig, daß alles nur Fantasiegebilde waren. Trotzdem waren sie unangenehm. Ich bin zufällig in seiner Schreibtischschublade auf diese Briefe gestoßen und habe ihn danach gefragt.«

»Wie gut haben Sie Laurie gekannt?«

»Nicht sehr gut. Sie ist eine ausgezeichnete Golferin, und ich hatte in den Zeitungen Berichte über sie gelesen und war ihren Eltern gelegentlich bei College-Veranstaltungen begegnet. Nach dem Tod ihrer Eltern hat sie mir schrecklich leid getan. Ich weiß, daß Allan dachte, sie treibe auf einen Nervenzusammenbruch zu.«

»In der Nacht, in der er starb, waren Sie in New York?«

»Ich war auf dem Flughafen von Newark und habe dort zusammen mit Anne eine Kundin abgeholt.«

»Wann haben Sie das letztemal mit Ihrem Mann gesprochen?«

»Ich habe ihn in jener Nacht gegen acht Uhr angerufen. Er war schrecklich erregt und hat mir von der Szene mit Laurie Kenyon erzählt. Er hatte das Gefühl, sich nicht richtig verhalten zu haben, und dachte, es wäre besser gewesen, wenn er sich mit Sarah und Laurie erst zusammengesetzt hätte, anstatt Laurie vor den Dekan zu bestellen. Er sagte, er glaube ehrlich, daß sie sich nicht daran erinnern konnte, jene Briefe geschrieben zu haben.«

»Es ist Ihnen bewußt, daß es für Laurie hilfreich sein könnte, wenn Sie in diesem Sinne im Zeugenstand aussagen?«

Jetzt traten Karen Grant die Tränen in die Augen. »Mein Mann war der netteste, freundlichste Mensch, den ich je gekannt habe. Er wäre der letzte, der sich wünschte, daß ich diesem Mädchen weh tue.«

Moodys Augen verengten sich. »Mrs. Grant, ist Ihnen je in den Sinn gekommen, daß Ihr Mann sich in Laurie verliebt haben könnte?«

Sie sah ihn erstaunt an. »Das ist doch lächerlich. Sie ist zwanzig oder einundzwanzig. Allan war vierzig.«

»So etwas soll schon vorgekommen sein. Ich würde es Ihnen auch nicht verübeln, wenn Sie deswegen vielleicht sogar Nachforschungen anstellen ließen.«

»Ich weiß nicht, wovon Sie reden.«

»Nun, ich meine, vielleicht einen Privatdetektiv einstellten, so wie mich…«

Jetzt versiegten ihre Tränen, und sie war sichtlich ärgerlich. »Mr. Moody, eine solche Beleidigung hätte ich meinem Mann niemals zugefügt. Und Sie beleidigen mich.« Sie stand auf. »Ich glaube nicht, daß wir einander noch mehr zu sagen haben.«

Moody erhob sich langsam. »Mrs. Grant, bitte verzeihen Sie mir. Versuchen Sie zu verstehen, daß meine Aufgabe darin besteht, irgendeinen Grund für Lauries Tat zu finden. Sie sagten, Professor Grant habe gedacht, Laurie triebe auf einen Nervenzusammenbruch zu. Wenn zwischen den beiden etwas war, wenn er sie dann an die Verwaltung verraten hat und sie daran zerbrochen ist…«

»Mr. Moody, versuchen Sie nicht, das Mädchen, das meinen Mann ermordet hat, zu verteidigen, indem Sie Allans Ruf zerstören. Allan war ein sehr zurückhaltender Mann, und die Schwärmereien seiner Studentinnen waren ihm äußerst peinlich. Das ist eine Tatsache, und daran können Sie nichts ändern, um seine Mörderin zu retten.«

Brendon nickte entschuldigend und ließ seinen Blick durch das Büro schweifen. Es war ansprechend mit einer roten Ledercouch und dazupassenden Sesseln möbliert, an den Wänden hingen gerahmte Plakate von exotischen

Reisezielen, und auf Karens Schreibtisch und dem Besuchertisch vor der Couch standen frische Blumen. Auf ihrem Schreibtisch lag allerdings kein einziges Blatt Papier, und das Telefon hatte, seit er das Büro betreten hatte, nicht geklingelt. »Mrs. Grant, ich möchte nicht in dieser Stimmung weggehen. Meine Tochter ist Stewardeß bei American Airlines und liebt ihre Arbeit. Reisen ist ihr zur zweiten Natur geworden. Ich hoffe, auch Ihnen hilft Ihre Arbeit, über den Verlust Ihres Mannes hinwegzukommen.«

Er hatte das Gefühl, daß er sie damit etwas besänftigt hatte. »Wenn ich die nicht hätte, wäre ich verloren.«

Außer ihr war niemand zu sehen. »Wie viele Leute sind hier tätig?« fragte er beiläufig.

»Meine Sekretärin ist unterwegs, um etwas zu besorgen. Anne Webster, die Inhaberin, ist krank.«

»Dann führen Sie das Geschäft?«

»Anne wird bald in den Ruhestand treten, dann übernehme ich alles.«

»Ich verstehe. Nun, ich habe Ihre Zeit genügend in Anspruch genommen.«

Moody verließ das Hotel, in dem Global Travel untergebracht war, nicht gleich, sondern setzte sich in die Lobby und beobachtete das Reisebüro. Zwei Stunden später hatte es immer noch kein einziger Kunde betreten, und durch die Glaswand konnte er sehen, daß Karen kein einziges Mal zum Telefon griff. Er legte die Zeitung beiseite, mit der er sich getarnt hatte, schlenderte zur Loge des Portiers und verwickelte ihn in ein Gespräch.

77

Sarah erwartete Gregg Bennett in der Klinik am Empfang. Er gab ihr einen Kuß auf die Wange. Ihr Aussehen verriet, daß sie die Hölle hinter sich hatte. Sie hatte dunkle Ringe unter den Augen, und ihre dunklen Augenbrauen und

Wimpern ließen ihre Haut fast durchsichtig erscheinen. Sie führte ihn sofort in das Büro von Lauries Arzt und stellte ihn vor.

Donnelly machte kein Hehl aus seiner Besorgnis. »Möglicherweise wird Laurie uns eines Tages von den Jahren erzählen können, die ihr abhanden gekommen sind, und auch über Allan Grants Tod. Aber so, wie es jetzt steht, kann sie das jedenfalls nicht rechtzeitig, damit wir es für ihre Verteidigung nutzen könnten. Sie haben Sarah und Detective Moody von der Episode vor einem Jahr in Ihrer Wohnung erzählt – die würden wir gern nachstellen. Vielleicht erfahren wir dabei, was den Anstoß zu Lauries seltsamer Reaktion gegeben hat.

Laurie ist mit dem Experiment einverstanden. Wir werden eine Videoaufnahme von Ihnen und ihr machen. Wir möchten, daß Sie in ihrer Gegenwart beschreiben, was Sie getan und gesagt haben und wo Sie in bezug zueinander waren. Ich bitte Sie eindringlich, um Lauries willen nichts auszulassen oder zu verstecken. Ich meine, wirklich nichts.«

Gregg nickte.

Dr. Donnelly griff nach dem Telefon und ließ Laurie hereinbitten.

Gregg wußte nicht, was er erwarten sollte, jedenfalls nicht die attraktive Laurie im kurzen Baumwollrock und T-Shirt mit einem schmalen Gürtel um die schlanke Taille und Sandalen. Als sie ihn sah, wurde ihre Haltung starr. Irgendein Gefühl sagte Gregg, nicht aufzustehen, und er winkte ihr nur beiläufig zu. »Tag, Laurie.«

Sie beobachtete ihn argwöhnisch, als sie neben Sarah Platz nahm, nickte dann, sagte aber nichts.

Justin schaltete die Kamera ein. »Gregg, Laurie ist vor etwa einem Jahr zu Ihnen zu Besuch gekommen und aus irgendeinem unbekannten Grund in Panik geraten. Erzählen Sie uns davon.«

Gregg hatte so oft über jenen Morgen nachgedacht, daß er keinen Augenblick zu zögern brauchte. »Es war Sonntag. Ich hatte lange geschlafen. Um zehn Uhr klingelte Laurie und weckte mich.«

»Beschreiben Sie, wo Sie wohnen«, unterbrach ihn Justin.

»Ein gemietetes Studio über einer Garage, vielleicht zwei Kilometer vom Campus entfernt. Eine Kochnische mit Eßtheke und Barhockern, eine Schlafcouch, Bücherregale, eine Kommode, zwei Einbauschränke und ein Klo von vernünftiger Größe. Insgesamt für eine Studentenbude gar nicht schlecht.«

Sarah beobachtete, wie Laurie die Augen schloß, als erinnerte sie sich.

»Schön«, sagte Justin. »Hatten Sie damit gerechnet, daß Laurie vorbeikommen würde?«

»Nein. Sie hatte vor, nach Hause zu fahren, und mich sogar eingeladen, mitzukommen. Aber ich mußte mich noch auf eine Klausur vorbereiten. Sie war in der Neun-Uhr-Messe gewesen und bei der Bäckerei vorbeigefahren. Als ich die Tür öffnete, sagte sie so etwas Ähnliches wie ›Kaffee gegen ein ofenfrisches Croissant? Ist das ein guter Tausch?‹«

»Was machte sie denn für einen Eindruck?«

»Entspannt, gut gelaunt. Wir hatten am Samstag miteinander Golf gespielt, und die Runde war ganz knapp ausgegangen. Sie hatte mich nur mit einem Schlag Vorsprung besiegt. Am Sonntag morgen trug sie ein weißes Leinenkleid und sah hinreißend aus.«

»Haben Sie sie geküßt?«

Gregg blickte zu Laurie hinüber. »Auf die Wange. Ich hatte mir angewöhnt, auf ihre Signale zu achten. Meistens mochte sie es, wenn ich sie küßte, aber ich war immer vorsichtig. Man konnte sie leicht verschrecken. Wenn ich sie küßte oder den Arm um sie legte, dann machte ich das immer ganz langsam und achtete darauf, ob sie sich verspannte. Wenn das der Fall war, zog ich mich gleich zurück.«

»Fanden Sie das nicht ziemlich frustrierend?« fragte Justin schnell.

»Na klar. Aber ich glaube, ich wußte immer schon, daß in Laurie etwas steckte, das Angst hatte, und daß ich abwarten mußte, bis sie mir vertraute.« Gregg sah Laurie gerade an. »Ich würde ihr nie weh tun. Und ich würde jeden umbringen, der ihr weh tut.«

Laurie starrte ihn an, wich seinem Blick nicht mehr aus. Jetzt ergriff sie das Wort. »Ich saß neben Gregg an der Eßtheke. Wir tranken zwei Tassen Kaffee und teilten uns das dritte Croissant. Wir redeten darüber, wann wir wieder eine Runde Golf spielen könnten. Ich fühlte mich an jenem Tag so glücklich. Es war ein so herrlicher Morgen, und alles war so frisch und sauber.« Die Stimme stockte, als sie ›sauber‹ sagte.

Gregg stand auf. »Laurie sagte, sie müsse jetzt fahren. Sie gab mir einen Kuß und schickte sich zum Gehen an.«

»Sie haben an dem Punkt keine Anzeichen von Angst oder Panik bemerkt?« fragte Justin.

»Nein.«

»Laurie, ich möchte, daß Sie neben Gregg stehen, so wie an jenem Tag. Tun Sie so, als wären Sie im Begriff, seine Wohnung zu verlassen.«

Laurie stand zögernd auf. »So«, wisperte sie und griff nach einem imaginären Türknopf, wobei sie Gregg den Rücken zuwandte. »Und er ...«

»Und ich war im Begriff, sie hochzuheben ...«, sagte Gregg. »Ich meine, im Spaß. Ich wollte ihr noch einen Kuß geben.«

»Zeigen Sie, wie Sie das gemacht haben«, bat Justin.

»So.« Gregg trat hinter Laurie, umfaßte sie mit beiden Armen und setzte dazu an, sie hochzuheben.

Sie wurde am ganzen Körper steif und fing zu wimmern an. Gregg ließ sie sofort los.

»Laurie, sagen Sie mir, warum Sie Angst haben«, fragte Justin schnell.

Das Wimmern ging in ein halbersticktes kindliches Weinen über, aber sie gab keine Antwort.

»Debbie, du weinst«, sagte Justin. »Sag mir, warum.«

Sie deutete nach rechts. Eine brüchige Stimme schluchzte: »Er wird mich dorthin bringen.«

Gregg blickte erschreckt und zugleich verwirrt. »Augenblick mal«, sagte er. »Wenn wir in meinem Apartment wären, würde sie jetzt auf die Schlafcouch zeigen.«

»Beschreiben Sie sie«, befahl Justin.

»Ich war gerade aufgestanden, die Couch war also noch offen und nicht gemacht.«

»Debbie, warum hattest du Angst, als du dachtest, Gregg würde dich zum Bett tragen? Was könnte dort mit dir geschehen? Sag es uns.«

Sie hatte die Hände vor das Gesicht geschlagen, und ihr leises Kinderweinen hielt an. »Ich kann nicht.«

»Warum nicht, Debbie? Wir haben dich alle lieb.«

Sie blickte auf und rannte zu Sarah. »Sär-wah, ich weiß nicht, was passiert ist«, wisperte sie. »Immer wenn wir zum Bett gingen, bin ich davongeschwebt.«

78

Vera West zählte die Tage bis zum Semesterende. Es bereitete ihr zunehmend Schwierigkeiten, die Fassade kühler Ruhe aufrechtzuerhalten, die sie als absolut notwendig erkannt hatte. Als sie jetzt mit einer zum Bersten mit Abschlußarbeiten gefüllten Aktentasche in der angenehmen Nachmittagssonne über den Campus ging, wünschte sie sich nichts sehnlicher, als ihr gemietetes Häuschen zu erreichen, ehe sie in Tränen ausbrach.

Sie liebte das kleine Häuschen, das am Ende einer Sackgasse inmitten von Bäumen stand und einmal der großen Villa in der Nähe als Gartenhäuschen gedient hatte. Nachdem sie mit siebenunddreißig Jahren an der Universität Boston eine Doktorarbeit begonnen und mit vierzig promoviert hatte, fühlte sie sich in Boston nicht mehr wohl und hatte die Stelle am Lehrstuhl für Anglistik in Clinton angenommen.

Sie liebte kleine Colleges wie Clinton und genoß es als Theaterfan außerdem, New York in der Nähe zu haben.

Natürlich hatten sich im Laufe der Jahre einige Männer für sie interessiert. Sie hatte sich oft danach gesehnt, jemand Besonderen zu finden, sich aber schließlich damit abgefunden, daß sie wohl in die Fußstapfen ihrer unverheirateten Tanten würde treten müssen.

Dann hatte sie Allan Grant kennengelernt.

Daß sie im Begriff war, sich in ihn zu verlieben, war Vera erst klargeworden, als es schon zu spät gewesen war. Er war ein Kollege an ihrer Fakultät, ein Mensch, dessen Intellekt sie bewunderte und dessen Popularität begreiflich war.

Angefangen hatte es im Oktober, als Allans Wagen eines Abends nicht anspringen wollte und sie ihm angeboten hatte, ihn von einem Vortrag im Auditorium nach Hause zu bringen. Er hatte sie auf einen Drink ins Haus eingeladen, und sie hatte die Einladung angenommen, ohne daß ihr dabei in den Sinn gekommen wäre, daß seine Frau nicht zu Hause war. Daß Karen in Manhattan arbeitete, wußte sie, nicht aber, daß sie dort ein Apartment hatte.

Zwei Tage später brachte Allan ihr abends ein Buch zurück. Sie hatte sich gerade ein Hühnchen gebraten, und das Haus war von dem einladenden Duft erfüllt. Eine Bemerkung, die er darüber machte, veranlaßte sie dazu, ihn spontan zum Abendessen einzuladen.

Allan war es gewohnt, vor dem Abendessen einen langen Spaziergang zu machen. Ab und zu schaute er bei ihr vorbei; das passierte an den Abenden, die Karen in New York verbrachte, immer häufiger. Er pflegte anzurufen und sie zu fragen, ob sein Besuch willkommen sei, und wenn ja, was er mitbringen solle. Gewöhnlich brachte er Wein oder Käse oder etwas Obst mit und verabschiedete sich meist gegen acht oder halb neun. Er war ihr gegenüber immer sehr aufmerksam, aber nicht anders, als wenn der Raum voller Menschen gewesen wäre.

Trotzdem lag Vera nachts oft wach und fragte sich, wie lange es wohl dauern würde, bis die Leute anfingen, über sie zu klatschen. Ohne ihn gefragt zu haben, war sie überzeugt, daß er seiner Frau nicht erzählte, wieviel Zeit sie miteinander verbrachten.

Die Leona-Briefe zeigte Allan ihr sofort, als sie bei ihm einzutreffen begannen. »Ich werde sie Karen nicht sehen lassen«, sagte er. »Sie würde sich nur aufregen.«

»Aber sie würde doch nicht an diesen Unsinn glauben?«

»Nein, aber Karen ist innerlich viel unsicherer, als man bei ihrer Bildung und ihrem Auftreten annehmen würde, und ich bin ihr eine größere Stütze, als ihr wahrscheinlich klar ist.« Ein paar Wochen später erzählte er ihr, daß Karen die Briefe gefunden hatte. »Genau wie ich es erwartet hatte: Jetzt ist sie beunruhigt und macht sich Sorgen.«

Damals hatte Vera sich gedacht, daß Karen eigentlich nicht so recht erkennen ließ, was ihr wirklich wichtig war – auf der einen Seite machte sie sich Sorgen um ihren Mann, andererseits ließ sie ihn die meiste Zeit allein.

Anfangs machte Allan den Eindruck, als wolle er ganz bewußt allen persönlichen Themen aus dem Wege gehen, fing aber dann an, aus seiner Jugendzeit zu erzählen. »Mein alter Herr ist abgehauen, als ich acht Monate alt war. Meine Mutter und meine Großmutter … die waren vielleicht ein Paar! Meine Großmutter hatte ein großes altes Haus in Ithaca und vermietete Zimmer an alte Leute. Ich sagte immer, ich sei in einem Altenheim aufgewachsen. Vier oder fünf der Mieter waren pensionierte Lehrer, und so hatte ich immer Hilfe bei meinen Hausaufgaben. Meine Mutter arbeitete in dem Kaufhaus in der Stadt. Sie sparten sich jeden Penny für meine Ausbildung vom Mund ab und legten das Geld geschickt an. Ich könnte schwören, daß sie enttäuscht waren, als ich ein Stipendium für Yale bekam. Kochen konnten beide hervorragend, ich erinnere mich immer noch ganz deutlich daran, wie herrlich es war, wenn ich an einem kalten Nachmittag, nachdem ich meine Zeitungen ausgetragen hatte, nach Hause kam und die Tür öffnete und mir ein warmer Schwall entgegenschlug und ich all die herrlichen Düfte aus der Küche roch.«

All das hatte ihr Allan eine Woche vor seinem Tod erzählt und dann gemeint: »Und, Vera, genauso fühle ich mich, wenn ich hierherkomme. Wärme und Gefühl, zu jemandem nach Hause zu kommen, mit dem ich zusammensein möchte und dem hoffentlich auch meine Gesellschaft etwas bedeutet.« Er hatte den Arm um sie gelegt. »Wirst du Geduld mit mir haben? Ich muß da etwas regeln.«

An dem Abend vor seinem Tod war Allan das letztemal bei ihr gewesen. Er war deprimiert und unruhig gewesen. »Ich hätte zuerst mit Laurie und ihrer Schwester sprechen sollen; daß ich zum Dekan ging, war eine Kurzschlußhandlung. Der Dekan meinte, ich sei diesem jungen Mädchen gegenüber zu freundlich, und hat mich geradeheraus gefragt, ob Karen und ich Probleme hätten, ob es irgendwelche Gründe für ihre häufige Abwesenheit gäbe.« An jenem Abend hatte er sie an der Tür geküßt und gesagt: »Etwas wird sich ändern. Ich mag dich sehr gern und brauche dich.«

Irgendein Instinkt hatte sie dazu gedrängt, ihn zum Bleiben aufzufordern. Hätte sie doch nur darauf gehört und sich nicht um all den Klatsch geschert. Aber sie hatte ihn gehen lassen. Kurz nach halb elf hatte sie ihn angerufen; er hatte erstaunlich vergnügt gewirkt. Er habe mit Karen gesprochen, und jetzt liege alles auf dem Tisch. Er würde eine Schlaftablette nehmen und zu Bett gehen. Und dann hatte er gesagt: »Ich liebe dich.« Das waren die letzten Worte gewesen, die sie von ihm gehört hatte.

Zu aufgedreht, um zu Bett zu gehen, hatte sich Vera die Elf-Uhr-Nachrichten im Fernsehen angesehen und dann angefangen, das Wohnzimmer aufzuräumen, die Kissen aufzuschütteln, Zeitschriften zu ordnen. Dabei hatte sie auf dem Lehnsessel etwas blitzen sehen – Allans Zündschlüssel. Er mußte ihm aus der Tasche gefallen sein.

Eine unerklärliche Unruhe hatte sie erfüllt, und der Schlüssel war der Vorwand gewesen, ihn noch einmal anzurufen. Sie hatte seine Nummer gewählt und das Telefon endlos klingeln lassen, aber niemand hatte sich gemeldet. Wahrscheinlich hatte die Schlaftablette bereits ihre Wirkung getan, hatte sie sich eingeredet.

Heute bedrückte sie ihre Einsamkeit ganz besonders, als sie sich an Allans Gesicht erinnerte, während sie mit gesenktem Kopf über den mit Kopfsteinen gepflasterten Weg eilte. Ihre Arme sehnten sich nach ihm. Jetzt hatte sie die Treppe erreicht. »Allan. Allan. Allan.«

Vera war nicht bewußt, daß sie seinen Namen laut ausgesprochen hatte, bis sie aufblickte und dem forschenden Blick Brendon Moodys begegnete, der auf der Terrasse auf sie wartete.

79

Sarah saß an einem Ecktisch in der Villa Cesare in Hillsdale, ein paar Kilometer von Ridgewood, und fragte sich, was in aller Welt sie dazu getrieben hatte, sich von Reverend Bobby und Carla Hawkins zu einem gemeinsamen Abendessen überreden zu lassen.

Fünf Minuten nach Sarahs Rückkehr aus New York waren die beiden an ihrer Haustür aufgetaucht. Sie seien nur so herumgefahren, hatten sie gesagt, um sich mit ihrer neuen Umgebung vertraut zu machen, und sie hätten sie auf der Lincoln Avenue überholt.

»Sie sahen so aus, als würden Sie ein wenig Beistand brauchen«, hatte Reverend Bobby gesagt. »Und da spürte ich, wie der Herr mir sagte, ich solle umkehren, bei Ihnen läuten und hallo sagen.«

Sarah war in der Klinik gewesen, hatte sich dort schließlich von Gregg Bennett verabschiedet und war um sieben

Uhr nach Hause gekommen. Sie war müde und hungrig. Sophie war nicht da, und Sarah wußte in dem Augenblick, als sie die Tür des leeren Hauses geöffnet hatte, daß sie nicht zu Hause bleiben wollte.

Die Villa Cesare war seit langer Zeit eines ihrer Lieblingsrestaurants, denn die Küche war vorzüglich. Muschelragout, Scampi, ein Glas Weißwein, Cappuccino, eine freundliche, wohltuende Atmosphäre, das brauchte sie jetzt. Sie war gerade im Begriff, das Haus zu verlassen, als die Hawkins kamen. Und irgendwie hatte es sich dann ergeben, daß sie gemeinsam in das Lokal gefahren waren.

Während Sarah vertrauten Gesichtern an anderen Tischen zunickte, sagte sie sich: Das sind Leute, die es gut meinen, und wenn jemand für mich beten will, habe ich ganz bestimmt nichts dagegen. In Gedanken versunken merkte sie plötzlich, daß Reverend Hawkins sie nach Laurie gefragt hatte.

»Es ist alles eine Frage der Zeit«, erklärte sie. »Justin – ich meine Dr. Donnelly – zweifelt nicht im geringsten daran, daß Laurie irgendwann einmal ihren Widerstand einstellen und über die Nacht, in der Professor Grant gestorben ist, sprechen wird. Aber allem Anschein nach ist jene Erinnerung mit der Angst vor dem verknüpft, was in ihrer Vergangenheit geschehen ist. Der Arzt meint, daß es irgendwann einmal einen ganz spontanen Durchbruch für sie geben wird. Gott gebe, daß es dazu kommt.«

»Amen«, sagten Bobby und Carla aus einem Munde.

Sarah merkte, daß sie anfing, unvorsichtig zu werden, und zuviel über Laurie redete. Schließlich waren diese Leute Fremde, mit denen sie einzig und allein die Tatsache verband, daß sie das Haus gekauft hatten.

Das Haus. Das war unverfänglich. »Mutter hat den Garten so angelegt, daß immer Farbe um uns war«, sagte sie, während sie sich ein Brötchen aus dem Korb nahm. »Die Tulpen waren herrlich, Sie haben sie ja gesehen. In etwa einer Woche werden die Azaleen aufblühen, die mag ich am liebsten. Unsere Azaleen sind schön, aber nicht so einmalig wie die der D'Andreas'. Die wohnen in dem Haus an der Ecke.«

Opal lächelte strahlend. »Welches Haus ist das? Das mit den grünen Läden oder das weiße, das früher einmal rosa war?«

»Das, das einmal rosa war. Mein Vater war damals richtig wütend, als die alten Besitzer es in der Farbe streichen ließen. Ich erinnere mich noch gut daran, wie er sagte, er würde zur Stadtverwaltung gehen und verlangen, daß man seine Grundsteuer heruntersetzen solle.«

Opal spürte, wie Bics Augen sie anfunkelten. Der Fehler, den sie gemacht hatte, war so ungeheuerlich, daß sie am liebsten aufgestöhnt hätte. Warum war ihr das rosa Haus plötzlich in den Sinn gekommen? Wie viele Jahre war es her, daß man es neu gestrichen hatte?

Aber glücklicherweise schien Sarah Kenyon nichts bemerkt zu haben, denn sie fing jetzt an, über ihre neue Wohnung zu sprechen und wie schnell dort alles vorwärtsging. »Am ersten August wird sie fertig sein«, sagte sie. »Also können wir das Haus rechtzeitig für Sie räumen. Es war wirklich sehr liebenswürdig von Ihnen, so lange zu warten.«

»Könnte es sein, daß Laurie nach Hause darf?« fragte Bic beiläufig, während der Ober ihm seine Piccata Milanese brachte.

»Beten Sie darum, Reverend Hawkins«, sagte Sarah. »Dr. Donnelly hat gesagt, daß sie für niemanden die geringste Gefahr darstellt. Er möchte, daß die Staatsanwaltschaft einen Psychiater damit beauftragt, sie zu untersuchen und zuzustimmen, daß sie ambulant behandelt werden kann. Er ist der Ansicht, daß Laurie das Gefühl überwinden muß, sie müsse hinter Schloß und Riegel gehalten werden, um sicher zu sein, und meint, nur so könne sie ihre Verteidigung unterstützen.«

»Ich wünsche mir von Herzen, Ihre kleine Schwester zu Hause in Ridgewood zu sehen«, sagte Bic und tätschelte dabei Sarahs Hand.

Als Sarah sich abends schlafen legte, nagte der Gedanke an ihr, daß da irgend etwas gewesen war, das sie hätte stutzig machen müssen, ihr aber wieder entschlüpft war.

Es muß irgend etwas gewesen sein, das Laurie gesagt hatte, entschied sie, ehe sie in Schlaf sank.

80

Als Justin Donnelly zu Fuß von der Klinik zu seinem Apartment am Central Park South ging, war er so in Gedanken versunken, daß er überhaupt keinen Blick für das sich wandelnde Panorama New Yorks hatte. Es war sieben Uhr, und die Sonne hatte noch vierzig Minuten Zeit, bis sie im Westen versinken würde. Das schwüle Wetter hatte Scharen von Menschen auf die Fifth Avenue gelockt, wo sie in den Bücherständen schmökerten, die den Park säumten, oder die ausgestellten Amateurkunstwerke mehr oder weniger kennerhaft musterten.

Der würzige Duft von Souvlaki, der um seine Nase fächelte, während die müden Straßenhändler ihre Karren wegschoben, der Anblick der geduldigen Pferde, die an den festlich geschmückten Kutschen angeschirrt standen, die Reihe von Limousinen vor dem Plaza Hotel – für all diese Dinge war er blind. Justins Gedanken befaßten sich ausschließlich mit Laurie Kenyon.

Sie war mit Abstand die interessanteste Patientin, mit der er je zu tun gehabt hatte. Für Frauen, die in ihrer Kindheit sexuell mißhandelt worden waren, war es durchaus nicht ungewöhnlich, daß sie später das Gefühl hatten, sie hätten dies selbst provoziert oder veranlaßt. Aber den meisten wurde irgendwann klar, daß sie, was ihnen widerfahren war, unmöglich hätten verhindern können. Laurie Kenyon widersetzte sich dieser Erkenntnis.

Doch es gab durchaus Fortschritte. Er hatte sie vor dem Verlassen der Klinik noch einmal kurz aufgesucht. Das

Abendessen war bereits vorüber, und sie saß im Wintergarten. Sie war still und nachdenklich gewesen. »Daß Gregg heute gekommen ist, war furchtbar nett von ihm«, hatte sie unaufgefordert gesagt und dann hinzugefügt: »Ich weiß, daß er mir nie etwas Böses antun würde.«

Als Justin sein Apartmentgebäude betrat, fragte er sich, ob er sie vielleicht zu stark unter Druck gesetzt hatte. Ob es vielleicht ein Fehler war, den von der Staatsanwaltschaft bestellten Psychiater anzurufen und ihn zu bitten, Laurie noch einmal zu untersuchen und sie gegen Kaution eventuell auf freien Fuß zu setzen.

Ein paar Minuten später saß er auf der Terrasse seines Apartments vor einem Glas seines Lieblingsweines, einem australischen Chardonnay, als das Telefon klingelte. Es war die Klinik. Die Oberschwester entschuldigte sich für die Störung. »Es ist Miss Kenyon. Sie sagt, sie müsse Sie unbedingt sofort sprechen.«

»Laurie!«

»Nicht Laurie, Doktor. Ihre andere Persönlichkeit, Kate. Sie will Ihnen etwas schrecklich Wichtiges sagen.«

»Stellen Sie sie durch!«

Die eindringliche Stimme sagte: »Dr. Donnelly, hören Sie, da ist ein kleiner Junge, der Ihnen etwas ganz Schlimmes sagen will, aber Laurie hat Angst davor und will es nicht zulassen.«

»Wer ist der Junge, Kate?« fragte Justin schnell. Ich habe recht gehabt, dachte er. Laurie hat noch weitere Persönlichkeiten in sich, die bis jetzt noch nicht an die Oberfläche gekommen sind.

»Wie er heißt, weiß ich nicht, und er will mir auch nicht sagen, worum es geht. Aber er ist neun oder zehn und recht clever und hat für Laurie eine ganze Menge eingesteckt. Er will jetzt nicht länger den Mund halten. Sie müssen weiter auf sie einwirken. Jetzt haben Sie es bald geschafft. Heute wäre er fast so weit gekommen, Sie anzusprechen.«

Es klickte in Justins Ohr. Sie hatte aufgelegt.

81

Am 15. Juni erhielt Reverend Hawkins einen Anruf von Liz Pierce von der Zeitschrift *People,* die ihn um ein Interview bat, weil sie, wie sie sagte, in der Septemberausgabe einen Artikel über ihn schreiben sollte.

Bic sträubte sich zuerst, sagte dann aber, er fühle sich geschmeichelt, und versicherte der Journalistin: »Es wird mir eine Freude sein, die Kunde von meinem göttlichen Auftrag zu verbreiten.«

Als er jedoch den Hörer auflegte, veränderte sich sein Tonfall unvermittelt und verlor jegliche Wärme. »Opal, wenn ich abgelehnt hätte, würde diese Journalistin jetzt glauben, ich hätte etwas zu verbergen. So kann ich wenigstens auf das, was sie schreibt, Einfluß nehmen.«

82

Brendon Moody sah Sarah mitfühlend an. Es war ein schwüler Julitag, aber sie hatte die Klimaanlage in der Bibliothek noch nicht eingeschaltet. Sie trug ein dunkelblaues Leinenjackett mit einem weißen Kragen und dazu einen weißen Rock. Es war erst halb neun, aber sie war bereits für die Fahrt nach New York fertig angekleidet. Vier Monate geht das jetzt, dachte Brendon, vier Monate voll und ganz auf eine Verteidigung konzentriert, die einfach keine Fortschritte macht; vier Monate, in denen sie fast jeden Tag in einer psychiatrischen Klinik verbracht hat, dankbar dafür, daß ihre Schwester wenigstens dort und nicht im Bezirksgefängnis untergebracht ist. Und er würde ihr jetzt gleich die letzte Hoffnung auf eine erfolgreiche Verteidigung nehmen.

Sophie klopfte an der Tür und trat, ohne auf Antwort zu warten, mit einem Tablett mit Kaffee, Brötchen und Orangensaft ins Zimmer. »Mr. Moody«, sagte sie, »hoffentlich können Sie Sarah dazu bringen, wenigstens dieses Brötchen zu essen. Sie ißt jetzt überhaupt nichts mehr und besteht bald nur noch aus Haut und Knochen.«

»Oh, Sophie«, protestierte Sarah.

»Gar nicht ›oh, Sophie‹ – es ist ja schließlich wahr.« Sophie stellte mit besorgter Miene das Tablett auf den Schreibtisch. »Wird der Wundertäter heute wieder auftauchen?« fragte sie. »Sarah, du solltest Miete von diesen Leuten verlangen.«

»Sie sollten von mir Miete verlangen«, widersprach Sarah. »Schließlich gehört ihnen dieses Haus schon seit März.«

»Aber es war doch vereinbart, daß ihr im August ausziehen würdet.«

»Sie stören mich nicht. Eigentlich sind sie sogar sehr nett zu mir gewesen.«

»Nun, ich sehe sie mir seit einiger Zeit jeden Sonntag im Fernsehen an, und ich kann dir sagen, mir gefallen die beiden gar nicht. Für meine Begriffe treibt dieser Mann Mißbrauch mit dem Namen des Herrn, indem er für Geld Wunder verspricht und so redet, als würde der Herrgott jeden Tag auf ein Plauderstündchen zu ihm kommen.«

»Sophie«, protestierte Sarah.

»Schon gut, schon gut.« Sophie stapfte kopfschüttelnd aus der Bibliothek, und ihre schweren Schritte drückten ihre Mißbilligung aus.

Sarah reichte Brendon eine Tasse. »Wie wir gerade sagten – oder haben wir überhaupt schon etwas gesagt?«

Brendon nahm die Tasse entgegen, kippte drei gehäufte Löffel Zucker hinein und rührte lautstark. »Ich wünschte, ich hätte gute Nachrichten«, sagte er, »aber das ist nicht der Fall. Unsere größte Hoffnung bestand darin, daß Allan Grant Lauries Deprimiertheit und Kummer ausgenützt und sie, indem er ihre Briefe der Verwaltung übergeben hat, in den Abgrund getrieben hat. Nun, Sarah, auch wenn das wirklich so war, werden wir es nie beweisen können. Seine Ehe war ziemlich zerrüttet, das habe ich gespürt, und ich habe mich deshalb näher mit seiner Frau befaßt. Die ist mir vielleicht eine! Die Hotelangestellten sagen, sie hätte eine ganze Menge Männerbeziehungen gehabt. Seit einem Jahr allerdings gibt es da nur noch einen Mann, und nach dem scheint sie ziemlich verrückt zu sein. Edwin Rand heißt er. Einer von diesen geschniegelten, gutaussehenden Typen, die ihr ganzes Leben lang von Frauen leben. Etwa vierzig oder fünfundvierzig. Ein Reiseschriftsteller, der nicht genügend Geld verdient, um davon zu leben, aber in Hotels auf der ganzen Welt eingeladen wird. Ein Nassauer, wie er im Buche steht.«

»Wußte Allan Grant über ihn Bescheid?« fragte Sarah.

»Weiß ich nicht. Wenn Karen zu Hause war, sind die beiden gut miteinander ausgekommen.«

»Aber angenommen, er wußte es und hat sich deshalb Laurie zugewandt, die in ihn verliebt war?«

Sarah schien, während sie das sagte, förmlich aufzuleben. Armes Mädchen, dachte Brendon, die greift nach allem, was sie für ihre Verteidigung nutzen kann.

»Zieht nicht«, meinte er und schüttelte den Kopf. »Allan hatte sich mit einer Kollegin namens Vera West getroffen. Sie hat mir erzählt, sie hätte das letztemal um halb elf an dem Abend, an dem er starb, mit ihm gesprochen. Er war guter Stimmung und sagte, er sei erleichtert, weil jetzt alles auf dem Tisch läge.«

»Und was soll das heißen?«

»Sie hat daraus geschlossen, daß er seiner Frau gesagt hatte, daß er die Scheidung will.«

Brendon wandte den Blick ab, als er die Verzweiflung in Sarahs Augen sah. »Sie könnten daraus natürlich seiner Frau einen Strick drehen«, sagte er. »Allan Grants Mutter hat einen Treuhandfonds hinterlassen, aus dem Grant jährlich um die hunderttausend Dollar bezog. An das Kapital – und das sind fast eineinhalb Millionen, die sich immer noch vermehren – wäre er erst mit sechzig rangekommen. Die Mutter hatte offensichtlich erkannt, daß er kein Geschick für den Umgang mit Geld hatte.

Nach allem, was ich gehört habe, betrachtete Karen Grant dieses Einkommen als ihr persönliches Taschengeld. Im Falle einer Scheidung wäre der Fonds aber nicht dem Gemeinschaftsvermögen zugeschlagen worden. Was sie in dem Reisebüro verdient, reicht unmöglich für ihr teures Apartment und ihre Designerkleider. Und mit ihrem Schriftstellerfreund wäre Schluß gewesen. Durch Allans Tod hat sie alles bekommen.

Das Problem«, schloß Brendon, »ist nur, daß Karen Grant sich ganz sicherlich nicht das Messer ausgeliehen, ihren Mann getötet und anschließend das Messer wieder Laurie zurückgegeben hat.«

Sarah nahm nicht mehr wahr, daß ihr Kaffee nur noch lauwarm war. Schlückchenweise an ihrer Tasse zu nippen, half ihr, die angespannten Halsmuskeln zu lockern.

»Ich habe Nachricht aus der Staatsanwaltschaft bekommen«, erklärte sie. »Der zweite Psychiater, der beigezogen wurde, hat sich die Videoaufzeichnungen von Lauries Therapiesitzungen angesehen, und man ist jetzt bereit, zu akzeptieren, daß sie an Persönlichkeitsstörungen leidet.«

Sie strich sich mit der Hand über die Stirn, als würde sie damit Kopfschmerzen wegwischen. »Falls Laurie sich des Totschlags schuldig erklärt, würde man darauf verzichten, die Höchststrafe zu fordern. Wahrscheinlich würde sie dann in fünf Jahren, vielleicht sogar in noch kürzerer Zeit, freikommen. Aber wenn wir vor Gericht gehen, wird die Anklage auf bewußten und vorsätzlichen Mord lauten. Und die Chance, daß die Staatsanwaltschaft damit durchkommt, ist recht gut.«

83

»Seit Kate mich angerufen hat, um mir zu sagen, daß es da zusätzlich die Persönlichkeit eines neun- oder zehnjährigen Jungen gäbe, der mit mir sprechen will, ist ein Monat vergangen«, meinte Justin Donnelly zu Sarah. »Wie Sie wissen, leugnet Kate seitdem entschieden, irgend etwas von einer solchen Persönlichkeit zu wissen.«

Sarah nickte. »Ich weiß.« Es war an der Zeit, Justin Donnelly zu sagen, daß sie und Brendon Moody übereingekommen waren, das Angebot der Staatsanwaltschaft anzunehmen und auf Totschlag zu plädieren. »Ich bin zu einer Entscheidung gelangt«, begann sie.

Justin hörte ihr zu, ohne sie aus den Augen zu lassen. Wenn ich Künstler wäre, dachte er, würde ich dieses Gesicht jetzt zeichnen und das Bild ›Leid‹ nennen.

»Sie sehen also«, schloß Sarah, »die Psychiater der Staatsanwaltschaft glauben, daß Laurie als Kind mißbraucht worden ist und es deutliche Hinweise auf Persönlichkeitsstörungen gibt. Das wird ihr die Sympathie der Geschworenen eintragen, und sie werden sie deshalb höchstwahrscheinlich nicht des Mordes schuldig sprechen. Aber das Strafmaß für schweren Totschlag beträgt ebenfalls bis zu dreißig Jahre. Wenn sie sich andererseits des Totschlags zweiten Grades schuldig erklärt, also der absichtlichen Tötung aus Leidenschaft, noch dazu unter entsprechender Provozierung, könnte sie schlimmstenfalls zu zehn Jahren verurteilt werden. Es würde im Ermessen des Gerichts liegen, auf fünf Jahre ohne das Recht der Begnadigung oder auf ein Strafmaß von fünf Jahren *mit* dem Recht auf Begnadigung zu erkennen, so daß sie in ein oder zwei Jahren wieder frei sein könnte. Ich habe einfach nicht das Recht, fast dreißig Jahre von Lauries Leben aufs Spiel zu setzen.«

»Wie kann sie sich eines Verbrechens schuldig bekennen, an das sie sich nicht erinnert?« fragte Justin.

»Das wäre durchaus legal. Ihre Aussage würde dann etwa der Art sein, daß sie zwar keine Erinnerung an die Tat hat, daß sie und ihr Anwalt aber nach Würdigung des Beweismaterials zu der Meinung gelangt sind, daß sie sie begangen hat.«

»Wie lange können Sie sie noch hinhalten?«

Sarahs Stimme wurde unsicher. »Welchen Sinn würde

das haben? Ich denke, daß es auf lange Sicht für Laurie günstig wäre, den Druck von ihr zu nehmen, wenn sie sich an die Tat erinnern soll.«

»Lassen Sie mir noch ein wenig Zeit. Wie lange wird es denn dauern, bis der Richter sie nach Hause gehen läßt?«

»Bis nächste Woche.«

»Gut. Es gibt da nämlich etwas, das ich Ihnen unbedingt zeigen möchte.«

Er zog ein Foto im Format zwanzig mal vierundzwanzig aus Lauries Akte, das kreuz und quer mit dünnen Linien überzogen war.

»Das ist eine Vergrößerung von dem Bild, das Laurie zerfetzt hat«, erklärte er. »Die Rekonstruktion ist hervorragend gelungen. Sagen Sie mir, was Sie auf dem Bild sehen.«

Sarah sah auf die Fotografie, und ihre Augen weiteten sich. »So wie das vorher aussah, konnte ich nicht erkennen, daß Laurie weinte. Dieser Baum. Das halbzerfallene Haus. Und was ist das dahinter – eine Scheune? In Ridgewood gibt es so etwas nicht. Wo ist dieses Bild aufgenommen worden?«

Sie runzelte die Stirn. »Oh, warten Sie mal. Laurie ist an drei Nachmittagen die Woche in einen Kindergarten gegangen. Man hat mit den Kindern Ausflüge in Parks und an Seen gemacht. Im Harriman State Park gibt es solche Bauernhäuser. Aber ich verstehe nicht, warum dieses Bild sie so erschreckt hat.«

»Das will ich versuchen herauszufinden«, sagte Justin und schaltete die Videokamera ein, als Laurie die Tür öffnete.

Laurie zwang sich, das Bild anzusehen. »Der Hühnerstall hinter dem Haus«, flüsterte sie. »Dort passieren schlimme Dinge.«

»Was für schlimme Dinge, Laurie?« fragte Justin.

»Halt den Mund, Blödmann. Sonst merkt er's, und dann weißt du ja, was mit dir passiert.«

Sarah grub die Fingernägel in die Handflächen. Das war eine Stimme, die sie noch nie zuvor gehört hatte, eine junge, kräftige, knabenhafte Stimme. Laurie runzelte die Stirn. Obwohl ihr Gesicht allem Anschein nach seine Konturen verloren hatte, wirkte ihr Mund fest und entschlossen. Die eine Hand schlug nach der anderen.

»Tag«, sagte Justin beiläufig. »Du bist neu. Wie heißt du denn?«

»Schau, daß du wieder hineinkommst, du!« Das war Leonas Tonfall. »Hören Sie, Doktor, ich weiß, daß dieses Miststück von Kate versucht hat, mich wegzudrängen. Aber dazu kommt's nicht.«

»Leona, warum müssen Sie eigentlich immer Ärger machen?« fragte Justin.

Sarah begriff, daß er es mit einer neuen Taktik versuchte. Seine Stimme klang aggressiv.

»Weil die Leute es immer mit krummen Touren versuchen. Ich habe Allan vertraut, und dann hat er mich reingelegt. Und dann habe ich Ihnen vertraut, als Sie gesagt haben, wir sollten ein Tagebuch führen, und Sie haben dieses Bild reingeschoben.«

Laurie fiel jetzt das Haar ins Gesicht. Sie schob es mit einer unbewußt verführerischen Handbewegung zurück.

»Das ist unmöglich. Sie haben dieses Bild nicht in Ihrem Tagebuch gefunden, Leona.«

»Aber sicher habe ich das. Genauso wie ich dieses verdammte Messer in meiner Schultertasche gefunden habe. Ich ging zu Allan, um Klarheit zu schaffen, und er wirkte so friedlich, daß ich ihn nicht einmal aufweckte. Und jetzt geben die Leute mir die Schuld dafür, daß er tot ist.«

Sarah hielt den Atem an. Du darfst jetzt nicht reagieren, sagte sie sich. Du darfst sie nicht ablenken.

»Haben Sie versucht, ihn aufzuwecken?« Es klang so, als erkundigte Justin sich nur nach dem Wetter.

»Nein, ich wollt's ihm zeigen. Ich meine, ich komme da ja nicht raus. Das Küchenmesser, das verschwunden war. Sarah. Sophie. Dr. Carpenter. Alle wollen sie wissen, warum ich es genommen habe. Ich habe dieses Messer nicht genommen. Und dann hält Allan mich zum Narren. Wissen Sie, was ich da beschlossen habe?« Sie wartete seine Antwort nicht ab. »Ich wollt's diesem Kerl zeigen. Mich vor seinen Augen umbringen. Ihm sollte es leid tun, was er mir angetan hat. Hatte doch keinen Sinn, weiterzuleben. Nichts wird jemals wieder gut für mich sein.«

»Sie gingen also zu seinem Haus, und da stand das große Fenster offen?«

»Nein. Ich steige nicht durch Fenster ein. Die Terrassentür zu seinem Arbeitszimmer. Das Schloß funktioniert nicht. Er lag bereits im Bett. Ich ging in sein Zimmer. Herrgott noch mal, haben Sie eine Zigarette?«

»Selbstverständlich.« Donnelly wartete, bis Leona sich zurückgelehnt hatte, die angezündete Zigarette zwischen den Fingern, ehe er fragte: »Was hat Allan denn getan, als Sie ins Zimmer kamen?«

Ihre Lippen verzogen sich zu einem Lächeln. »Geschnarcht hat er. Können Sie sich das vorstellen? Mein großer Auftritt im Eimer. Im Bett eingerollt wie ein kleiner Junge, die Arme um das Kopfkissen, das Haar zerzaust, und schnarcht.« Ihre Stimme wurde weicher, sie redete jetzt stockend. »Mein Papa hat auch immer geschnarcht. Mama hat immer gesagt, das sei das einzige an ihm, das sie ändern würde. Tote hätte der mit seinem Schnarchen aufwecken können.«

»Und Sie hatten das Messer?«

»Oh, das Messer. Ich legte meine Schultertasche neben dem Bett auf den Boden. Das Messer hatte ich da schon in der Hand. Ich legte es oben auf die Tasche. Ich war so müde. Und wissen Sie, was ich dachte?«

»Sagen Sie es mir.«

Die Stimme änderte sich vollkommen, wurde die der vierjährigen Debbie. »Ich dachte an all die vielen Male, wo ich mich von meinem Papa nicht festhalten oder küssen ließ, nachdem ich von dem Haus mit dem Hühnerstall zurückgekommen war, und legte mich neben Allan aufs

Bett, und er hat es gar nicht gemerkt, er hat einfach weitergeschnarcht.«

»Und was ist dann geschehen, Debbie?«

»Dann wurde mir bange. Ich bekam Angst, er würde aufwachen und böse auf mich sein und mich wieder beim Dekan verraten. Und so stand ich auf und ging auf Zehenspitzen hinaus. Und er wußte überhaupt nicht, daß ich dagewesen war.«

Sie kicherte vergnügt wie ein kleines Mädchen, das jemandem einen Streich gespielt hatte und dabei nicht erwischt worden war.

Justin ging mit Sarah in Neary's Restaurant zum Abendessen. »Ich bin hier Stammgast«, sagte er zu ihr, als ein strahlender Jimmy Neary ihnen entgegeneilte, um sie zu begrüßen. Justin stellte Sarah vor: »Da bringe ich jemanden, den Sie ein bißchen aufpäppeln müssen, Jimmy.«

Am Tisch sagte er: »Ich glaube, Sie haben einen schweren Tag hinter sich. Soll ich Ihnen von Australien erzählen?«

Sarah hätte nie geglaubt, daß sie imstande sein würde, ihr Steak und die Pommes frites bis auf den letzten Bissen aufzuessen. Als Justin eine Flasche Chianti bestellt hatte, hatte sie protestiert: »He, Sie können zu Fuß nach Hause gehen, ich muß fahren.«

»Ich weiß. Es ist erst neun. Wir werden nachher einen langen Spaziergang zu meiner Wohnung machen und dort Kaffee trinken.«

New York an einem Sommerabend, dachte Sarah, als sie auf Justins kleiner Terrasse saßen und in winzigen Schlucken Espresso tranken. Die Lichter auf den Bäumen, das üppige Laub, die Pferde und die Kutschen, die Spaziergänger und die Jogger. All dies war eine Welt, die mit versperrten Räumen und Gefängnisgittern nichts gemein hatte.

»Lassen Sie uns darüber reden«, sagte sie. »Besteht denn

irgendeine Chance, daß das, was Laurie, oder besser Debbie, uns heute gesagt hat – daß sie sich neben Allan Grant gelegt und ihn, ohne ihn aufzuwecken, wieder verlassen hat –, wirklich die Wahrheit ist?«

»Soweit Debbie das weiß, ist es vermutlich wahr.«

»Ich verstehe. Ich dachte, Laurie erinnerte sich an etwas, als sie dieses Foto sah. Was könnte das sein?«

»Ich glaube, an dem Ort, an dem Laurie jene zwei Jahre lang festgehalten wurde, gab es wahrscheinlich einen Hühnerstall. Das Bild hat sie an etwas erinnert, das dort geschehen ist. Möglicherweise erfahren wir im Laufe der Zeit, was das war.«

»Aber die Zeit wird knapp.« Sarah war nicht bewußt, daß sie weinte, bis sie spürte, wie ihr die Tränen über die Wangen strömten. Sie griff sich mit beiden Händen an den Mund, versuchte das Schluchzen zu unterdrücken, das sie plötzlich würgte.

Justin legte die Arme um sie. »Lassen Sie alles raus, Sarah«, sagte er zärtlich.

84

Brendon Moody hatte eine Theorie, daß man, wenn man nur lange genug wartete, auch eine Chance bekam. Seine Chance kam am 25. Juni wie aus heiterem Himmel. Don Fraser, ein Student im ersten Semester in Clinton, wurde wegen Drogenhandels festgenommen. Dem jungen Mann war klar, daß man ihn in flagranti ertappt hatte, und so deutete er an, er würde, wenn man ihm eine milde Strafe versprach, etwas darüber sagen können, wo Laurie Kenyon in der Nacht gewesen war, als Allan Grant ermordet wurde.

Der Vertreter der Anklage garantierte ihm gar nichts, sagte aber, er würde tun, was er könnte. Rauschgifthandel im Umkreis von dreihundert Metern um eine High-School konnte ein Strafmaß von drei Jahren bedeuten, aber nachdem man Fraser gerade am Rande der Dreihundert-Meter-Zone festgenommen hatte, erklärte sich der Staatsanwalt einverstanden, es mit dem Vergehen im Schulbereich nicht zu genau zu nehmen, falls Fraser etwas von Bedeutung liefern konnte.

»Ich möchte, daß ich für das, was ich Ihnen sagen werde, straffrei gestellt werde«, beharrte Fraser.

»Sie hätten einen guten Anwalt abgegeben«, meinte der Staatsanwalt mit säuerlicher Miene. »Ich sage es noch einmal: Liefern Sie uns etwas, das uns weiterhilft, dann helfen wir Ihnen auch. Weiter werde ich im Augenblick nicht gehen. Jetzt liegt's bei Ihnen.«

»Schon gut, schon gut. Ich war in der Nacht des achtundzwanzigsten Januar zufällig an der Ecke der North Church und der Maple Street«, begann Fraser.

»Zufällig! Um welche Zeit war das?«

»Zehn nach elf.«

»Also gut. Und was ist dann geschehen?«

»Ich hatte mich mit ein paar Freunden unterhalten. Sie waren gegangen, und ich hatte auf jemand anders gewartet, der aber nie aufgetaucht ist. Es war kalt, und so dachte ich mir, ich würde jetzt ins Wohnheim zurückgehen.«

»Das war um zehn nach elf.«

»Ja.« Fraser wählte seine Worte mit Bedacht. »Plötzlich tauchte diese Biene wie aus dem Nichts auf. Ich wußte, daß es Laurie Kenyon war. Jeder kennt sie. Ihr Bild war ja dauernd in den Zeitungen, wegen Golf und dann auch, als ihre Eltern starben.«

»Was hatte sie an?«

»Eine Skijacke und Jeans.«

»Waren an ihr irgendwelche Blutspuren zu sehen?«

»Nein. Überhaupt nicht.«

»Haben Sie mit ihr gesprochen?«

»Sie kam auf mich zu. So wie sie ging, dachte ich, sie würde mich aufgabeln. Da war etwas an ihr, das richtig sexy wirkte.«

»Augenblick mal. North Church und Maple ist etwa zehn Blocks vom Haus der Grants entfernt, nicht wahr?«

»Ja, ungefähr. Sie kam jedenfalls auf mich zu und fragte mich, ob ich eine Zigarette hätte.«

»Und was taten Sie?«

»Das wird jetzt nicht gegen mich verwendet?«

»Nein. Was taten Sie?«

»Ich dachte, sie meinte Gras, also holte ich welches raus.«

»Und dann?«

»Wurde sie böse. Sie sagte, daß sie das Zeug nicht mag und daß sie eine richtige Zigarette wollte. Ich hatte welche bei mir und sagte ihr, ich würde ihr ein Päckchen verkaufen.«

»Sie haben ihr keine angeboten?«

»He, warum sollte ich?«

»Hat sie Ihnen Zigaretten abgekauft?«

»Nein. Sie griff nach ihrer Handtasche, die sie gar nicht dabeihatte, und dann hat sie etwas Komisches gesagt. Sie hat gesagt: ›Verdammt noch mal, jetzt muß ich zurück. Dieses dumme Kind hat vergessen, sie mitzunehmen.‹«

»Welches Kind? Was vergessen?«

»Ich weiß nicht, welches Kind. Ich bin sicher, sie hat ihre Handtasche gemeint. Sie sagte, ich solle zwanzig Minuten warten, dann würde sie wiederkommen.«

»Haben Sie gewartet?«

»Ich dachte mir, warum eigentlich nicht? Vielleicht würde dann mein anderer Freund auch noch kommen.«

»Sie blieben also dort stehen, wo Sie waren.«

»Nein. Ich wollte nicht, daß man mich sah. Ich ging ein paar Schritte weiter, vom Bürgersteig runter, und stellte mich zwischen zwei Büsche auf den Rasen vor dem Haus an der Ecke.«

»Wie lange dauerte es, bis Laurie zurückkam?«

»Vielleicht eine Viertelstunde. Aber sie rannte einfach an mir vorbei, blieb nicht stehen. Sie rannte, als ob der Teufel hinter ihr her wäre.«

»Das ist jetzt sehr wichtig: Hatte sie ihre Handtasche bei sich?«

»Sie umklammerte mit beiden Händen etwas, also denke ich, daß das die Handtasche war.«

85

Bic und Opal hörten gebannt die Bandaufnahmen von Sarahs Gespräch mit Brendon Moody über die Aussage des wegen Rauschgifthandels festgenommenen Studenten an. »Es stimmt mit dem überein, was Laurie uns gesagt hat«, erklärte Sarah Moody. »Debbie, die kindliche Persönlichkeit, erinnert sich daran, Allan Grant verlassen zu haben. Keine von Lauries Persönlichkeiten redet über das, was nach ihrer Rückkehr geschah.«

Bic meinte mit unheilvoller Miene: »Sich aus dem Haus eines Mannes schleichen – um dann zurückzukehren und einen Mord zu begehen – schrecklich.«

Opal versuchte ihre Eifersucht zu unterdrücken und tröstete sich mit dem Wissen, daß es nicht mehr lange so weitergehen würde. Sarah Kenyon würde in einigen Wochen nicht mehr in dem Haus sein, und zu der neuen Wohnung würde Bic keinen Zugang haben.

Bic ließ das letzte Stück Band noch einmal ablaufen. »Der Richter wird Lee am achten Juli erlauben, die Klinik zu verlassen. Das ist am kommenden Mittwoch«, sagte er. »Wir werden in Ridgewood einen Besuch abstatten, um Lee zu Hause willkommen zu heißen.«

»Bic, du hast doch nicht etwa vor, ihr vor die Augen zu treten?«

»Ich weiß, was ich vorhabe, Opal. Wir werden beide konservativ gekleidet sein und weder über Gott noch über Gebete sprechen, so sehr es mich auch schmerzt, den Herrn nicht an allem teilhaben zu lassen, was wir tun. Aber es ist wichtig, daß wir uns mit ihr anfreunden. Dann wird sie, falls zuviel von ihrer Erinnerung zurückkehrt, völlig durcheinandergeraten. Wir werden nicht lange bleiben. Wir werden uns dafür entschuldigen, daß wir stören, und wieder gehen.«

Das Telefon klingelte, und Opal nahm ab.

Es war Rodney Harper vom Sender WLIS in Bethlehem.

»Erinnern Sie sich an mich?« fragte er. »Ich habe den Sender geleitet, als Sie vor Jahren hier gearbeitet haben. Ich bin stolz, Ihnen sagen zu können, daß der Sender heute mir gehört.«

Opal winkte Bic zu, den zweiten Hörer abzunehmen, während sie sagte: »Rodney Harper, natürlich erinnere ich mich an Sie.«

»Ich wollte Ihnen beiden zu Ihrem Erfolg gratulieren. Sie haben es wirklich weit gebracht. Der Grund, daß ich heute anrufe, ist, daß eine Frau von der Zeitschrift *People* hier war und mit mir über Sie gesprochen hat.«

Opal und Bic tauschten Blicke. »Was hat sie Sie denn gefragt?«

»Oh, sie wollte nur wissen, was Sie für Leute waren. Ich hab' ihr gesagt, daß Bobby der beste Prediger war, den wir hier je hatten. Dann wollte sie wissen, ob ich ein Bild aus jener Zeit von Ihnen hätte.«

Opal sah, wie Bics Gesicht sich verfinsterte. »Und hatten Sie eines?«

»Ich muß Ihnen leider sagen, daß wir keines finden konnten. Wir sind vor etwa zehn Jahren mit dem Sender umgezogen und haben eine Menge Zeug weggeworfen. Wahrscheinlich sind Ihre Bilder mit in den Müll geraten.«

»Oh, das macht nichts«, sagte Opal und spürte, wie ihre Muskeln sich entspannten. »Warten Sie einen Augenblick. Mein Mann ist auch da und möchte guten Tag sagen.«

Bic meldete sich schier überschwenglich zu Wort. »Rodney, mein Freund, was für eine Freude, Ihre Stimme zu hören. Ich werde Ihnen nie vergessen, daß Sie uns als erster eine Chance gegeben haben. Wenn wir nicht in Bethlehem in Ihrem Sender gewesen und dort bekanntgeworden wären, dann weiß ich nicht, ob wir heute die ›Welle Gottes‹ machen würden. Aber trotzdem: Wenn Sie auf ein altes Bild stoßen, wäre ich wirklich dankbar, wenn Sie es zerreißen würden. Ich habe damals wie ein richtiger Hippie ausgesehen, und das paßt nicht so recht dazu, wenn man in der ›Welle Gottes‹ älteren Herrschaften predigt.«

»Aber sicher, Reverend. Nur eines noch, und ich hoffe, es macht Ihnen nichts aus. Ich bin mit dieser Journalistin von *People* zu der Farm gefahren, wo Sie in den zwei Jahren gewohnt haben, die Sie bei uns waren. Verflixt noch mal. Ich habe wirklich gar nicht mitgekriegt, daß sie niedergebrannt war. Wahrscheinlich sind da Halbstarke oder irgendein Landstreicher eingebrochen und haben unvorsichtig mit Streichhölzern hantiert.«

Bic machte einen Kreis aus Daumen und Zeigefinger und blinzelte Opal zu. »Tut mir wirklich leid, das zu hören. Carla und ich haben uns dort sehr wohl gefühlt.«

»Nun, sie haben ein paar Fotos von dem Anwesen gemacht. Ich hörte, wie diese Reporterin sagte, sie wüßte nicht, ob sie sie in dem Artikel bringen würde, aber der Hühnerstall stehe wenigstens noch und das sei für jedermann Beweis genug, daß Sie ganz bescheiden angefangen haben.«

86

Karen Grant kam um neun Uhr in die Agentur und seufzte erleichtert auf, als sie feststellte, daß Anne Webster noch nicht da war. Karen fiel es immer schwerer, ihren Unmut über Annes Unschlüssigkeit zu verbergen. Jetzt wollte sie das Büro erst Mitte August an Karen verkaufen.

Sie hatte Anne erklärt, es sei wirklich nicht nötig, daß sie weiterhin ins Büro komme, denn die Geschäfte gingen schlecht, und sie konnte die Arbeit mühelos allein bewältigen. Schließlich war Anne beinahe siebzig, und die tägliche Fahrt aus Bronxville in die Stadt war anstrengend.

Aber Anne erwies sich als unerwartet hartnäckig und versteifte sich darauf, alte Stammkunden zum Essen auszuführen und ihnen zu versichern, daß Karen sich ebenso gut um sie kümmern werde, wie sie das getan hatte.

Dafür gab es natürlich einen guten Grund: Anne würde drei Jahre lang einen prozentualen Anteil am Gewinn bekommen, und es stand außer Zweifel, daß nach beinahe zwei Jahren Flaute die Stimmung langsam umschlug und die Leute sich wieder auf das Reisen besannen.

Sobald Anne ausgeschieden war, könnte Edwin ihr Büro benutzen. Aber sie würden bis zum Herbst warten, ehe sie zusammenzogen, weil es sich bestimmt besser machte, wenn sie bei Laurie Kenyons Prozeß als trauernde Witwe auftrat. Wenn man von Anne absah und davon, daß ständig dieser verdammte Detektiv auftauchte, fühlte Karen sich wie im siebenten Himmel. Sie war verrückt nach Edwin, und Allans Treuhandvermögen war jetzt auf ihren Namen umgeschrieben worden. Einhunderttausend oder mehr im Jahr auf die nächsten zwanzig Jahre, und in der Zwischenzeit wuchs der Wert der Aktien noch an. Eigentlich tat es ihr gar nicht leid, daß sie noch nicht an das Kapital herankonnte. Vielleicht würde sie nicht auf alle Zeit mit Edwin zusammensein, und sein Geschmack war eher noch kostspieliger als der ihre.

Die Tür ging auf, und Karen zwang sich zu einem freundlichen Lächeln, als Anne Webster hereinkam. Jetzt wird sie mir erzählen, daß sie letzte Nacht nicht geschlafen hat, dafür aber ihr übliches Nickerchen im Zug gemacht hat, dachte sie.

»Guten Morgen, Karen. Du siehst aber heute reizend aus. Ist das schon wieder ein neues Kleid?«

»Ja, ich hab' es erst gestern gekauft.« Karen konnte nicht widerstehen, auch den Namen des Designers zu erwähnen. »Es ist ein Scaasi.«

»Das sieht man ihm an.« Anne seufzte und schob eine graue Haarsträhne zurück. »Heute morgen spüre ich wirklich mein Alter. Ich war die halbe Nacht wach und habe dann wie üblich im Zug wie eine Tote geschlafen. Ich saß neben Ed Anderson, einem Nachbarn von mir. Er nennt mich immer Dornröschen und sagt, ich würde irgendwann einmal auf dem Rangierbahnhof aufwachen.«

Karen fiel in Annes Lachen ein. Mein Gott, wie oft muß ich mir diese Dornröschengeschichte noch anhören? dachte sie. Nur noch drei Wochen, sagte sie sich dann. An dem Tag, an dem der Vertrag ausläuft, ist es aus mit Anne Webster.

87

Brendon Moody beobachtete das Reisebüro von der Hotelhalle aus, als um Viertel vor zehn Connie Santini, die Sekretärin, kam und Karen Grant das Büro kurz darauf verließ. Irgend etwas an Anne Websters Schilderung des Abends, den sie mit Karen Grant auf dem Flughafen von Newark verbracht hatte, beschäftigte ihn. Er hatte sich vor einer Woche mit Anne Webster unterhalten und wollte sie heute noch einmal sprechen. Er ging zu der Agentur hinüber und gab sich beim Öffnen der Tür Mühe, das Lächeln eines zufälligen Besuchers aufzusetzen. »Guten Morgen, Mrs. Webster. Ich bin zufällig vorbeigekommen und dachte, ich sehe mal rein. Sie sehen gut aus. Schön, Sie wiederzusehen. Ich hatte schon befürchtet, daß Sie inzwischen im Ruhestand wären.«

»Nett, daß Sie sich erinnern, Mr. Moody. Nein, ich habe mich entschlossen, abzuwarten und erst Mitte August Schluß zu machen. Offengestanden, nimmt das Geschäft im Augenblick wirklich zu, und ich frage mich manchmal, ob ich mit dem Verkauf nicht noch hätte zuwarten sollen. Aber wenn ich dann am Morgen aufstehe und zum Zug eile und mein Mann beim Kaffee noch die Zeitung liest, dann sage ich mir, genug ist genug.«

»Nun, Sie und Karen Grant scheinen sich wirklich auf persönliche Betreuung zu verstehen«, meinte Moody, während er sich in einen Sessel sinken ließ. »Erinnern Sie sich, wie Sie mir erzählten, daß Sie und Karen in der Nacht, in der Professor Grant starb, am Flughafen von Newark waren? Es gibt nicht viele Leute in der Reisebranche, die persönlich zum Flughafen fahren, selbst wenn ihr allerbester Kunde ankommt.«

Anne Webster schien über das Kompliment erfreut. »Die Dame, die wir abgeholt haben, ist schon recht betagt«, sagte sie. »Es gibt für sie nichts Schöneres als Reisen, und sie nimmt gewöhnlich eine ganze Schar Freunde und Verwandte auf ihre Kosten mit. Letztes Jahr haben wir für sie und acht weitere Leute eine Kreuzfahrt erster Klasse rund um die Welt gebucht. An dem Abend, an dem wir sie abholten, hatte sie eine Reise abgekürzt und kam allein zurück, weil sie sich nicht wohl fühlte. Ihr Chauffeur war zufällig gerade abwesend, also hatten wir uns erboten, sie am Flughafen abzuholen. Ist ja wirklich nichts Besonderes, wenn es darum geht, sie bei der Stange zu halten.«

»Die Maschine ist um halb zehn eingetroffen, wenn ich mich richtig erinnere«, sagte Brendon beiläufig.

»Nein, sie sollte um halb zehn eintreffen, und wir kamen um neun am Flughafen an. Der Flug hatte sich in London verzögert, und man sagte uns, es würde zehn werden, also gingen wir in die VIP-Lounge.«

Brendon warf einen Blick auf seine Notizen. »Und dann ist das Flugzeug, wie Sie sagten, um zehn gelandet.«

Anne Webster wurde verlegen. »Ich hatte mich geirrt. Nach dem letzten Gespräch mit Ihnen wurde mir klar, daß es fast halb eins geworden war.«

»Halb eins!«

»Ja. Als wir in die Lounge kamen, sagten die uns, die Computer seien ausgefallen, und es würde spät werden. Aber Karen und ich haben uns auf dem Fernseher in der Lounge einen Film angesehen, und die Zeit verging uns ziemlich schnell.«

»Das kann ich mir vorstellen«, warf die Sekretärin

lachend ein. »Wahrscheinlich haben Sie den ganzen Film verschlafen, Mrs. Webster.«

»Ganz sicher nicht«, widersprach Anne Webster etwas indigniert. »Die zeigten *Spartacus.* Das war vor Jahren einmal einer meiner Lieblingsfilme, und jetzt haben sie die Stellen eingefügt, die man damals rausgeschnitten hatte. Ich habe kein Auge zugetan.«

Moody ließ es dabei bewenden. »Karen Grant ist mit einem gewissen Edwin befreundet, einem Reiseschriftsteller, nicht wahr?« Als er das sagte, entging ihm der Gesichtsausdruck der Sekretärin nicht, ihre zusammengepreßten Lippen und das Stirnrunzeln. Wenn sie allein war, würde er dieses Thema noch einmal anschneiden.

»Mr. Moody, eine Geschäftsfrau lernt viele Männer kennen. Das führt dann natürlich dazu, daß sie mit ihnen zu Mittag oder zu Abend ißt, und es stört mich, daß man heutzutage in so etwas noch etwas Ungehöriges hineininterpretieren kann.« Anne Webster schien der Punkt recht wichtig. »Karen Grant ist eine attraktive junge Frau, die hart arbeitet. Sie war mit einem brillanten Professor verheiratet, der durchaus Verständnis dafür hatte, daß sie sich ihr eigenes Leben aufbaute. Allan Grant war ihr gegenüber ungewöhnlich großzügig. Sie hat über ihn immer nur das Beste gesagt. Und ihre Beziehungen zu anderen Männern waren durch und durch ehrenhaft.«

Connie Santinis Schreibtisch stand schräg hinter dem von Anne Webster. Sie fing Brendons Blick auf und verdrehte die Augen.

88

Die Dienstbesprechung in der Klinik am 8. Juli war fast zu Ende. Es gab nur noch einen Fall zu diskutieren: Laurie Kenyon. Justin Donnelly wußte sehr wohl, daß ihr Fall alle in höchstem Maße beschäftigte.

»Wir machen Fortschritte«, sagte er. »Möglicherweise

sind wir sogar im Begriff, dem auf die Spur zu kommen, was ihr in jenen fehlenden zwei Jahren widerfahren ist. Das Problem ist nur, daß wir nicht mehr genug Zeit haben. Laurie wird heute nachmittag nach Hause entlassen und von nun an ambulant behandelt werden. In ein paar Wochen wird sie vor Gericht treten und sich des Totschlags schuldig bekennen.«

In dem Raum herrschte Stille. Außer Dr. Donnelly saßen noch vier weitere Personen am Konferenztisch: zwei Psychiater, die Kunsttherapeutin und die Tagebuchtherapeutin. Kathie, die Tagebuchtherapeutin, schüttelte den Kopf. »Doktor, ganz gleich, welche ihrer zusätzlichen Persönlichkeiten in das Tagebuch schreibt, keine von ihnen gibt zu, Allan Grant getötet zu haben.«

»Das ist mir bekannt«, sagte Justin. »Ich habe Laurie gebeten, mit uns zu Grants Haus in Clinton zu fahren, um nachzustellen, was in jener Nacht geschehen ist. Aber wenn es um Grants Tod geht, mauert sie.«

»Das deutet doch darauf hin, daß weder sie noch irgendeine ihrer Alternativpersönlichkeiten sich an das erinnern will, was dort vorgefallen ist?«

»Schon möglich.«

»Doktor, sehen Sie sich diese Zeichnungen an. Die neuesten Strichfiguren sind viel detaillierter.« Pat, die Kunsttherapeutin, reichte ein paar Zeichnungen herum. »Die sehen doch eindeutig so aus, als würde eine Frauengestalt eine Art Halskette tragen. Können Sie sie nicht dazu bringen, darüber zu reden?«

Als Laurie eine Stunde später in Justins Büro kam, trug sie eine hellrosa Leinenjacke und einen weißen Faltenrock. Sarah begleitete sie, und Justins Kompliment bezüglich der Kleidung ihrer Schwester bereitete ihr sichtlich Freude. »Es ist mir gestern beim Einkaufen aufgefallen«, erklärte sie, »und dies ist schließlich ein wichtiger Tag.«

»Freiheit«, sagte Laurie leise, »kurz und beängstigend, aber dennoch wohltuend.«

Und dann fügte sie völlig unerwartet hinzu: »Vielleicht ist's Zeit, daß ich einmal Ihre Couch ausprobiere, Doktor.«

Justin bemühte sich, lässig zu klingen. »Aber gern. Gibt es irgendeinen Grund, daß Sie das ausgerechnet heute wollen?«

Sie schlüpfte aus ihren Schuhen und streckte sich auf der Couch aus. »Vielleicht kommt es daher, daß ich mich in der Gesellschaft von euch beiden wohl fühle.« Sie zögerte. »Sarah hat gesagt, ich habe nach meinem Schuldbekenntnis etwa sechs Wochen bis zum Urteilsspruch. Der Staatsanwalt hat sich bereit erklärt, dafür zu plädieren, daß ich bis zum Urteilsspruch auf Kaution frei bleiben darf. Ich weiß, daß ich unmittelbar nach der Urteilsverkündung ins Gefängnis gehen muß, also werde ich diese sechs Wochen wirklich genießen. Wir werden Golf spielen und die Wohnung herrichten, damit ich etwas habe, woran ich mich erinnern kann, während ich weg bin.«

»Ich hoffe, Sie werden nicht vergessen, zu den Sitzungen bei mir zu kommen, Laurie.«

»O nein. Wir werden jeden Tag kommen. Es gibt nur so viel, was ich tun möchte. Ich sehne mich danach, wieder Auto zu fahren. Gregg hat eine neues Cabrio. Ich gehe nächste Woche mit ihm golfen.« Sie lächelte. »Es ist wirklich schön, daß ich mich darauf freuen kann, mit ihm auszugehen, und keine Angst zu haben brauche, daß er mir weh tun wird. Das ist der Grund, weshalb ich mich auf die Couch legen kann. Ich weiß, Sie werden mir auch nicht weh tun.«

»Nein, das werde ich nicht«, sagte Justin. »Sind Sie in Gregg verliebt, Laurie?«

Sie schüttelte den Kopf. »Das wäre zuviel gesagt. Ich bin viel zu durcheinander, um irgend jemanden zu lieben, wenigstens so, wie Sie das meinen. Aber der erste Schritt ist doch, daß es einem einfach Spaß macht, mit jemandem zusammenzusein, oder?«

»Ja, so ist es. Laurie, könnte ich mit Kate sprechen?«

»Wenn Sie wollen.« Sie klang gleichgültig.

Seit Wochen hatte Justin Laurie nicht zu hypnotisieren brauchen, um die anderen Persönlichkeiten herbeizurufen. Jetzt richtete Laurie sich auf, drückte die Schultern zurück, und ihre Augen verengten sich. »Was ist denn nun schon wieder, Doktor?« Es war Kates Stimme.

»Kate, ich bin ein wenig beunruhigt«, sagte Justin. »Ich möchte, daß Laurie ihren Frieden mit sich selbst und mit allem, was geschehen ist, macht, aber erst dann, wenn die ganze Wahrheit herausgekommen ist. Sie vergräbt sie immer tiefer, nicht wahr?«

»Doktor, Sie fangen jetzt wirklich an, mir gründlich auf die Nerven zu gehen! Kapieren Sie denn wirklich nicht? Sie ist bereit, regelmäßig zu Ihnen zu kommen. Sie freut sich, wieder mit Gregg zusammenzusein. Sie weiß, daß der Tod ihrer Eltern ein schrecklicher Unfall war und nicht ihre Schuld. Der Typ an der Tankstelle, wo sie ihren Wagen prüfen lassen wollte, hatte behaarte Arme. Es war nicht ihre Schuld, daß er ihr einen solchen Schrecken eingejagt hat. Sie begreift das jetzt wirklich. Sind Sie denn nie zufrieden?«

»He, Kate, Sie wußten die ganze Zeit, weshalb Laurie diesen Servicetermin für ihren Wagen nicht eingehalten hat, und haben es mir nie gesagt? Warum sagen Sie es mir jetzt?«

Sarah dachte an Sam, den Tankstellenangestellten in Ridgewood. Sie hatte den Wagen erst gestern dort volltanken lassen. Sam war ein hünenhafter junger Mann mit kräftigen, muskulösen Armen. Gestern hatte er ein kurzärmeliges Hemd getragen, und ihr war aufgefallen, daß selbst seine Handrücken mit dickem, krausem Haar bedeckt waren.

Kate zuckte die Achseln. »Ich sage es Ihnen, weil ich einfach keine Lust mehr habe, alles für mich zu behalten. Außerdem wird dieser kleine Jammerlappen im Gefängnis in Sicherheit sein.«

»In Sicherheit vor was? Vor wem?« fragte Justin eindringlich. »Kate, das dürfen Sie ihr nicht antun. Sagen Sie uns, was Sie wissen.«

»Ich weiß, daß die nicht an sie rankönnen, solange sie im Knast sitzt. Sie kann ihnen nicht entkommen. Wenn sie nicht bald ins Gefängnis geht, werden die etwas unternehmen.«

»Wer hat sie denn bedroht? Kate, bitte.« Justin bettelte förmlich.

Sie schüttelte den Kopf. »Doktor, ich bin es leid, Ihnen immer wieder zu sagen, daß ich schließlich nicht alles weiß, und der kleine Junge, der es weiß, will nicht mit Ihnen reden. Das ist der Alleswisser.«

Sarah sah zu, wie der aggressive Ausdruck in Lauries Zügen verschwamm, während sie sich langsam zurücklehnte und sich wieder auf der Couch ausstreckte. Und dann schloß sie die Augen, und ihr Atem ging wieder gleichmäßig.

»Kate wird nicht mehr lange dasein«, flüsterte Justin Sarah zu. »Aus irgendeinem Grund hat sie das Gefühl, daß ihre Arbeit erledigt ist. Sarah, sehen Sie sich die an.« Er hielt ihr Lauries Zeichnungen hin. »Sehen Sie diese Strichfigur? Können Sie mit der Halskette etwas anfangen, die sie trägt?«

Sarah runzelte die Stirn. »Irgendwie kommt sie mir bekannt vor, als hätte ich sie schon einmal gesehen.«

»Vergleichen Sie einmal diese beiden«, sagte Justin. »Die sind voller Details. Sie sehen, daß die Fassung in der Mitte oval und von Brillanten umgeben ist. Sagt Ihnen das etwas?«

»Ich weiß nicht...«, sinnierte Sarah. »Meine Mutter hatte ein paar sehr schöne Schmuckstücke. Die sind alle im Banksafe. Ein Anhänger ist auch dabei. Er hatte kleine Diamanten um den Stein in der Mitte – was war es denn? – ein Aquamarin? Nein: Ich sehe den Anhänger ganz deutlich vor mir... Es ist...«

»Sprich das Wort nicht aus. Das ist verboten.« Der Befehl kam in einer jungen, erschreckten, aber irgendwie selbstbewußten knabenhaften Stimme. Laurie hatte sich aufgesetzt und starrte Sarah eindringlich an.

»Was ist das für ein verbotenes Wort?« fragte Justin.

»Sag es nicht.« Die knabenhafte Stimme, die von Lauries Lippen kam, bettelte und befahl gleichzeitig.

»Du bist der kleine Junge, der letzten Monat gekommen ist, um mit uns zu reden«, sagte Justin. »Wir kennen deinen Namen immer noch nicht.«

»Es ist nicht erlaubt, Namen zu nennen.«

»Nun, dir mag es vielleicht verboten sein, aber nicht Sarah. Sarah, erinnern Sie sich an den Stein, der im Anhänger Ihrer Mutter war?«

»Es war ein Opal«, sagte Sarah leise.

»Und was bedeutet ›Opal‹ für dich?« fragte Justin und wandte sich Laurie zu.

Laurie schüttelte den Kopf. Ihr Ausdruck wurde wieder ihr eigener. Sie wirkte verwirrt. »Bin ich eingeschlafen? Ich fühle mich plötzlich so schläfrig. Was haben Sie mich gefragt? Opal? Nun, das ist ein Edelstein. Sarah, hatte Mama nicht einen hübschen Opal-Anhänger?«

89

Als sie die Tafel mit der Aufschrift WILLKOMMEN IN RIDGEWOOD passierten, spürte Opal wieder, wie sich die Spannung in ihr aufbaute. Wir sehen völlig anders aus, versicherte sie sich selbst, und strich den Rock ihres blauweißen, konservativ geschnittenen Kleides glatt; es hatte einen V-Ausschnitt, lange Ärmel und einen schmalen Gürtel. Dazu trug sie dunkelblaue Schuhe und eine passende Handtasche. Ihr einziger Schmuck bestand aus einer einfachen Perlenkette und ihrem Ehering. Vor ein paar Stunden hatte sie sich das Haar schneiden und tönen lassen. Jetzt war jede einzelne der aschblonden Strähnen sorgfältig frisiert. Eine große, blaugetönte Sonnenbrille verdeckte ihre Augen und veränderte die Konturen ihres Gesichts auf subtile Art.

»Du siehst wirklich sehr vornehm aus, Carla«, hatte Bic nach einem anerkennenden Blick gesagt, ehe sie das Wyndham verließen. »Mach dir keine Sorgen. Es besteht nicht die leiseste Gefahr, daß Lee dich erkennt.«

Er selbst trug ein gestärktes, weißes, langärmeliges Hemd, einen beigen, einreihigen Sommeranzug und eine in Beige und Weiß gehaltene Krawatte mit braunen Tupfen. Sein Haar war jetzt silbern, und er hatte es straff nach hinten gekämmt, so daß von den lockigen Wellen, auf die er früher so stolz gewesen war, nicht das geringste zu erkennen war. Er hatte sich sogar seine Handrücken rasiert und war das perfekte Abbild eines würdevollen Priesters.

Ihr Wagen bog in die Twin Oaks Road. »Das war einmal das rosa Haus«, sagte Bic sarkastisch und deutete darauf. »Erwähne es ja nicht wieder und sprich das kleine Mädchen auch nicht mit Lee an. Nenne sie Laurie, wenn du mit ihr sprichst, was du aber möglichst nicht tun solltest.«

Opal wollte Bic daran erinnern, daß er derjenige war, der sie in der Sendung als Lee bezeichnet hatte, wagte es aber nicht. Vielmehr ging sie die paar Worte noch einmal durch, die sie mit Laurie wechseln würde, wenn sie ihr gegenüberstand.

In der Einfahrt standen drei Wagen. Der eine gehörte der Haushälterin, den erkannten sie sofort; der zweite, ein BMW, gehörte Sarah. Aber der dritte, ein Oldsmobile mit einer New Yorker Nummer – wem gehörte der?

»Es ist jemand zu Besuch«, sagte Bic. »Damit könnte der Herr uns einen Zeugen gesandt haben, der, falls notwendig, bestätigen kann, daß Lee uns begegnet ist.«

Es war fünf Uhr. Die schräg einfallenden Strahlen der Nachmittagssonne ließen die strahlendblauen Hortensien leuchten, die das Haus säumten.

Bic bog in die Einfahrt. »Wir werden nur einen Augenblick bleiben, selbst wenn sie uns zum Bleiben auffordern.«

Sarah, Laurie und Justin saßen im Wohnzimmer, und Sophie, die Laurie gerade fest umarmt hatte, servierte lächelnd Tee.

Justin hatte Sarah mit dem Vorschlag überrascht, sie zu begleiten. »Es könnte gut sein, wenn ich zugegen bin, wenn Laurie nach Hause kommt«, meinte er. »Ich rechne nicht unbedingt mit einer negativen Reaktion, aber sie ist jetzt seit fünf Monaten nicht mehr daheim gewesen; sie wird von einer ganzen Menge Erinnerungen überflutet werden. Wir können an meinem Apartment vorbeifahren, dann hole ich meinen Wagen und fahre hinter Ihnen her.«

»Und außerdem wollen Sie dabei sein, falls es irgendwelche Durchbrüche geben sollte«, hatte Sarah hinzugefügt.

»Auch das.«

»Nun, ich wäre wirklich froh, wenn Sie mitkommen würden. Ich glaube, ich habe vor dieser Heimkehr genausoviel Angst wie Laurie.«

Sarah hatte unbewußt die Hand ausgestreckt, und Justin hatte sie ergriffen. »Sarah, wenn Laurie anfängt, ihre Strafe abzusitzen, müssen Sie mir versprechen, daß Sie sich selbst auch psychiatrisch beraten lassen. Keine Sorge, nicht durch mich. Ich bin sicher, daß Sie das nicht wollen. Aber es wird hart für Sie sein.«

Als sie die Wärme seiner Hand spürte, war Sarahs Angst für einen Augenblick verflogen.

Als es nun an der Tür klingelte, war sie besonders dankbar dafür, daß Justin da war. Laurie, die den Arzt im Haus herumgeführt hatte, wirkte plötzlich verängstigt. »Ich will niemanden sehen.«

Sophie murmelte: »Ich wette zehn zu eins, es sind wieder die beiden.«

Sarah biß sich auf die Unterlippe. Herrgott, diese Leute waren wirklich allgegenwärtig. Sie konnte hören, wie Reverend Hawkins Sophie erklärte, daß er eine Schachtel mit wichtigen Papieren versehentlich mit anderen Sachen hierher nach Ridgewood geschickt hätte. »Wenn ich nur kurz in den Keller gehen und sie holen könnte, wären wir Ihnen sehr dankbar«, sagte er.

»Es sind die Leute, die das Haus gekauft haben«, erklärte Sarah Justin und Laurie. »Keine Sorge. Ich werde sie nicht zum Platznehmen auffordern, aber ich sollte wohl kurz mit ihnen sprechen. Ich bin sicher, sie haben meinen Wagen bemerkt.«

»Ich glaube nicht, daß Sie sich die Mühe machen müssen«, meinte Justin, als sich Schritte näherten. Im nächsten Augenblick standen Bic und Opal in der Tür.

»Sarah, meine Liebe, ich muß mich entschuldigen. Ich suche ein paar Geschäftsunterlagen, die mein Steuerberater dringend braucht. Und das ist wohl Laurie?«

Laurie hatte neben Sarah auf dem Sofa gesessen und stand jetzt auf. »Sarah hat mir von Ihnen und Mrs. Hawkins erzählt.«

Bic blieb unter der Tür stehen. »Wir sind wirklich entzückt, Ihre Bekanntschaft zu machen, Laurie. Ihre Schwester ist einfach großartig; sie spricht viel von Ihnen.«

»Wirklich großartig«, tönte es wie ein Echo aus Opals Mund. »Und wir sind so glücklich, in dieses wunderschöne Haus einziehen zu dürfen.«

Bic wandte sich zu Justin. »Reverend und Mrs. Hawkins, Dr. Donnelly«, stellte Sarah vor.

Zu ihrer großen Erleichterung sagte Hawkins, nachdem er kurz ein »Erfreut, Sie kennenzulernen« gemurmelt hatte: »Wir wollen ganz bestimmt nicht stören. Wenn wir nur in den Keller hinuntergehen und die Papiere holen dürfen, dann gehen wir gleich wieder. Ich wünsche einen guten Tag.«

In jenen ein oder zwei Minuten begriff Sarah, daß die Hawkins es geschafft hatten, Laurie die Heimkehr zu verderben. Sie verstummte und rührte sich nicht mehr vom Fleck.

Sarah war dankbar, als Justin ihre Einladung zum Abendessen annahm. »Sophie hat für eine ganze Armee gekocht«, sagte sie.

Auch Laurie war sichtlich froh darüber. »Ich fühle mich besser, wenn Sie hier sind, Dr. Donnelly.«

Das Abendessen war überraschend angenehm. Der kalte Hauch, den die Hawkins ins Haus getragen hatten, verflog, als sie den köstlichen Fasan mit wildem Reis aßen, den Sophie zubereitet hatte. Während sie beim Kaffee saßen, entschuldigte sich Laurie und ging in ihr Zimmer hinauf. Als sie wieder herunterkam, trug sie eine kleine Reisetasche in der Hand. »Doktor«, sagte sie, »ich kann nicht anders. Ich fahre mit Ihnen zurück und schlafe in der Klinik. Sarah, es tut mir so leid, aber ich weiß, daß mir in diesem Haus etwas Schreckliches passieren wird, und ich will nicht, daß das heute nacht geschieht.«

90

Als Brendon Moody Sarah am nächsten Morgen anrief, konnte er hören, wie im Hintergrund Türen geöffnet und wieder geschlossen und Möbel bewegt wurden. »Wir ziehen aus«, erklärte ihm Sarah. »Laurie fühlt sich nicht sicher in diesem Haus. Die Wohnung ist zwar noch nicht ganz fertig, aber die können ja die letzten Arbeiten auch später erledigen.« Sie berichtete ihm, daß Laurie in der vergangenen Nacht in die Klinik zurückgekehrt war.

»Ich werde sie heute am späten Nachmittag abholen« fuhr sie fort, »dann fahren wir direkt zu der Wohnung. Sie kann mir sogar beim Einräumen helfen.«

»Geben Sie nur den Hawkins keinen Schlüssel zu der neuen Wohnung«, sagte Brendon säuerlich.

»Das habe ich nicht vor. Die beiden treiben mich noch zur Weißglut. Aber bedenken Sie ...«

»Ich weiß schon. Sie haben einen Spitzenpreis bezahlt und Sie auch nach dem Verkauf noch bleiben lassen. Wie haben Sie es nur geschafft, so schnell ein Umzugsunternehmen zu bekommen?«

»Das war nicht einfach.«

»Ich komme hinüber und helfe Ihnen beim Einpacken.«

Als Brendon eintraf, war der Umzug bereits voll im Gange. Sarah hatte sich ein Tuch um den Kopf gebunden und trug Khakishorts und eine Baumwollbluse. Sie war damit beschäftigt, die Möbel zu kennzeichnen, die die Hawkins gekauft hatten.

»Ich werde es nicht schaffen, heute alles von hier wegzubringen«, erklärte sie Brendon. »Aber dann drehe ich den Spieß eben um. Wir haben vereinbart, daß mir dieses Haus bis zum fünfundzwanzigsten August zur Verfügung steht, und ich werde so frei sein, hier ein und aus zu gehen, um mir das auszusuchen, wofür ich mich jetzt noch nicht entscheiden kann.«

Sophie war in der Küche. »Ich hätte nie gedacht, daß ich einmal froh sein würde, dieses Haus zu verlassen«, meinte sie. »Diese beiden haben wirklich Nerven. Fragen mich die doch glatt, ob ich ihnen beim Einziehen helfen würde, wenn sie das Haus beziehen. Aber die Antwort darauf lautet nein.«

Brendon spürte, wie sich seine Antennen aufstellten. »Was gefällt Ihnen denn nicht an ihnen, Sophie? Sie haben ja gehört, Sarah findet, daß sie ihr einen großen Gefallen getan haben.«

Sophie schnaubte, und ihr rundes, sonst freundliches Gesicht verzog sich angewidert. »Es ist irgend etwas, das die beiden an sich haben. Wie oft muß man denn Zimmer und Einbauschränke studieren, um zu entscheiden, ob man sie jetzt größer macht oder sie aufteilt? Für mich reden die beiden zuviel. Und all die Schachteln, die sie in den Keller getragen haben! Sie brauchen ja bloß eine aufzuheben – federleicht. Ich wette, die sind nicht einmal halb voll. Aber das hat sie nicht abgehalten, immer wieder welche anzuschleppen. Nur ein Vorwand, um hier rumzuschnüffeln, da bin ich ganz sicher. Wetten, daß der Reverend Lauries Geschichte in einem seiner Programme bringt?«

»Sophie, Sie sind eine sehr kluge Frau«, sagte Brendon leise. »Möglicherweise haben Sie den Nagel auf den Kopf getroffen.«

Sarah bat Brendon, den Inhalt ihres Schreibtisches einzupacken, darunter auch Lauries Akten aus der mittleren Schublade. »Ich brauche sie in der gleichen Reihenfolge«, schärfte sie ihm ein. »Ich blättere sie immer durch und hoffe, daß mich irgend etwas plötzlich anspringt.«

Brendon stellte fest, daß auf der obersten Mappe ›Huhn‹ stand. »Was ist denn das?«

»Ich sagte Ihnen doch, daß auf dem Foto von Laurie, das Dr. Donnelly zusammensetzen und vergrößern ließ, im Hintergrund ein Hühnerstall war und daß irgend etwas an diesem Bild Laurie total verschreckt hat.«

Moody nickte. »Ja, daran erinnere ich mich.«

»Mich beschäftigt das schon eine ganze Weile, und jetzt ist mir auch klargeworden, warum. Letzten Winter konsultierte Laurie Dr. Carpenter, einen Psychiater aus Ridgewood. Ein paar Tage vor Allan Grants Tod verließ sie Carpenters Praxis und geriet unter Schock. Wie es scheint, wurde er dadurch ausgelöst, daß sie im Vorraum der Praxis auf einen Hühnerkopf trat.«

Moody legte den Kopf etwas zur Seite, so wie ein Jagdhund, der Witterung aufnimmt. »Sarah, wollen Sie damit sagen, daß der abgeschnittene Kopf eines Huhns zufällig im Eingang zur Praxis eines Psychiaters lag?«

»Dr. Carpenter hatte einen stark geistesgestörten Mann behandelt, der immer wieder unangemeldet auftauchte und von dem die Polizei annahm, er hätte etwas mit einem Voodookult zu tun. Brendon, mir oder Dr. Carpenter ist es damals überhaupt nicht in den Sinn gekommen, daß das in irgendeiner Weise mit Laurie in Verbindung stehen könnte. Aber jetzt fange ich an, mir Gedanken zu machen.«

»Ich weiß nicht, was ich davon halten soll«, erklärte er. »Aber ich weiß, daß es da eine Frau gibt, die Danny

O'Toole über Sie und Ihre Aktivitäten hat berichten lassen. Danny wußte, daß Laurie einen Psychiater in Ridgewood konsultierte, das hat er mir gegenüber erwähnt. Und das bedeutet, daß seine Auftraggeberin, wer auch immer das war, es ebenfalls wußte.«

»Brendon, ist es möglich, daß jemand, der wußte, welche Auswirkung das auf Laurie haben würde, den Hühnerkopf dort absichtlich hingelegt hat?«

»Das weiß ich nicht. Aber eines will ich Ihnen sagen: Ich habe es tief in meinen Knochen gespürt, daß Danny nicht von einer Versicherungsgesellschaft bezahlt wurde. Danny dachte, seine Klientin wäre Allan Grants Frau, aber ich habe das nie geglaubt.«

Brendon sah, daß Sarah vor Müdigkeit und Aufregung zitterte. »Beruhigen Sie sich«, sagte er. »Ich werde morgen bei Danny O'Toole vorbeisehen, und – das verspreche ich Ihnen, Sarah – ehe ich mit ihm fertig bin, werden wir beide wissen, wer diesen Bericht über Sie und Laurie in Auftrag gegeben hat.«

91

Auf der Fahrt zurück in die Klinik war Laurie sehr still gewesen. Die Nachtschwester meldete Justin am darauffolgenden Morgen, daß sie unruhig geschlafen und im Schlaf laut geredet hätte.

»Haben Sie etwas verstehen können?« wollte Justin wissen.

»Nur einzelne Worte. Ich bin ein paarmal hineingegangen. Sie murmelte die ganze Zeit etwas von einem Band, das bindet.«

»Einem Band, das bindet?« Justin runzelte die Stirn. »Warten Sie. Das stammt aus einem Kirchenlied.« Er summte ein paar Takte. »Ja, das ist es. ›Gesegnet sei das Band, das bindet…‹«

Als Laurie später zur Therapiesitzung kam, wirkte sie

ruhig, aber müde. »Doktor, Sarah hat gerade angerufen. Sie kommt erst heute nachmittag. Wissen Sie, warum? Wir ziehen heute in die Wohnung um. Ist das nicht großartig?«

»He, das ging aber schnell.« Klug von Sarah, dachte Justin. Dieses Haus enthält zu viele Erinnerungen. Er war immer noch nicht sicher, was gestern in Laurie einen so drastischen Sinneswandel ausgelöst hatte. Es war passiert, als die Hawkins ins Haus gekommen waren. Aber sie waren nicht einmal eine Minute geblieben. Lag es daran, daß sie Fremde waren und deshalb für Laurie eine Bedrohung darstellten?

»Was mir an der Wohnung gefällt, ist, daß es am Tor einen Sicherheitswächter gibt«, sagte Laurie. »Wenn jemand klingelt, dann kann man eine Fernsehkamera einschalten und auf diese Weise nie einen Fehler machen und einen Fremden einlassen.«

»Laurie, Sie haben gestern gesagt, in dem Haus würde Ihnen etwas Schreckliches zustoßen. Lassen Sie uns darüber reden.«

»Ich will nicht darüber reden, Doktor. Ich werde ohnehin nicht mehr dort wohnen.«

»Also gut. Letzte Nacht waren Sie im Schlaf anscheinend recht gesprächig.«

Das schien sie zu amüsieren. »Wirklich? Papa hat immer gesagt, wenn ich irgend etwas nicht im Laufe des Tages losgeworden wäre, würde ich ganz sicher in der Nacht zu Wort kommen.«

»Die Schwester hat nicht sehr viel von dem verstanden, was Sie gesagt haben, nur ›das Band, das bindet‹ hat sie gehört. Erinnern Sie sich, was Sie geträumt haben, als Sie das sagten?«

Donnelly beobachtete, wie Lauries Lippen jegliche Farbe verloren; die Augenlider sanken herunter, sie faltete die Hände, und ihre Beine baumelten vom Stuhl. »›Gesegnet sei das Band, das bindet...‹« Die Kinderstimme sang klar und deutlich und verstummte dann wieder.

»Debbie, das bist du, nicht wahr? Erzähl mir von dem Lied. Wann hast du es gelernt?«

Sie fing wieder zu singen an. »›Unsere Herzen in der Liebe Christi ...‹«

Und dann klappte sie abrupt den Mund zu.

»Verduften Sie und lassen Sie sie in Frieden, Mister!« befahl eine Knabenstimme. »Wenn Sie's unbedingt wissen müssen, im Hühnerstall hat sie's gelernt.«

92

Brendon Moody suchte um neun Uhr früh Danny O'Tooles Büro auf. Er war entschlossen, den Privatdetektiv diesmal nüchtern zu erwischen.

»Danny«, begann er, »ich will nicht um den heißen Brei rumreden. Wahrscheinlich haben Sie schon gehört, daß Laurie Kenyon wieder zu Hause ist.«

»Ja, das habe ich.«

»Hat irgend jemand mit Ihnen Verbindung aufgenommen und verlangt, daß Sie sie wieder überwachen?«

Danny verdrehte die Augen. »Brendon, Sie wissen ganz genau, daß die Beziehung zwischen einem Klienten und einem Privatdetektiv ebenso geheiligt wie die Beichte ist.«

Brendon ließ seine Faust auf den Tisch krachen. »Nicht in diesem Fall. Und ganz bestimmt nicht in einem Fall, wo jemand dank der Aktivitäten eines Detektivs in Gefahr gerät.«

Dannys gerötetes Gesicht wurde bleich. »Was soll das heißen?«

»Es soll heißen, daß jemand der Lauries Zeitplan kannte, ganz gezielt versucht hat, ihr angst zu machen, indem er einen abgeschnittenen Hühnerkopf an eine Stelle legte, wo sie darauf stoßen mußte. Das bedeutet, daß ich ganz sicher bin, daß Sie nicht von einer Versicherungsgesellschaft angeheuert worden sind. Und daß Allan Grants Witwe es war, glaube ich auch nicht.

Danny, ich habe drei Fragen an Sie, und ich möchte klare Antworten darauf. Erstens, wer hat Sie bezahlt, und wie hat man Sie bezahlt? Zweitens, wohin haben Sie Ihre Berichte über die Kenyon-Schwestern geschickt? Drittens, wo sind die Kopien dieser Informationen?«

Die beiden Männer funkelten einander einen Augenblick lang an. Dann stand Danny auf, zog einen Schlüssel aus der Tasche, schloß den Aktenschrank auf und durchwühlte die Ordner. Schließlich zog er einen heraus und reichte ihn Brendon. »Da stehen sämtliche Antworten«, erklärte er. »Der Anruf kam von einer Frau, die sich als Jane Graves vorstellte und sagte, sie vertrete jemanden, der möglicherweise wegen des Unfalls der Kenyons belangt werden könnte. Sie wollte, daß ich Ermittlungen über die Schwestern anstellte. Wie ich Ihnen schon sagte, begann das gleich nach dem Begräbnis der Eltern und dauerte an, bis Laurie Kenyon wegen Mordes an Allan Grant verhaftet wurde. Ich habe die Berichte samt Rechnung an ein Postfach in New York City geschickt. Die Honoraranzahlung und alle weiteren Rechnungen wurden per Scheck auf eine Bank in Chicago bezahlt.«

»Per Scheck«, schnaubte Brendon. »Ein Postfach. Und das ist Ihnen nicht verdächtig vorgekommen?«

»Wenn man in Ehescheidungsgeschichten tätig ist, so wie ich, kommt es oft vor, daß die Leute, die einen anheuern, sehr auf ihr Inkognito bedacht sind«, erwiderte Danny. »Sie können sich auf meinem Xerox-Gerät eine Kopie dieser Akte machen. Und vergessen Sie ja nicht, von mir haben Sie sie nicht bekommen.«

Am Tag darauf suchte Brendon die neue Wohnung der Kenyons auf. Sarah war mit Sophie beim Einräumen; Laurie war nach New York gefahren. »Sie ist selbst gefahren. Sie war ganz erpicht darauf. Ist das nicht großartig?«

»Hat sie denn keine Angst?«

»Sie sperrt immer alle Wagentüren ab und wird unmittelbar vor der Klinik parken. Sie hat jetzt Telefon im Auto. Deshalb fühlt sie sich sicher.«

»Vorsicht kann nie schaden«, sagte Brendon und legte Dannys Akte auf ihren Schreibtisch. »Sehen Sie sich das an.«

Sie fing an zu lesen, und ihre Augen weiteten sich erstaunt. »Mein Gott, das ist ja eine minutiöse Schilderung unseres Lebens. Können Sie sich vorstellen, wer das über uns wissen möchte? Gibt es irgend jemanden, der so etwas wissen will?« Sie blickte zu Brendon auf.

»Das möchte ich herausfinden, und wenn ich die Archive dieser Bank in Chicago sprengen muß«, sagte Brendon grimmig.

»Brendon, wenn wir beweisen können, daß Laurie von jemandem unter extremen Druck gesetzt wurde, der wußte, wie man sie erschrecken konnte, dann bin ich sicher, daß das den Richter beeinflussen wird.«

Brendon Moody wandte sich ab, als er die nackte Hoffnung in Sarahs Gesicht sah. Er beschloß, ihr nicht zu sagen, daß er aus purem Instinkt angefangen hatte, Karen Grant genauer unter die Lupe zu nehmen. Da ist einiges faul, dachte er, und es hat mit jener Dame zu tun. Was auch immer es war, er war fest entschlossen, die Antwort herauszufinden.

93

Das private Postfach in New York war unter dem Namen J. Graves gemietet und die Mietbeträge waren in bar entrichtet worden. Der für die Postfächer verantwortliche Angestellte, ein kleiner Mann mit pomadisiertem Haar und einem ungebügelten Anzug, konnte sich absolut nicht erinnern, wer das Fach geleert hatte. »Das Fach hat seit dem Februar dreimal den Besitzer gewechselt«, erklärte er

Moody. »Ich kriege mein Geld dafür, daß ich Post sortiere, und nicht, daß ich einen Freizeitclub führe.«

Brendon wußte, daß Postfächer dieser Art gewöhnlich von Lieferanten von Pornoliteratur und zwielichtigen Existenzen benutzt wurden, die nicht daran interessiert waren, eine Papierspur zu hinterlassen. Sein nächster Anruf galt der Citizen's Bank in Chicago, und während er auf die Verbindung wartete, drückte er sich selbst die Daumen. In manchen Banken konnte man einfach an den Schalter gehen, Geld hinlegen und Bankschecks kaufen, während andere Institute derartige Schecks nur an ihre Kontobesitzer ausgaben.

Der Leiter der Bankfiliale erklärte Brendon, in seinem Hause würden Bankschecks nur an Kontoinhaber ausgefertigt, die dafür auf ihren Spar- oder Scheckkonten belastet wurden. Geschafft, dachte Brendon. Aber dann erklärte ihm der Mann am anderen Ende der Leitung, wie nicht anders zu erwarten gewesen war, daß er ohne Gerichtsbeschluß keinerlei Auskünfte über Kunden seiner Bank oder deren Konten geben würde. »Den Gerichtsbeschluß werde ich besorgen, keine Sorge«, erklärte Moody grimmig.

»Ich habe einen Freund von der Universität, der in Chicago eine Kanzlei führt«, meinte Sarah. »Ich werde sehen, daß er einen entsprechenden Gerichtsbeschluß beibringt. Das wird zwar eine oder zwei Wochen dauern, aber wenigstens unternehmen wir etwas.«

»Freuen Sie sich nur nicht zu früh«, warnte Moody. »Ich habe da eine Theorie: Karen Grant verfügte sicherlich über die Mittel, um Danny anzuheuern. Wir wissen, daß Laurie Professor Grant gern mochte und ihm vertraute. Jetzt nehmen Sie nur einmal an, daß sie ihm etwas über Dinge erzählt hat, die ihr angst gemacht haben, und er dann mit seiner Frau darüber gesprochen hat.«

»Sie meinen, Karen Grant könnte versucht haben, Laurie abzuschrecken?«

»Das ist die einzige Erklärung, die mir in den Sinn kommt, und damit könnte ich natürlich meilenweit danebenliegen. Aber eines will ich Ihnen sagen, Sarah: Diese Frau ist eiskalt und versteckt sich hinter einer falschen Fassade.«

94

Am 24. Juli bekannte sich Laurie an Sarahs Seite des Totschlags an Professor Allan Grant schuldig.

In den Pressebänken des Gerichtssaals drängten sich die Reporter. Karen Grant saß in einem enganliegenden schwarzen Kleid und reichlich Goldschmuck hinter dem Vertreter der Anklage. Von den Besucherbänken aus verfolgten Studenten von Clinton und die üblichen Stammgäste das Verfahren und sogen den Akteuren jedes Wort von den Lippen.

Justin Donnelly, Gregg Bennett und Brendon Moody saßen in der ersten Reihe hinter Laurie und Sarah. Justin überkam ein überwältigendes Gefühl der Hilflosigkeit, als der Gerichtsdiener rief: »Bitte erheben Sie sich für das Gericht« und der Richter den Saal betrat. Laurie trug ein hellblaues Leinenkostüm, das ihre zarte Schönheit unterstrich. Sie sah eher wie achtzehn als wie zweiundzwanzig aus, als sie mit leiser, aber fester Stimme die Fragen des Richters beantwortete. Sarah wirkte noch zerbrechlicher als ihre Schwester, dachte Justin. Ihr dunkelrotes Haar hob sich wie eine Flamme vor ihrem hellgrauen Blazer ab, der ihr irgendwie zu groß zu sein schien, und er fragte sich, wieviel sie wohl abgenommen haben mochte, seit dieser Alptraum angefangen hatte.

Während Laurie die Fragen des Richters beantwortete, schien der ganze Gerichtssaal von tiefer Hoffnungslosigkeit erfüllt. Ja, sie hätte verstanden, was ihr Schuldbekenntnis bedeutete. Ja, sie hatte sich gründlich mit dem Beweismaterial befaßt. Ja, sie und ihre Anwältin waren überzeugt, daß sie Allan Grant in einem Anfall von Wut und Leidenschaft getötet hatte, nachdem er ihre Briefe der Schulverwaltung ausgehändigt hatte. Und dann schloß sie mit den Worten: »Das Beweismaterial hat mich überzeugt, daß ich dieses Verbrechen begangen habe. Ich kann mich an überhaupt nichts erinnern, weiß aber, daß ich schuldig sein muß. Es tut mir so schrecklich leid. Er war so gut zu mir. Als er diese Briefe der Verwaltung übergab, hat mich das sehr verletzt, und ich war zornig; aber das lag daran, daß ich mich überhaupt nicht daran erinnern konnte, sie geschrieben zu haben. Ich möchte mich bei Professor Grants Freunden und Studenten und seinen Kollegen und Kolleginnen entschuldigen. Ich werde das nie wiedergutmachen können und weiß, daß sie meinetwegen einen wunderbaren Menschen verloren haben.« Sie wandte sich Karen Grant zu. »Es tut mir wirklich sehr, sehr leid. Wenn ich es könnte, würde ich gern mein Leben hingeben, um Ihnen Ihren Mann zurückzubringen.«

Der Richter setzte als Termin für die Urteilsverkündung den 31. August fest. Sarah schloß die Augen. Es ging alles so schrecklich schnell. Vor weniger als einem Jahr hatte sie ihre Eltern verloren, und jetzt sollte ihr auch noch die Schwester genommen werden.

Ein Beamter führte sie zu einem Seitenausgang, wo die Reporter sie nicht belästigen konnten. Sie fuhren schnell weg. Gregg saß am Steuer, Brendon neben ihm, Justin hatte sich neben Laurie und Sarah auf den Rücksitz gezwängt. Plötzlich sagte Laurie: »Ich möchte zu Professor Grants Haus fahren.«

»Du hast dich doch dagegen gesträubt, dorthin zu gehen. Warum willst du das jetzt plötzlich?« fragte Sarah.

Laurie preßte sich die Hände an den Kopf. »Als ich im Gerichtssaal vor dem Richter stand, dröhnten die Gedanken wie Trommeln in meinem Kopf, und ein kleiner Junge schrie immer wieder, ich sei eine Lügnerin.«

Gregg wendete vorschriftsmäßig auf der Straße. »Ich weiß, wo das Haus ist.«

Die Tafel eines Immobilienmaklers steckte im Rasen. Das weiße, im Ranchstil gehaltene Haus wirkte leer und verlassen, und der Rasen war ungemäht. Zwischen den Büschen sproß Unkraut. »Ich will hinein«, sagte Laurie.

»Da ist eine Telefonnummer der Maklerfirma angegeben«, meinte Moody und deutete auf die Tafel. »Wir könnten anrufen und fragen, ob sie uns einen Schlüssel geben.«

»Das Schloß an der Schiebetür hinten am Arbeitszimmer schließt nicht«, sagte Laurie, und dann lachte sie glucksend. »Ich muß das ja schließlich wissen. Ich habe die Tür oft genug aufgemacht.«

Sarah lief es eisig über den Rücken, als ihr klar wurde, daß Leona es war, die gelacht hatte.

Sie folgten ihr stumm, als sie sie um das Haus herum auf die mit Natursteinen belegte Terrasse führte. Eine Reihe hochgewachsener immergrüner Büsche schirmte die Terrasse von der Straße ab. Leona hatte in ihren Briefen an Allan Grant mehrfach erwähnt, daß sie ihn durch diese Tür beobachtet hätte. Kein Wunder, daß sie nicht von Passanten bemerkt worden war.

»Man meint zunächst, sie sei abgesperrt, aber man muß nur ein wenig daran rütteln…« Die Tür öffnete sich, und Leona trat ein.

Das Zimmer roch muffig. Ein paar Möbelstücke standen ungeordnet herum. Leona zeigte auf einen alten Ledersessel mit einem Schemel davor. »Das war sein Lieblingssessel. Manchmal ist er ein paar Stunden auf dem Stuhl gesessen. Ich habe ihn gern dabei beobachtet und mich manchmal, nachdem er zu Bett gegangen war, auf dem Stuhl zusammengekuschelt.«

»Leona«, sagte Justin, »Sie sind doch in der Nacht, in der Allan Grant starb, umgekehrt, um Ihre Handtasche zu holen. Debbie hat uns gesagt, er hätte geschlafen, als Sie weggegangen sind. Ihre Schultertasche und das Messer lagen neben ihm auf dem Boden. Zeigen Sie uns, was geschehen ist.«

Sie nickte, ging vorsichtig und fast lautlos auf den Korridor zu, der ins Schlafzimmer führte, und blieb dann stehen. »Es ist so still. Er schnarcht nicht mehr. Vielleicht ist er aufgewacht.« Auf Zehenspitzen ging sie zur Schlafzimmertür und hielt inne.

»Die Tür stand offen?« fragte Justin.

»Ja.«

»Brannte Licht?«

»Das Nachtlicht im Badezimmer? O nein!«

Sie ging mit unsicheren Schritten in das Zimmer und blickte nach unten. Dann veränderte sich ihre Körperhaltung abrupt. »Sehen Sie ihn an. Er ist tot. Die werden wieder Laurie die Schuld geben.« Die junge, knabenhafte Stimme, die aus Lauries Kehle drang, klang erschrocken. »Ich muß hier raus.«

Wieder der Junge, dachte Justin. Ich muß unbedingt an ihn herankommen. Er ist der Schlüssel zu allem.

Sarah sah voller Schrecken zu, wie Laurie, die nicht Laurie war, mit weit auseinandergespreizten Füßen, einem Gesicht mit volleren Wangen und schmalen Lippen die Augen schloß, sich nach vorn beugte und mit beiden Händen eine Bewegung machte, als würde sie etwas herausreißen.

Sie zieht das Messer aus der Leiche, dachte Sarah. O Gott. Justin, Brendon und Gregg standen reglos neben ihr, wie Zuschauer eines surrealistischen Stückes. Plötzlich schien Allan Grants Totenbett in dem leeren Raum zu stehen. Der Teppich war gereinigt worden, aber Sarah malte ihn sich mit Blut verspritzt aus, wie in jener Nacht.

Jetzt beugte sich der Junge, der im Augenblick Lauries Körper bewohnte, vor, um etwas vom Teppich aufzuheben.

Ihre Umhängetasche, dachte Sarah. Er versteckt das Messer in der Tasche.

»Ich muß hier raus«, sagte die verängstigte junge Stimme erneut. Die Füße, die in Wirklichkeit nicht Lauries Füße waren, hasteten zum Fenster, hielten inne. Der Körper, der nicht ihr Körper war, drehte sich um. Die Augen, die nicht ihre Augen waren, schweiften durch den Raum. Dann beugte sie sich vor, als würde sie etwas aufheben, und machte dann eine Bewegung, als würde sie etwas in eine Tasche schieben.

Deshalb hat man das Armband in Lauries Jeans gefunden, dachte Sarah.

Das Fenster wurde geöffnet, und dann stieg, immer noch die imaginäre Tasche an sich gepreßt, der Junge in Lauries Körper über den niedrigen Sims nach draußen.

Justin flüsterte: »Wir müssen ihm folgen.«

Draußen erwartete sie Leona. »In jener Nacht brauchte man das Fenster gar nicht zu öffnen«, sagte sie, als sei das die selbstverständlichste Sache der Welt. »Es stand bereits offen, als ich zurückkam. Deshalb war es in dem Zimmer so kalt geworden. Ich hoffe, Sie haben Zigaretten mitgebracht, Doktor.«

95

Bic und Opal wohnten der Gerichtsverhandlung gegen Laurie nicht bei. Für Bic war die Versuchung groß gewesen, aber ihm war natürlich klar, daß die Medien ihn erkennen würden. »Als Priester des Herrn und Freund der Familie wäre es durchaus angemessen, daß ich teilnehme«, sagte er, »aber Sarah lehnt alle Einladungen zum Abendessen ab und will auch nicht, daß wir Lee besuchen.«

Sie hielten sich jetzt häufig in dem Haus in Ridgewood auf. Opal haßte es. Es regte sie auf, daß Bic so oft in das Schlafzimmer ging, das Lee gehört hatte. Das einzige Möbelstück dort war ein altersschwacher Schaukelstuhl, der dem glich, den sie auf der Farm gehabt hatten. Stundenlang saß er darin und schaukelte und hielt den ausgebleichten rosa Badeanzug an sich gedrückt und streichelte ihn. Manchmal sang er auch religiöse Lieder, oder er hörte zu, wie Lees Spieldose mit schrillen Klimpertönen immer wieder dasselbe Lied spielte. »›In der ganzen Stadt herum... Jungs und Mädels zusammen...‹«

Liz Pierce, die Reporterin der Zeitschrift *People*, hatte sich einige Male mit Bic und Opal in Verbindung gesetzt, um Fakten und Daten zu verifizieren. »Sie waren im Nordteil des Staates New York und haben dort ihre Berufung gefunden. Sie haben beim Sender von Bethlehem, Pennsylvania, gepredigt und dann in Marietta, Ohio; in Louisville, Kentucky; in Atlanta, Georgia, und schließlich in New York. Das stimmt doch, oder?«

Opal lief es kalt über den Rücken, als ihr klar wurde, wie exakt Pierce die Zeit in Bethlehem eingegrenzt hatte. Aber niemand dort hatte Lee je zu Gesicht bekommen. Es gab keinen einzigen Menschen, der nicht einen heiligen Eid darauf geleistet hätte, daß sie allein gelebt hatten. Es konnte wirklich nichts passieren, sagte sie sich immer wieder.

An dem Tag, an dem Lee sich schuldig bekannte, rief Pierce an, um einen Fototermin zu vereinbaren. Man hatte das Predigerpaar für das Titelbild der Ausgabe vom 31. August ausgewählt.

96

Nach dem, was Brendon Moody in Allan Grants Schlafzimmer miterlebt hatte, drängte es ihn, sich ausführlich mit Dr. Donnelly zu unterhalten. Deshalb nahm er bereitwillig Sarahs Einladung zum Mittagessen in ihrer Wohnung an.

Als Sarah Donnelly bat, den Grill auf der Terrasse anzuheizen, war das seine Chance, und er folgte dem Psychiater. Draußen fragte er ihn leise: »Wäre es möglich, daß Laurie bzw. die Spaltpersönlichkeiten die Wahrheit gesagt haben, daß sie nämlich Allan Grant lebend verlassen hat und ihn dann tot auffand, als sie zurückkehrte?«

»Ich fürchte, es deutet mehr darauf, daß eine weitere Persönlichkeit in Lauries Körper, die wir bis jetzt noch nicht kennengelernt haben, Grant umgebracht hat.«

»Könnten Sie sich nicht vorstellen, daß sie möglicherweise völlig unschuldig ist?«

Donnelly legte die Holzkohlenbriketts sorgfältig auf dem Grillrost zurecht und griff nach dem Brennspiritus. »Möglich? Nun, möglich ist wahrscheinlich alles. Sie haben ja heute zwei von Lauries zusätzlichen Persönlichkeiten beobachtet, Leona und den Jungen. Es ist gut möglich, daß es noch ein Dutzend weitere gibt, die bis jetzt noch nicht zum Vorschein gekommen sind, und ich bin keineswegs sicher, daß sie das je tun werden.«

»Trotzdem werde ich das Gefühl nicht los ...« Brendon verstummte, als Sarah aus der Küche auf die Terrasse trat.

Auch sein Unbehagen gegenüber Karen Grant wurde Brendon Moody nicht los. Ende Juli schlenderte er an der Global Travel Agency vorbei und stellte fest, daß Anne Webster sich jetzt wohl endgültig in den Ruhestand begeben hatte. Wo früher einmal ihr Schreibtisch gestanden hatte, stand jetzt ein hübscher Tisch aus Kirschbaumholz, und auch sonst war die Einrichtung des Reisebüros eleganter geworden. Moody beschloß, daß die Zeit gekommen war, Karen Grants ehemalige Partnerin aufzusuchen, diesmal in ihrem Haus in Bronxville.

Anne machte Brendon gegenüber kein Hehl daraus, daß Karens Verhalten sie zutiefst verletzt hatte. »Sie hat mich die ganze Zeit gedrängt, und die Tinte auf dem Vertrag war noch nicht trocken, als sie mir auch schon erklärte, es sei nicht mehr notwendig, daß ich überhaupt ins Büro komme, sie würde schon allein klarkommen. Dann hat sie sofort meine Sachen weggeschafft und neue Möbel für ihren Galan hingestellt. Dabei habe ich sie immer verteidigt, wenn die Leute Bemerkungen über sie machten.

Heute komme ich mir richtig blöd vor. Die trauernde Witwe – daß ich nicht lache!«

»Mrs. Webster«, meinte Moody, »das ist jetzt sehr wichtig. Es könnte durchaus sein, daß Laurie Kenyon den Mord an Allan Grant gar nicht begangen hat. Trotzdem wird sie nächsten Monat ins Gefängnis wandern, wenn wir nicht beweisen können, daß jemand anders die Tat begangen hat. Würden Sie bitte noch einmal ganz gründlich über jenen Abend nachdenken, ich meine den, den Sie mit Karen Grant auf dem Flughafen verbracht haben. Schildern Sie mir jede Einzelheit, ganz gleich, wie unwichtig sie Ihnen auch vorkommen mag. Beginnen Sie mit der Fahrt nach Newark.«

»Wir sind um acht Uhr weggefahren. Karen hatte gerade mit ihrem Mann telefoniert und war ganz aufgeregt. Als ich sie danach fragte, sagte sie, es gäbe da ein hysterisches junges Mädchen, das ihn bedroht hätte, und den Ärger darüber würde er jetzt an ihr auslassen.«

»An ihr auslassen? Was hat sie damit gemeint?«

»Das weiß ich auch nicht. Ich mag Klatsch nicht und mische mich auch nicht in anderer Leute Angelegenheiten ein.«

»Mrs. Webster, bitte, was hat sie damit gemeint?«

»Karen hatte in den Monaten davor immer häufiger in ihrem Apartment in New York übernachtet, und zwar seit sie Edwin Rand kennengelernt hatte. Ich habe das Gefühl, daß Allan Grant ihr klargemacht hat, daß er das nicht mehr hinnehmen konnte. Auf der Fahrt zum Flughafen erwähnte sie so etwas Ähnliches wie: ›Ich sollte das mit Allan geradebiegen, und nicht den Chauffeur spielen.‹ Ich erinnerte sie daran, daß es sich immerhin um eine unserer wichtigsten Kundinnen handelte und daß sie eine Aversion gegenüber Taxis hatte.«

»Und dann verspätete sich das Flugzeug.«

»Ja, das hat Karen wirklich in Rage gebracht. Aber wir gingen in die VIP-Lounge und nahmen einen Drink. Im Fernsehen wurde *Spartacus* gezeigt. Das ist mein …«

»Ihr Lieblingsfilm, ich weiß, und auch ein sehr langer. Und Sie neigen dazu, bei Filmen einzuschlafen. Sind Sie ganz sicher, daß Karen die ganze Zeit vor dem Fernseher saß und sich den ganzen Film angesehen hat?«

»Nun, ich weiß, daß sie sich nach der Verspätung erkundigt hat und auch einmal weggegangen ist, um ein paar Telefongespräche zu führen.«

»Mrs. Webster, Karens Haus in Clinton ist fast siebzig Kilometer von dem Flughafen entfernt. Wäre es möglich, daß Sie sie zwei bis zweieinhalb Stunden nicht gesehen haben? Ich meine, könnte es sein, daß sie Sie allein gelassen hat und nach Hause gefahren ist?«

»Ich glaube wirklich nicht, daß ich eingeschlafen war, aber ...« Sie stockte. »Mir fällt jetzt ein, daß Karens Wagen an einem anderen Platz stand, als wir mit unserer Kundin aus dem Flughafengebäude kamen. Als wir ankamen, herrschte solches Gedränge, daß wir ein ziemliches Stück zum Terminal gehen mußten. Aber als wir dann wegfuhren, stand der Wagen direkt gegenüber dem Eingang.«

Moody seufzte. »Ich wünschte, Sie hätten mir das früher gesagt, Mrs. Webster.«

97

Es war wieder ganz wie in der Zeit vor Lees Klinikaufenthalt, dachte Opal. Sie und Bic fingen wieder an, ihr in gemieteten Wagen zu folgen. Manchmal parkten sie auf der anderen Straßenseite und beobachteten Lee, wie sie aus der Garage zum Eingang der Klinik eilte, und warteten, bis sie wieder herauskam. Bic starrte dabei unverwandt auf die Tür, voller Angst, er könnte auch nur einen Blick auf sie verpassen. Auf seiner Stirn bildeten sich Schweißtropfen, und wenn Lee endlich herauskam, krampften sich seine Hände um das Steuer.

»Ich möchte wissen, wovon sie heute geredet hat«, sagte er manchmal, und in seiner Stimme mischten sich

Angst und Zorn. »Sie ist mit diesem Psychiater allein in diesem Zimmer, Opal. Vielleicht führt sie ihn in Versuchung.«

An Werktagen ging Lee morgens zur Klinik. Nachmittags spielte sie häufig mit Sarah Golf, gewöhnlich auf einem der öffentlichen Plätze. Aus Sorge, Sarah könnte auffallen, daß ihnen ein Wagen folgte, fing Bic an, sich telefonisch auf den Golfplätzen nach Reservierungen auf den Namen Kenyon zu erkundigen. Wenn er fündig wurde, fuhren er und Opal gelegentlich zu dem betreffenden Platz und versuchten, im Restaurant wie zufällig auf Sarah und Lee zu stoßen.

Er hielt sich nie länger an ihrem Tisch auf, begrüßte sie nur beiläufig und ging dann weiter, aber es gab nichts an Lee, das seiner Aufmerksamkeit entging. Nachher äußerte er sich immer erregt über ihr Aussehen. »Dieses Golfhemd klebt förmlich an ihrem zarten Körper … Ich mußte an mich halten, um nicht über den Tisch zu greifen und die Spange zu lösen, die ihr goldenes Haar hält.«

An den Wochenenden mußten sie wegen der ›Welle Gottes‹ in New York bleiben, und dafür war Opal insgeheim dankbar. Wenn sie an Samstagen und Sonntagen Lee und Sarah zu Gesicht bekamen, dann waren immer der Arzt und dieser junge Mann, Gregg Bennett, mit ihnen zusammen. Das machte Bic wütend.

Eines Tages Mitte August rief er Opal zu sich in Lees Zimmer. Die Vorhänge waren zugezogen, und er saß auf dem Schaukelstuhl. »Ich habe den Herrn in meinen Gebeten um Rat ersucht und eine Antwort erhalten«, erklärte er ihr. »Lee fährt immer allein nach New York und kommt auch wieder allein zurück. Sie hat ein Telefon im Wagen. Ich habe ihre Nummer ausfindig gemacht.«

Opal zuckte zusammen, als Bics Gesicht sich verzerrte und jenes fremdartige, manische Leuchten in seinen Augen erschien. »Opal«, donnerte er, »glaube ja nicht, daß ich deine Eifersucht nicht bemerkt habe. Ich verbiete dir, mich damit zu belästigen. Lees Zeit auf Erden ist beinahe abgelaufen. In den Tagen, die ihr noch bleiben, mußt du mir erlauben, daß ich mich mit dem Anblick, dem Klang und dem Duft jenes hübschen Kindes erfülle.«

98

Thomasina Perkins war entzückt, als sie einen Brief von Sarah Kenyon erhielt, in dem diese sie darum bat, zu Lauries Gunsten einen Brief an den Richter zu schreiben.

»Sie erinnern sich doch deutlich daran, wie verängstigt und erschreckt Laurie war«, schrieb Sarah, »und Sie sind die einzige, die sie je mit ihren Entführern gesehen hat: Wir müssen den Richter dazu bringen, daß er das Trauma versteht, das Laurie erlitt, als sie ein kleines Kind war. Und vergessen Sie bitte nicht, den Namen zu erwähnen, mit dem die Frau den Mann gerufen hat, als sie Laurie aus dem Schnellimbiß drängten.« Sarah schloß ihren Brief mit der Anmerkung, daß sich damals in der Gegend von Harrisburg ein wegen Kindsmißbrauch einschlägig Vorbestrafter jenes Namens aufgehalten hatte; sie hätte die Absicht, auf die Möglichkeit hinzuweisen, daß er der Entführer gewesen war, wenn sie auch wohl wisse, daß sie das nicht würde beweisen können.

Thomasina hatte so oft erzählt, wie sie Laurie gesehen und dann die Polizei gerufen hatte, daß der Brief sich wie von selbst schrieb. Bis sie zu jenem kritischen Punkt kam.

Die Frau hatte den Mann *nicht* Jim gerufen. Thomasina wußte das mit absoluter Sicherheit. Sie konnte diesen Namen nicht an den Richter weitergeben, das wäre genauso, als würde sie unter Eid lügen. Es bekümmerte sie, daß Sarah Zeit und Geld darauf verschwendet hatte, den Falschen ausfindig zu machen.

Thomasina begann an Reverend Hawkins zu zweifeln. Sie hatte ihm einige Male geschrieben und ihm dafür gedankt, daß sie in seiner Sendung hatte auftreten dürfen, und dabei erklärt, sie wolle unter keinen Umständen andeuten, daß Gott einen Fehler gemacht hätte, aber sie selbst sei vielleicht zu ungeduldig gewesen und hätte weiter auf Ihn lauschen sollen. Denn der Name, den sie gehört hatte, sei der des Jungen an der Theke gewesen. Ob sie es noch einmal versuchen könnte?

Reverend Hawkins hatte sich nicht die Mühe gemacht, ihr zu antworten. Oh, sie stand natürlich auf seiner Liste und bekam jedesmal, wenn sie zwei Dollar spendete, einen Brief, in dem er sie um mehr bat.

Thomasinas Nichte hatte ihren Auftritt in der ›Welle Gottes‹ auf Band aufgezeichnet, und Thomasina hatte immer wieder Freude daran, sich das Band anzusehen. Aber in dem Maße, wie ihre Verstimmung über Reverend Hawkins wuchs, fiel ihr auch einiges an der Aufnahme auf. Zum Beispiel, daß sein Mund ganz dicht an ihrem Ohr gewesen war, als sie den Namen gehört hatte. Und daß er nicht einmal Lauries Namen richtig zitiert hatte. Er hatte sie einmal als Lee bezeichnet.

Thomasina hatte ein völlig reines Gewissen, als sie einen leidenschaftlichen Brief an den Richter absandte, in dem sie Lauries Panik und Hysterie in glühenden Farben schilderte, den Namen ›Jim‹ aber nicht erwähnte. Sarah schickte sie eine Kopie des Briefes und fügte ein paar erklärende Zeilen bei, indem sie auf den Fehler hinwies, den Reverend Hawkins gemacht hatte, als er Laurie Lee genannt hatte.

99

»Es kommt näher«, erklärte Laurie Dr. Donnelly, während sie aus ihren Schuhen schlüpfte und sich auf der Couch zurechtlegte.

»Was kommt näher, Laurie?«

Er erwartete, daß sie über das Gefängnis sprechen würde. Statt dessen sagte sie: »Das Messer.«

Er wartete.

Dann sprach Kate zu ihm: »Doktor, ich glaube, wir haben beide getan, was wir konnten.«

»He, Kate«, sagte er, »Resignation hätte ich aber von Ihnen nicht erwartet.« Waren das Selbstmordtendenzen, die in Laurie aufkamen? fragte er sich.

Laurie streckte sich. »Ich habe solche Kopfschmerzen«, murmelte sie. »Jetzt kommen die Träume nicht mehr nur in der Nacht. Selbst gestern, als Sarah und ich auf dem Golfplatz waren, konnte ich plötzlich die Hand, die das Messer hält, sehen.«

»Laurie, das sind die Erinnerungen, die jetzt immer mehr an die Oberfläche kommen. Können Sie sie nicht einfach rauslassen?«

»Ich kann die Schuld einfach nicht loslassen.« War das jetzt Laurie oder Leona oder Kate? Zum erstenmal konnte Justin sie nicht unterscheiden. »Ich habe so schlimme Dinge getan«, sagte sie, »ekelhafte Dinge. Und da ist ein geheimes Stück von mir, das sich daran erinnert.«

Justin erhob sich. »Kommen Sie. Wir machen einen Spaziergang im Park. Setzen wir uns eine Weile auf den Spielplatz und sehen den Kindern beim Spielen zu.«

Überall waren kleine Kinder, auf den Schaukeln und Rutschbahnen ebenso wie in dem künstlichen Dschungel. Sie saßen auf einer Parkbank zwischen wachsamen Müttern und Kindermädchen. Die Kinder lachten, riefen einander zu, stritten, wer als nächstes auf der Schaukel sitzen durfte. Justin entdeckte ein kleines Mädchen, das vielleicht vier Jahre alt war und vergnügt Ball spielte. Das Kindermädchen rief dem Kind ein paarmal zu: »Geh nicht zu weit weg, Christy.« Aber die Kleine war so in ihr Ballspiel versunken, daß sie sie allem Anschein nach gar nicht hörte. Schließlich stand das Kindermädchen auf, lief zu ihr und nahm den Ball entschlossen an sich. »Ich habe gesagt, du sollst auf dem Spielplatz bleiben«, schalt sie. »Wenn du dem Ball auf die Straße nachläufst, könntest du überfahren werden.«

»Das habe ich vergessen.« Das kleine Gesicht wirkte reumütig und bedrückt, aber als sie sich umdrehte und Laurie und Justin entdeckte, die sie beobachteten, hellte es sich sofort wieder auf. Sie rannte auf sie zu: »Gefällt euch mein neuer Pullover?« fragte sie.

Das Kindermädchen eilte hinter ihr her. »Christy, du darfst die Leute nicht belästigen.« Sie lächelte entschuldigend. »Christy meint, alles, was sie anhat, sei schön.«

»Nun, das ist es doch auch«, sagte Laurie. »Wirklich ein wunderschöner neuer Pullover.«

Wenig später gingen sie zur Klinik zurück. »Jetzt stellen Sie sich vor«, sagte Justin, »dieses kleine Mädchen würde, in sein Ballspiel versunken, zu nahe an die Straße laufen, und jemand würde sie packen, in einen Wagen stecken, mit ihr verschwinden und sie mißhandeln. Glauben Sie, daß sie sich Jahre später selbst die Schuld dafür geben sollte?«

Laurie traten die Tränen in die Augen. »Ich habe verstanden, Doktor.«

»Dann sollten Sie sich selbst ebenso bereitwillig vergeben, wie Sie der kleinen Christy vergeben würden, wenn ihr heute etwas passiert wäre, für das sie nichts konnte.«

Sie gingen in Justins Sprechzimmer zurück, und Laurie legte sich auf die Couch. »Wenn jemand heute das kleine Mädchen gepackt und in einen Wagen gezerrt hätte ...« Sie zögerte.

»Stellen Sie sich vor, was ihr passieren könnte«, schlug Justin vor.

»Sie wollte nach Hause zurück. Mama würde böse sein, daß sie zur Straße hinuntergegangen ist. Da gab es einen neuen Nachbarn mit einem siebzehnjährigen Sohn, der immer viel zu schnell fuhr. Mama sagte, das kleine Mädchen darf nicht mehr vorn an der Straße spielen. Sie könnte dort von dem Wagen angefahren werden. Sie hat das kleine Mädchen so geliebt. Ihr Wunder nannte sie sie.«

»Aber die Leute wollten sie nicht nach Hause zurückbringen?«

»Nein, sie sind gefahren, gefahren und immer weitergefahren. Sie hat geweint, und die Frau hat sie geschlagen und gesagt, sie solle still sein. Der Mann mit den haarigen Armen hat sie sich auf den Schoß gesetzt.« Lauries Hände ballten sich zu Fäusten und öffneten sich dann wieder.

Justin beobachtete, wie sie mit beiden Händen ihre Schultern umklammerte. »Sie sagten dem kleinen Mädchen, es solle aus dem Wagen steigen. Es ist so kalt. Sie muß auf die Toilette, aber er will ein Bild von ihr machen, und deshalb zwingt er sie, sich neben den Baum zu stellen.«

»Das Bild, das Sie zerfetzt haben. Es hat Sie daran erinnert, nicht wahr?«

»Ja. Ja.«

»Und dann mußte das kleine Mädchen bei ihm bleiben… *Sie* mußten bei ihm bleiben …«

»Er hat mich vergewaltigt!« schrie Laurie. »Ich wußte nie, wann es passieren würde, aber jedesmal, nachdem wir auf dem Schaukelstuhl diese Lieder gesungen haben, hat er mich mit nach oben genommen. Jedesmal. Jedesmal. Er hat mir so weh getan.«

Justin beugte sich über die schluchzende junge Frau und tröstete sie.

»Er war so groß. Ich versuchte mich gegen ihn zu wehren, aber ich konnte ihn nicht daran hindern«, kreischte sie. »Ich konnte ihn nicht daran hindern!«

Das war der Augenblick, um die Frage zu stellen. »War Opal dort?«

»Sie ist seine Frau.«

Laurie stöhnte auf und biß sich auf die Unterlippe. Ihre Augen verengten sich.

»Doktor, ich habe Ihnen gesagt, daß das ein verbotenes Wort ist.« Auch heute wollte der neunjährige Junge nicht zulassen, daß weitere Erinnerungen herauskamen.

100

Am 17. August führte Gregg Laurie zum Abendessen und ins Theater aus, während Sarah und Brendon zum Flughafen Newark fuhren. Sie trafen um 20 Uhr 55 ein. »Das ist ungefähr die Zeit, zu der Karen Grant und Anne Webster in der Nacht, in der Allan Grant starb, hierherkamen«, erklärte Moody Sarah, als sie auf den Parkplatz fuhren. »Das Flugzeug, mit dem ihre Kundin kam, hatte sich um mehr als drei Stunden verspätet, genauso wie eine ganze Menge anderer Flugzeuge an jenem Abend. Das bedeutet, daß der Parkplatz ziemlich überfüllt gewesen sein mußte. Anne Webster sagte, sie hätten bis zum Terminal ein ziemliches Stück Weges zu gehen gehabt.«

Er parkte bewußt ganz hinten am Parkplatz. »Bis zur Abfertigungshalle ist es eine ziemliche Strecke«, stellte er fest. »Lassen Sie uns in normalem Tempo gehen. Das sollte wenigstens fünf Minuten dauern.«

Sarah nickte. Sie hatte sich fest vorgenommen, nicht nach irgendwelchen Strohhalmen zu greifen, anders zu reagieren als so viele Angehörige von Angeklagten, gegen die sie die Anklage vertreten hatte. Selbst angesichts überwältigenden Beweismaterials ließen diese oft nicht von ihrer Überzeugung ab, daß irgendein schrecklicher Fehler vorliegen mußte.

Moodys Theorie, wonach Karen Grant sowohl ein Motiv als auch Gelegenheit gehabt hatte, ihren Mann zu töten, wollte Sarah möglichst objektiv und leidenschaftslos prüfen.

»Vergessen Sie nicht, Karen Grant und Mrs. Webster erfuhren erst, als sie hier ankamen, daß die Computeranlage ausgefallen war und das Flugzeug erst um halb ein Uhr nachts eintreffen sollte.« Moody hielt inne und blickte auf die Bildschirme mit den Ankunfts- und Abflugszeiten. »Wie reagieren Sie, wenn Sie Karen Grant sind und auf Ihren Mann gerade schlecht zu sprechen sind? Vielleicht sogar ein bißchen mehr als nur schlecht zu sprechen, wenn

Sie mit ihm telefoniert haben und er Ihnen erklärt hat, er wolle sich scheiden lassen?«

In all diesen Monaten hatte Sarah in Karen Grant immer die trauernde Witwe gesehen. Vor Gericht, als Laurie sich schuldig erklärt hatte, hatte sie Schwarz getragen. Seltsam, dachte Sarah jetzt, während sie sich an die Szene erinnerte. Vielleicht ein wenig dick aufgetragen – heutzutage gibt es nicht mehr viele Leute Anfang Dreißig, die zum Zeichen der Trauer Schwarz tragen.

Sarah machte Brendon gegenüber eine entsprechende Bemerkung, während sie auf die VIP-Lounge zugingen. Er nickte. »Die Witwe Grant spielt eine bestimmte Rolle, das merkt man. – Wir wissen, daß sie und Anne Webster in die Lounge gegangen sind und dort einen Drink genommen haben. Der Film *Spartacus* begann an diesem Abend um einundzwanzig Uhr. Die Empfangsdame, die damals Dienst hatte, ist heute hier«, sagte er. »Wir wollen mit ihr sprechen.«

Die Empfangsdame erinnerte sich nicht an den Abend des 28. Januar, kannte aber Anne Webster und mochte sie. »Ich bin jetzt seit zehn Jahren im Beruf«, erklärte sie, »und ich kenne keinen, der den Reisebüroberuf ernster nimmt. Das einzige Problem mit Anne Webster ist, daß sie den Fernseher völlig beschlagnahmt, wenn sie hier Zeit totschlagen muß. Sie schaltet immer einen der Filmsender ein und kann richtig stur werden, wenn jemand Nachrichten oder irgend etwas anderes ansehen will.«

»Ein echtes Problem«, meinte Brendon mitfühlend.

Die Frau lachte. »Oh, eigentlich nicht. Ich sage den Leuten immer, sie sollen fünf Minuten warten. Anne Webster schläft schneller ein als irgend jemand, den ich kenne. Und sobald sie eingeschlafen ist, wechseln wir den Kanal.«

Vom Flughafen fuhren sie nach Clinton. Unterwegs überlegte Moody: »Nehmen wir einmal an, daß Karen sich in jener Nacht während des Wartens auf dem Flughafen immer größere Sorgen machte, sie würde ihrem Mann die

Scheidung nicht mehr ausreden können. Webster ist entweder in einen Film vertieft oder eingeschlafen und würde sie nicht vermissen. Und das Flugzeug kommt erst um halb eins.«

»Also stieg sie in ihren Wagen und fuhr nach Hause«, sagte Sarah.

»Genau. Nehmen Sie jetzt weiter an, daß sie das Haus aufgesperrt hat und ins Schlafzimmer gegangen ist. Allan schlief. Karen sah eine fremde Umhängetasche und ein Messer und ergriff sofort die günstige Gelegenheit, ihren Mann aus dem Weg zu räumen.«

Noch immer war das Ganze Theorie, denn auch die gerichtliche Verfügung an die Bank in Chicago hatte bis jetzt keine weiteren Ergebnisse geliefert.

Das Konto war auf den Namen Jane Graves und eine Adresse auf den Bahamas eröffnet worden, die sich wiederum als Schließfach erwies. Die Einzahlung stammte von einem Nummernkonto in der Schweiz.

»Es ist fast unmöglich, über solche Einzahlungen Auskunft zu bekommen«, sagte Brendon. »Ich neige jedoch zu der Annahme, daß Karen Grant Danny angeheuert hat. Vielleicht hat sie einen Teil des Treuhandfonds von Allan Grant beiseite geschafft, und als in der Reisebranche Tätige kennt sie sich ja mit Auslandskonten aus.«

Als sie Clinton erreichten, stand die Tafel des Immobilienmaklers immer noch vor Allan Grants Haus auf dem Rasen.

Sie betrachteten das Haus eine Weile lang, ohne auszusteigen. »Es könnte so gewesen sein«, sagte Sarah schließlich. »Sinn macht es. Aber wie beweisen wir es?«

»Ich habe heute nochmals mit Connie Santini, der Sekretärin, gesprochen«, sagte Moody. »Sie bestätigt alles, was wir wissen. Karen Grant hat ganz nach ihren persönlichen Vorstellungen gelebt und Allan Grants Einkommen als persönliches Taschengeld benutzt. Sie hat die trauernde Witwe gespielt, obwohl ihre Stimmung nie besser war, meint die Sekretärin. Sarah, ich möchte, daß Sie mich am 26. August begleiten, wenn Anne Webster aus dem Urlaub zurückkommt. Wir werden uns gemeinsam mit der Dame unterhalten.«

»Am 26. August«, sagte Sarah. »Fünf Tage bevor Laurie ins Gefängnis geht.«

101

»Die letzte Woche in Freiheit«, seufzte Laurie, als sie am 24. August in Justin Donnellys Sprechzimmer trat.

Sie lehnte sich auf der Couch zurück, die Arme hinter dem Kopf verschränkt.

»Gestern hat's Spaß gemacht, nicht wahr, Justin? Entschuldigen Sie, hier sollte ich Doktor zu Ihnen sagen.«

»Ja, es hat Spaß gemacht. Sie spielen wirklich hervorragend Golf, Laurie. Sie haben uns vernichtend geschlagen.«

»Selbst Gregg. Nun, bald werde ich völlig aus der Übung sein. Letzte Nacht war ich noch lange Zeit wach und dachte über jenen Tag nach, an dem ich entführt wurde. Ich konnte mich ganz deutlich in meinem rosa Badeanzug sehen, wie ich die Einfahrt hinunterging, um mir die Leute in dem Leichenzug anzusehen. Ich dachte, es sei eine Parade.

Als der Mann mich aufhob, hatte ich immer noch meine Spieldose in der Hand. Dieses Lied geht mir immer wieder durch den Kopf … ›Osten, Westen, in der ganzen Stadt herum … Jungs und Mädels zusammen …‹« Sie hielt inne.

Justin wartete geduldig.

»Als mich der Mann mit den haarigen Armen in den Wagen setzte, fragte ich ihn, wo wir hinfahren würden. Die Spieldose spielte immer noch.

Letzte Nacht, nachdem Sie und Gregg weggegangen waren, saßen Sarah und ich noch lange da und unterhielten uns über jenen Tag. Ich sagte ihr, daß die alte Mrs. Whelan auf der Terrasse saß, als wir an dem Haus an der Ecke vorbeifuhren, dem Haus, das rosa gestrichen war. Ist es nicht eigenartig, daß man sich an so etwas erinnert?«

»Eigentlich nicht. Erinnerungen verschwinden nicht. Sobald sie alle rausgekommen sind, wird die Angst, die sie verursachen, vergangen sein.«

»›Jungs und Mädels zusammen ...‹«, sang Laurie leise. »Deshalb waren die anderen mit mir zusammen. Wir waren Jungs und Mädels zusammen.«

»Jungs? Laurie, gibt es da noch einen Jungen?«

Laurie schwang die Beine von der Couch. Dann klatschte sie mit einer Hand auf die andere. »Nein, Doktor, da bin nur ich.« Die junge Stimme fing zu flüstern an. »Sie braucht sonst keinen. Ich habe sie immer weggeschickt, wenn Bic ihr weh tat.«

Justin hatte den geflüsterten Namen nicht verstanden.

»Wer hat ihr weh getan?«

»Ach du liebe Güte!« sagte der Junge. »Das wollte ich nicht sagen. Bin ich froh, daß Sie es nicht gehört haben.«

Nach der Sitzung tröstete Justin Donnelly sich, daß er zwar den Namen nicht verstanden hatte, den die jungenhafte Persönlichkeit laut ausgesprochen hatte, er aber ganz nahe an der Oberfläche sein mußte. Er würde wieder herauskommen.

Aber nächste Woche um diese Zeit würde Laurie im Gefängnis sein, und dort war psychiatrische Beratung nicht selbstverständlich.

Auch wußte Justin, daß viele seiner Kollegen nichts von multiplen Persönlichkeiten hielten.

102

Anne Webster und ihr Mann kehrten am Morgen des 26. August von ihrer Urlaubsreise zurück. Moody erreichte sie am Mittag und konnte sie dazu überreden, sich sofort mit ihm und Sarah zu treffen. Als sie in Bronxville eintrafen, kam Anne erstaunlich schnell zur Sache. »Ich habe viel über die Nacht nachgedacht, in der Allan gestorben ist«, sagte sie. »Wissen Sie, niemand fühlt sich gern als Narr. Ich habe Karen nicht widersprochen, als sie behauptete, sie hätte den Wagen nicht bewegt. Aber wissen Sie, was? Ich habe Beweise dafür, daß sie es doch getan hat.«

Moodys Kopf fuhr in die Höhe. Sarahs Lippen wurden trocken. »Was für Beweise, Mrs. Webster?« fragte sie.

»Ich habe Ihnen ja gesagt, daß Karen auf der Fahrt zum Flughafen ziemlich erregt war. Aber ich habe wohl vergessen, Ihnen zu sagen, daß sie mich angefahren hat, als ich darauf hinwies, daß ihr Benzin zur Neige ging. Nun, sie hat auf der Fahrt zum Flughafen nicht getankt und ebensowenig auf der Rückfahrt und am nächsten Morgen, als ich mit ihr nach Clinton fuhr, auch nicht.«

»Wissen Sie, ob Karen Grant auf Rechnung tankt oder bar bezahlt?« fragte Moody.

Anne Webster lächelte schief. »Wenn sie in jener Nacht getankt hat, hat sie mit der Firmenkreditkarte bezahlt, darauf können Sie Ihren letzten Cent wetten.«

»Wo würde ich denn die Kontoauszüge vom letzten Januar finden?«

»Im Büro. Ich werde Connie anrufen und sie bitten, sie rauszusuchen.«

Auf der Rückfahrt nach New York warnte Moody Sarah. »Vergessen Sie nicht, daß wir, selbst wenn wir beweisen könnten, daß Karen sich in jener Nacht in Clinton aufgehalten hat, immer noch keinen Funken eines Beweises hätten, der sie mit dem Tod ihres Mannes in Verbindung bringt.«

»Ich weiß«, nickte Sarah. »Aber, Brendon, irgend etwas Greifbares *muß* es doch geben.«

Connie Santini begrüßte sie mit einem triumphierenden Lächeln. »Hier ist der Januar-Auszug von einer Exxon-Tankstelle an der Route 78, sechseinhalb Kilometer vor

Clinton«, sagte sie, »und eine Quittungskopie mit Karens Unterschrift. Mann, ich geb' diesen Job hier auf. Diese Frau ist so verdammt geizig. Ich habe das ganze letzte Jahr nicht um Gehaltserhöhung gebeten, weil das Geschäft schlecht lief. Jetzt läuft es wirklich wieder gut, aber das ist ihr keinen Cent für mich wert. Eines will ich Ihnen sagen: Die gibt mehr Geld für Schmuck aus, als ich im ganzen Jahr verdiene.«

Connie deutete durch die Lobby auf das Juweliergeschäft L. Crown. »Sie kauft dort drüben so ein wie manche Leute im Supermarkt. Am Tag, an dem ihr Mann starb, hatte sie ein Armband gekauft und es dann verloren. Auf Händen und Knien hat sie es mich suchen lassen. Als am nächsten Morgen der Anruf wegen Allan kam, war sie gerade bei Crown und hat dort Krach geschlagen, daß die Schließe des Armbandes nichts taugte. Sie hatte es wieder verloren. Diesmal endgültig.«

Ein Armband, dachte Sarah, *ein Armband!* An dem Tag, an dem Laurie sich vor Gericht schuldig bekannt hatte, hatte sie, oder genauer gesagt die Persönlichkeit des Jungen, ihnen vorgespielt, wie er etwas aufhob und es in die Tasche schob. Daß das Armband, das man in Lauries Jeans gefunden hat, möglicherweise ihr gar nicht gehört hat, ist mir nie in den Sinn gekommen, dachte sie. Ich habe es mir nie zeigen lassen.

»Miss Santini, Sie waren uns eine große Hilfe«, sagte Moody. »Werden Sie noch eine Weile hier sein?«

»Nur bis fünf.«

»Das reicht.«

Im Juweliergeschäft stand ein junger Angestellter hinter dem Tresen. Moodys Andeutung, er komme von einer Versicherungsgesellschaft und wolle Erkundigungen nach einem bestimmten verschwundenen Armband anstellen, überzeugte den jungen Mann, und er blätterte bereitwillig in den Unterlagen.

»O ja, Sir. Mrs. Grant hat am 28. Januar ein Armband gekauft. Es war ein neues Modell, Gold mit eingeflochtenem Silber, so daß es wie Diamanten aussah. Wirklich ein sehr schönes Stück. Es hat fünfzehnhundert Dollar gekostet. Aber ich verstehe nicht, warum sie bei Ihnen Ansprüche gestellt hat. Wir haben es ihr ersetzt. Sie kam am nächsten Morgen zu uns, hochgradig erregt. Sie war sicher, daß es ihr, kurz nachdem sie es gekauft hatte, vom Handgelenk gefallen war.«

»Haben Sie zufälligerweise ein Bild von dem Armband oder vielleicht ein ähnliches Stück?«

»Ich habe sowohl ein Bild als auch ein Armband. Wir haben seit Januar ein paar Dutzend davon gemacht.«

»Alle gleich? Oder war an dem betreffenden Armband irgend etwas anders?«

»Die Schließe, Sir. Wir haben sie nach der Geschichte mit Mrs. Grant an den anderen ausgewechselt. Wir wollten nicht, daß noch einmal so etwas passierte.«

Mit einer Kopie der Rechnung vom 28. Januar, einem Farbfoto des Armbandes und einer unterschriebenen Skizze der Schließe gingen Sarah und Moody zur Global Travel Agency zurück. Connie Santini erwartete sie bereits mit neugieriger Miene. Sie wählte sofort Anne Websters Nummer, als sie sie darum baten, und reichte Moody das Telefon, worauf dieser den Lautsprecherknopf drückte.

»Mrs. Webster«, sagte er, »in der Nacht, die Sie mit Karen Grant auf dem Flughafen in Newark waren, war da in irgendeiner Weise die Rede von einem verschwundenen Armband?«

»O ja. Ich sagte Ihnen ja, daß Karen unsere Kundin und mich nach New York zurückfuhr. Plötzlich sagte sie: ›Verdammt, jetzt habe ich es wieder verloren.‹ Dann wandte sie sich zu mir um und wollte, ganz aufgeregt, wissen, ob ich ihr Armband auf dem Flughafen bemerkt hätte.«

»Und war das der Fall?«

Mrs. Webster zögerte. »Ich war da vielleicht nicht ganz ehrlich. Tatsächlich weiß ich, daß sie es in der VIP-Lounge getragen hatte, aber ich erinnerte mich daran, wie sie sich aufgeführt hatte, als sie glaubte, sie hätte es im Büro verloren... Nun, ich wollte jedenfalls nicht, daß sie vor unserer Kundin einen hysterischen Anfall bekam, und deshalb sagte ich sehr entschieden, sie hätte es im Flughafen nicht getragen und es würde wahrscheinlich irgendwo auf ihrem Schreibtisch herumliegen. Aber später habe ich dann den Flughafen doch angerufen, für den Fall, daß jemand es ablieferte. Aber der Juwelier hat es ihr ja dann ersetzt.«

»Würden Sie das Armband wiedererkennen, Mrs. Webster?« fragte Moody.

»Natürlich. Sie hat es Connie und mir gezeigt und uns auch gesagt, daß es sich um ein ganz neues Modell handelte.«

Connie nickte zustimmend.

»Mrs. Webster, ich rufe Sie gleich wieder an. Sie waren eine große Hilfe.«

Jetzt fehlte nur noch eine letzte Einzelheit. Bitte, bitte, betete Sarah, als sie das Büro des Staatsanwalts anrief. Sie wurde durchgestellt und erklärte dem Staatsanwalt, was sie benötigte. »Ich werde warten.« Während sie wartete, erklärte sie Moody: »Sie schicken jemanden in das Beweislager.«

Sie warteten stumm zehn Minuten lang, und dann beobachtete Moody, wie Sarahs Gesicht wie die junge Morgensonne erstrahlte, und gleich darauf sah er die ersten Tränen aus den Augen quellen. »Gold mit eingearbeiteten Silberfäden«, sagte sie. »Danke. Ich muß Sie gleich morgen früh sprechen. Wird Richter Armon auch da sein?«

103

Am Donnerstag morgen saß Connie Santini mit Anne Webster in dem kleinen Vorraum des Staatsanwalts und dachte: Wenn Karen wüßte, wo ich gerade bin... Sarah Kenyon und Mr. Moody befanden sich im Zimmer des

Staatsanwalts. Die aufgeladene Atmosphäre, die sie umgab, faszinierte Connie. Klingelnde Telefone. Junge Anwälte, die mit Akten beladen vorbeieilten.

Sarah Kenyon öffnete die Tür und sagte: »Würden Sie jetzt bitte reinkommen? Der Staatsanwalt möchte mit Ihnen sprechen.«

Während Staatsanwalt Levine sich vorstellte, blickte Anne Webster auf seinen Schreibtisch und bemerkte den Gegenstand in dem etikettierten Plastikbeutel. »Du liebe Güte, das ist ja Karens Armband«, rief sie. »Wo haben Sie denn das gefunden?«

Eine Stunde später befanden sich Staatsanwalt Levine und Sarah im Amtszimmer von Richter Armon. »Euer Ehren«, sagte Levine, »ich weiß nicht recht, wo ich anfangen soll, aber ich bin mit Sarah Kenyon zu Ihnen gekommen, um gemeinsam mit ihr einen Aufschub der Urteilsverkündung gegen Laurie Kenyon um zwei Wochen zu erbitten.«

Die Brauen des Richters hoben sich. »Warum?«

»Euer Ehren, so etwas ist mir bisher noch nie passiert, ganz besonders nicht nach einem Schuldbekenntnis. Wir haben Anlaß, ernsthaft in Frage zu stellen, ob Laurie Kenyon diesen Totschlag begangen hat. Wie Sie wissen, hat Miss Kenyon Ihnen gegenüber angedeutet, sie könne sich nicht an die Tat erinnern, hätte sich aber durch die Ermittlungen der Staatsanwaltschaft überzeugen lassen, daß sie sie begangen hat.

Jetzt sind neue und höchst erstaunliche Beweise ans Tageslicht getreten, die ernsthafte Zweifel an ihrer Schuldhaftigkeit aufwerfen.«

Sarah hörte stumm zu, wie der Anklagevertreter dem Richter von dem Armband, der Aussage des Verkäufers aus dem Juweliergeschäft, dem Benzinkauf an der Tankstelle von Clinton berichtete und ihm dann die schriftlichen Erklärungen von Anne Webster und Connie Santini übergab.

Dann saßen sie eine Weile schweigend da, während

Richter Armon die Erklärungen las und die Quittungen überprüfte. Als er fertig war, schüttelte er den Kopf und sagte: »Nun, ich muß sagen, ich übe mein Amt jetzt seit zwanzig Jahren aus und habe so etwas ebenfalls noch nie erlebt. Selbstverständlich werde ich die Urteilsverkündung angesichts dieser Umstände vertagen.«

Er sah Sarah mitfühlend an; sie umklammerte krampfhaft die Armlehnen ihres Sessels, und auf ihrem Gesicht waren widerstreitende Gefühle zu lesen.

Sarah war bemüht, ihrer Stimme nichts anmerken zu lassen, als sie sagte: »Euer Ehren, einerseits bin ich natürlich erleichtert, andererseits erschüttert es mich, zugelassen zu haben, daß Laurie sich schuldig bekannt hat.«

»Seien Sie nicht so streng mit sich, Sarah«, sagte Richter Armon. »Wir alle wissen, daß Sie Ihre ganze Energie in die Verteidigung Ihrer Schwester gelegt haben.«

Der Anklagevertreter erhob sich. »Ich hatte eigentlich die Absicht, vor der Urteilsverkündung mit Mrs. Grant über die Aussage zu sprechen, die sie vor Gericht machen wollte. Jetzt werde ich wohl eher mit ihr darüber reden müssen, wie ihr Mann ums Leben gekommen ist.«

»Was soll das heißen, die Urteilsverkündung wird nicht am Montag stattfinden?« fragte Karen indigniert. »Was für eine Verzögerung? Mr. Levine, ich glaube, Sie sollten sich darüber klar sein, daß all das für mich eine schreckliche Belastung ist. Ich will diesem Mädchen nicht noch einmal gegenüberstehen. Es ist schon Aufregung genug, die Aussage vorzubereiten, die ich vor dem Richter machen werde.«

»Es gibt Probleme bürokratischer Art«, sagte Levine besänftigend. »Kommen Sie doch morgen gegen zehn in mein Büro, dann können wir alles besprechen.«

Am folgenden Morgen kleidete sich Karen sehr sorgfältig für ihre Besprechung. Möglicherweise war es ein wenig zu dick aufgetragen, heute Schwarz zu tragen, dachte sie und entschied sich für dunkelblaues Leinen und dazu passende Pumps. Make-up legte sie nur ganz dezent auf.

Der Staatsanwalt ließ sie nicht warten. »Bitte, kommen Sie herein, Karen. Ich freue mich, Sie zu sehen.«

Er war immer so freundlich zu ihr. Wirklich ein sehr attraktiver Mann. Karen lächelte ihn an. »Ich habe meine Aussage für den Richter vorbereitet. Ich denke, sie vermittelt wirklich alles, was ich empfinde.«

»Ehe wir darauf kommen, möchte ich gern ein paar Dinge mit Ihnen besprechen, die sich in den letzten Tagen ergeben haben. Würden Sie bitte reinkommen?«

Es überraschte sie, daß sie nicht etwa in sein Zimmer gingen, sondern in einen kleineren Raum. Einige Männer und eine Stenografin warteten bereits. Zwei der Männer erkannte sie als die Ermittlungsbeamten wieder, die an dem Morgen, nachdem Allans Leiche aufgefunden worden war, in ihrem Haus mit ihr gesprochen hatten.

Staatsanwalt Levine wirkte irgendwie verändert, und seine Stimme klang geschäftsmäßig und distanziert, als er sagte: »Karen, ich werde Ihnen jetzt Ihre verfassungsmäßigen Rechte vorlesen.«

»Was?«

»Sie haben das Recht, die Aussage zu verweigern.«

Karen Grant spürte, wie alles Blut aus ihrem Gesicht wich.

»Sie haben das Recht auf einen Anwalt… Alles, was Sie sagen, kann vor Gericht gegen Sie verwendet werden…«

»Was, zum Teufel, geht hier vor? Ich bin doch die Witwe des Opfers.«

Er fuhr fort, ihr ihre Rechte vorzulesen und sie zu fragen, ob sie alles verstanden hätte. Schließlich fragte er: »Sind Sie bereit, die Verzichterklärung zu lesen und zu unterschreiben und mit uns zu sprechen?«

»Ja, aber ich glaube, Sie sind alle verrückt.« Karen Grants Hand zitterte, während sie die Unterschrift leistete.

Und dann begannen die Fragen. Sie nahm die Videokamera nicht mehr wahr und hörte das schwache Klappern der Tasten kaum, als die Finger der Stenografin über die Tastatur flogen.

»Nein, natürlich habe ich den Flughafen in jener Nacht nicht verlassen. Nein. Ich habe nicht an einer anderen Stelle geparkt. Diese alte Schachtel Webster schläft ja immer halb. Die ganze Zeit habe ich vor dem blöden Fernseher gesessen und mir einen albernen Film angesehen, während sie neben mir schnarchte.«

Sie zeigten ihr die Benzinquittung.

»Das muß ein Fehler sein, das Datum stimmt nicht. Diese Leute passen ja nie auf, was sie tun.«

Das Armband.

»Die verkaufen eine ganze Menge von diesen Armbändern. Was glauben Sie eigentlich? Meinen Sie vielleicht, ich bin die einzige Kundin dieses Geschäfts? Außerdem habe ich das Armband im Büro verloren. Selbst Anne Webster hat gesagt, daß ich es im Flughafen nicht anhatte.«

Karens Kopf fing an zu dröhnen. Der Staatsanwalt wies darauf hin, daß die Schließe an dem Armband eine einmalige Anfertigung war und daß Anne Webster unter Eid erklärt hatte, sie habe das Armband am Flughafen an Karens Handgelenk gesehen, und den Verlust gemeldet hatte.

Ihre Beziehung zu Allan? »Sie war perfekt. Wir waren verrückt nacheinander. Er hat mich in jener Nacht keineswegs am Telefon um die Scheidung gebeten.«

Edwin Rand? »Er ist bloß ein Freund.«

Das Armband? »Ich will nicht mehr über dieses Armband sprechen. Nein, ich habe es nicht im Schlafzimmer verloren.«

Die Adern an Karen Grants Hals traten hervor und pochten. Tränen stiegen ihr in die Augen. Sie zerknüllte ein Taschentuch.

Der Staatsanwalt und die Ermittlungsbeamten spürten, wie in ihr die Erkenntnis reifte, daß sie keine Chance mehr hatte, sich herauszureden.

Der ältere Beamte, Frank Reeves, versuchte es auf die mitfühlende Art, sie zu einem Geständnis zu bringen. »Ich kann mir gut vorstellen, wie es passiert ist. Sie fuhren nach

Hause, um sich mit Ihrem Mann zu versöhnen. Er schlief. Sie sahen eine fremde Tasche auf dem Boden neben dem Bett stehen. Vielleicht dachten Sie, Allan hätte Sie belogen und doch eine Beziehung zu dieser Laurie gehabt. Und da ist in Ihnen etwas zerbrochen. Das Messer war da. Eine Sekunde später wurde Ihnen klar, was Sie getan hatten. Es muß ein Schock für Sie gewesen sein, als ich Ihnen sagte, daß wir das Messer in Lauries Zimmer gefunden hatten.«

Karen senkte den Kopf, und ihr ganzer Körper sackte in sich zusammen. Tränen liefen ihr über die Wangen, und sie sagte bitter: »Er hatte mir am Telefon gesagt, daß er sich von mir scheiden lassen wolle und daß es jemand anders gebe. Als Sie mir sagten, daß Laurie das Messer hatte, konnte ich es nicht glauben. Ich konnte auch nicht glauben, daß Allan wirklich tot war. Ich hatte ihn nie töten wollen.«

Sie blickte flehentlich in die Gesichter des Staatsanwalts und der Ermittlungsbeamten. »Ich habe ihn wirklich geliebt, wissen Sie«, sagte sie. »Er war so großzügig.«

104

»Das war vielleicht ein Wochenende«, sagte Justin zu Laurie, als sie sich auf der Couch zurechtlegte.

»Es will mir immer noch nicht ganz in den Kopf«, erwiderte Laurie. »Ist Ihnen eigentlich klar, daß ich genau um diese Stunde jetzt hätte vor Gericht stehen sollen, um mein Urteil entgegenzunehmen?«

»Wie ist Ihnen zumute, wenn Sie an Karen Grant denken?«

»Das weiß ich ehrlich nicht. Ich kann es immer noch nicht recht glauben, daß ich mit dem Tod ihres Mannes nichts zu tun hatte.«

»Glauben Sie's, Laurie«, sagte Justin mit sanfter Stimme. Er beobachtete sie aufmerksam. Ihre Euphorie hatte sich gelegt; sie würde noch eine ganze Weile unter den Nachwirkungen all der Belastungen zu leiden haben. »Ich finde, es ist eine großartige Idee, daß Sie und Sarah ein paar Wochen verreisen und Ferien machen wollen.

Laurie, ich möchte gern dem kleinen Jungen danken, der sich so um Sie gekümmert hat. Außer ihm wußte keiner, daß Sie unschuldig waren. Kann ich ihn sprechen?«

»Wenn Sie wollen.«

Sie schloß die Augen, setzte sich auf und öffnete sie wieder. Ihre Lippen wurden schmal und ihre Gesichtszüge weicher. Ihre Haltung änderte sich. Eine höfliche Knabenstimme sagte: »So, Doktor, jetzt bin ich da.«

»Ich wollte dir nur sagen, daß du großartig warst«, sagte Justin.

»Nein, so großartig nun auch nicht. Wenn ich dieses Armband nicht mitgenommen hätte, hätte man nicht Laurie die Schuld gegeben.«

»Das brauchst du dir nicht vorzuwerfen. Du hast getan, was du konntest, und schließlich bist du ja erst neun Jahre alt. Laurie ist zweiundzwanzig, und sie fängt an, ihr Leben zu meistern. Ich denke, du und Kate und Leona und Debbie sollten bald daran denken, euch ihr vollständig anzuschließen. Debbie habe ich jetzt schon seit Wochen nicht mehr gesehen und Kate und Leona auch nicht oft. Meinst du nicht, daß es langsam Zeit ist, Laurie in all die Geheimnisse einzuweihen und ihr beim Gesundwerden zu helfen?«

Laurie seufzte. »Du liebe Güte, habe ich heute Kopfschmerzen«, sagte sie und legte sich auf die Couch zurück. »Irgend etwas ist heute anders, Doktor. Ich glaube, die anderen wollen, daß ich das Reden übernehme.«

Justin wußte, daß dies ein wichtiger Augenblick war, den er unter keinen Umständen ungenutzt verstreichen lassen durfte. »Sie wollen ein Stück von Ihnen werden, Laurie«, sagte er vorsichtig. »Wissen Sie, eigentlich waren sie immer ein Stück von Ihnen. Kate ist nichts anderes als Ihr natürliches Bestreben, für sich selbst zu sorgen. Sie ist die Selbsterhaltung. Leona ist die Frau in Ihnen. Sie haben Ihre normalen weiblichen Reaktionen so lange verdrängt, daß sie auf einem anderen Weg herauskommen mußten.«

»Als Sexbombe«, meinte Laurie und lächelte verlegen.

»Leona ist tatsächlich ziemlich sexy oder war das wenigstens«, pflichtete Justin ihr bei. »Debbie ist das verlorene kleine Mädchen, das Kind, das nach Hause wollte. Jetzt sind Sie zu Hause, Laurie. Sie sind in Sicherheit.«

»Bin ich das wirklich?«

»Das werden Sie sein, wenn Sie nur zulassen, daß dieser neunjährige Junge den Rest des Puzzlespiels zusammenfügt. Er hat mir gegenüber zugegeben, daß einer der Namen, die Sie nicht aussprechen dürfen, Opal ist. Gehen wir doch noch ein kleines Stückchen weiter. Bringen Sie ihn dazu, daß er seine Erinnerung an Sie weitergibt. Wissen Sie, wie der Junge heißt?«

»Jetzt weiß ich es.«

»Sagen Sie es mir, Laurie. Ich verspreche Ihnen, es wird nichts passieren.«

Sie seufzte. »Hoffentlich nicht. Sein Name ist Lee.«

105

Das Telefon wollte nicht aufhören zu klingeln. Die ganze Zeit waren Gratulanten an der Leitung. Sarah stellte fest, daß sie immer wieder dasselbe sagen mußte. »Ich weiß. Es ist ein Wunder. Ich glaube, wir können es noch gar nicht richtig fassen.«

Pausenlos trafen Blumengebinde und Sträuße ein. Das prunkvollste Gebinde kam von Reverend Bobby und Carla Hawkins mit ihren Gebeten und Glückwünschen.

»Es ist so groß, als würde es vom Hauptleidtragenden bei einer Beerdigung stammen«, sagte Sophie naserümpfend.

Sarah überlief es bei diesen Worten eisigkalt. »Sophie,

bitte nimm es mit, wenn du gehst. Mir ist egal, was du damit machst.«

»Und du brauchst mich heute auch ganz bestimmt nicht mehr?«

»Jetzt hör mal, du mußt dich wirklich einmal ausruhen.« Sarah ging auf Sophie zu und drückte sie an sich. »Ohne dich hätten wir das alles nicht geschafft. Gregg kommt herüber und holt Laurie ab.«

»Und du?«

»Ich bleibe zu Hause. Ich muß einmal richtig ausspannen.«

»Kommt Dr. Donnelly nicht?«

»Heute abend nicht. Er muß nach Connecticut wegen irgendeiner Versammlung.«

»Ich mag ihn, Sarah.«

»Ich auch.«

Kaum war Sophie zur Tür hinaus, als das Telefon klingelte. Es war Justin. Seine hastige Begrüßung alarmierte Sarah. »Stimmt etwas nicht?« fragte sie.

»Nein, nein«, besänftigte er sie. »Ich wollte Ihnen nur sagen, daß Laurie heute ein Name eingefallen ist, und ich versuche mich daran zu erinnern, wo ich diesen Namen letzthin gehört habe.«

»Wie ist der Name denn?«

»Lee.«

Sarah runzelte die Stirn. »Moment mal. Ah ja, jetzt weiß ich's. Der Brief, den Thomasina Perkins mir vor ein paar Wochen geschrieben hat. Ich habe Ihnen davon erzählt. Sie hatte sich entschieden, nicht mehr an Reverend Hawkins' Wunder zu glauben. In dem Brief wies sie darauf hin, daß er, als er über sie gebeugt betete, Laurie als ›Lee‹ bezeichnet hat.«

»Genau. Das ist es«, sagte Justin. »Mir ist das damals auch aufgefallen, als ich mir die Sendung ansah.«

»In welchem Zusammenhang hat Laurie denn den Namen benutzt?« wollte Sarah wissen.

»Dieser neunjährige Junge in ihr nennt sich so. Wahrscheinlich nur ein Zufall. Sarah, ich muß mich beeilen. Ich werde gebraucht. Laurie ist bereits nach Hause unterwegs. Ich rufe Sie später noch einmal an.«

Sarah legte langsam den Hörer auf. Ein Gedanke, der so beängstigend war, so unglaublich und doch so plausibel, brannte wie Feuer in ihr. Sie wählte die Nummer von Betsy Lyons in der Immobilienagentur. »Mrs. Lyons, bitte suchen Sie die Akte über unser Haus heraus. Ich komme gleich zu Ihnen. Ich muß die exakten Daten wissen, an denen die Hawkins in unserem Haus waren.«

Laurie war bereits nach Hause unterwegs, und Gregg würde jeden Augenblick kommen. Bevor sie aus dem Apartment eilte, dachte Sarah noch daran, den Schlüssel für ihn unter dem Fußabstreifer zu verstecken.

106

Laurie wußte, warum sie dieses schreckliche Gefühl plagte, daß ihre Zeit knapp wurde.

Es war verboten, die Namen zu nennen. Es war verboten, zu sagen, was er ihr angetan hatte. Ihr Autotelefon klingelte. Sie drückte den Empfangsknopf.

Es war Reverend Hawkins. »Laurie, Sarah hat mir Ihre Nummer gesagt. Sind Sie auf dem Nachhauseweg?«

»Ja. Wo ist Sarah?«

»Hier bei mir. Sie hatte einen kleinen Unfall, aber es ist nichts Schlimmes, meine Liebe.«

»Unfall! Was meinen Sie damit?«

»Sie ist herübergekommen, um Post abzuholen, und hat sich den Knöchel verstaucht. Können Sie gleich herkommen?«

»Natürlich.«

»Beeilen Sie sich, meine Liebe.«

107

Thomasina Perkins betrachtete entzückt das Titelbild der Zeitschrift *People,* das Bobby und Carla Hawkins zeigte, und vergab ihnen beinahe, daß sie sie so vernachlässigt hatten. Sie schlug die Titelgeschichte auf und staunte über das völlig andere Bild der Hawkins, das vor zwanzig Jahren aufgenommen worden war. Sein goldener Ohrring, die muskulösen, haarigen Arme, der Bart. Ihr strähniges, dunkles Haar. Beide hatten Gitarren in der Hand. Und dann schoß Thomasina eine Erinnerung durch den Kopf, als sie las: »Bic und Opal als junge Rocksänger.« *Bic.* Der Name, der sie so viele Jahre verfolgt hatte.

Fünfzehn Minuten nach dem Telefonat mit Sarah verließ Justin Donnelly seine Praxis, um nach Connecticut zu fahren, wo er an einem Seminar teilnehmen sollte. Während er durch sein Vorzimmer eilte, fiel sein Blick auf die aufgeschlagene Zeitschrift auf dem Tisch seiner Sekretärin, und ihm war, als würde ihm das Blut gefrieren. Er griff hastig nach dem Magazin. Der mächtige Baum. Das Haus war verschwunden, aber der Hühnerstall dahinter … Und der Text darunter lautete: ›Von diesem Haus aus begann Reverend Hawkins' Werdegang.‹

Justin rannte in sein Büro zurück, riß das rekonstruierte Foto aus Lauries Akte und hielt es neben das Bild in der Zeitschrift. Der Baum auf dem neuen Bild war dikker, hatte aber denselben knorrigen Stamm; der Hühnerstall auf dem alten Bild war exakt derselbe wie auf dem neuen. Und dann noch die steinerne Mauer neben dem Baum.

Er eilte aus der Klinik. Sein Wagen parkte auf der Straße. Er würde Sarah über Autotelefon anrufen. Vor seinem geistigen Auge sah er ganz deutlich die Fernsehsendung, sah Reverend Hawkins, wie er sich über Thomasina Perkins beugte und darum betete, daß sie den Namen der Leute nennen möge, die Lee entführt hatten.

Betty Moody machte es sich auf ihrem Lieblingssessel bequem, um die neueste Ausgabe von *People* zu lesen. Brendon hatte sich ein paar Tage frei genommen und verzog das Gesicht, als er die Titelseite mit den Hawkins sah. »Ich kann die beiden nicht ausstehen«, murmelte er, während er über Bettys Schulter mitlas.

Betty schlug die Titelgeschichte auf. »Bic und Opal als junge Rocksänger ...«

»Was bin ich bloß für ein Idiot!« schrie Brendon. »Das war ja von Anfang an sonnenklar!« Er rannte hinaus und holte seine Pistole.

108

Sarah saß an Betsy Lyons' Schreibtisch und sah die Akte Kenyon-Hawkins durch. »Carla Hawkins ist also zum erstenmal in Ihr Büro gekommen, als wir unser Haus ausgeschrieben haben«, meinte sie.

»Aber ich habe es ihr nicht sofort gezeigt.«

»Wie kamen Sie dazu, es ihr zu zeigen?«

»Sie hat in meinen Angeboten geblättert, und dabei ist es ihr aufgefallen.«

»Haben Sie sie je in unserem Haus allein gelassen?«

»Niemals«, antwortete Lyons fast beleidigt.

»Mrs. Lyons, Ende Januar ist ein Messer aus unserer Küche verschwunden. Wie ich sehe, hat Carla Hawkins sich das Haus vor diesem Datum einige Male angesehen. Es ist nicht so einfach, ein Messer von einer Wandhalterung zu stehlen, wenn man nicht wenigstens kurze Zeit allein ist. Erinnern Sie sich, ob Sie sie je allein in der Küche gelassen haben?«

Mrs. Lyons biß sich auf die Unterlippe. »Ja«, kam es dann zögernd. »Sie hatte ihren Handschuh in Lauries Zimmer liegenlassen; sie blieb in der Küche sitzen, während ich ihn holte.«

»Also doch. Etwas anderes: Ist es nicht ziemlich eigenartig, daß Leute überhaupt nicht zu feilschen versuchen, wenn ihnen der Preis eines Hauses genannt wird? Und ist es nicht höchst ungewöhnlich, den ehemaligen Besitzern nach einem verbindlichen Angebot zu erlauben, so lange wohnen zu bleiben, bis sie umziehen wollen, und ihnen nicht einmal Miete abzuverlangen?«

»Ja, das ist außergewöhnlich.«

»Mich überrascht nichts mehr. Sehen Sie sich diese Daten an. Mrs. Hawkins ist häufig am Samstag gegen elf gekommen.«

»Ja.«

»Das war genau die Zeit, in der Lauries Therapie lief, und die haben das gewußt.« Der Hühnerkopf, der Laurie so erschreckt hatte. Das Messer. Das Foto in ihrem Tagebuch. Diese Leute, die ständig im Haus ein und aus gingen, mit den Schachteln, die kaum etwas wogen. Lauries eindringlicher Wunsch, in der Nacht, in der sie nach Hause kam, in die Klinik zurückzukehren, gleich nachdem die Hawkins vorbeigekommen waren. Und ... das rosa Haus! dachte Sarah. Carla Hawkins erwähnte es an dem Abend, an dem ich mit ihnen zu Abend aß.

»Mrs. Lyons, haben Sie Mrs. Hawkins je erzählt, daß das Eckhaus an unserer Straße früher einmal rosa getüncht war?«

»Ich wußte gar nicht, daß es einmal rosa war.«

Sarah griff nach dem Telefon. »Ich muß zu Hause anrufen.« Gregg Bennett meldete sich.

»Gregg, bin ich froh, daß Sie da sind. Lassen Sie Laurie nicht aus den Augen.«

»Sie ist noch nicht da«, sagte Gregg. »Ich hatte gehofft, daß sie bei Ihnen ist. Sarah, Brendon Moody ist hier. Und Justin ist hierher unterwegs. Sarah, die Hawkins sind die Leute, die Laurie entführt haben. Justin und Moody sind sich dessen ganz sicher. Wo ist Laurie?«

Mit instinktiver Sicherheit wußte es Sarah. »Das Haus«, sagte sie. »Ich fahre zu dem Haus.«

109

Ein verstauchter Knöchel ist nicht so schlimm, versuchte Laurie sich einzureden, während sie die vertraute Straße entlangfuhr. Aber das war es nicht. Da war irgend etwas Schreckliches passiert. Sie wußte es. Den ganzen Tag über hatte sie es gespürt.

Sie lenkte den Wagen von der Straße in die Einfahrt. Das Haus wirkte verändert. Die Hawkins hatten an Stelle der blauen Vorhänge schwarze Jalousien angebracht, so daß das Haus finster und abweisend wirkte. Es erinnerte sie an ein anderes Haus, ein dunkles, geschlossenes Haus, in dem schreckliche Dinge geschahen.

Sie eilte den Weg hinauf und über die Terrasse zum Eingang. Eine Sprechanlage war eingebaut worden. Man mußte Laurie gesehen haben, denn als sie den Klingelknopf drückte, hörte sie eine Frau sagen: »Die Tür ist nicht abgeschlossen. Kommen Sie rein.«

Sie drehte den Türknopf, trat ins Foyer und schloß die Tür hinter sich. Das Foyer, das gewöhnlich vom Licht aus den umliegenden Zimmern erhellt war, lag im Halbdunkel. Laurie blinzelte und sah sich um. Kein Laut war zu hören.

»Sarah«, rief sie. »Sarah.«

»Wir sind in deinem alten Zimmer und warten auf dich«, antwortete eine Stimme aus der Ferne.

Sie begann die Treppe hinaufzusteigen, zuerst schnell und dann mit immer schwereren Schritten.

Der Schweiß brach ihr aus. Ihre Hand, die sich an das Treppengeländer klammerte, hinterließ eine feuchte Spur. Ihre Zunge fühlte sich dick und trocken an. Ihr Atem ging hastig in kurzen, qualvollen Stößen. Sie war jetzt oben an der Treppe angelangt und wandte sich dem Korridor zu. Die Tür zu ihrem Zimmer war geschlossen.

»Sarah!« rief sie.

»Komm herein, Lee!« Diesmal war die Stimme des Mannes ungeduldig, so ungeduldig, wie sie früher immer war, wenn sie seinem Befehl nicht nachkommen wollte, mit ihm hinaufzugehen.

Verzweifelt stand sie vor ihrer Schlafzimmertür. Sie wußte, daß Sarah nicht da war. Sie hatte immer gewußt, daß sie eines Tages auf sie warten würden. Und heute war es soweit.

Die Tür schwang nach innen, Opal hatte sie geöffnet. Ihre Augen waren kalt und feindselig, wie damals, als Laurie sie zum erstenmal gesehen hatte; ein Lächeln, das kein Lächeln war, teilte ihre Lippen. Opal trug einen kurzen schwarzen Rock und ein enganliegendes T-Shirt. Ihr langes, strähniges, dunkles Haar war zerzaust und ungekämmt.

Laurie leistete keinen Widerstand, als Opal nach ihrer Hand griff und sie quer durch das Zimmer zu dem alten Schaukelstuhl führte, auf dem Bic saß, mit nackten Füßen, die glänzenden schwarzen Jeans am Bund aufgeknöpft, mit einem schmutzigen T-Shirt, das seine dichtbehaarten Arme entblößte. Der goldene Ohrring in seinem Ohr baumelte, als er sich nach vorn beugte und ihre Hände packte. Er zwang sie, vor ihn zu treten, wie ein Kind, das die Schule geschwänzt hatte. Er hatte einen rosa Stoffetzen auf dem Knie, ihren Badeanzug. Das einzige Licht kam von dem Nachtlicht in der Steckdose am Boden, das Mama immer eingeschaltet gelassen hatte, weil Laurie solche Angst vor der Dunkelheit hatte.

Laute Gedanken kreischten in ihrem Kopf.

Eine zornige Stimme, die sie schalt: *Kleine Närrin, du hättest nicht kommen sollen.*

Ein weinendes Kind: *Zwing mich nicht dazu.*

Die Stimme eines Jungen: *Lauf weg, lauf weg!*

Eine müde Stimme: *Es ist Zeit, für all die schlimmen Dinge zu sterben, die wir getan haben.*

»Lee«, seufzte Bic. »Du hast vergessen, was du versprochen hast, nicht wahr? Du hast mit diesem Arzt über uns geredet.«

»Ja.«

»Weißt du, was mit dir passieren wird?«

»Ja.«

»Was ist mit diesem Huhn passiert?«

»Du hast ihm den Kopf abgeschnitten.«

»Würdest du dich lieber selbst bestrafen?«

»Ja.«

»Braves Mädchen. Siehst du das Messer?«

Er deutete in die Ecke. Sie nickte.

Während sie durchs Zimmer ging, schrien die Stimmen in ihr:

Tu's nicht.

Lauf weg!

Hol es! Tu, was er sagt.

Sie legte die Hand um den Messergriff und kehrte zu ihm zurück. Sie zuckte zusammen, als sie das Huhn vor ihren Füßen flattern sah. Jetzt war sie an der Reihe.

Er war so nahe bei ihr. Sein Atem brannte heiß auf ihrem Gesicht. Sie hatte gewußt, eines Tages würde sie in ein Zimmer treten und ihn so vorfinden, auf dem Schaukelstuhl.

Seine Arme schlossen sich um sie. Jetzt saß sie auf seinem Schoß, ihre Beine baumelten herunter, sein Gesicht strich über das ihre. Er begann hin und her zu schaukeln, vor und zurück.

»Du warst meine Versuchung«, flüsterte er. »Wenn du stirbst, wirst du mich befreien. Bete um Vergebung, wenn wir das schöne Lied singen, das wir immer zusammen gesungen haben. Dann wirst du aufstehen, mir einen Abschiedskuß geben und das Messer auf dein Herz richten. Wenn du nicht gehorchst, weißt du ja, was ich mit dir machen muß.«

Seine Stimme war tief, aber weich, als er zu singen begann: »›Amazing Grace …‹«

Der Schaukelstuhl schwang vor und zurück, krachte bei jeder Bewegung auf dem nackten Fußboden. »Sing, Lee!« befahl er.

»›Einen armen Sünder wie mich gerettet …‹« Seine Hände streichelten ihre Schultern, ihre Arme, ihren Hals. Nur eine Minute, dann wird alles vorbei sein, versprach sie sich.

Und dann tönte ihre Sopranstimme klar und süß: »›Einst war ich verloren, doch jetzt hat der Herr mich gefunden … Einst war ich blind, doch jetzt kann ich sehen.‹« Ihre Finger preßten die Messerspitze gegen ihr Herz.

Wir brauchen nicht zu warten, drängte Leona. *Tu es jetzt.*

110

Justin fuhr, so schnell er es wagte, von New York nach New Jersey und versuchte sich die ganze Zeit einzureden, daß Laurie in Sicherheit sei.

Er hatte kaum hinter dem Steuer Platz genommen, als er schon versucht hatte, Sarah anzurufen, um sie vor den Hawkins zu warnen, aber in ihrer Wohnung hatte sich niemand gemeldet. Alle zehn Minuten wählte er aufs neue.

Er hatte gerade die Route 17 nach Norden erreicht, als sich endlich jemand meldete. Gregg war in der Wohnung. Sarah war nicht da, erklärte er Justin, aber Laurie müßte jeden Augenblick kommen.

»Lassen Sie Laurie nicht aus den Augen«, befahl Justin. »Die Hawkins waren ihre Entführer. Da bin ich ganz sicher.«

»Hawkins! Dieser Hurensohn!«

Greggs Wut machte Justin bewußt, welch ungeheures Leid Laurie hatte erdulden müssen. All die Monate hatte Hawkins sie umkreist, sie terrorisiert, versucht, sie in den Wahnsinn zu treiben. Er trat das Gaspedal durch. Der Wagen machte einen Satz.

Er bog von der Route 17 in die Ridgewood Avenue ein, als sein Telefon klingelte.

Es war Gregg. »Brendon Moody ist bei mir. Sarah glaubt, Laurie könnte bei Hawkins im alten Haus sein. Wir fahren hin.«

Justin passierte das Schwimmbad von Ridgewood und mußte abbremsen. Es war überfüllt, und zahlreiche Familien mit kleinen Kindern überquerten die Straße.

Das Bild der kleinen Laurie tauchte vor ihm auf, wie sie als vierjähriges Kind in einem rosa Badeanzug vor dem Ungeheuer stand, das sie entführt hatte.

111

Lauries Buick stand in der Einfahrt. Sarah rannte die Terrassenstufen hinauf. Sie klingelte ein paarmal und drehte dann den Türknopf. Die Tür war nicht abgeschlossen. Während sie ins Foyer stürmte, hörte sie, wie irgendwo im ersten Stock eine Tür zugeknallt wurde.

»Laurie!« rief sie.

Carla Hawkins kam mit zerzaustem Haar die Treppe herunter und stieß, während sie den Gürtel ihres Morgenrockes zuband, erregt hervor: »Sarah, Laurie ist vor ein paar Minuten mit einem Messer ins Haus gekommen. Sie droht, sich selbst zu töten. Bobby versucht, es ihr auszureden. Sie dürfen sie nicht erschrecken. Bleiben Sie hier bei mir.«

Sarah stieß sie beiseite und hetzte die Treppe hinauf. Die Tür zu Lauries Zimmer am anderen Ende des Korridors war verschlossen. Ihre Füße berührten kaum den Boden, so schnell rannte sie darauf zu. Von drinnen konnte sie eine Männerstimme hören. Ganz langsam öffnete sie die Tür.

Laurie stand in der Ecke und starrte Bobby Hawkins mit glasigen Augen an. Sie hielt ein Messer auf ihr Herz gerichtet. Die Spitze war bereits in ihr Fleisch eingedrungen, und ein dünner Blutfaden rann über ihre Bluse.

Hawkins war in einen weißen Frotteemantel gehüllt, der bis zum Boden reichte; sein volles Haar war aufgelöst. »Du mußt nur das tun, was der Herr von dir verlangt«, sagte er. »Erinnere dich daran, was man von dir erwartet.«

Er versucht sie dazu zu bringen, sich selbst zu töten, dachte Sarah. Laurie befand sich in einer Art Trance und nahm Sarah überhaupt nicht wahr. Sarah hatte Angst davor, sie durch eine plötzliche Bewegung zu erschrecken. »Laurie«, sagte sie leise. »Laurie, schau mich an.« Lauries Hand drückte das Messer ein wenig tiefer.

»Alle Sünden müssen bestraft werden«, sagte Hawkins in einer hypnotisch klingenden Singsangstimme. »Du darfst nicht wieder sündigen.«

Sarah sah, wie ein Ausdruck von Endgültigkeit über Lauries Gesicht zog. »Laurie, tu's nicht!« schrie sie. »Laurie, *nicht!!*«

Die Stimmen kreischten auf sie ein.

Lee schrie: *Hör auf!*

Debbie weinte hysterisch.

Kate brüllte: *Versagerin! Närrin!*

Leonas Stimme war die lauteste: *Bring's hinter dich!*

Und da war noch jemand, der schrie. Sarah. Sarah, die immer so stark war, sich immer um sie gekümmert hatte, kam mit ausgestreckten Händen auf sie zu, Tränen strömten ihr über das Gesicht, und sie bettelte: »Verlaß mich nicht! Ich liebe dich.«

Dann verstummten die Stimmen. Laurie warf das Messer quer durchs Zimmer und taumelte auf Sarah zu, schloß sie in die Arme.

Das Messer lag auf dem Boden. Seine Augen glitzerten. Der Bademantel, den Opal ihm um die Schultern gelegt hatte, als es an der Tür klingelte, glitt von seinen Schultern. Bic beugte sich vor. Seine Finger schlossen sich um das Heft des Messers.

Lee würde jetzt nie mehr ihm gehören. All die Jahre, in denen er sie begehrt hatte, in denen er ihre Erinnerungen gefürchtet hatte, waren vorbei. Sein Predigeramt würde er verlieren. Sie war seine Versuchung und sein Untergang. Ihre Schwester hatte sie ihm vorenthalten. Sollten sie zusammen sterben.

Laurie erkannte das Zischen, das sie all die Jahre verfolgt hatte, sah die Messerklinge im Halbdunkel blitzen, sah, wie sie in immer größer werdenden Kreisen die Luft durchschnitt, getrieben von dem dicken, haarigen Arm.

»Nein!« stöhnte Laurie und schob Sarah mit einem heftigen Stoß beiseite, aus der Bahn des Messers.

Sarah verlor das Gleichgewicht, taumelte rückwärts und stürzte. Ihr Kopf schlug krachend gegen den Schaukelstuhl.

Mit grimassenhaftem Lächeln schritt Bic auf Laurie zu; die zuckende Messerklinge versperrte ihr den Weg. Sie wich zurück, bis es nicht mehr weiterging, und starrte an die Wand gepreßt in das Gesicht ihres Henkers.

112

Brendon Moody trat das Gaspedal bis zum Boden durch, als er die Twin Oaks Road entlangjagte. »Sie sind beide da«, stieß er hervor, als er die Wagen in der Einfahrt sah. Zusammen mit Gregg stürmte er auf das Haus zu. Die Haustür stand sperrangelweit offen. Über den abgedunkelten Zimmern lag unnatürliche Stille.

»Sehen Sie sich unten um«, befahl Brendon. »Ich laufe nach oben.«

Am Ende des Korridors stand eine Tür offen. Lauries Schlafzimmer. Er rannte darauf zu. Instinktiv zog er seine Waffe. Er hörte ein Stöhnen, als er die Tür erreichte. Und dann bot sich ihm die ganze alptraumhafte Szene.

Sarah lag auf dem Boden und versuchte, wieder auf die Beine zu kommen. Blut rann von ihrer Stirn.

Carla Hawkins stand starr ein paar Schritte hinter ihr.

Laurie war in eine Ecke des Zimmers gedrängt, die Hände an der Kehle, und starrte eine Gestalt an, die mit irrem Blick immer näher auf sie zurückte und ein Messer schwang.

Bic Hawkins hob das Messer in die Luft, blickte auf Lauries Gesicht herunter, das nur wenige Zentimeter von dem seinen entfernt war, und flüsterte: »Leb wohl, Lee.«

Brendon Moody drückte ab.

Justin stürzte ins Haus, als ein Schuß die Stille durchpeitschte. »Oben!« schrie Gregg aus dem Foyer, und beide rasten die Treppe hinauf.

Sie hatte immer gewußt, daß es einmal so geschehen würde. Das Messer würde sich in ihre Kehle bohren, und dann würde klebriges, warmes Blut über ihre Brust und ihre Arme laufen.

Aber jetzt war das Messer verschwunden. Die Blutstropfen, die sie bespritzten, waren nicht ihr Blut. Es war Bic, nicht sie, der zusammengesackt und zu Boden gefallen war. Es waren seine Augen, nicht die ihren, die glasig nach oben starrten.

Laurie sah reglos zu, wie die glänzenden, hypnotischen Augen flackerten und sich dann für immer schlossen.

Justin und Gregg erreichten die Schlafzimmertür gleichzeitig. Carla Hawkins, die neben der Leiche kniete, flehte: »Komm zurück, Bic. Ein Wunder. Du kannst Wunder wirken.«

Sarah gelang es endlich, sich mühsam aufzurichten. Laurie ging mit ausgestreckten Armen auf sie zu. Dann standen sie eine volle Minute lang da, sahen einander an, bis Laurie schließlich mit fester Stimme sagte: »Es ist vorbei, Sarah. Es ist wirklich vorbei.«

Zwei Wochen später standen Sarah und Justin an der Sicherheitskontrolle im Flughafen Newark und blickten Laurie nach, die den Laufgang zum Flug 19 der United Airlines nach San Francisco hinunterging.

»In Greggs Nähe zu sein ist das beste, was sie tun kann«, versicherte Justin Sarah, als er bemerkte, daß das Lächeln, mit dem sie ihre Schwester verabschiedet hatte, in Besorgnis umgeschlagen war.

»Ich weiß. Sie kann ausgiebig Golf spielen, wieder in Form kommen und ihren Collegeabschluß machen. Auf die Weise ist sie unabhängig und kann doch Gregg bei sich haben. Die beiden sind gut füreinander. Mich braucht sie nicht mehr, wenigstens nicht mehr so wie früher.«

An der Biegung im Laufgang drehte Laurie sich um, lächelte und warf ihnen eine Kußhand zu.

Sie ist anders, dachte Sarah. Selbstbewußt, zuversichtlich. Ich habe diesen Ausdruck noch nie zuvor an ihr gesehen.

Sie drückte die Fingerspitzen an die Lippen und erwiderte die Kußhand.

Als Lauries schlanke Gestalt um die Ecke entschwand, spürte Sarah, wie Justins Arm sich um ihre Schultern legte.

»Heb dir die restlichen Küsse für mich auf, Liebes.«

Mary Higgins Clark

»Mary Higgins Clark gehört zum kleinen Kreis der großen Namen in der Spannungsliteratur.«

The New York Times

Eine Auswahl:

Schrei in der Nacht
01/6826

Das Haus am Potomac
01/7602

Wintersturm
01/7649

Die Gnadenfrist
01/7734

Schlangen im Paradies
01/7969

Doppelschatten
Vier Erzählungen
01/8053

Das Anastasia-Syndrom
01/8141

Wo waren Sie, Dr. Highley?
01/8391

Schlaf wohl, mein süßes Kind
01/8434

Mary Higgins Clark (Hrsg.)
Tödliche Fesseln
Vierzehn mörderische Geschichten
01/8622

Träum süß, kleine Schwester
Fünf Erzählungen
01/8738

Schwesterlein, komm tanz mit mir
01/8869

Daß du ewig denkst an mich
01/9096

Das fremde Gesicht
01/9679

Das Haus auf den Klippen
01/9946

Sechs Richtige
Mordsgeschichten
01/10097

Ein Gesicht so schön und kalt
01/10297